U0671301

读客® 知识小说文库

读小说，学知识

弹弓神警

常书欣 著

上海文艺出版社

图书在版编目（CIP）数据

弹弓神警/常书欣著.--上海：上海文艺出版社，
2019.11
（读客知识小说文库）
ISBN 978-7-5321-7237-5

Ⅰ.①弹… Ⅱ.①常… Ⅲ.①长篇小说—中国—当代
Ⅳ.①I247.5

中国版本图书馆CIP数据核字(2019)第110933号

责任编辑：毛静彦
特邀编辑：陈悦桐　　果旭军
封面设计：蒋咪咪
插画设计：周　玮　　陈大鹏

弹弓神警

常书欣　著

上海文艺出版社出版、发行
地址：上海绍兴路7号
电子信箱：cslcm@publicl.sta.net.cn
网址：www.slcm.com
新华书店经销　北京中科印刷有限公司印刷
开本 680毫米×990毫米　1/16　20印张　字数268千字
2019年11月第1版　2019年11月第1次印刷
ISBN 978-7-5321-7237-5/I.5767
定价：44.80元

如有印刷、装订质量问题，
请致电010-87681002（免费更换,邮寄到付）

目录

徐局长缓缓起身道:"第三,破案限期……一个月,案情逼到这个份上已经没有退路了。毒王蓝精灵的危害是传统毒品的一千倍不止,不仅无法从吸食者的尿检中检测出来,还可能被嫌疑人用作其他犯罪目的,市面上谣传的'约会强奸药''超级蒙汗药'基本都是用毒王调配的。目前,已引发数十起恶性案件,死亡数人直线上升,极有可能造成社会性的恐慌……"

机会,绝好的机会来了。车里邢猛志和丁灿互视着,小心脏跳得咚咚直响,眼光都兴奋得发颤。任明星拍着额头悻然道:"哎呀我去,他们可真放心,把咱们仨辅警当特工使啊!"

"不是放心,而是他根本没上心,但秦寿生绝对是个重要线索。"邢猛志道,"就一个字,干不干?"

任明星权衡下利弊,艰难地吐了一个字:"干!"

三人下车,趁着傍晚进出小区的人员繁杂,溜进去了……

弹弓已经拉开了,瞄着那辆现代的尾灯,一放手……

此时,在支队的会议室里,气氛几乎凝成冰块了。周景万、武燕、马汉卫低着头,羞愧难当,贺炯怒容满面,仿佛下一刻就要动枪的那种。

桌上放着外勤观察暗哨传来的信息,是十几分钟前抓拍到的画面。

支队长立刻下命令,要求外勤奔赴现场,任务很明确,把蹲坑的仨辅警带回来,附加说明:迅速!马上!

第四章　围剿毒贩现场 / 149

　　任明揽着秦寿生出了小区门，守株待兔的那些混混傻眼了，秦寿生和一位警察"亲密"地搂着，那肯定不是什么好事。

　　突然任明星把秦寿生的胳膊抬到平举的高度，直指平哥蹲着的方向，然后一声大吼："就是他们，抓住他！"跟着一把将秦寿生揽到自己身后，状似要保护。

　　那几位不明情况，给吓得撒腿就跑。被捉弄的秦寿生，一下愣了，瞬间手、腿、嘴唇，几乎是全身抖如筛糠。

第五章　毒枭顶风作案 / 212

　　"啪！"灯亮。谭政委道："这是昨天晚上发生的事，滨海警方掌握了涉毒嫌疑人的线索，在高速出口设伏抓捕，现场缴获新型毒品蓝精灵一千一百余粒。根据行驶路线及加油消费卡使用情况来看，这三名涉毒人运送的毒品，出发点应该是在我市。"

　　就在专案行动期间，就在缉毒警的眼皮子底下，仍然有大宗出货，这个消息让参会的人员瞠目结舌，半晌回不过神来……

第六章　惊现毒窝线索 / 271

　　此时，密闭的审讯房间内，秦寿生脸色煞白，额上挂着豆大的汗珠，仿佛又经历了一次，艰难地讲完经过，然后整个人像虚脱一样瘫软在审讯椅上。

　　谁也没想到，真相一直就在这位不起眼的小毒贩手里，那令人发指的罪恶听得审讯员都一时怔住，失声了。

第一章

初见"毒王"蓝精灵

毒王蓝精灵

起风了!

呼啸掠城的秋风挟裹着尘沙和垃圾在城中肆虐,原本整洁干净的街市一片狼藉。

埋伏在角落里的外勤组员马汉卫听到一声巨响,侧头看时,目标地上方的LED灯板被吹跑了,那个全市闻名的"晋昊娱乐"变成了"日天女乐"。他咻咻一笑,胳膊肘碰碰抽烟的同伴,示意回头看,随后压低了声音道:"周队,'日天'这个名字更贴切啊,这家KTV真牛得快日天了。"

"我都下课几个月了,别叫周队,让人笑话。"周景万讪然一笑,吸溜下鼻子。周景万是个年届四旬的中年男子,胡子拉碴,头发蓬乱。这造型是外勤蹲坑的结果。外勤人员被这场风虐得那叫一个凄凉。

马汉卫的样子也好不到哪儿去,他又看了眼捏在手里的手机,时间快到了。刚要出声,周景万提醒道:"别猴屁股坐锅台,火急火燎。今天行动的主角是特警，目标是扫黑除恶，轮不着你打头阵啊。"

"也不尽然，咱们禁毒上的都被打散到各行动组了，我觉得主要还是查毒王的线索。"马汉卫道。

"难哪，因为毒王下课的大队长、中队长，比抓到的毒贩还多，唉……注意，燕子来了。"周景万道。只见一个女人走来，短襟秋装、牛仔长裤显得腿格外长，她且走且打着口哨，朝两人使了个眼色，向门厅踱步，周、马两人随即跟上。三人边走边挂上了身份牌，距门厅数步时，门厅前的三个方向驶来了十数辆警车，警灯闪烁，警笛呜呜。

KTV看门的眼瞅不对，惊得拿起步话，却不料被一把抢走了。马汉卫一手握住那人手腕，一手亮着身份牌："别动，警察。"另一位抢走步话的女警反手用步话抵着保安的脖子冷声呵斥道："别动，老实点！"

声音冷硬，那保安瞬间被这位剑眉怒眼的女警给吓傻了。

时间刚好，成队的特警从警车上跳下，快步走进大厅控制场面。音乐骤停，女人尖叫，夹杂着现场警察维持秩序的声音。

场面控制住了，这时候就该专业的人士进场了。周景万拍拍女警的肩膀，拿开了她抵着保安脖子的步话，示意道："武燕，一会儿动作文明点啊，今天可是全警种联合行动，一言一行都被执法记录仪盯着。"

"周队，我现在已经很文明了。"武燕一笑，明眸皓齿，不过一转眼就变脸了，对着那傻看的保安吼了声，"看什么看？进去！"

武燕一拎肩膀，把保安拎了进去，这彪悍样子逗得马汉卫嗤声一笑，和无奈摇头的周景万一起进了门。

荷枪实弹的特警控制场面很快，几分钟不到，各色人员已经被聚集到门厅的空地或楼层走廊上。大部分人是没什么事的，查验一下证件，询问一下姓名、住址基本就OK。这种临检偶尔会运气爆棚，逮到那么一个两个负案在逃的嫌疑人，更多时候，碰上的是喝高的、吸多的、玩嗨得忘乎所以的，这种乱吵嚷的人有时候比嫌疑人还难对付。

天网，守护这座城市的眼睛，会把所有外勤行动的画面回传到指挥中心。

而就在五分钟前，中心大厅一隅的指挥室里，年轻的保密员打开文件夹，在保密会议记录的扉页上写下这样一段话：

时间：9月29日。

地点：禁毒支队指挥中心。

参会人：

禁毒局局长：徐中元；

支队长：贺炯；

政委：谭嗣亮。

与会仅此三人，徐局长正临窗而立。坐在主座的支队长贺炯，秃头，一脸疙瘩肉坑洼不平，一双谁见到都会不寒而栗的鹰眼。副座政委的样貌不遑多让，短寸头，铜铃眼，观之瞬时能想起两个词：怒发冲冠，怒目而视。

这一对文职武相、武职凶相的搭档在晋阳市禁毒领域已坐镇有十年之久，保密员记不清自己有多少次坐在两人的面前了，不过每一次凛然敬畏的感觉总是清晰如新，而且他摸索出了规律，每每两人都沉默不语的时候，就是要有大事发生了。

比如今天，现在。

临窗而立的徐局长转过身，长脸，面白无须，一身警服更添儒将观感。他沉声问了句："时间快到了吧？"

政委谭嗣亮看了眼屏幕上的时间道："还差五分钟，天网基本恢复，今天交通事故数量猛增，这场秋风来得不是时候啊。"

"风助警威，我倒觉得很是时候。老贺，烟掐喽。"徐中元局长反感地道了声。即便全警最严的戒烟令也没有戒掉这位支队长的烟瘾，每次被斥，贺炯都是讪讪一笑，可今天似乎笑都没有了。

"老贺，今天动用了全城一半警力配合禁毒支队的工作，怎么还忧心忡忡的啊？"徐局长瞥眼问。

支队长贺炯手指揉揉泛红发亮的酒糟鼻子，撇了下嘴像是无可奈何，沙哑的烟嗓开口了："徐局，您也是禁毒出身，不管哪一次大案要案，都要有精准的线索和嫌疑人，我们才可能顺藤摸瓜抓到那些大大小小的毒贩。像这样声势浩大但漫无目标的大行动，结果只有两个，要么是撒大网捞小鱼，要么是光撒网不捞鱼。"

徐中元被贺炯的态度一噎，瞪眼了。政委谭嗣亮咳了声，圆场道："也不尽然，配合全市扫黑除恶秋季行动，我们禁毒上可以扫除一批活跃在市面上的吸贩涉毒人员，这对于我们开展下一步工作是非常有利的。"

"不对。"贺炯一欠身，粗壮的手指在桌沿上一敲，响如惊堂，只听他沉声反驳道，"毒王走的是一条全新的渠道，而且是一个全新的模式，绝对跳脱出我们的经验和认知范围。"

"老贺，这个咱们随后再讨论。"谭政委使着眼色，贺炯悻悻不言了，不过一直在吧唧着嘴，一副气无可泄的样子。

"我同意你的观点，也理解你的难处，但我要强调一点，涉毒犯罪的升级，不能成为禁毒工作滑坡的理由。在人民安危高于一切的宗旨面前，谁都可以叫苦叫难，谁都可以置身事外，但有两种人不能，一种是军人，一种是我们……警察。"徐局道。

"徐局，我明白。"贺炯应了声，牢骚、怨言、委屈，在他挺直腰杆儿的一刻，全部压下去了。

沉默片刻，谭政委提醒道："时间到了。"

每个行动小组的现场执法记录仪会通过外厅数据处理中心，在第一时间反馈实时查获的毒品、涉毒嫌疑人。

　　此时屏闪着各警务单位的实时画面，徐局长拿起了指挥麦，定定心神，沉声道：

　　"各警务单位注意，9·29打黑除恶秋季行动即时开始。"

　　命令直联已经整装待发的各警务队伍。

　　全市的联合统一行动针对的是KTV、酒吧夜场、洗浴中心、中小旅馆，以及登记在册的吸食人员。诚如支队长所言，这样的临检肯定找不到毒源——但可以看到端倪。

　　而且不止一处，迪吧的摇头丸，KTV查到的K粉、神仙水、跳跳糖接连出现在执法记录画面里。甚至在一处旅馆查到了扎堆注射杜冷丁的，警察进门时，失去意识的瘾君子胳膊上还扎着针管……每看到一处这种场景，徐局长的脸色就阴沉几分，不过他仿佛在等什么似的，似乎这些形形色色的毒品仍然不是目标。

　　来了，屏幕毫无征兆地切换时，贺支队长的眼皮跳了跳，一下子认出了画面是晋昊娱乐——此次排查的重点目标。跳出来的屏幕上，是特警在现场作业，被搜查的嫌疑人骤起反抗，数名特警上前控制，接着画面给搜查出的违禁物来了个特写——几颗指肚大小的土黄色药片。

　　"就是这种？"徐局长略微带着疑问的口吻。

　　"对，就是它……毒王！"

　　贺炯沉声道，两眼如炬，神情如怒，政委的目光也肃然了，这才是警方隐藏在打黑除恶大行动里的终极目标。徐局长瞪着眼仔细瞧着那几粒不起眼的药片，很难相信这个能成为本年度禁毒工作的难点——自面世以来五个月，警方都没有找到毒源的产品。

　　正看着，突然，画面中一群警察奔向楼梯方向，似乎是现场出了乱子，嘈杂的人声、晃动的画面，回传的记录画面一下子黑了……

晋昊娱乐KTV。

武燕、周景万进去时，两个喝大的正和特警叫嚷，其中一个指着自己的光脑门嚷着："有枪了不起啊，朝这儿射啊！你不开枪我看不起你呢！"另一个也在吼："唱歌也管？我唱《社会主义好》呢，咋的不服气？"

不得已连保安也用上了，先把这几位喝高的给带回包厢。那位带队的特警示意周景万，几位缉毒队员踱着步子，走过等待检查的队伍。保安、服务员、穿着妖艳的陪唱，还有各式各样的客人……这是人群成分最复杂的场所，在这种情况下挑涉毒人员，需要警员有一对火眼金睛。

行内叫"望、闻、问、切"，一看表情、体貌。底层涉毒的大多因吸而贩或者以贩养吸，表情不自然，或者体态极瘦者，多数是被毒品摧残过的可怜虫。那些脑满肠肥、油光发亮的基本都不是。二闻体味。长年吸食毒品者大多散发着与常人不同的体味，很多经验丰富的缉毒警能用鼻子辨出来。至于问，就是言语诈了。或者有怀疑的时候一握腕子，满胳膊针眼就是最好的证据，那是最后一招：切。

"你、你，还有你……站墙边。这位大姐，配合一下工作，知道，知道您几位是一家人来玩，好，你们可以离开了。"

周景万、马汉卫挨着过，很快挑出了几位，体态基本都是干巴瘦，还有摇得连话都不能说的，刚一搜身，一位袖口里没藏好，叮叮叮掉了几片小药丸，那人还没反应过来，就被特警押着铐上铐子了。

"别紧张，珍爱生命，拒绝毒品，我们抓的是涉毒嫌疑人，您请，对不起，受惊了。"

"没事没事……您可以走了。"

"理解一下，我们也是给大家净化娱乐环境嘛。"

"您稍等……证件……可以走了。"

周景万和马汉卫原本一位是大队长，一位副大队长，好歹还是有群众工作经验的，连解释带查验干得行云流水，一旁的武燕负责二次筛选，在十余步之外，偶尔她会上前拦下一位，脸一拉，眼一瞪，沉声一句："站住！"

客人总被吓得一怔，紧张地问："怎么了？"

这时候武燕会粲然一笑，敬礼道："谢谢您的理解，祝您玩得愉快。"

愉快个鬼呀，都迫不及待地想溜呢。

其实武燕心里更不愉快，常规的望、闻、问、切老办法，揪出来的大部分都是吸食人员，就算贩小包，查到了也会一口咬定是自己吸食。这些连自己都不把自己当人看往死里吸的还真没治，大部分强戒几个月，出来照样犯。而她心里寻找的目标，和这些吸食人员可能根本没有关联。

又一个胖子经过，马汉卫一个请势让他走时，那胖子暗暗舒了口气，脸上的表情明显舒展了。武燕注意到他的手握了一下，那是心里从紧张到松懈的下意识动作。武燕佯走几步，偷瞄这个胖子，他的走路姿势有点僵硬，步伐紊乱。武燕绕到他身后几步追上，蓦地一拍肩膀："站住，身上的蓝精灵拿出来。"

这句话仿佛有魔力似的，那人一哆嗦，下意识就要跑，武燕抬脚一踹腿弯，胳膊顺势搂住脖子，一个漂亮的反摔动作，把那胖子直接摔倒在地，跟着一拧胳膊，把摔倒的嫌疑人一翻身，另一只手拎着铐子一铐，单手拖人。临检的队伍看傻了，几个特警上来帮忙时，武燕早铐好了铐子，跪压着嫌疑人，随后起身道："老地方，藏货了。"

"啊？什么老地方？"一位男特警问。

"裤裆里。"武燕随口道，离开了。

这胖子裤带一松，裤子一抖，叮叮掉下几颗来，马汉卫眼一直，奔上前来，硬生生地把那句"卧槽"咽了回去。那位特警问道："咦，她怎么知道在裤裆里？"

"顺手摸了呗！周队，你来看。"马汉卫招手道。

那位特警愕然地瞅着拿着执法记录仪的武燕，知趣地不吭声了。搜查出五粒土黄色的药片，饱满的椭圆形。就这几粒药片却让禁毒支队的人如临大敌，采集指纹、证件，录下了现场，先给此人蒙上头套铐到一边，之后才小心翼翼收起查缴物品。

这时，待检人群里有一位慢慢挪着步子走到了楼梯口，特警无意间看到，呵斥了声："站住！回队里！"

不喊还好，一喊那人转身就跑，外面肯定跑不了，他直接奔上楼了，几名特警立马追上。周景万抬头看时吓了一跳，那人正往嘴里塞着东西大嚼，他惊声吼着："快拦下他！他把毒品吞了！"

再一看，又吓一跳，武燕已经攀着环形楼梯的栏杆手脚并用跳上去了。那名嫌疑人嚼着毒品，嘴里嗬嗬有声，直接撞开了一位试图阻拦的特警，向走廊尽头奔去。这时候追得最快的是武燕，她像一阵风掠过，短发飞了起来，且走且吼，状极凌厉，那嫌疑人回头时给吓得大叫一声。武燕一甩胳膊——又是铐子，"嗖"一下飞出，那人疼得一捂脑袋，霎时间被武燕从身后直接扑倒。

"快吐……"武燕捏着那人的下巴，连鼻子也捏住了，"拿水来！"

"水来了。"几位特警奔了上来。

"快叫救护车……来不及了，上警车！再吐点！别咽下去。"

周景万、马汉卫也奔了上来，边灌水边给这人催吐，不知道药力发作，还是故意装死，眼见着那人开始翻白眼了。几位警员连抬带架，赶紧扛着此人往医院奔去。

迟走一步的周景万在呕吐的走廊记录下了现场，和着唾沫、矿泉水的秽物，在地上呈现淡淡的蓝色，那现场让他的表情越发凝重。

毒王，遇水或者酒，就是这种淡淡的蓝色，那些毒贩给它起了个好听的名字：蓝精灵。

"……它的危害程度是传统毒品的一千倍不止，所以我们称其为'毒王'。市面吸贩人员一般称这种新型毒品为'蓝精灵'，遇纯净的水或者酒精，就会呈现淡蓝色。它的特性是混合饮料或者酒水，不会有任何异味，所以大多数时候会被嫌疑人用作下药首选，市面上谣传的'约会强奸药''超级蒙汗药'基本都是毒王调配的。"指挥室里，贺炯脸上的横肉抽了抽，如是道。

汇报回来了，嫌疑人秦寿生已被送往医院。类似毁毒试图逃避打击的事例很多，但像这样自己吞的烂人还真不多见。这些被毒品控制的人根本不把自己的命当回事，比那些穷凶极恶的亡命徒还难对付。

谭政委想想就头大，他看看徐局，仍然在盯着回传的视频出神，仿佛没有听到贺炯的介绍似的，于是他轻声补充道："这是禁毒领域出现的新情况，根据我们缴获的毒品提取分析，主要成分是氟硝西泮，最大的难点在于，这类物质通过吸食者尿检检测不出来。最大的危害是，不论是主动还是被动吸食，都可能引起神经错乱，顺行性遗忘，严重的神经系统损伤，甚至猝死。还有一个特殊情况是，除了吸食，也可能被嫌疑人用作其他犯罪目的。我们队员很多还不认识这些新型毒品，更别说掌握它的原料、生产以及销售渠道了。"

"嗯，省厅的会议上对这种新型毒品主要成分有过介绍。"徐中元局长欠欠身子，肃穆道，"我们国家从未生产过这种精神类药物，上世纪八十年代欧美国家就禁止使用氟硝西泮了，据我了解，咱们省内的法医实验室都不具备检测这类药物成分的水平……称其为'毒王'并没有言过其实，根据统计的案例，从四月份到九月份，我省四地市因为氟硝西泮死亡的人数为三人，吸食致残案例九人，由此关联的强奸、抢劫案十四起。老贺啊，我得给你压担子了。"

贺炯起身要敬礼时被徐局长拉住了，他摆摆手道："坐下，我了解你的性子，话比本事大。接下来我传达一下本次省厅厅长保密会议的内容：第一，根据兄弟单位的侦破情况，总局判断我省很可能存在生产氟硝西泮的窝点，我们这里有可能是毒源，详细资料随后会给你们。"

"啊？！"贺炯、谭嗣亮齐齐惊声，毒王就够头疼了，本市居然还可能是毒王的源头所在。

"很惊讶吧？我同意老贺你刚才的一句话，毒王用的是一个全新的模式，绝对跳脱出我们的经验和认知范围。既然犯罪升级，那我们警务也应该相应升级，兵来将挡，水来土掩，既然跳脱出我们的经验和认知，那就在新型毒品的侦破中积累新的经验和认知，这一点，我们缉毒警察责无旁贷。"徐局长道。

贺炯、谭嗣亮咬着牙，点点头。

"第二，根据已知案例及嫌疑人的汇总发现，江浙方面侦破过一例使用虚拟货币结算毒资的案例，邻省侦破的两个抢劫团伙平均年龄不到二十四岁，他们通过网络寻找侵害目标，而且使用的犯罪工具里，就有这种氟硝西泮，兄弟警方顺着线索只查到了一个网名，叫'蜜桃小丸子'，他们居然都没见过面就购置到了毒品……妥妥的新生代网络风格啊。综合这些情况局里决定，由你们牵头，现有的人力、物力资源可以跨警种调配，只要对毒王的侦破有利，任何需要，局里都给你们解决。"徐局长道。

对于经费和警力永远捉襟见肘的单位，这不啻天上掉馅饼的好事了。可无论是贺炯还是谭嗣亮都高兴不起来，越优厚的待遇，越能体现上级对此案的重视程度，而这种绝无仅有的优待，只能说明这案子的艰难。

徐局长看看两人，缓缓起身道："第三，破案限期……一个月。"

贺炯和谭嗣亮一脸为难，也跟着站了起来。徐局长道："我知道这有点不近人情了，可案情逼到这个份上已经没有退路了。新型毒品的出现和蔓延，到目前为止，已经引发数十起关联恶性案件，死亡数人，很快就会造成社会舆情的恐慌，结果是什么你们不清楚吗？它不仅会摧毁群众对法制环境、对公安机关的信任，而且会抹杀我们禁毒警察用流血牺牲换来的平安和荣誉。省厅领导已经明确表态，拿不下这个案子回去自请处分下课……办案我不如你们，也帮不上忙，那这处分由我来扛吧……"

徐中元局长敬了个礼道："老伙计，辛苦你们了。你们不用敬礼，也不用送我，开始工作吧。"不待两人回礼，他便忧心忡忡地离座而去了，保密员急急地收拾东西追了出去。

支队长和政委果真没送，不过从大厅出门回头再看时，两人保持着敬礼的姿势一动未动，表情庄严、肃穆，和以往所有大案如山的时候一样。不管是赴汤蹈火还是枪口刀尖，不管是忍辱负重还是身败名裂，作为警察只有一种态度，那就是：

义无反顾！

辅警也是警

初升的太阳渐渐爬上二龙山顶，秋天的萧瑟在阳光下一览无余。

一辆越野车孤独地行驶在坑洼不平的山路上，不紧不慢，貌似赏秋。再近一点，是辆廉价的吉姆尼，改装的轮毂几乎占了车身一半的高度，驾车的男子理着时下流行的锅盖头，表情肃然，目光像在搜寻什么，他握着方向盘的手里紧紧攥着的一样木红色的东西格外醒目，偶尔他会侧耳，似乎在听什么，或者车速放缓，四处观察。

突然，副驾上的圆脸胖子轻声道："兔子。"

"嘘……准备好。"司机男眼睛一亮，精神亢奋了。

原来不是来听猎猎秋风的，是来偷猎野味的。

两人一露手，木红色的竟是两把弹弓，司机见猎物在车正前方无法出手，便驾车缓缓地向前。十几米外，那只肥硕的兔子仿佛意识到了危险，蹦跳着钻进了路一侧的草丛，恰在司机这一侧，他眼光搜寻着，钻进草丛的兔子已经遁走十几米，尖尖的耳朵刚刚藏好，车停的声音让它骤又要逃。

踩刹车，架弓，拉皮，司机男迎着逆光的方向"嗖"地射出了一枚钢珠。从刹车到射出一气呵成，后座的眼镜男明显看到了反射的光线。

"砰！"钢珠入肉，那蹦起来的兔子像被一只无形的手捏住了，一歪头倒地四肢乱蹬。

"帅呆了！"副驾上的胖子开门兴冲冲地奔去捡猎物，一脚刚踏进灌木，突然草丛里扑棱棱飞起来两只野鸡，那胖子兴奋得直拉弹弓，嘴里含混不清地嚷着："快快，吃鸡……吃鸡……"

司机的反应更快，第二枚钢珠已经压进了弹弓包，开门下车人如飞矢蹿了出去，几步后凌空而射，钢珠弹子准确地击中了飞起来的野鸡，打下一撮毛，那野鸡惨叫着落下。紧追不舍的司机男已经奔向落地的方向，又一枚钢珠射出，叫声没了，只听到翅膀扑棱的声音。

"哎呀我去……我就说啊，猛哥是黄鼠狼投胎的，哈哈！"胖子这才悠悠地去捡兔子。

车座位一移，车里又下来一人，是后座戴眼镜的男子。他解着裤子放水，被冷风吹得打了个哆嗦，边放水边喊着："嘿，差不多就行了，你们俩值班睡觉了，我可一夜没睡。"

"再嚷嚷下回不叫你啊。"胖子拾着兔子回来了，扔在后备厢的塑料箱里，他伸着脖子又加了威胁砝码，"吃也不叫你。"

"你敢！等着我举报你俩偷猎，这是自然保护区知道不？"眼镜男笑道。

说话间猛哥已经提着一只野鸡回来了，扔进了塑料箱子笑道："你也参与了，所以只能叫自首……下午睡起来到我家集合啊，明星给你爸带着，多炖几只。"

"唉，好嘞！"叫明星的胖子喜滋滋地应道。那眼镜男不屑地斥道："你真可以啊，看生兔子都能流出口水来。"

三人上车，看看时间不早了，就往下山的路去了，所谓早鸡晚兔这是有讲究的，打这玩意儿要么趁早，要么摸黑，一般在大太阳下就不好找了。正商量着红烧还是清炖的时候，又生意外了。视线里出现了两辆警车，鸣着警笛上山，距离不到一百米时，停下了，正卡在路中央，把窄窄的山路堵死了。

后座的眼镜男飞快地操纵着全键盘手机，查到警车车牌号归属时，哀叹一声："猛哥，完了，二龙山自然保护区警务点的，森林警察。"

"咱们就打了几只兔子，没啥事吧？"胖子明显心虚道，眼瞅着几位警察朝他们过来了。

"咱们也是警察，怕什么。"叫猛哥的司机男定着心神，思忖着脱身之计，不过这种绝地，实在没机会玩速度与激情。

"猛哥，咱就一辅警，扛不住啊！"后座眼镜男紧张道。

"知道还心虚什么？就个临时工能把你怎么着？开除吧，咱们连编制都没有；拘留吧，又给警察丢脸。顶多把猎物没收，打回特巡警大队教育。"猛哥的分析和玩弹弓一样云淡风轻，一瞧就是个老手。

不过老手今天恐怕要失手了，这四位森林警察果真是冲他们来的，前面俩挡着车的去向，剩下俩像盘问嫌疑人一样查他们的证件。至于赃物就更好查了，后备厢的大塑料盒子里放了一堆，兔子、野鸡五六只，把那些森林警察都惊得目瞪口呆……

晋阳市青龙区特巡警大队坐落在远郊，周景万、马汉卫、武燕一组到这里时已经是八九点光景了。大队长王铁路正在电话里和人争执，那破锣嗓子比警笛还响，三人在窗外听他嚷着：

"刘所我知道。怎么处理你问我，我问谁去？又不是禁猎区，又没打着保护动物，还是几把小弹弓，你上纲上线也得有个理由啊！你还别挑我们的刺，你说，你说有什么违法情节……你拉倒吧，要打人了、打架了处理我没意见，打个兔子你处理个屁……你爱咋咋的……"

"咔"一声挂了电话，周景万敲门而入，余怒未消的王队长惊了下，赶紧起身相迎："哟哟哟，周大队长，什么风把您几位刮来了？坐，坐。"

这两位队长是警校的同届生，老相识了。周景万笑着坐下问道："怎么了王队？跟谁发火呢？"

"哎呀，别提了，我们这儿净出烂事。手下几个兔崽子跑二龙山打兔子让人给逮住了，这不森林警察让我领人去，多大个事啊，拿个鸡毛当令箭……唉，我们这儿不比你们啊，一半交警任务、一半110任务，还要加班干巡警任务，处理不完的烂事啊。牲口跑丢的找我们，摩托、单车丢了找我们，连猫狗走丢的也来找我们，警力资源多半耗在这些事上了。"王铁路倒着水，递着烟，这时候才想起老同学的身份，惊讶地问道，"咦，你禁毒上找我干吗，又设卡查车？"

"设什么啊，让你们设卡，就没查住过。"周景万损了句。

王铁路更损："禁毒上人说话这么毒啊，甭想在我这儿蹭饭了啊！"

"去去，说正事。"周景万点着烟，道，"我们来你这儿挑几个人，别说不行，也别糊弄，找几个好苗子，我们禁毒上实在缺人。提前告诉你啊，这调配可是从市局请到了尚方宝剑，不行也得行。"

王铁路大队长听得一愣一愣的，谁被挖人都不大情愿，他仔细问道："什么样的人？"

"警龄够一年的，太短的不要。"周景万道。马汉卫补充道："身体素质要好，我们外勤蹲坑盯梢身体得扛得住。"

武燕也补充着："脑子得好使，人机灵。"

"就这些？"王铁路瞅着来人，脸上的不悦慢慢舒展了。

"嗯，会开车有驾照更好，年龄不要太大。"周景万又补充道。这是几人商量过的，如果要补充新鲜血液，那得从几人的短板处补。

说到这儿，武燕又补充了一条："有电脑和网络玩得很溜的，也可以考虑。"

马汉卫给武燕使了个眼色，有点难了，对于辅警队伍不能有过高标准和过严要求。本以为要讨价还价，却不料听罢要求的王大队长一龇牙哈哈大笑，郑重道："我还真有这种人，咱一家人也不说两家话，'禁毒'这俩字啊，别说对普通人，就算对咱们警察，很多人也怵得慌。人能不能带走，那得看你们的本事了啊。"

"哟，没蒙我？"周景万提防道。

"呵呵，我这青龙区缉虎营特巡警大队名字就有虎有龙，不藏龙卧虎都说不过去。"

王大队长翻着厚厚的一摞表格，挑出三张，往茶几上一拍，道："这个，邢猛志，在我这儿干了一年多了，法学专业毕业，那小身板壮得很！这小子有门绝技，弹弓二十米内打啤酒瓶盖，比你们枪法只高不低。"

"嗯？"周景万一愣，看着那张帅帅的小伙子照片，长脸，脸型有棱有角，型男一枚。

"这个，任明星，留过学，学的还是什么西方艺术专业，飙一口漂亮的外国话，瞅见我们大队门口的打黑除恶标语了没？都是他写的，多艺术啊，一毛钱没花。对了，他家就开修理厂的，别说开车，修车都会，我们队服役二十年的桑塔纳，就他能开起来。"王铁路说着，第二张递到了马汉卫手里，是个圆脸的小胖子，天生带笑，怎么看也不会有恶感。

第三张，递给了武燕，武燕凛然问："这个也很厉害？看样子够呛啊，体重刚过一百斤。"

"必须很厉害，你看他学的专业，计算机信息什么的，修电脑老厉害了，我这连网线都是他们布的，自他来了，我们的呼叫器、执法记录仪、步话，包括电话，就没坏过。"王铁路大队长不吝赞美之词。

此人姓丁名灿，不过被夸成这样，武燕反而不敢相信了，不确定地看看周景万。周景万总觉得什么地方不对劲，却说不上来，于是问道："人呢？我们见见……对了，其他人的资料也拿过来，我们都看看。"

"嗯，自己看吧，基本都是些混俩工资就跑的。"王铁路把一摞资料堆到周景万面前，还真如王大队长所讲，有近一半入警不足一年，而一年以上的，那专业就五花八门了：土木工程的、外贸经济的，甚至还有服装设计的。武燕关注的体能测试一栏里，有的甚至就空着，看来王队是已经把最好的给挑出来了。

"王队，那仨呢？我们见见。"马汉卫提醒道。

这会儿，王队长不受控制地看着三人笑了起来。愣了片刻，周景万拍着脑袋明白了，指着王铁路斥道："老王你坑我是吧？是不是那仨打兔子的，你不想欠人情，扔给我了？"

"哈哈，那你到我这临时工队伍里找特工我能咋整？不出格他也不会出众不是？我还告诉你，要不是看他们已经待不住了，这仨人才我都不会给你，你是不知道这几个给我们大队省了多少钱，办了多少事呢……要，你们去领人；不要，你们就去别处找人。"王铁路一摆手，坏笑地看着几人，终于找到最完美的解决方式了。

三人给噎得半晌才悻悻起身，走时周景万的手指点点这位老同学，气得一言未发……

一个小时后，武燕终于把人和照片对上号了。三人被森林警察拘留了，坐在一个单间里。透过窗户能看到坐在中间的邢猛志，锅盖头，皮肤泛着健康的黑色，和旁边的白胖子任明星形成强烈的反差，而这两个人的大个子和干巴瘦的丁灿也形成了强烈反差，就是这么违和的三人结成了小团伙。

缴车在门外，"赃物"在院子里，周景万蹲着看，武燕笑着踱到了周队身边，好奇地蹲下来。周景万拎着一只野鸡让武燕看，伤处在头部，钢珠准确地穿透了眼睛，这准确度让武燕都惊得多看了两眼，小声道："这野鸡我小时候跟我爸打过，很难打，除非爆头，气枪子弹打在任何部位都不致命，很可能打中了都捡不回来。"

可这几位用的是弹弓啊，武燕捡起了武器，一根树杈子打磨的弹弓，扁皮，上面居然还刻着字：

刑天舞干戚，猛志故常在。

两人相视一笑，这少年很狂啊。

"周队……您好您好……哎呀，怎么把你们惊动了。"负责人刘所出来了，握手寒暄，把周景万请进了办公室，且走且说道，"二龙山自然保护区有山羊、野猪、红腹锦鸡等保护动物，总有人上山偷猎。您说，这几个好歹也是警察，真要不长眼打了只红腹锦鸡那得入刑啊。那国家二级保护动物和野鸡长得差不多，小年轻都是不知天高地厚，真要入刑，那一辈子不就完了……咳，我跟他们队长说，还跟我置气……我也是为他们着想不是，教育总是没错的对不对？来，请，请……"

两人走进去，开始交涉。屋外等着的马汉卫瞅着武燕玩弹弓，笑着问："你玩枪行，玩这个不一定行吧？"

"赌不赌？"武燕拉着皮，像在找准心。

"我扔个打火机你能打中？赌什么？"马汉卫道。

"什么呀，我是赌这几个人，周队看上了。"武燕道。

马汉卫回头看了看，摇头了："够呛能带走，生瓜蛋子，支队长让各行动组挑人，一听禁毒，吓跑一多半，再一听是外勤，剩下的一半也跑了。落花有意，未必流水有情啊。"

"也是啊，你说咱们队为什么就不招人待见呢，包括自己人，呵呵……"两人正讨论着，周景万已经出来了，背后跟着的刘所边走边道："只要没有查到气动武器，只要没有伤到保护动物，倒也不算什么大事。"周队这头说，要把人领回去严肃批评教育，那头的刘所摆摆手，一脸有苦难言。

问题当然还出在那三位辅警身上，周景万、马汉卫、武燕三人掀帘子进门时，那三人居然伏案而睡了。马汉卫敲敲门嚷着："嘿，嘿，醒醒，玩得累成这样啊。"

"昨晚9·29打黑除恶行动我们值了一夜班，能不累吗？"任明星回了句，是那位小胖子，口气里一点也没有犯错的觉悟。武燕接茬儿道："哟，值班了？抓到黑恶分子了没有？"

"黑恶分子很狡猾，他们睡觉了没出来，抓谁？"胖子任明星道。

"哦，于是趁交接班跑了二十多公里抓兔子来了，跑的时候还不到交接的点吧？"周景万一下子挑到关键了，那小胖子一噎，不说话了。这时候丁灿迷糊着醒了，哼哼唧唧道："喂，麻利点处理啊，犯了哪条法了，跟我们过不去啊？少吓唬人，这儿根本不是禁猎区。"

一旁坐着的邢猛志捅捅睡迷糊的丁灿，丁灿这才发现问错人了，奇怪道："咦，你们谁啊？"

"猜一猜，猜中放你们走。"周景万拉着椅子坐下了。

那哥仨一换眼神，任明星脱口而出："警察。"

"废话，不是警察能放你们走？我们是什么警察，看出来了吗？"周景万道。

任明星一怔，看向丁灿，丁灿却看向邢猛志，这个细节让三位老警瞬间判断出了，邢猛志肯定是带头的。武燕瞥眼审视着，现在有点明白为什么王铁路大队长愿意给人了，就邢猛志这样，十有八九是在辅警队伍里混成警油子了。

"你能当得了家？"邢猛志好奇问道。

"当然，你们王铁路大队长都得给我几分面子。"周景万道。

第一次见面，这位辅警倒没有一点怯场，一眼扫过头发稍有蓬乱的周景万、留着寸头的马汉卫，还有在一旁虎视眈眈眼神凌厉的武燕。邢猛志又不信地问一句："就这么简单？"

"嗯，你觉得哪个警种会来处理你们这烂事？"周景万道，有点故意带偏的意思，不过脸上看不到任何表情，那是长年和嫌疑人打交道已经僵硬的脸。

"这个不算难吧，看你们的体格，像是特……警……但肯定不是……很容易猜嘛，缉毒警。"邢猛志慢吞吞说着，眼光从几人身上看过，当他的目光收回时，一下子给出了答案。

见那三位一愣，邢猛志起身了，拉着看傻的丁灿和任明星道："走了，没事了。"

武燕见他如此嚣张，气不过，斜着眼说道："小伙子弹弓玩得不错啊，可万一伤着人怎么办？有持弓证没有啊？"

邢猛志还未答话，他身边那个小胖子就笑嘻嘻道："姐姐你这也太夸张了吧？玩个弹弓还要个什么持弓证？"

武燕正想借题发挥呛他们几句，没想到那个叫邢猛志的狡黠一笑，道："您说得对，可我不光有证，还提前备了案。"

他身边那个叫丁灿的连忙补充道："可不是嘛，我们虽然只是辅警，但也算半个警察啊，可不会知法犯法。"

说完三个人就嘻嘻笑，武燕气得够呛，瞪眼道："不会知法犯法？打野生动物不犯法？不犯法怎么把你们仨关了起来？告诉你们，现在打麻雀都犯法！"

小胖子见势连忙点头认错："是是是，您教育得对，我们已经知错了，以后不敢了！"

三人说完，拿上自己的东西起身出门。刚出门，邢猛志和任明星又奔回来了，把兔子、野鸡捡回筐里端着就走。一旁瞅着的刘所不满意了，气愤道："嘿，嘿，你们干什么？谁让你们拿走了？"

"我们要把这些被残害的小动物挂起来，以提醒我们反省自己的错误。"邢猛志严肃道，胖子任明星也在一旁帮腔："对，得放家里，时刻警惕。"

"不能放家里，得上交给组织。"邢猛志道。

"对对，看我这觉悟，就是不够高。"任明星道。

两人边跑边扯，把刘所噎得一句话没说出来，那俩倒端着猎物奔出去了。跟在后头出门的武燕被逗得扑哧一笑，刘所脸色更是难看了，悻悻回了办公室。周景万几人踱出森林派出所大门，那仨开着那辆吉姆尼已经绝尘而去。

上车启动，憋得受不了的马汉卫开口了，直道："周队，这啥都没说，什么意思啊？"

"混成油条了，不好收拾啊。"驾车的武燕提醒道。

副驾坐着的周景万莫名其妙地笑了笑："那怎么着？总不能以此为要挟，让他们来禁毒上吧？"

"辅警这纪律可真是够呛啊，不来是好事，咱们的条条框框这么多，干不了几天就得出事。"马汉卫道。

"我建议到特警队里挖挖墙脚，要不到市局大案队里挖，人挖到就能上手。"武燕道。

"呵呵，说是一切向禁毒倾斜，但各队的骨干不可能都给禁毒上啊，再说就给也轮不到咱们组啊……我倒觉得这几个小家伙可以试试，这个邢猛志不简单啊，怎么一下就猜到我们是缉毒警了……武燕啊，你侧面了解一下情况，背景没什么大问题咱们再合计一下。"周景万道。

"真别奇怪，辅警队伍里什么人都有，还有妇幼保健专业就不了业来当辅警的。"马汉卫泼着凉水。

武燕笑着应一声，跟着直点刹车，她讶异地放慢速度，然后慢慢停到了路边。原来是那辆吉姆尼停下了，那一脸人畜无害的小胖子任明星喜滋滋迎上来敲车窗。周景万放下车玻璃，那胖子变戏法似的一提手，拎着只肥硕的大兔子，吓了周景万一跳，周景万哭笑不得地问道："这是干什么？"

"领导，心意啊，您拉了兄弟们一把，我们得表示表示啊！"任明星说着就往里递兔子，直嚷着，"野生纯天然啊，市里大饭店一盘得卖一两百，难得有这口福。"

马汉卫取笑道："胖子，你们不说上交组织吗？怎么贿赂我们来了？"

"没错啊，胃组织也是组织啊……嘿，我说领导，这……"任明星道，东西却被周景万推出去了。此时刚接到电话的武燕附耳说了一句话，周景万的表情一下子变了，急急对任明星道："小胖子，这是我的名片，随后联系我啊，先走了，有案情……你们记住喽，别没事跑自然保护区去啊，真伤到保护动物我也保不了你们了……回见。"

走得火急火燎，把任明星撂在了原地。而车里气氛陡然凝重了，一个相关案情的消息传来：昨晚吞服毒品的嫌疑人秦寿生醒了！

办案间隙来招人的周景万几人一听这消息，风驰电掣地往医院赶……

智取嫌疑人

武燕、周景万一行匆匆赶到医院。已然快到午时时分了，路上本来就堵，医院里更堵，脾气不大好的武燕差点撞上救护车。

烦躁，极度烦躁，但凡案情纠结的时候，办案的心态都不怎么样，更何况这个案子已经纠结了数月尚无线索，昨晚逮着的那俩满打满算不过几粒药片，但也算是重大收获了。

两个嫌疑人，被抓的那个胖子叫孔龙，晋阳市无业人员，东西是从另一个嫌疑犯手里购得的，就是吞服毒品被送医院的这人，姓秦名寿生，线索一下子全指向此人了。上楼时武燕拽了周景万一把，指指医院门外的泊车，一瞅那两辆警车，周景万怔了下，脸色难看了几分。

那是支队其他组的，"同行是冤家"这话用在警队也合适。一个支队几个直属行动组可都在找毒王的线索，有这么个现成的人证，恐怕其他组免不了要动心思捷足先登。

"不是鲁大葱就是田鸡。支队长是越来越不信任咱们了。"马汉卫怒道。

那是两位组长，鲁江南、田湘川，一个爱吃大葱，一位眼睛近视，被人私下起了这么对外号。周景万却是斥了句："少在人背后瞎扯人小话，都是一单位的，乱起什么外号？"

"不是我起的，咱们回支队前这外号就有了，外头还叫咱们支队长和政委'禁毒双凶'呢，凶手的凶，其实也没啥恶意，就是说咱们领导长相砢碜了点。"马汉卫道。

这话听得武燕嗤声一笑，周景万却直接踢了一脚，眼神狠狠一剜，不理会他了。

"人不经念想"，三人上楼，楼梯一拐弯就看到了"双凶"，惊得马汉卫直吐舌头。鲁江南、田湘川看样子是陪着支队长和政委来的，几人正在ICU重症室外等着。匆匆而来的三位被支队长贺炯伸手拦下了，他看看表，道了句："怎么这么慢？"

"昨晚不是说各组可以选拔几个人手吗，我们去了趟特巡警大队。"周景万道。

"嗯，招辅警注意背景审核啊，咱们的队伍很敏感。"政委谭嗣亮提醒了句。

周景万应了声，问道："支队长，这儿……怎么样了？"

"不知道是装傻，还是真傻了。"贺炯咬着牙道。远处被铐在病床上的嫌疑人两眼呆滞，口水长流，有医生正给他检查着。瞅了几眼贺炯道："你们稍等等，支队通过局里请了个医学博士，一会儿给你们扫扫盲。"

扫盲，这个词让众缉毒警汗颜了。别说是学校里学的，哪怕是一线的缉毒警，有时候也认不全那些花样迅速翻新的各类毒品，大部分时候认知的速度跟不上毒品换代的速度。目前组里的队员对于毒王一无所知，恐怕得从头开始了解了。

不一会儿电话就响了，支队长和政委亲自去迎，让众人稍稍意外的是，支队长司机接来的是位肤白面嫩、文雅秀气的年轻男生。男生迎着贺炯和谭嗣亮两位老警显得怯生生的样子，一握手介绍才知道这就是那位医学博士，林拓，精神类药物学家，省药检局重点引进的人才，在一所省立戒毒所挂职。

没几句就转到了本行，问题也不算难，就是给这位逃避打击吞服毒品的嫌疑人鉴定一下病症，毕竟是因为警方临检所致，真要整出个精神病或者脑部受损来，怕是支队也难辞其咎。捎带着政委表达了后期需要协助的请求，这位林拓医生笑了笑道："几位领导别客气，我刚接受了省立戒毒所的聘书，以后打交道的机会还有很多。没问题的，知无不言，言无不尽……没必要谈'毒'色变，氟硝西泮目前在全球有六十多个国家仍是合法的，在我国是第二类精神管制类药物，它在广谱抗癫痫、抗焦虑、抗惊厥、催眠等效用上，效果非常明显，其医疗价值是大于依赖价值的。"

"正用是药，滥用为毒啊，这个我们理解。"谭政委转移话题问道，"林博士啊，我们今天请你来主要是咨询一下，吞服这种药的话，会……产生什么后果？"

"啊？吞了多少？"林拓吓了一跳。

支队长和政委看向了武燕，武燕道："有四五片吧，不过当场就吐了不少，然后马上就被送到这里洗胃了。"

"那没什么大问题。"林拓脸上的惊惧表情一闪即去。

专业人士的云淡风轻让支队长放松了，他出声问道："可清醒后……好像，好像有点不正常了，这种情况……正常吗？"

林拓从支队长难堪的眼神里读懂了潜台词，他笑道："哦，我懂了，你们是想让我鉴定一下，是药物反应，还是假装的药物反应以逃避法律制裁，对不对？"

贺支队长点点头，无奈道："如果真是药物反应，我们不逃避责任，但就怕装出来的反应，让嫌疑人逃了，那我们的责任就更大了。"

林拓想了想，出声问道："验血报告有吗？"

"有。"鲁江南递了上来。林拓随手翻着，皱着眉头且走且看，拐进走廊时他停下了，抬头问："刚才谁进过病房？"

贺炯被问愣了，指指身边几人，道："我们……都进过。"

"那进过的都等在这儿，没进过的……你，你跟我来。"林拓意外地点了武燕。武燕倒无所适从了，贺支队长示意后，她才跟着这位林博士去了。

林拓把武燕带进了值班室，片刻后两人出来了，意外的是，武燕竟换上了护士服。看守的警员诧异地看着这两位，领导示意后才放行。两人推门而入，林拓招招手，把里面的一位护士打发了出去，然后他严肃地看着病床上的嫌疑人。

摸额头试体温，听诊塞进胸口听诊，林医生的表情肃穆更甚。嫌疑人秦寿生一只手被铐在床上，似乎被医生的动作惊醒了，他嘴里嗬嗬有声，面部口眼歪斜。

"药物反应很严重啊，可能伤及了中枢神经导致神志不清，病历给我。"林博士皱着眉头道。戴着大口罩的武燕把床头的本子递给林拓，此时她有点莫名其妙，不知道这位林博士的葫芦里卖的是什么药。

"啊？吞服的是氟硝西泮？"林博士惊声道。

"嗯，吐了一部分。"武燕压着嗓子道。

"这种直接吞服比和着酒精、饮料吞服危害更大，昏迷、嗜睡、顺行性遗忘是初级反应，很快药物的副作用会更大，得赶紧组织专家会诊。"林拓道。

"还会有什么副作用？"武燕配合问道。

"脑部海马体病变，出现头痛、恶心、短期失忆。"林拓背对着病人在观察心律仪器，他不动声色地轻轻拉了武燕一把，武燕也背朝着病人了，只听他继续道，"甚至有可能引起机体某些功能障碍。"

"什么功能障碍？"武燕轻声问。

"咱们收治过几例氟硝西泮吸食人员，都留下了性功能丧失的后遗症，唉，年纪轻轻就不能人事了，可怜啊。"林拓好不惋惜地轻声道。

话音未落，床上那位"啊"一声坐起来了，拉得铐子当当响，惊得林拓和武燕侧头。那"病人"口眼不歪斜了，一脸恐惧地问道："医生，真的假的？"

戴着口罩的武燕没想到是这个结果，"扑哧"一声笑了。林拓笑道："你醒不了当然不能人事，醒了嘛应该就没事了。"

门突然开了，支队长几人走了进来，此时嫌疑人秦寿生瞬间明白了，"吧唧"一拍额头痛苦地闭眼，难过道："哎呀我去，这什么医生，比我还下三烂？"

"咱们都是演技派，你都能装病人，还不让我装个医生？呵呵……没事，你都被洗胃了，残留的氟硝西泮效用相当于安眠药，送医院很及时，不会有什么副作用。留给你们了。"林拓道，他知趣地退出了ICU。几位警察盯着坐在床上的秦寿生，这货表情已经蔫了……

不多会儿，秦寿生经过健康检查，便被铐上了，由鲁江南和田湘川负责带走。秦寿生走时还狠狠地瞪了那医生一眼，林医生不愧是见过大世面的，对这个威胁报之一笑。支队长和政委这颗心算是放肚子里了，和林医生作别时千恩万谢，招呼着周景万亲自去送林拓。几人匆忙一走，可把马汉卫、武燕两人给搁闲了。

不过在禁毒行当里你别想闲着，周景万临走还留了个任务，让两人抓紧时间休息，审讯结果出来之前，顺便把那几个辅警的背景调查一下。

两人你看看我，我看看你，却是连车都没了。

"哎，你说鲁组长和田组长这两人怎么老这样，但凡有线索来，他们总来插一脚，又把审讯活儿给抢了。"武燕牢骚道。

"支队直属的行动组，队里着重培养嘛！"马汉卫道。

"那周队还是咱们支队长的亲弟子呢！你好歹也是副大队长出身。"武燕像是在责怪两人太软弱，不会争不会抢。

说到这茬儿，马汉卫牙疼了，摆手结束话题："别提这茬儿，我现在不求有功，但求无过，能平稳把这道坎过去比啥都强。"

"那事还没了？"武燕同情地问。

"快开庭了，我得站在被告席上体会一下当被告的感觉了，别用同情的眼光看着我啊，要看就看周队，他受我牵连更可怜。"马汉卫咧着嘴，无奈道。

一口能盛两桶水的大锅咕嘟咕嘟小火熬着，翻腾着的沸汤里能看到八角、花椒，还有剁成块的兔肉，几个小时的熬制让屋里飘溢着浓浓的肉香。

隔间的方桌上铺着红的、蓝的、绿的整块扁皮，一张张扁皮规尺量好，滚刀切过，一摞摞不同锥度的弹弓皮就成形了。接下来还有更烦琐的事要干，要用细韧的琥珀线把皮子和弹弓包绑好，这样会让玩家很方便地将扁皮绑到弹弓架上。

邢猛志干得很熟练，等听到敲门声抬头时，才发现不知不觉天已擦黑，他揉了揉酸乏的腰起身开门。胖子任明星挤了进来，径直奔向锅台，放下饭盒，伸着勺子先捞了一块，吸溜吸溜吹着放嘴里了，边吃边含混不清道："好吃，好吃……这手艺一绝啊！"

"食材快绝了，小时候南郊这路边就经常能打到，现在得几十公里……火山咋还没来？"邢猛志问道。火山就是丁灿，丁灿就是火山，缘由是这货写的字堪比乌龟爬，入队时王大队长一点名就喊成了丁火山，到现在喊顺了，都不喊大名了，直接叫火山。

"店里忙呗，咱们先吃。"任明星又捞一块。邢猛志拽着他进外屋了，边拽边道："才几点，急个屁呀……把这几个快递给我贴好，我炒个素的。"

任明星不情愿地给邢猛志粘着单子，粘几张就无聊地伸出脑袋来问："猛哥，你那弹弓群多少人了？"

"一百多。"

"卖装备一个月能挣多少钱？"

"千把块吧，不一定，这本身就是穷人的玩具，你指望挣多少钱？而且只能卖给我们那个弹弓群的人，个个都有持弓证，才不容易出乱子。"

"挣这么点钱，还这么麻烦！要不跟我爸说说，咱们学汽车改装去，捎带卖汽配。"

"甭提这茬儿啊，都是非法改装。你丫这辅警是白当了，法制意识一点都没增强。"

"那咱们总不能一直合法地当穷光蛋啊！"

"我在想，没准儿咱们真有机会能当上警察。"

"那不还是穷光蛋吗？"

"得了得了……开门，都说了咱们不能讨论人生，讨论收入，讨论理想，讨论妞，这不戒很久了吗？光想顶屁用。"

邢猛志炒着菜，唤着任明星开门，最后一位来了，丁灿提了两瓶杏花村，一袋子猪头肉。几人利索地装盘，上桌，捞进大盆的兔肉往中间一放，肉香四溢，三人嚼得不亦乐乎。几口肉下肚丁灿想起一事来，边吃边道："我跟你们说啊，知道今天早上那几个缉毒警为什么找咱们吗？"

"为啥，总不能是咱们帅得惊动组织上了吧？"任明星嘿嘿笑着问。

"我觉得有可能。"邢猛志笑道，"咱们也快成特巡警大队资历最老的辅警了。"

"对，其他队也有招的，据说是各禁毒大队招募一线辅警，待遇从优，专挑各队从警时间长、表现优秀的辅警入职。我下午问了，北城特巡警大队招走两个，记得网安大队那个邱小妹吗？她也去禁毒上了，说是借调。"丁灿道。

任明星和邢猛志突然停下，两人相视一眼，丰富的临时工经验让两人异口同声脱口而出："这是个坑。"

"禁毒上绝对是有大行动，到各队拉壮丁了。"邢猛志道。

"对，给个临时工待遇，拉来当特工使。"任明星道。

"也不像啊，咱们这内陆省份，不是毒品重灾区啊。"邢猛志纳闷了一句。警务的升级是跟着犯罪的形势走的，哪一类的犯罪率高，哪一类的警种相对就强，要说晋西这个内陆省，毒品犯罪率较沿海还是有相当差距的。

"管他呢，挣这俩小钱卖力不卖命啊，要去你们去，我是不去。"任明星嚼吃着，没当回事。

邢猛志皱了皱眉头，也放弃了，哪怕在警营，他对这个神秘的警种也是一无所知，顶多是有对"毒品"这两个字的怵然，态度自然敬而远之。

丁灿取笑道："告诉你们多学点文化知识就是不听，毒品早就由单一的植物性扩展到植物加化学合成、纯化学合成的多样化品类了。你们的意识还停留在上世纪贩毒电视剧用洗衣粉袋装海洛因的时代，事实上现在的毒品犯罪已经很简单了，只要有原料供应，稍有点化工知识，在车库里都能做出K粉、摇头丸，甚至冰毒来。咱们省道上跑大车的司机，十个里有七八个会吸两口，那都是粗加工的提神磺胺类化学药物，有些农村都能加工了。"

"呀？"邢猛志打趣地说，"这还没隔一日呢，怎么就成专家了？"

"呵呵，他在追那个邱小妹，肯定下功夫找话题，省得俩程序员见面尴尬，总不能用编程语言谈情说爱吧？哈哈。"任明星一语道破。

丁灿却是毫不着恼，得意道："我是在突击恶补毒品知识，说不定能成为我脱单的突破口啊。你们觉得咋样？"

"不太现实吧，人家正经八百警官大学毕业，根正苗红，你混个野鸡大学天天干地下社工的活，毒草一根，不搭调啊。别提高中老同学那茬儿啊，那时候没早恋成，现在才后悔？"邢猛志直接否定，一下子把丁灿从头到脚泼凉了。

"别别，火山，我倒觉得可能。"任明星见丁灿表情一好，更重的打击来了，只听他道："你别光学毒品知识啊，干脆去贩毒，赚上个千把万，一准行。"

这话听得丁灿直翻白眼，邢猛志笑着问："怎么，你准备为爱去禁毒了？"

"这不和你们讨论下吗？我本来想去，但是一查今儿来见咱们那几位，又打退堂鼓了。"丁灿道。

"啥意思？那几个人咋了？"任明星一想到这个，掏口袋拿出张名片放桌上道："带头的那个叫周景万，人挺不错的。"

"这可是个牛逼人物，原第九禁毒大队队长，立功受奖十一次。咱们还没当辅警时，我就听过有个四十七千克的冰毒案，那就是他们侦破的，一案五个极刑，轰动一时啊！那个寸头男叫马汉卫，原第九禁毒大队副大队长，他们是搭档，别看那样普普通通的，那是个卧底出身的传奇警察啊，二等功臣。"丁灿凛然介绍着。实在是那几位看起来太过普通，和他从内网上查到的消息对比过于强烈，一时半会儿消化不了。

任明星不说怪话了，身处这个职业环境哪怕有一千句牢骚、一万句怨言，但在真正听到那些枪口刀尖的故事时，总还是让人肃然起敬。邢猛志竖竖大拇指道："牛人，厉害！"

"啧，越是这种牛人，混得越悲催，你看他俩那造型，跟网上追逃人员一个样。"任明星道。

邢猛志笑了笑，却突然抓到一个重点，愣声问道："嗯？你刚才说'原大队长'，难道？"

"下课了。"丁灿一耸肩，一摊手，好不惋惜。

"看看，我说什么来着。"任明星撇撇嘴。邢猛志好奇地问道："自己都下课了还来招咱们？他们犯的是什么错误？"

"这个故事就长了，很多人都知道。"丁灿介绍着，"是因九大队一次情报失误，破门准备抓捕聚众吸毒人员，却根本没有毒品在现场。那个马汉卫反倒和一群社会闲散人员起了冲突，冲突中摔坏了记录仪，偏偏最后还有一位'群众'受了伤，经鉴定虽然是轻伤级别，但还是捅了马蜂窝了。事主请了一拨律师起诉，不得已支队只能处理出警的马汉卫以及负领导责任的周景万，两人齐齐下课。"

警队里被革职都叫"下课"，可还有一条不成文的规矩叫"下课不下岗"，哪怕革到底你也得从头干起——这两位就是了，回到支队当起了最底层的侦查员。

"这两人是爷们啊，在哪儿跌倒，再在哪儿爬起来！"邢猛志评价道。任明星也竖竖大拇指道："是。这么说来，咱们临时工也不算苦逼了啊，他们比咱们还值得同情……来来，为同情干一杯啊。"

"这干杯理由有点欠揍啊……为好人求个好报干一杯吧。我以茶代酒。"丁灿道。

"火山，你带来的酒，你怎么不喝呢？把酒倒上！"任明星把刚举起的杯子一放，不干了。

"这不带给你们喝的嘛！今个晚上还有活儿，就不喝了。"丁灿摆手道。

"行行行，不挡你财路，咱走起来。"邢猛志道。

三人碰杯，邢猛志随口问道："不还有女的，那悍妞也是犯错误的？"

那位女警凌厉的眼神给人的印象实在深刻，邢猛志也不知道自己怎么鬼使神差一下子想起来了。

"可不咋的，你能想象吗？一女警任务中扇了嫌疑人几个耳光，打掉了那家伙两个大牙，直接被革到底了。她叫武燕，原来在七队重案组，全省警务大比武，警体拳和近身格斗两个项目，一帮老爷们儿被这个女的干趴下了，有名着呢。"丁灿笑道。

"哎呀，这么重口味的妞肯定找不着对象，老大，你有机会了，哈哈。"任明星取笑道，邢猛志一听捏着他的脖子灌了一杯，把任明星灌得剧烈咳嗽开了。两人闹着，丁灿像是在下决心，犹豫半天才开口道："还有件事……嗯，我不知道该不该告诉你们……"

"什么事？"邢猛志问，他知道这位键盘侠的路子比大多数人都野。任明星瞅瞅丁灿，好奇地问："咱们仨数你小子有钱，你不会贩毒了吧？心虚什么？"

"啧，哥这智商还需要贩毒吗？哪儿赚不到点钱啊。"丁灿不屑道。

"那是什么事？"邢猛志催问道。

"不是什么好事，有人在网上做手脚，估计是针对武燕的。"丁灿说着掏出手机，打开，放了一段视频。那画面看得任明星和邢猛志眼睛一直，只见武燕状似疯狂地追着一个人，手起铐落砸人，捏着一个人腮帮子使劲摁，再然后又拿着矿泉水灌，又摁……那彪悍样子可把任明星和邢猛志看傻了。

"我觉得这事有点过了，嫌疑人也是人啊。"丁灿道。

"不对不对，你懂个屁……往回放，这是被剪辑过的。你猪脑子啊，娱乐场所公开临检，可能这么公然刑讯吗？"邢猛志一下子看出不对了，道，"这是吞了毒让他往外吐呢！那些个不要命的毒贩子，干得出这事来，不但逃避了打击，没准儿还能反咬警察一口……咦？这视频你哪儿得到的？"

"网上接的活儿，雇主让扩散。我呢，有这项业务，卖卖微博粉，收点辛苦费啦，只限你们知道啊，别人问起来我是不会承认的。"丁灿含糊道。

知道这货靠网络赚外快，任明星红着眼恨恨骂了句："狗日的水军说的就是你吧，挣钱了也不给兄弟们分点。"

"别扯淡……那扩散开了吗？几点发布的任务？"邢猛志问。

"我来的路上。"看邢猛志皱眉了，他解释道，"别这么看我，我好歹有点底线，这任务我拒了。一般炒作的雇人都是经过几层代理，没法反查的。往高一点的层次他们甚至用国外的代理服务器发信息，信息都是阅后即焚，电子证据也不会留下。"

所以，这就无解了。一个劲爆的消息会勾起一堆吃瓜群众的兴趣，一堆能带动一片，只要足够抢眼球，很快就会席卷网络，所有的网络事件都是这么来的。那些怀着不可告人目的的始作俑者，往往就是通过这种隐秘途径达到目的。

皱着眉头的邢猛志开始在手机上搜索，当他看到微博里已经可以查到关键词时，为难地吧唧着嘴，放下丁灿的手机，拿起了周景万的名片，然后一思忖，掏出了自己的手机。任明星一下子摁住他，凛然道："猛哥，你可想好啊，事还没出呢，你先预警，解释得清吗？"

"见义勇为我没那觉悟，可见死不救也不是我的风格，好歹人家帮过咱们一把呢。兔子吃多了连良心也吃了？平常那些挂警衔的我未必服气，可这几个不一样，绝对是有信仰有本事的，否则就不会有这么多明枪暗箭针对他们。咋？我们也当吃瓜群众，看他们的笑话？"邢猛志问。

那俩归属感没有，正义感还是有的，点点头，不说了，且吃且喝，任明星嘟囔了句："晚了，来不及了啊猛哥，水军那些王八蛋小手一抖，五毛到手，再快也赶不上他们转发的速度啊。"

"做总比不做强啊，好歹咱们是半个警察呢。"邢猛志说着拨通了周景万的电话，急急地道：

"周队，我是邢猛志，早上打兔子那个还记得吗……哦，找你是其他事，我给你发几个网址你看下，是有关武燕的，有人可能借此生事，没准儿和你们在查的案子有关……好，我马上发给你……"

信息发过去，良久也没有回音。一桌狼藉，酒去一半，就剩下清醒的丁灿喃喃地说了句话："猛哥，别怪我觉悟低啊，其实我从小的梦想就是当警察，而不是辅警这样的半个警察。你看现在，即便你能预见可能出现的烂摊子，可谁把你辅警说的话当回事啊？"

邢猛志眯着醉眼，看着门口挂着的警服和警服上辅警的臂章，幽幽地叹了口气，谈兴尽去，再无言语……

警队遇骚乱

笃笃笃！几声沉闷的敲桌声，鲁江南淳厚的嗓子又一次发声："秦寿生，抬头，看着我。"

"大哥你帅气逼人啊，实在让小弟不敢直视。"秦寿生有气无力地抬头，一副生无可恋又欠揍的样子。

"不要转移话题，不要回答不相干的……现在第四次讯问你，想好再说啊，你嚼了几粒蓝精灵？"鲁江南问。

"四五颗吧。"秦寿生道。

"到底是四颗还是五颗？"鲁江南问。

"记不……清了，哎，你别瞪眼啊，你让我想好再说，我没想好怎么能胡说，确实是记不清，脑袋现在还昏着呢！哎，我说你太没人道主义精神了啊，水都不给喝？你们这叫虐待。"秦寿生幽幽地道。

"不给你倒上水了吗？"田湘川气不打一处来。

"你给我接的自来水，凉的，喝了拉肚子谁管啊？"秦寿生道。

田湘川没理会这茬。鲁江南继续问道："毒源从哪儿来的？谁卖给你的？还是自己做的？"

"我要能做出来，至于是这鸟样吗？这问题不问了好几遍了吗？"

秦寿生道。

"那就再回答一遍，详细点。"鲁江南道。

"网上买的，那人叫机器猫，我给他转钱，他把东西给我送来。就这么简单，你们听不明白啊？别问我他是谁啊，我也没见过。"秦寿生重复道，和前几次如出一辙。

"你是第几次买了？"鲁江南道。

"第一次。"秦寿生道。和警察交代犯罪问题，所有的嫌疑人都会下意识讲这是第一次，没被抓住的当然不能算在内。

"你觉得第一次合适吗？"鲁江南如是道。

和不止一次进局子的嫌疑人打交道，有时候就得用透点黑色幽默的手法，这句话的潜台词是，肯定不是第一次，别给我要花样。

秦寿生想想，嗫嚅道："要不第二次，您看合适吗？"

"那上一次的时间、地点、交易数量，详细说清楚。"鲁江南道。

"上一次……好几星期以前了……"秦寿生目光游移着，想想道，"你们可想好啊，光有口供没证据，回头我再不承认咋办？你们自己看哦，脑袋上给你们那手铐砸得现在还有个口，肿着呢……脸上掐的伤还在呢……我就是个吸毒人员，我自己吃了，碍着谁的事了你们跟我过不去……"

"老实点！"田湘川烦躁道。

"我怎么就不老实了，我穷得连自己吸货都凑不着银子，你见过有这么穷的毒贩……哎，对了，我还真有个事得给你交代一下。"秦寿生表情一凛，想起什么来了。

"说吧。"鲁江南期待了一下。

"这段时间货源太缺，我扎了几针，你们得给我体检体检，别有艾滋病啥的，真染上了去看守所人家也不给安排住的地方……真的，不信你们看看胳膊……跟你们讲啊，蓝精灵这玩意儿又经济又实惠，没货吸的时候，就这玩意儿能扛过去，我都是自己吃的，没给谁……"秦寿生说着，一脸疲惫的表情，张着大嘴打哈欠。这哈欠足有正常人的两倍时间长，打哈欠时浑身不由自主地哆嗦，一哆嗦，泪和着鼻涕就开始簌簌而下了。他低头在铐着的胳膊上一蹭，一吸溜，哎呀，那场面酸爽得鲁江南浑身起鸡皮疙瘩。

不行了，先叫队医吧。审讯再次中断。

"这个嫌疑人不在吸食人员的名单里啊。"政委谭嗣亮道。

就在支队的留置室隔壁，一行人观摩着审讯过程，贺炯手指点点额头思忖道："就这德行不会知道太多，他说那'机器猫'是什么？"

"网名，他的手机送技术上分析了。"武燕道。

"网络名……呵呵，比前些年道上相传的江湖绰号还隐蔽啊，可查吗？"贺支队长问。

"恐怕不好查了，昨晚的动静那么大，得缩一段时间了。"武燕道。

但凡绰号都难落实，更何况这种在虚拟世界里用到的名字。这些新兴的玩意儿对于已经年过四旬、电脑和智能机都用不利索的支队长，实在是难如登天啊。

"再审审，沿着他的社会关系从外围再捋一遍。孔龙交代了吗？"贺支队长问。

"交代了，前半截说是秦寿生给他的，可和监控对不上，又改口说网上买的，卖给他的人叫'机器猫'。和秦寿生这儿一对比，应该没错，孔龙认识秦寿生，奇怪的是秦寿生却不认识孔龙。"谭政委道。

对于具体的案子，支队长和政委除了看结果已经鲜有亲自参与了，但凡他俩参与的都是疑难杂症，看样子一下子解决不了。两人且走且听支队长道："是块难啃的骨头啊，多来几个网安大队上的同志协助一下，这案子恐怕会很棘手……哦，燕子，你先别搁这儿熬了，回头和周队说一声，明后天咱们开个分析会，让他准备一下。"

"好嘞，支队长。"武燕跟着支队长和政委的步伐出了办案区。此时有两部手机同时响起，一部是来信息的声音，一部是未接电话的提示音。贺炯一看消息，眉头皱住了，看向了武燕。而武燕正拨通了马汉卫的电话说着："我在审讯区，刚才没信号，怎么了？……啊？"

"快走！"贺支队长摆头道。

审讯不过半个小时就出情况了，三人几乎小跑着奔向支队的指挥中心。周景万、马汉卫在门口迎着，贺支队长急促问道："什么时候的事？"

"不到一个小时。"周景万答。

"现在有多少了？"支队长问。

"从几百一下子暴涨到几万了，现在遍地都是。"周景万道。他指指一个台席，那台席上坐了位女生，戴着眼镜，脑后梳着很长的大辫子，起身敬礼道："支队长、政委，网安大队邱小妹前来报到。"

"坐，现在什么情况？"贺支队长急切道。

那女警坐在电脑前娴熟地操作着电脑，分屏，分屏，再分屏，瞬间把目标信息分了数个画面在指挥屏幕上，就听她道：

"我是十八时四十五分接到周队长给的信息，当时关键词的搜索不到九百。现在是十九时十分，在二十五分钟的时间里，已经飙升到三万四千个帖子，微博、贴吧、门户网站、搜一搜等栏目里，有Web、有APP，目前闭环式的APP，比如微信一类的，我们暂时无法统计……这是传播的不同版本，大致有六个，所有视频都是昨晚晋昊娱乐现场，应该是从他们的监控里提取的。"

整个大厅只有邱小妹一人清清朗朗的声音，一室技术员加上支队长一行都肃穆地看着大屏。

标题党风格的：快看，暴力女警打人视频；悬疑派风格的：警察当地打死人，死者被抬走至今下落不明；新闻类风格的：晋阳警察打人过程曝光；章回体风格的：人民警察打人民，黑恶不除违民心。

每一个新闻都配着大同小异的视频，被剪辑过，比如悬疑派，就配着嫌疑人被抬走的画面；比如暴力女警的，就渲染抓捕、挟着秦寿生吐药的段落，如果不知道真相，单看视频里武燕的彪悍动作，还真能把人看出一肚子怒气来。

此时武燕可傻眼了，气得脸色发青，一句话也说不上来。还是政委冷静，问邱小妹道："你们网安上民警的惯常处理方式是什么？"

"删帖。"邱小妹给了一个简单的处理方式，看到支队长表情不善，又补充道，"舆论伤人有时候更甚于刀枪，如果不加以制止，很快我们就会处在尴尬境地。不解释别人认为你就是黑，可解释往往是越抹越黑的效果。等我们把真相摆出来，恐怕已经无法挽回给我们声誉造成的损失。"

"最坏的可能是什么情况？"贺炯问。

"一般这种负面炒作都是趁着下班时间，发酵一夜足够事件失控了。服务器遍布全国，他们甚至不介意使用境外的，只要发动起足够多的网民群众参与，那自然而然就成一次全国性的事件了。幸亏周队发现得早，如果不是及时发现，发酵几个小时后，我们想控制都来不及了。"邱小妹道。

"做吧，尽你所能。"贺炯道。

邱小妹应了声，把请求发给了网安大队。她解释需要上级网安请求权限，这个过程需要一到两个小时，她自顾自说着，一会儿回头那几位都已经不在她背后了。她吐了吐舌头，为自己头天来就遇上这事有点尴尬。

"你……过来过来。"支队长招手叫着周景万，好奇地问道，"你平常也是个大老粗，这次怎么机灵了？"

"不是我发现的，是特巡警大队一个辅警打电话告诉我的，我联系武燕联系不到，就直接跑回来了。"周景万道。

"辅警？！"支队长讶异了一声，那是一支纪律性很难让他满意的队伍。

"对，我们今天早上接触了几位，不承想他们主动联系我说了这事儿。"周景万道。

"那再接触接触，要是好苗子可以招进来试试。"支队长的话软了，不过事情出得有点烦心，这会儿局里的电话就会问过来了，他和政委到了指挥室里商量。

别说队里云里雾里，身处其间的周景万现在都没整明白怎么回事，就这个电子指挥室的门他都不常进。看着武燕奔到外面，他叫了声追了上去，马汉卫生怕有事，也跟着出来了。周景万和武燕并排走着，周景万劝着："别担心，执法记录仪录着，真相大家也都知道，没你的事。"

"你看我像怕有事的吗？顶多是烦。"武燕气无可泄地道。

"这不大家都在解决嘛……嘿，那几个小伙不错啊，知道警示咱们一声，没白接他们一回。"马汉卫转移着话题道。

周景万道："确实不错，警惕性很高啊，我接到电话都没当回事，等回来才发现这么严重……明天，要不咱们再去一趟？对了汉卫，背景有什么问题没有？"

"我正要跟你们说这事呢，这几个小家伙，可都不是省油的灯啊。"马汉卫掏出手机，画面上是一个店铺，环境脏乱差的那种，写着"组装电脑""安装监控"等招牌，就听他介绍着，"丁灿，在坞城路这一带老有名了，卖电脑、修电脑、装监控，给网吧干活是把好手，和片区民警都是熟人。"

"小能人啊。"武燕道。

"可不，能着呢，这店里加上丁灿一共三人，其余俩是有前科的，销售赃物被逮过。"马汉卫道。武燕和周景万眉头一皱不吭声。

"第二位，这个小胖子任明星，他爸原先是开奥迪4S店的，家境相当好，高中毕业就把他送荷兰留学了。不过这老子很能作，据说在澳门几晚上把店给输了，一夜赤贫，又打回原形，现在在晋南路头开了个小修理厂。任明星呢，从富二代变成穷二代，回国没地儿去就当辅警了。"马汉卫道。

"这咋就没个正常家庭的，邢猛志呢？"周景万问。

"这位就更厉害了，几年前上过地方台的综艺节目，叫什么《民间有高手》，玩弹弓二十米打蜡烛头，全中。这倒没啥吧，背景得打个问号，老晋钢厂出身的，他爸就是个老上访户，派出所挂号的，去世几年了，现在他和老娘住在南站小店一带，老棚户了……那一带出来的，不是坑蒙拐骗就是打砸抢的主儿。"马汉卫道。

这话许是听得不入耳了，武燕斥道："什么年代了，你还唯出身地域论？"

"不不，那个年代你没经历过，老晋钢厂当年上万职工齐下岗，那可是几千个家庭失去经济来源，当时的治安压力陡然暴增，每天市区抓到结伙偷抢的，十个里有八个是晋钢厂出来的。这里头可出了不少黑恶势力代表人物，二〇〇〇年扫黑被打击的薛君团伙、林大军团伙，还有后来嚣张一时的邢天贵团伙，都是那个混乱时期成长起来的……咦？他和邢天贵不会有关联吧？"周景万队长道。

这倒把武燕听愣了，那些人可都是江湖上的传说，当年的邢天贵团伙几乎把持了半座晋阳城的拆迁生意，光团伙入刑人员就达到一百多人，案子足足审了两年，轰动一时。

马汉卫摇摇头："这倒没发现，邢天贵被抓时三十出头了，四五年前，邢猛志应该还在上学，直系亲属里没查到关联……哎，对了，我查到了他在参加司法考试。"

手机上的照片是联网查到的报名表格，这是旧表了，成绩单，结果不怎么好，没通过，估计这也是窝在特巡警队伍里的原因。周景万看了看，递了回去，武燕莫名对这几人观感颇好，质疑道："我说周队，咱们对嫌疑人抱着怀疑一切的态度没错，可不能对自己人也这样啊。人家还没咋呢，这都跟一个判死缓的嫌疑人关联到一块了，合适吗？"

周景万没吭声，摸着手机，在内网上搜索，从电子档案库调出来一张照片，递给了武燕。武燕一看，眼睛都直了——剃着光头的邢天贵，说不出鼻子、眼还是嘴巴和邢猛志有点相似，两人怎么看都是兄弟俩。她愕然道："这俩不会有血缘关系吧？"

"所以我头回见就觉得面熟，总觉得在哪儿见过，刚才一说晋钢，我一下子想起来了。"周景万收回了手机，莫衷一是地犹豫道，这下可真拿不定主意了。

"我看还是算了吧，咱们已经够倒霉的了，再招几个有问题的进来，没准儿出什么事呢。"武燕倒先打退堂鼓了，这一句似乎也正合周景万和马汉卫的想法，两人"唉"了声，无语。

此时，那位网安大队借调来的邱小妹却奔了出来，站在门口喊着周队，看来又有事了，几人匆匆回返。邱小妹道："这事还有谁知道？"

"现在应该都知道了吧。"马汉卫道。

"不是，你们请谁帮忙了吗？"邱小妹狐疑道。

"没有啊，怎么了？"周景万愣了下。

"那就奇怪了，总不能网上也有雷锋吧。"邱小妹坐了下来，和给支队长展示一样，咔咔分屏。武燕眼睛一直，又见变故了，警察打人的视频链接，有几组变成了一段电影，那电影武燕瞧过，是周星驰的《逃学威龙》，打人的是星爷；有一部分链接直接成了404，网页无法显示；还有的变成了乱码，图片被屏蔽了，能留下来的完整视频寥寥无几。本来这次抹黑就像气势汹汹而来的一股逆流，不知道怎么着又从斜刺里蹿出来一股，那气势就被冲得支离破碎了。

周景万面上见喜，低头时恰看到了邱小妹正看着他，他笑道："你动手挺快的啊！"

"什么呀，我们还没开始呢，权限刚申请下来，已经有人替我们把事办了。"邱小妹提醒着众人，"虽然是好心，可办的不是什么好事啊，任何未经允许的登录计算机终端的行为，都属于非法入侵。"

"这是谁呀？你们俩找人了？"周景万严肃地问两位搭档。

"没有，不可能。"武燕、马汉卫齐齐摇头。

问者像刻意，回答像故意，三人莫名地眼中都有笑意。

"别高兴得太早啊，帖子可以删除，负面影响可删除不了，该来的还是会来的。支队肯定得就这事发出公开澄清。"邱小妹提醒道。

"身正不怕影子斜，有真相在，这些假象不堪一击。"周景万说完便同两位搭档急急出去了。一出门，三人驻足，眼神交换，心思相同，毫不迟疑，三人快步下楼，奔向大院的车辆，上车疾驰而去……

第二章

菜鸟辅警小试牛刀

往事钩沉起

"就那个，坐路牙子上撸串那货。"

周景万在车里指指，二三十米外的旧街陋巷口，烧烤摊前，一秃瓢男子正就着啤酒大吃肉串——那就是三人此行的目标。

"他叫葛洪，诨号二屁，邢天贵手下的马仔，刚出来没多久。"马汉卫小声道，"周队，有必要费这劲吗？"

"闲着也是闲着，找毒王也没线索，还不如出来办点事呢，麻利点摁住。"周景万下令道。

马汉卫和武燕立马下车，一个走过葛洪身边，一个进了巷子。周景万最后下车，悠悠地踱到不远处，站住，出声道："嘿，二屁，啥时候出来的？"

"嗯？"那人抬头，三角眼狠狠一瞪，当他认出眼前的人是周景万后便瞬间萎了，扔下肉串"哎呀妈呀"一声，撒丫子就跑。没料刚跑出几步，正前方马汉卫抱着胳膊"嘘"一声口哨，二屁一瞅不对劲，掉头继续跑，窜巷子比老鼠还快，不过刚进去就听得"哎呀妈呀"两声嚎叫，片刻后就被武燕拎着出来了。

"周大爷，我可是刑满释放啊，不是负案在逃，这算咋回事啦？"葛二屁揉着脖子，恐惧地看着身后虎视眈眈的那女人，看样子吃了个大亏。

"没咋回事啊，你跑什么？越来越没长进了啊，连女人也打不过了？"周景万故意道。

葛二屁却是撇着嘴道："我们业余打手，打不过你们专业的。我可没犯事啊，别扫黑除恶完不成任务拿我顶数啊，我告你们去。"

"哟哟，看看，还是有长进的，都有法制意识了。来来，打听个事，客我们请了……老板，烤二十串羊肉。"马汉卫道。

一听有便宜可占，葛二屁来劲了："再整俩大腰子，弄两瓶啤酒。"

老板一应，葛二屁的无赖样就暴露了，估摸着不是自己的事了，他嘿嘿笑着："啥事您说，我可在里头蹲了四年啦，江湖上基本把我淘汰了。"

"旧事，坐下……邢天贵还记得吗？"周景万开门见山。

"我大哥，怎么记不得？不判死缓了吗？怎么？越狱了？"葛二屁问。

"你可高看你大哥了，我问点他家里的事，他爸叫什么来着？"周景万问。他知道邢天贵，可惜根本没见过这个人，邢天贵直到被逮了，身世都像谜一样。

这不，连葛二屁也愣了，他摸着光头道："这可把我问倒了，我真不知道啊。我听说他妈是上吊死的。邢老大呢，年纪小的时候就出来混了，没听说过家里还有人啊……没有，真没有，就没听他说过。"

"再想想，一个亲人也没有？"马汉卫问。

"要说有，好像也有一个，不过不是亲的。就逢年过节的，他吩咐我们扛着大包小包给老晋钢大院一家送东西，不过邢老大不叫他爸，叫叔。"葛二屁道。

"亲叔叔？"马汉卫问。

"不亲……那老头根本不给天哥面子，送啥东西都给扔出来。不过也他娘邪了，天哥谁也不怕，就怕这倔老头。后来我听好像是那老头收养过他一段时间，天哥这人呢，知恩图报，发家后就老想着报答一下。我也不知道这家咋整的，天哥不管咋样都热脸贴冷屁股。"

这就难办了，葛二屁口中的两位当事人，一个在外地服刑，一个已经在另一世界，就算曾经有什么纠葛也已被埋没了。想了会儿，周景万直接掏出手机亮出邢猛志的照片问："认识吗？"

"呀，猛子啊！"葛二屁脱口而出。

"认识？"周景万三人立马警惕起来。

葛二屁摇头，周景万瞪着眼。他为难地嗫嚅道："倔老头那儿子，我见时还是小屁孩呢！咋？犯事啦？"

"不是什么大事，打架斗殴了。你说这一对不是兄弟俩吧，咋长这么像？性子还差不多。"周景万故意把方向带偏。

一听是小事，葛二屁放心了，直道："不是兄弟俩，差十来岁呢，原来就跟我们屁股后面玩弹弓。天哥原来就是一把弹弓起的家，我们当年拆迁队人手一把弹弓，都是天哥教的。哎，周大爷，这孩子犯什么事了？"

"你问我呢，还是我问你呢？"周景万反问。

"好好，你问我吧。"葛二屁萎道。

"不问了，啥都不知道，走。"周景万起身，带人走了，武燕掩鼻轻笑。这会儿葛二屁才反应过来，急着招手："嘿，不是说你们请客吗？"

"是啊，我们请，谁吃谁掏钱。"马汉卫回头道，把二屁结结实实涮了一回。三人车走，二屁气呼呼地在车灯前方竖了个醒目的中指。车呼啸而去，气得二屁朝着车影骂骂咧咧直吐口水。

虽然被涮了一把，可总比被抓进去强啊。串儿和腰子递上来时，二屁已经忘了刚才的不快，吃得嗞吧有声，喝得吧唧有味。吃着喝着，他的视线里突然出现了几双鞋……又有不速之客来了。他慢慢地抬头，看到了几张年轻、陌生的脸。

"你是葛洪，葛二屁？"一男子，看样子二十来岁，比二屁长得还磕碜。

"啊，咋了？"葛二屁不屑道。

"有人让我来找你办点事。"那男子道。

"谁呀，我认识的就没一个好人。"葛二屁不屑地吃着，无动于衷。

"所以找你也不会有什么好事。"那男子道，说得几人都笑了。此男却是拿着一摞钱，手压着钞票道："毛爷爷让来找你，你总认识吧？"

"哦，这可是亲人哪！"葛二屁瞬间眉开眼笑。那男子又递了递，葛二屁一把把钱揣兜里了。那男子笑着问道："也不问问是什么事？"

"那多不懂规矩啊！"葛二屁站起来了。

"呵呵，看看，还是老派江湖人明白，请。"那男子请势一做，带着二屁上了辆商务车，绝尘而去……

"丁零零……"急促的电话铃声响了起来。

睡得有点迷糊的任明星摸着手机，一看是队里的电话，放在耳边含糊不清地问道："喂，猴子，怎么了？"

"明星，今天来值个夜班，人手实在调配不开了。"队部通信员的声音。

"喂喂，来不了，我喝酒了。"

"这不还清醒着，没喝多不是？"

"没喝多也差不多了，你们别可着老实人欺负啊，凭啥老让我们值夜班？"

"本来是小高和大刘，他们不干了，这不一下子空缺了。"

"啊？不干了，什么时候的事？"

"下午，两人事业单位考试过了……我跟邢猛志、丁灿说了，一会儿都来，你别推托，你们晚上值班还不就是换个地方睡觉，就这样啊……"

"咳，我……"

通信员机灵地提前挂了，可把任明星给气着了，骂骂咧咧地起身，胡乱套上衣服，不一会儿下楼，已经有队里的车等着了。他上车仰头就睡，旁边喝得有点晕三倒四的邢猛志也是神志不太清，一路颠簸回队里，到更衣室里头还是蒙的。三人里就干巴瘦的丁灿清醒，他幽幽地说："又走了俩，考上事业编制了。"

"别提这茬儿啊，我国外拿的文凭，报名居然不承认。"任明星愤愤道。

"呵呵，你画了几年裸女还好意思拿出来显摆？"邢猛志取笑道。

任明星愤愤道："那是艺术，给我们上课的可是个大师啊！"

"得了，别扯了……哎，猛哥，你想好没？招警考试可快到了啊，下个月下旬报名。"丁灿提醒道。

邢猛志皱着眉头道："这几年下来我都有考试恐惧症了，一考就砸。"

任明星扑哧笑了，邢猛志追着他打，丁灿摇摇头，跟着出来了。辅警的服装上身，便正式进入警务工作时间。

自队部到高速之间约十公里的路面就是他们巡逻的范围，这里地处南郊靠近郊区农村，事情不会很多，顶多有喝醉的酒鬼找不着家躺路上待送，或者两口子闹打起来偶尔出个有惊无险的小事故。自从前段时间偷大车柴油的团伙被端后，这里便更清净了。

夜猫子丁灿驾车，他开着闪着警灯的小电动，偶尔还瞥瞥平板，那上面的数据流滚动着，外行看不懂，邢猛志也是一头雾水，只能小声问道："咋样了？"

"小网站好黑进去，门户大站进不去，能进我也不敢啊。不过还好已经起效了，队里的同志也屏蔽了大部分帖子。"丁灿道。

"那就好。"邢猛志道。

"好个屁，截得太早，长长一晚上呢，人家有足够时间调整。你等着看吧，明天准给放到热搜、头条上，这些人能量不小啊，这一通操作得花十几万，能就这么算了？"丁灿道。

"还要搞事？他们应该知道警察已经盯上了。"邢猛志道。

"你也是半个警察，你还不清楚咱们内部的效率？往上申请权限、核实，这流程走完基本就耽误了。群众爱看什么？肯定不是看官方澄清，一定是看热闹啊……现在的网民，对于抹黑警察，都乐得火上浇盆油。"丁灿道。

"你在网上待得太久，太消极了。"邢猛志评价道。

"我倒想积极，赌不赌？等明天太阳升起来，还要有一轮攻击，咱们那些按部就班坐办公室的大爷，根本来不及组织抵抗。"丁灿道。

"好，赌就赌……嘿，停车！"邢猛志突然指指前方，一位卧倒在路边的哥们，像是喝高了，吐了一地，就地当床睡了。

干这事就是邢猛志的拿手戏了，这号醉鬼都死沉死沉的，叫不起来，叫起来也拖不走，得讲方法。只见邢猛志蹲到此人近左，踢了脚吼道："嘿，老冯你装什么？酒还没喝完呢！谁不喝完谁是王八蛋啊。"

起效了，一被激，那人便怒道："谁装了？喝！"

"好，起来，换地方，再来两瓶。"邢猛志就势一架，任明星开了车门，把这哥们给塞车里了人一进车，人往椅子上一倒，又鼾声大起，晕了。

这一带的醉鬼都是熟人，警车开着往家送，任明星睡觉的地方被占了，气咻咻道："我觉得就当了警察也没啥混头啊，看看咱们干的活，一晚上得送七八个醉鬼，110转过来的报案都是些什么呀？老婆劈腿和人开房了找不着地方报警；失恋了心情苦闷报警；超市买了瓶辣酱过期了报警；甚至鸡窝里丢了几个蛋都报警，还不知道他家鸡到底下蛋了没有，唉……"

前头俩乐不可支，丁灿问道："那你说咋办？"

"算了，我报名资格都没有，拉倒。混两年跟我爸学修车去。"任明星道。

"那不白瞎你的艺术天赋了，你画女人多性感啊？自从有你我们俩都不用交女朋友了。"邢猛志道。

"少取笑我啊，梦想戒了啊，谁提谁王八蛋！"任明星苦涩道。

三人驱车送这个酒鬼到家，从敲门开始就是一片骂声，警务有时候是不讨好的，这些女人巴不得酒鬼男人喝死在外头，偏偏每次警察还给送回来。这时候你骂那不省人事的没用，他听不着，所以只能小警们全兜着了。三人在那女人的诅咒声里逃走了……

今天办的都是闲事，夜里接近零点的时候，周景万的车开到了下一个目的地，却是处在西郊的晋阳看守所，这里可就不那么好进了。电话打了一堆，沿着手机存的联系人找了好几个关系，才联系到一位值班在岗的，让他们仨等着。

"这是关押邢天贵的地方？"武燕突然问。

"嗯。"周景万点头道。

"已经下监狱了吧？"武燕问。看守所是嫌犯被判决以前羁押的地方，现在那个黑道传奇人物应该已经在某个重刑监狱待着。

"嗯。"周景万又应了一声。

武燕瞅瞅后座的马汉卫，见他不吭声，便好奇得憋不住了，问道："什么意思啊？"

"我突然想明白了一件事，长江后浪推前浪，而我们找毒王，一直还从旧有的涉毒人员中找，这似乎是不对的。参与犯罪的人物是一茬一茬在换，我们的辉煌年代已经过去了，现在做新型毒品的，为什么不能是全新的、没有任何案底的新人？"周景万道。

"那更不对了，既然是全新的人物，那来查这个过时的就没意义了啊。"武燕道。

"有，我想知道邢猛志是在哪种环境里成长的，是不是我想象中的那种人，汉卫，你觉得呢？"周景万道。后座的马汉卫却否认了："邢天贵被抓，往后倒数六年，那差不多是邢猛志刚上大学的时候，再怎么也只是个玩伴，不会有多深的感情吧？"

"我明白了，你们是想确认邢猛志来没来探监？那不可能，树倒猢狲散。"武燕道。

"别太相信自己的判断，我们不是觉得毒王线索应该很好找吗？这不涉毒人员都过了几遍了也一无所获。"周景万道。

"那即便像你想象的那样，他在蓝精灵案中又有什么用处？"武燕不信地道。

"我今年四十多了，落伍了，我那代接触的悍匪现在看来都是些不长脑的土炮，也落伍了；汉卫今年三十六七了吧，也不行了，一大半吸毒人员都认识他；燕子你呢，武警、特警、缉毒警都待过，你身上缺一样东西啊。"周景万道，意思是，武燕也不行。

"缺什么？"武燕不服气了。

"匪气、邪气，你没有在市井里待过，是理解不了的。比如我问你，葛二屁说邢天贵是一把弹弓发家的，你知道怎么发家的吗？"周景万问。

这一下子把武燕给问倒了，她好奇道："这是瞎扯吧？"

"还真是事实，最早邢天贵这浑球就是拿把弹弓敲车窗偷车里的东西。后来又结伙敲诈西山矿区一带的大车司机，谁不给钱，噼里啪啦就把车玻璃和后视镜给打了。光因为弹弓伤人、破坏他人财物都被抓了好几次。但还是死不悔改，后来他搞起拆迁了，还专门组织了个弹弓队，专门对付钉子户，不肯搬走？那家里玻璃基本就剩不下全乎的。械斗时候他们弹弓队都上，判他刑时还有两起伤害罪，就是用弹弓把人眼睛打瞎了。"周景万道。

"啊？"武燕轻轻惊了一声，没想到小小的弹弓能惹出这么大的祸端。

"周队，你是想找一个能和地下世界对上火的人物吧？"马汉卫道。

"差不多，我还不太确定，不过像我们这样的老面孔恐怕不行了。我们的思路确实也落伍了，比如昨晚，我们刚动手就有网络上的暗箭过来了，以前坏蛋玩刀玩枪，现在的坏蛋是玩网玩智商，咱们这里不太够用啊。"周景万点点自己的脑袋，这下倒把武燕逗乐了。

说话间，看守所的大门一开，一位值班的管教出来，引着三人进去。武警验过证件，放进监区，那位张管教道："周队，怎么半夜查旧档啊，都哪个年代的事了？"

"辛苦了啊，白天也顾不上啊，送羁押还不都在晚上。"周景万笑道。

三人被带到一间旧的办公室，打开掉漆的旧铁皮柜，一柜子厚厚的记录簿。那张管教一指道："都在这儿了，你们自己找吧。"

"好，谢谢啊。"马汉卫送着人。那管教守在门口，却不关心他们在找什么，这是规定。

数着年份、月份的分类，武燕很快抽了一大摞，是管教、民警记录探视的签字簿，记录着家属送给被羁者的东西、账上存了多少钱等。出于安全考虑，探视者和嫌疑人的关系以及探视人的身份证号都登记在簿。

找到了，武燕手指重重一敲，簿子推到了周景万面前。那上面赫然登记着身份证号，签着一个三人此时已经熟悉的名字：邢猛志。

不止一次来访记录，很快马汉卫也翻到了，武燕又找到一个，一摞记录簿三人找出来十几个邢猛志的名字。细细一算，邢天贵在被羁押的前两年，邢猛志每个月都会来探视，定期送来日用品、方便面，两次存钱，一共九百块。

"一个和有前科的在一块做生意，一个有出国经历，还有一个和涉黑人物有关联……呵呵，特巡警大队确实是'藏龙卧虎'啊。"武燕哑然失笑了，没想到是这个结果，她看着若有所思的马汉卫，问，"怎么了，马哥？"

"这个人能用。"马汉卫道。

周景万笑了，似乎是认可，评价了句："没想到还真是这样。"

"什么呀？为什么？"武燕没明白，本以为一切都到此为止了。

"因为有样只有男人能懂的东西在里头，现在这已经是一种很罕见的品质了，假如他们没有血缘关系的话。"马汉卫道。

"是什么？"武燕好奇地问。

"义。大处忠义，小处仗义。"周景万难得地心喜道，"英雄和枭雄有时候具备同一种品质。用正了叫勇气，用反了叫匪气。明天一早，我们去挖人，不管用什么手段，挖回来。"他合起了簿子一展臂，铿锵如是道。

马汉卫也眼中放光，像发现了重大线索一般。男人的激情果真是不可理喻，反正武燕是实在看不懂，这几个可能政审都要出问题的人，能有什么让人期待的……

大破偷猪案

叽叽喳喳的喜鹊叫醒了新的一天，只有郊区还能见着这种薄雾冥冥的宁静清晨。

伏在方向盘上的丁灿是最早醒的，他捅捅副驾上仰着头打呼噜的邢猛志，换班开车，六点半交接班。

两人换着座位，揉着眼睛，倒着矿泉水瓶里剩下的水拍在脸上让昏沉的脑袋清醒几分。一夜烂事，也可以说一夜无事：送了两个酒鬼；110转来了一个报警，出现场是看大棚的两户因浇水纠纷厮打起来了。老娘儿们打架非抓即挠，警察来了也只能当和事佬，劝说一番，双方和解，处理完已经凌晨了。

邢猛志往值班日志上加了几笔，挂在车里，又下车做了几个扩胸动作，踢踢后门嚷着让任明星起床。被吓醒的任明星嘟囔骂着，却是被丁灿硬拽了下来。不是不让他多睡会儿，而是窝在车里这睡法不能太久，一醒就是浑身疼，不活动活动容易落着脖子扭着腿。

"几点了？"任明星放着水。

"快六点了，准备回……嘿，你注意点形象，穿着警服呢就解裤子，好歹多跑几步啊。"丁灿提醒道。

任明星不为所动，咧嘴道："这离国道还有一截呢，鬼都没有。"

这纯属三人偷懒，后半夜没事就驶离巡逻路段，往进村的小路上靠靠可以眯会儿。还真不能想当然，任明星裤子还没提呢，突突突来了辆三蹦子——农村上山下地的神车。瞅着车前头就坐两人，正朝三人开来，任明星急急提裤，邢猛志一看这两人坐得实在危险，指着吼了句："嘿，小心点，有这么坐车的吗？"

一人腿就晃在车外，姿势堪比杂技，那两人似乎根本没有听到，突突突加速，黑烟骤起，从三人面前呼啸而过。车斗扣着绳网，里面几头半大的猪，邢猛志下意识地喊了声："站住！"

那车继续加速，邢猛志一下子急了，一上车扭着电门吼着："快追！偷猪的！"

丁灿机灵，哧溜钻进去了。任明星裤子还没系好，稍一慢，巡逻车呜呜地走了，急得他提着裤子追着喊着："嘿……等等……"

来不及了，巡逻车急速追了上去，一前一后隔着几十米，丁灿急急问道："没认错吧？"

"可能错吗？附近这老百姓你吼他一句，他骂你两句，只有心虚才这么使劲跑。挂警笛，呼叫支援。"邢猛志电门踩到底，一溜追着，丁灿鸣响了警笛，呼叫着步话："喂喂喂，谁在，马上支援，碰见个偷猪的，沿307国道往北跑了。"

步话里嘟囔回着："不可能吧，偷柴油的刚抓又来偷猪的？"

丁灿吼着："快起床，上路堵偷猪贼……啊！"

他回头时吓了一跳，邢猛志的脑袋伸出了窗外，架起来了弹弓，用的是平时很少用的短拉，暴力皮筋。丁灿赶紧把着方向，不确定地说："太远了吧，目测三十米以上。"

"嗖！"钢珠飞了出去，一道几乎不可见的弧线，随即那开车的男子猝不及防一捂脑袋，车打了个趔趄差点翻了。邢猛志扯着嗓子喊道："马上停车，否则开枪了啊。"

一吓唬，旁边坐的那人跳下车一骨碌沿路滚下，撒丫子没命地跑，巡逻车放过了这个，紧咬着前面的三轮车。隐隐听到了警笛的声音，是队里的赶来了，这下算是插翅难逃了。可那也难不倒这上山下地的飞车群众，就见那人车一扭，直接斜斜地从斜坡上慢慢地往下开。跟上前去的巡逻车傻眼了，几乎是垂直的坡啊，那偷猪的还呵呵朝他们一龇一嘴黄牙。

"小样，还挑衅。"邢猛志推门而下，飞步追着，沿着斜坡急奔，边跑边架弹弓，"嗖"一声……"哎哟哟"，刚准备踩油门的贼脚一疼，缩起来，没油了，那车一哆嗦，不动了……他忍着疼又踩上油门踏板，"嗖！"又是一弹弓，钢珠准确地击在脚踝部位，那贼一声痛呼，直接伸手揉脚，一揉觉得不对，那小警察已经冲他来了，他一咬牙，狠蹬油门，车一下子冲了出去。那贼听到皮筋弹出"啪"的一声，他机械地缩脚，一跃下车往地里跑，那车斜斜地驶进坑里，绳网一脱，三头猪撒欢蹦出来了。

"快追！跑了！"丁灿在路沿上嚷着，指着一瘸一拐跑掉的贼。

"人跑不了，快把猪拦住。"邢猛志紧追其后。

"啊？"丁灿傻眼了，那几头猪可没有被包围的恐惧感，已经嗷嗷叫着乱拱乱跑了。看这情况，好人不当到底也不行了。撵猪，可猪越撵越跑。

另一头，邢猛志已经追得很近了，而那人还一瘸一拐地不放弃。邢猛志在背后悠悠走着，调侃道："嘿，跑不了了，跟我回去吧。"

"哎哟……我日你先人板板。"那人刚骂一句，伤腿又挨一弹弓，他痛呼着一屁股坐下，连哭带骂，"你是不是警察啊？有这么损的吗，紧着一条腿打啊，疼死啦！"

"你偷人家猪才真损啊……嘿，自己走还是我再催催你啊？"邢猛志笑着问，那人明显不情愿，邢猛志一架弹弓道，"看你左手边那个塑料瓶，我打瓶盖啊。"

"嗖"一声，"啪"一响，那人真真切切看到弹珠打在了瓶盖上，塑料瓶整个弹了起来，他"哎哟哟"吓得一缩，靠在树上。

"裤带解下来，自己把手绑住……哟，表演没看够啊？下一弹弓打你脐下三寸。"邢猛志一拉皮筋，那人吓得直掐："别别别……我走我走……"

哆嗦着解了裤带，那布裤带比绳子还好使。等这个坏群众自缚住，邢猛志这才上前检查加固，带着这位一瘸一拐地往回走。没想到抓人这么容易，抓猪就难了。任明星来了，伸着臂老鹰捉小鸡般地堵着一头大花猪，眼看着绳套就上去了，那猪一警惕，"嗷"一哼唧，蓦地冲向任明星两腿间的空当，任明星猝不及防地就骑猪背上了，那猪儿一颠，直接把任明星放翻。丁灿拿着绳网在攫另一头猪，一撒网那猪像有灵性一样加速，网一下扑空，带着丁灿"哎哟哟"摔了个狗吃屎。

还好，支援到了，一瞅这情况个个笑得前仰后翻，边取笑边将着裤腿往窄河道里奔，满地的小警围着这片来回跑，就干一件事了：逮猪。

周景万、武燕两人到缉虎营特巡警大队时，恰碰上此奇景，一群半大的辅警娃娃，正吆喝着推一辆破三轮车，车上网着三头猪，大队长王铁路笑呵呵地和队员们说着什么，连他也搭上手了。

"呀，过节福利这么好？"武燕怔了下。

"不可能吧？老王这不胡来吗？还自己杀猪。"周景万哭笑不得了，这种级别低、组织远的地方，大部分条例约束都可能无效。

他和武燕匆匆下车，进了大院，追问王铁路道："老王，这干啥呢？过节发肉，小日子过得可以啊！"

"哈哈……什么呀！巡逻逮了个偷猪的，贼好抓，猪难逮呀，这不刚弄回来，车轴都毁了。咦，你咋又来了？"王铁路一下子明白了，马上堵住周景万的话头道，"啥也别说了，昨天说的啥我反悔了啊，这几个人是我们大队的骨干，你都抽走，我们怎么办？"

"嘿，耍无赖是吧？"周景万给气着了。可这地方没他说话的份儿，一个大队喜气洋洋的，王大队长招呼着做笔录，把证据留好移交派出所，马上就来人了；另一头电话通知着，去郊区村里瞅瞅谁家猪丢了。这帮大小伙七嘴八舌地讨论着，周景万和武燕倒是听了个七七八八，一多半是赞扬猛哥弹弓打得好，专打踩油门那只脚，偷猪贼想跑都跑不了；另一半是幸灾乐祸，有人嚷了："呀，你是哪个村的猪啊，身上这么臭！"

被问的是后到一步的任明星，他追着就和那队友掐了起来，熏得那人掉头就跑。还是王大队吼了声，这帮小子才停止了闹腾，队里两位正式民警叫着把嫌疑人提出来。那人出来后腿还是一瘸一拐的，真被逮着了反而不惧了，龇着黄牙大声嚷着："你们打人了啊，我要告你们……你们警察打人了啊。"

"哪儿呢？哪儿呢？"有位小辅警瞪着眼嚷。

"脚跟，你们里头有人用弹弓打的。"嫌疑人伸腿了。

"怎么的？你偷猪了还好意思先嚷嚷？告诉你，我们辅警用弹弓那是备了案的，有持弓证懂不懂？进来，进来，先交代你偷猪的事。哎，你可以啊，这一头猪一百好几十斤呢，怎么抱车上的？"民警把嫌疑人带了进去，审讯开始了，队里难得有审讯嫌疑人的机会，辅警们都在窗外伸长脖子看着。

同缉毒队的抓捕、审讯相比，这就太不讲究了，周景万笑笑看着武燕问道："追捕中用枪击中目标，和用弹弓打中踩油门的脚，哪个难度大？"

"短枪适用于近战和速射，二十米外就很难精准了。弹弓更难，需要两只手操作……呵呵，周队，您不至于想用弹弓对付毒贩吧？"武燕道。

"假如不是亲眼见，你能想象出来这么干吗？"周景万反问。这一问倒把武燕问怔了，她摇了摇头，老实说毫发无伤连猪带人都抓回来，也就这些野路子警察能办到。

两人瞅见王铁路上楼，不说了，直接追了上去，敲门的客气都省了，直接进去。周景万拉着椅子往王铁路办公桌前一坐，不怀好意地盯着他。王大队长喜滋滋地反瞅着，幽幽道："老同学，昨儿个我想了想，虽然我很同情你的遭遇，但是不能因为同情就坑这些秃小子。要是给编制入警招正式人员，那没说的，我四肢都举起来支持。可你肯定不是，还不是想找些能干的捡现成便宜，禁毒上那可是实打实地掐到你死我活。咱们穿着警服一切服从命令，可这些孩子，我怎么给他们一个去拼命的理由啊？"

"总得有成绩摆桌面上再提要求啊！"周景万道。

"拉倒吧，少给我打官腔，辅警问题多少年了都解决不了。我可不想耽误孩子前程，更别说有个三长两短，我王铁路不得愧疚一辈子？"王大队长道。

基层这位老同学也算是饱经风霜了，未想喜先虑忧。周景万愤愤道："老王不是我说你，你咋这样？还没怎么着呢，你就往最坏处想，多少缉毒警呢，没见成批成片地阵亡吧？我们就招个外勤，还有师父带，你跟我说有什么危险？"

"那每年应届考生招聘的多着呢，你咋不去要几个？辅警也好几个大队呢，派出所干十年八年的辅警也不是没有，干吗非盯上我，让我当这恶人呢？"王铁路叫板起来了。

"少来，我还就给你杠上了，还就看上你们大队了，怎么着吧？别说调你手下的人，就调你王铁路也调得动，你信不？"周景万也拍着桌子嚷上了。

"你自己都下课了，装什么大尾巴狼？不是看同学的分上，我都不带搭理你的。"王铁路一提这茬儿，周景万无名火起，一把揪住王铁路的领子提了起来。这架势要坏事，武燕赶紧上去掰周队长的手，着急地说着："放开放开……周队你失态了。"

确实太失态，周景万一放开，气得颓然而坐。王铁路先怒后惊，然后又觉自己失言了，这是揭了老同学的伤疤，尴尬了。周景万气不打一处来，半晌没吭声。王铁路"唉"了几声，难堪道："抱歉啊大周，瞧我这张臭嘴。你那事还没定性？"

"没有。"周景万撇撇嘴，思忖道，"铁路啊，咱们同届，你比谁都了解我，我这大半辈子拿了多少奖状奖章，我自己都没个准数，那玩意儿对我来说没有什么感觉。你不会觉得我因为想立个功受个奖，就来你这儿挖墙脚吧？"

"正因为你不是这种人我才心虚啊。你带队，还不是枪口刀尖上打滚？我不是不支持你，其他大队也有来调人的，大部分人一听是缉毒，直接拒了，要是敢下文强调，我看大部分人连辅警这身制服都扔了跑喽！"王铁路无奈道。

"这样吧，我来说，我跟他们接触一下。有被逼犯罪的，可没有被强迫去打击犯罪的，这总没问题吧？"周景万道，王铁路点点头，默认了，不过立时又泼了盆凉水，提醒道："昨儿个我们这儿走了俩，他们仨也干不长了。邢猛志和丁灿都报了公考，要集中复习。这俩要是一走，胖明星肯定走，他爸虽然生意倒闭了，可瘦死的骆驼比马大，人家修理厂小工的工资都比辅警高。"

"嗯，我知道了，其实你是知道自己根本办不到，所以才拒绝我，是吧？"周景万道。

"别瞎嘚瑟，你也办不到。呵呵。"王铁路嗤鼻不屑。

两人关系很近，可相互不服，这叫板又要开始。正聊着，大院门外突突响着三轮车声音夹杂着人声乱了起来。王铁路起身一看，是失主来了，他让两人稍坐，急急奔了下来，一下楼吓了一跳，哎呀，来了十几号老百姓呢。打头的三轮车上一位胖妇女跳下来，直接奔向网猪的车头，一瞅就号啕大哭，久别重逢般直摸车里一头猪号着："哦哟，我的猪娃呀……哦哟，可吓死娘了！"

说着就要抱，还真把猪当亲娃了，围观的一群小警哄笑一地。王铁路板着脸瞪了眼，小警们赶紧憋住了，王大队长这才展着腰板上前道："谁家的猪，留下来做个笔录啊，偷猪的逮着要凭这个给他定罪呢！这位大姐，你来，给我们说个经过啊。"

"嗯……队长，可全靠你了，我都不知道咋谢你呢……你可救了我的命啦！"那胖妇人哭着，一把鼻涕一把泪，到动情之处，就势一抱王大队长，千恩万谢的，这眼泪鼻涕流了王队一肩膀。

"就救了几头猪，没救命啊。"王队哭笑不得。

那妇人一抹眼泪道："全靠猪娃攒钱给孩娶媳妇呢，不是救命是啥……老头，傻站着干啥？"

妇人被推开了，她回头嚷着开三轮的老汉，老汉这才醒悟，回身从车上端下一筐苹果。那妇人往前襟兜里一揣，挨着个给小警们递，特意拣了个大的塞到了王铁路手里，道："吃啊，我家也没啥送，等过年宰了猪，我老头给你们送肉啊……快吃！不吃我不跟你做啥录啊！"

围观小警们哈哈一笑，王铁路妥协了，一扬手道："好好，吃吃……一会儿做完笔录，小高，组织人给婶送到家啊。人到家，猪进圈，听明白了吗？"

"是，保证完成任务！"一位小警嘻嘻笑着敬礼道。

把闹嚷的人分开去做笔录，又通知派出所的来交接，一切妥当，王队长才注意到站在车边的邢猛志。他上前，顺手从筐里拿了个苹果，递给了邢猛志，拍拍小伙的肩膀，两人相视而笑，这是无声的嘉奖方式。

"吃吧。"王铁路笑道。

"队长，你这收群众东西，违反纪律啊。"邢猛志笑道。

"要守规矩今天这猪可找不回来。"王大队长笑道。邢猛志就着苹果"咔嚓"咬了一口，呱唧呱唧嚼着。

脆甜味道煞是好吃，似乎从没吃过这么好吃的苹果，王队早把一个吃完了，他幽幽道："当警察有成就感的时候不多，现在就是了。猛子啊，有个事我得跟你提个醒。"

"昨天那三位缉毒警招人的事吧？"邢猛志直接道。

"啊？你已经知道了？"王大队长惊愕道。

"都不是秘密了，好几个大队都招人了，丁灿有个同学在网安上都被招走了。"邢猛志道，"怎么了，王队？您给点建议？"

"建议就俩字：别去。"王铁路道。

"呵呵，我以为您会鼓动我去呢，为什么呀？"邢猛志笑着问。

"沾上赌和毒的都是些比人渣还烂的货，这活儿可比不得你们穿上辅警制服开个小巡逻车溜达。你在这儿干得不错，虽然也干不长了，我宁愿你有个更好的归宿。"王铁路笑笑，又拍拍邢猛志的肩膀，转身走了，边走边说，"来吧，他们要找你谈个话，别头脑发热啊，我当年就是头脑发热从机关下基层，结果到现在都没回到局里。"

邢猛志笑着问："王队，您不老说扎根基层警务，实践人生信仰吗？"

"少扯，有两种话不能信：一种是嫌疑人的谎话，另一种是领导的大饼。一会儿你就当他们是领导画饼。"王大队长今天意外地给了反向教育，此时邢猛志才发现，王队的思想觉悟基本和任明星的一般高。

小警重情义

"支队长……"

周景万匆匆追上贺炯的步伐，快开会了。见他又是这么风风火火地回来，贺炯很不中意地瞄了眼，难得地训了几句："景万，自从让你下来，你可和以前截然不同了啊，人也看不到点精气神，一天到晚忙忙碌碌的，你知道自己在忙什么吗？"

"这，我，我有个事向您汇报一下。"周景万在师父面前，总还像个犯错的小学生。

"马上案情分析会要开始了，有什么到会上讲，你是我的徒弟，但我可没开小灶的习惯。"贺炯道。

"这么多年，我也没吃过小灶啊。是这么个事，我们组准备招几个辅警。"周景万递上来一摞资料，那是三人的简历。接着资料的贺支队长一皱眉，直道："现在大队、中队放开口子可以补充警力，但你们现在是支队的直属外勤组，免不了要接触涉密警务，你都考虑清楚了吗？"

"几个月都没有查到毒王的线索，我觉得我们要放开思路。抓到的几个蓝精灵涉毒人员，几乎都不在我们涉毒人员数据库里，而且对那些吸食人员常规的尿检都无效。还有9·29行动，我们不过抓了两个小喽啰，网上铺天盖地的负面信息就来了。这和我们以前处理的任何一例涉毒案都没有交叉处。我觉得应该拓展一下我们的视野和侦查触角了，禁毒这个环境封闭，保密性够高，但无形中，把我们自己也封闭起来了。"周景万鼓足勇气道。

"哟嗬，招上仨辅警，就开阔眼界啦？"贺炯支队长不屑道，他随意翻翻三个人的简历，信息翔实，背景清楚，看得支队长一直在咂巴嘴。按理说这样的履历，无论是到哪一级警务部门，都是要被三查五审的。

"任明星，留过洋，家里老子还是个赌鬼；丁灿，这个技术背景得打个问号啊，和两个有前科的人员来往频繁；邢猛志……这个名字不错，家里是个老上访户，呵呵……我说景万，你人下课了，是不是脑袋也下课了，在我们禁毒上，履历上有任何疑点的，就一个字：除名。"贺炯说着直接把简历扔给了周景万。

"是两个字。'除名'是两个字。"周景万纠正道。

"我只打个叉号就行了，还是一个字。"贺炯抬步要走。

"其实还有没反映出来的情况，邢猛志和几年前的涉黑团伙老大邢天贵有过来往……"周景万小心翼翼地说。

贺炯回头，一副牙疼的表情，说："你不是脑袋下课了，是根本没脑子！"

"您说过，重症得用猛药，而在我们的队伍里，几乎都是纪律和条例约束出来的乖孩子。年纪大点的用不上了，思路落伍，经验化严重；年纪小的，还没有从书本和学习录像中跳出来，而我们要对付的那个地下世界的成员，个个都是上过刀山下过油锅的滚刀肉。即便能找到线索，我实在想不到，怎么让我们的人去和他们打交道？着手培养气质符合的化装侦查员，也来不及啊。"周景万道。

这一下子触动到贺炯了，他反问道："所以，你就找了个和涉黑分子有过关联的人？准备黑吃黑？"

"也不是，两人相差十几岁，我都查清楚了，他并没有参与过。只是在邢天贵入狱羁押的两年间，他去看守所看过十几次。又是老晋钢厂大院出来的会天生带着几分匪气……有段视频您可能会有兴趣。"周景万递上手机。

那是从执法记录仪上截取的视频，放的是抓捕偷猪贼的画面，能看到一位彪悍的小伙拉弓射人，追着一辆三轮车跑。贺炯眼睛一亮，脱口道："辅警这么拼的，是棵好苗子……但是，你想过可能出现的负面影响没有，万一出了差池，会影响我们全支队的工作和声誉。"

"我们在今天之前，有关毒王的侦破全是差池，就没一件事是振奋的，还会比现在更差吗？"周景万梗着脖子道。

"妈的，还是心怀怨气。"贺炯支队长瞪着周景万，爆了句粗口，可并没有吓退这个徒弟，片刻后他道，"有种来禁毒上的辅警不多，来了还敢做小动作的我倒还没见过。老规矩，谁招人谁负全责，出了问题拿你是问……开会。"

周景万兴奋地应了声，跟着支队长走进会议室。

与会的是支队下辖的七个大队、三个中队，各队长已经挺身正襟在座了。贺支队长的作风一贯简洁明了，示意政委发放支队的行文，开门见山拍着桌子吼着：

"说是案情分析会，其实根本没有线索。没线索也就罢了，还有人泼了我们几盆脏水。正常的一个现场抓捕，被剪成'女警打人'的视频在网上疯传，今天又有一拨，说我们野蛮执法，破坏娱乐场所公共设施……不管外界怎么猜测，你们都是和毒贩子打交道的，那帮人，只要稍成点气候，肯定是要人有人，要钱有钱，要枪有枪，现在是要技术都有新技术了……说到这儿我就不服气了啊，我们是什么人？我们是警察！我们是身穿藏蓝、头顶银徽的缉毒警察，什么时候变成了这样缩头缩脚、畏首畏尾的那什么了？从来没有一种毒品能在我们的辖区肆虐几个月找不到毒源这一说……同志们，这可是细思极恐的事啊！贩毒聚敛非法资金有多快你们很清楚，只要渠道打开，市场认可，每天将要有几万甚至几十万的非法资金聚起来。这些钱可能变成贿赂官员，甚至贿赂警察的赃款；可能变成招募人手、购买武器的资金。发现得晚一天，可能引发的刑事案件就要多上十桩二十桩，可能我们的兄弟、我们的战友，就得用脑袋、用胸膛去挡这些毒贩的枪口……你们说，能让这种事发生吗？"

"不能！"十个大队长齐声回应，胸中愤懑瞬间被点燃了。

"现在看文件，这是我们建制以来的第一张悬赏令，针对所有警员。只要找到毒源，警员升队长，中队上大队，大队长进支队。从今天开始，我和政委轮流到各大队、中队当侦查员，机关所有人员除了值班一律上一线，限期一个月找到蓝精灵毒源。我这个位置是最高赏格，换你们把这个毒枭抓回来……能办到吗？"

"能！"部下齐齐起身吼道。

贺支队长作风一贯彪悍，不过把支队长职务当赏格还是头一回，明显是急火攻心已经不惜一切代价了，不过没人觉得支队长鲁莽，只是觉得这件案子随着时间的延长，难度已经在无限提升了……

咚咚咚……敲门进来的是邢猛志，脸上挂着从未有过的严肃。

"能告诉我，你和邢天贵的关系吗？"周景万开门见山道。

"他妈妈自杀后，他爸和一个女人厮混没人管他，我爸收留了他，在我家待过两年。准确地讲，我们没有什么关系，但我们感情很好，我从小打架打输了，就回去喊他给我报仇。"邢猛志淡定地回答。

"他判了死缓，你去看过他吗？"周景万问。

"去看守所看过，送过点日用品，后来去了监狱服刑，我去过一次。对了，他减刑了，改判无期了。"邢猛志道。

"作为朋友，我有责任提醒你一句，离这样的人远一点，和这样的人有关联，会影响到你。"周景万深沉地道。

邢猛志诧异地看着他回敬道："说这句提醒的人，不是朋友。"

"为什么？"周景万问。

"他在行为上是嫌疑人，可在感情上是普通人，如果人能以好坏区分，那这个世界就没有这么复杂了。以你的论调，所有人都应该离警察远一点，毕竟要说起和坏人的关系，没有人比警察更近了吧？"邢猛志回敬道，表情不卑不亢。

"也是，尊重罪犯，才有机会了解犯罪。有兴趣跟我玩把大的吗？"周景万话锋一转，风格刹那大变，像邀约入伙的江湖人。

邢猛志笑了笑，不以为然，反问道："你怎么知道我会有兴趣？"

"因为从来没有人给过你机会去证明自己。在这个拼背景、拼爹、拼钱，甚至拼颜值的时代，机会不是没个人都能有的。作为警察，我确实很了解罪犯，比如邢天贵，家庭的不幸、亲人的背叛、社会环境压力，最终让他爆发出了惊人的破坏力。你们在某些方面是同一种人，说不定有一天会走到同一条路上，那条路叫……犯罪。"周景万道。

邢猛志痴痴瞪着，不知道是惊讶还是愤怒。

"或者，还有一个途径，去发现和制止正在进行中的犯罪……我没有待遇给你，但有这样一个机会，来了解一下这座城市最危险、最烧脑、最有挑战性的工作：缉毒警察……听说你快走了，辅警队伍混了一年多都不知道真正的警察是个什么样子，会很遗憾的。下午一点，准时接你，或者，把你的小团伙一起接走。"

周景万说完，起身，示意武燕该走了。直到两人离开，邢猛志还痴痴坐着，不知所想……

时近中午，武燕一个人驾着车，脑子里回放着上午周队和邢猛志这段谈话，就这么几句就结束了，连惯常的客气和允诺都省了。早先回支队的路上周队是这样解释的，不要客气，客气的话，他会高看自己；不要高调，高调他会小看你；更不要撒谎，因为他这种在周围白眼和轻蔑中长大的人，会很敏感，你骗不了他。所以唯一的方式就是告诉他真相，用真相去激发他的好奇，因为这类与众不同的人，不会畏惧未知的危险，他们真正畏惧的是老于市井，死于平庸。

周队肯定看上了这几位年轻人的血气方刚，可武燕总还是怀疑这么干是不是草率了点。她把车泊到近缉虎营四环路边，四下搜寻着电话里邢猛志所说的目标。半晌无果，又一次拨通了电话，扣上电话等了片刻后，方见得三人勾肩搭背从一个巷口出来，巷口挂着招牌：川味小吃馆。

奏效了，果真是一来就是一伙，武燕呜呜喇叭，三人朝她的车走来。上车坐下，一股冲鼻的酒味，这仨货中午居然是去喝酒了。武燕皱皱眉头问道："哟，生活不错啊，这小酒喝的。"

"猛哥收了面锦旗，大家高兴就喝了点。"丁灿不好意思地挠头答道。

"哟呵，挺威风呀，群众送的？"

"那可不，早上那大婶为了感谢猛哥给她抓到偷猪贼，特意给他定制的锦旗，你猜写的啥？"任明星嘚瑟地问道。

武燕被任明星凑近的酒气熏得不想搭理他，只是皱眉摇摇头，表示不知道。

任明星自问自答道："弹弓神警！神气吧，果真群众的眼睛是雪亮的，一下就看出了猛哥的英雄气概！"见武燕依然不答话，任明星又问道，"哎，这位武姐，这要干吗去，你给说道说道，怎么猛哥说缉毒的看上我们了。"

"嗯，你这么帅，别说缉毒的，贩毒的看上你都不意外。"武燕嘲讽了句。

不料引得三人哈哈大笑，任明星把嘲讽当成表扬了。这厮没皮没脸的，笑得老开心了。

车疾驰而去，武燕莫名有点反感，纪律性太差的恐怕适应不了缉毒队伍，以后还像这样小酒喝着，指不定要出什么事呢。这不，三人又争执上了，任明星和丁灿好像在取笑邢猛志心疼输了的饭钱，邢猛志却说，不可能连输两回，下回还没准儿谁心疼呢。

武燕听得云里雾里，好奇地问道："赌什么呢？"

"这事……你要保证公正的话，就告诉你。"邢猛志道。

武燕瞥了眼，邢猛志是郑重的表情，她点头道："我和你们谁都不熟，不会徇私。"

"好，那您告诉我们，这样大规模地招募新人，是为了什么事，或者什么案子？"后座的丁灿说道。

武燕愣了下："你们就赌这个？"

"啊，不赌这个赌什么？"任明星道。

"那说说赌约我听。"武燕道，只当是外行扯淡。

"赌约啊，我觉得是上面强警有政策了，要招募新人，给禁毒队伍输送新鲜的血液，甚至有可能从历年参警的辅警队伍中扶正一部分辅警人员。"丁灿道，说话口吻很官方，像从文件上描的。

"反方呢？"武燕问。

"反方的观点为，支队遇到了棘手的案件，需要大排查，或者还有大的动作，招募辅警人员一是解燃眉之急，二是寻找新的突破，至于上编什么的，应该是画个大饼。"丁灿拍拍副驾椅背补充道，"反方观点是邢猛志同学的，我和明星站一块。"

"你少来了，肯定是听邱小妹忽悠了几句。"邢猛志笑道。

"啊？你们认识邱小妹？"武燕诧异了，那是支队从网安支队刚借调的技术骨干。

邢猛志往后一指道："火山和小妹是高中同学。"

"还是梦中情人,哈哈!"任明星补刀。丁灿有点羞,剜了任明星一眼。任明星又补一刀:"仅限于梦中撩妹……单相思啊,人家正规军,都不正眼瞧他这伪军。"

"什么跟什么呀!还伪军……净胡扯!"武燕斥道。又瞄邢猛志一眼,出声问道:"反方同学,你凭什么认为支队是在寻找新的突破?"

"我是学法学的,先有违法,后有法制,这是规律,所以执法落后于违法的脚步,这是常识。恰恰我们身处的这个时代呢,新技术、新思维层出不穷,所以违法方式方法也在日新月异,这样的话就形成一个认知落差。在某个时间节点上,如果运用于犯罪的方式、技术、手段等不为人所知,那么就会成为执法的难点。"邢猛志道。

"哎呀我去,跟你打了这么多年兔子,突然发现你比我还有文化。"任明星听得半懂不懂,惊愕道,"你学这么好,咋司法考试老挂?"

丁灿一龇牙,邢猛志一吧唧嘴。后座俩笑得乐不可支,连一贯严肃的武燕也给逗乐了,她提醒道:"你别扯远,就你刚才说的难点,你觉得是什么难点?我给你们裁判一下谁输了。"

"禁毒队伍,肯定是毒品上的难点啊,新型毒品这么多,没准儿什么神人倒腾到咱们市了……哎,对了,我看看,值班回来睡觉时我在网上找了找……这个……蓝精灵!应该是蓝精灵,传说中的神药。"邢猛志瞄着手机道。

丁灿脑袋凑上来了:"什么蓝精灵?我看看……哎呀我去,约会强奸药?尿检检测不出来,这就厉害啦!"

"那当然,它可以当其他毒品断供时的代用药,这一下市场就面向整个吸毒人群了。"邢猛志说着,见任明星一脸茫然,又补充道,"吸海洛因的和吸冰毒的、打杜冷丁的,不是一码事,而蓝精灵呢,适用于所有吸食人员。更厉害的是,它不仅适用于吸食人员,而且可以用于其他犯罪,约会强奸药、超级蒙汗药就是这么来的。一罐饮料下去直接不省人事，而且醒来会顺行性遗忘，连发生了什么都想不起来。"

"功课做得不错啊。"武燕哭笑不得地说道，"现在警籍是垂直管理，入警授衔都得省厅批复，支队有用工权限，没有入籍权限。反方同学心理虽然阴暗了点，不过他确实赢了。"武燕道。这等于委婉地告诉丁灿，他错了。

"我说呢，怎么无端端给个甜枣，这是前头有坑等着咱们跳呢。"任明星泄气了。

"这可应了那句'挣卖白菜的钱，操卖白粉的心'啊。"任明星道，他看看有点失落的丁灿，推了他一把问道，"嘿，还去吗？"

"闲也闲着，去看看呗。"丁灿有气无力道。

半路上就把士气给说没了，武燕隐隐地有点不忍。这些由各警务单位自主招聘的临时警务协作人员，严格意义上算不上警察，没有警籍，没有执法权，甚至有些再差点的单位连基本的五险一金都没有，顶多发件上身服装，再塞根橡胶棍推着就上岗了。这样做唯一的好处是：下岗比上岗更方便。

无恒产便无恒心，所以越是规范和涉密的警务单位，越排斥这类辅警人员的存在——禁毒支队无疑属于其中一类。想招人的疑窦重重，想进来的期待满满，恐怕真招进来工作也是两张皮。武燕的心也慢慢凉了，她侧眼看着一点儿也不郁闷的邢猛志，打破了沉默问道："邢猛志，问你个事。"

"什么事？"

"头回见我们，你怎么一眼就看出是缉毒警来了？"

"这事啊，我没看出来啊。"

"这不睁着眼说瞎话吗？周队问了你一句，你直接就说出来了。"

"记得我怎么说的？我这是这样说的，你们是特……警……应该不是，是缉毒警。你回味一下，其实我说特……警，你们表情一震惊的话，后面的我就不说了，但你们无动于衷，我就又加了个答案。如果还不对，我继续往后加：缉毒警……嗯，那是不可能的，是刑警……呵呵。"

邢猛志和胖瘦两同伴笑得直哆嗦，武燕可没承想阴沟里翻了船，被这几个辅警捉弄了，周景万还觉得这货眼光毒辣，敢情是蒙呢。

武燕气得不吱声了，那仨笑了半天发现气氛不对，也不敢吭声了。车快驶到目的地禁毒九大队时，武燕回过神来了，拐弯放慢速度，侧头看了眼放浪不羁的邢猛志，语气不善地问道："我说，你们几个那赌约是不是商量好了，来涮姐姐我呢？"

"不能，不能，我就开个玩笑活跃下气氛。"邢猛志笑道。

后头任明星唯恐天下不乱，又来句："确实不是涮您，姐，他是撩您呢！"

丁灿没憋住，"扑哧"一声笑喷了，武燕气得脸上白一阵红一阵，一脚油门车漂移着进了队部大门。那仨惊声尖叫，刚回过神来，车又是一个急速漂移，准确地进了车位。那仨叫声方定，武燕已经拍门下车，没好气地吼着："下车！"

几乎是押解嫌疑人的架势，带着三人直上二层一个大会议厅，马汉卫已经等在门口了。武燕站在门口一指道："好好学习哦，晚上请你们吃毛血旺，心肝腰肠肺胰随便点。"

她是笑着说的，这话明显不怀好意，不过越挑衅，那仨还越不服气。进去后，是个几十人的大会议室，穿警服的、便装的齐齐坐了五六排，敢情应征的不是他们仨，是几十人呢。三人自忖没有毛遂自荐的勇气，更没有脱颖而出的本事，就悄悄坐到了后排的角落里。

马汉卫轻轻掩上了门，看看武燕，好奇地问："咋了，气成这样？"

"没咋……这几个小孬种不好对付啊。"武燕评价道。

"哦，他们把你气得啊，怪不得你要请毛血旺……呵呵。"马汉卫笑道。

马汉卫和武燕两人在门口站着窃笑，似乎这话里别有深意。他们笑的自然是会议厅的新人，这是缉毒警的第一课，别的警种岗前学习叫洗脑，这里不一样，这里叫：洗眼！

行事先谈利

今天的会议结束得很快，大队长中队长出门都是一脸肃穆，匆匆奔向院内，上车就走，每一个动作都像在争分夺秒。

贺炯支队长几乎是最后出的会议室，会议室里还有个坐着发呆的——周景万。他是贺炯最得意的弟子，贺炯把功勋九队亲手交到这位弟子手里，从荣誉的顶峰跌落，可能比从财富的金字塔上摔下来还惨。出事之后不管什么时候，贺炯这当师父的，看到的都是徒弟一脸生无可恋的表情。

"发什么呆啊？等着给你挂个奖章才挪屁股？"贺炯虎声问。

这一吼把周景万惊醒了，他默默起身，贺炯斥责道："去去，理理发，刮刮胡子，天天把自己整成这么个可怜相给谁看？咱们支队的传统从来就是如此，下课不下岗，哪儿跌倒哪儿爬起来，我看你是不准备爬起来了。"

"各队都有具体任务，为什么不给我们？明显不相信我们。但现在唯一一条重要线索秦寿生，都是我们组找到的。"周景万愤愤说道。

"哟嗬，教会徒弟，训上师父了？"贺炯故意道，瞅着拧脖子瞪眼的部下。政委凑了上来，笑了笑出声道："大周啊，你脑筋真是不会转弯啊，有具体的任务，划定的区域和嫌疑人群，很可能和蓝精灵无关；而没有具体的任务和具体的目标，假如你们能挖到线索，那这案子可就是你们牵头。"

"哦，师父你开小灶了。"周景万愕然道，脸上一阵狂喜。

"吃不吃得上，得看你的本事。"贺炯笑了。

"谢谢支队长！"周景万敬礼道。

"走吧，再过几天，没准儿我也得下课了啊……哎，老谭啊，咱们分下工，平均三天跑一个大队，对于在册的吸食人员一定要掌握所有行踪，我就不相信，蓝精灵能从天上掉下来，地里长出来，找不到一点痕迹？对了……培训的辅警今晚到各大队报到，交叉使用警力，接下来，要熬一场疲劳战了。"贺炯且走且说，没出楼道，办公室主任递来一摞纸质文件，他扫了眼，挥手打发走了人，递给了政委看。

一看，却是网络上的第二拨抹黑在发酵了，"女警打人"的事还没过去，又来一拨"野蛮执法、破坏财物"的报道，配图是各娱乐场所电视被砸、音响被扒的照片。资料是市公安局转来的，有四家报警处理了，坚称在临检走后不久就成了这个样子，这下子倒把接警的派出所给难住了。

"难道有人趁火打劫，咱们临检一完，进去打砸抢了？"谭政委惊愕道。

"不可能啊！谁有这么大胆，警察前脚走，他们后脚抄摊子？接到报警是半夜啊，当时为什么没发现？或者，是故意制造事端，给我们施加压力？"贺炯反向思考着。

"也不对啊，那岂不是自己把自己的店砸了，然后再贼喊捉贼？这不但自己损失，而且风险也不小啊。"谭政委分析道，"实在无法确认了，不过能确定的是，这事已经捅到市局，见诸网络报道，有数家媒体联络市局要采访。当然，肯定碰到市局宣传部门的老办法对付了：不清楚，不知道，正在调查中。"

"怎么办？市局把皮球踢我们这儿来了。"政委道。

"拖着，不是别有用心就是居心不良。这些经营娱乐场所的，没一个省油的灯，咱们只要收紧，他们就找事。醉翁之意不在酒啊，我就不信有这么多'热心群众'齐心协力来抹黑我们警察。"贺炯将这事搁在一边，现在是集中精力突破的时候，不能分心。

"好，我走一趟，实在不行咱们做个公开解释。"谭政委道。

两人走回办公室，周景万亦步亦趋跟着，等两位上级发现时，都盯着他，怎么这家伙像做贼的。贺炯问："怎么了？你准备从我们身上找线索？"

"不是，还有事得汇报一下……各队招的辅警和一线警力，今天安排在九队'洗眼'，一般过这第一关，得折一半人，所以我建议，招人工作不能停，可能得两三拨才能凑够数。"周景万小心翼翼地道。

所谓"洗眼"，是惯常的禁毒知识普及，也是让新人长见识，只不过晋阳禁毒支队的培训更狠一点而已。禁毒这一行要的不仅是体能、技能和忠诚，更需要的是一个超乎常人的心理素质，第一关过不去的，就是再忠诚，人也留不住。

"哎呀，忙着忙着就漏了。"谭政委歉意地道。

"有多少算多少吧，再招人的话别用九队这部《毒祸》了，口味轻点，别把新人都整出心理阴影来。"贺炯边说边和政委一起回办公室。

站在走廊里的周景万怔了许久，其实他想和师父交流一下自己的想法，不过刹那间觉得贺炯已经不再单单是他师父，还是管着上千缉毒警力的支队长，和他之前那种微妙的变化让他意会到：

折了翅膀的鹰，没有再飞起来的希望了……

飞起来喽……

一个人影在三十层的楼台上飞奔着，然后张开双臂，像迎接着恋人，拥抱着阳光，直到楼台的尽头，纵身一跃，嘭……

从手机拍摄的画面切换到监控拍摄的远景，他像破麻包一样摔在楼前的空地上。画面又切换到了法医的实地取景记录：死者的脑袋成了扁扁的椭圆形状，沿着这个中心，一摊触目的污血。

配音：二〇〇×年七月，吸毒人员蒋某胜，从我市最高的大楼晋阳大厦上坠落，后经查实，此系坠楼前吸食过量冰毒，产生幻觉所致。

那个血腥的画面让黑暗中发出一阵嘘声，这里观看的《毒祸》是九队整理的全市涉毒相关的视频和照片资料，全部来自于真实案例。吸嗨了光着屁股裸奔的、嗑晕了驾车撞电线杆的，还有最奇葩的吸食过量找刺激的一对，拿了两瓶农药对瓶吹，结果双双亡命，死相极惨。

没想到观看的是这种影像资料，更没想到觉得离自己很遥远的东西能有这么大的冲击力。死亡、死亡、各种惨象百出的死亡姿势，哪怕透着黑色幽默的死法，都让人觉得心中怵然。

又一幕浴盐吸食者死相呈现出来，被控制在幽闭空间里的人发狂了，死前啃食了自己的胳膊和手指，死后整脸像《生化危机》里的行尸走肉一样起了一层脓疱，黑暗中的观摩者又看得嘘声一片。

"哎呀妈呀……"任明星一捂眼睛，脑袋躲到了邢猛志的背后。

邢猛志欠欠身子，回手拽过他，小声道了句："有点出息行不？杀兔子不都你下手？"

"那宰兔子能和这个一样吗？"任明星凛然道，黑暗中看不清他的表情。

"差不多，人和动物都是碳水化合物组成的。吸食毒品相当于碳水化合物里增加了某些特殊成分的化学物品，引起了异变……哎呀我去，呃……"邢猛志道。

正说着，放到了对死者的解剖录像上，坏死的肝、肺叶、病变的呼吸道被医生取出来，那法医拎着比污水管子还恶心的人体组织讲解着，一下子把邢猛志看反胃了。

"还说我，你也够呛。"任明星一手捂在额前，悄声对邢猛志说。

邢猛志另一只手捂着前额，侧头道："那位警姐还要请你吃毛血旺呢，心肝肺肠子胰什么的……"

"滚……我明白了，咱们被涮了。"任明星骂了声，一扭头又看见正常人不宜看的画面了，赶紧又捂起了眼睛。

"这是缉毒警要上的第一课，没有良好的心理素质，是干不了这行的。"一旁的丁灿幽幽道。任明星听愣了，小声问邢猛志："咦，火山怎么一点事没有？"

"他摘了眼镜了，近视眼根本看不清。"邢猛志发现问题了，低声怨道。

丁灿得意地笑起来。恰在此时，"啪"一声灯亮，三人惊声坐正，却发现他们仨也并不是异类，一屋子新人有低着头的刚抬起来，有捂眼睛的手刚放下，还有交头接耳的刚刚坐正，实在是这些恶心画面太辣眼睛，正常人都看不下去。

"画面可能引起你们的极度不适，实在不舒服的现在可以出去透透气了。"踱步进来的马汉卫道。话音落时，就有几人站了起来，有位女生几乎是捂着嘴奔出去的。走了十一二个人后，马汉卫头也不回地道："出去就别进来了啊，回去继续穿辅警服，别上根棍子巡逻……这个点回去赶着值班，还能处理几件广场舞大爷大妈跳舞吵架抢舞伴的纠纷。慢走，不送。"

后出去的几位还没到门口，一下子就近又坐下了。门口跑得快的顿了下，犹豫片刻，回头一看屏幕上定格的画面：一个吸毒女满胳膊满腿针眼的照片，皮肤成片坏死。他们一狠心，扭头就走。

"剩下的先生和女士，欢迎你们迈进一个新世界的大门。都说缉毒警是神秘的——因为要面对的是这些不为人知的阴暗，而且这些阴暗还会继续神秘下去。我要告诉你们的是：你们看到最多的会是记录片里播放的这些，坏疽、脓疮、艾滋、精神失常、发疯……还有各式各样的死亡。从事这个工作用不了几个月，你就可以准确地判断出吸食毒品的人——消瘦、面色灰暗、两眼无神，指甲像竹子一样，全是节和条纹，大部分牙齿松动或者掉了几颗，舌头、口腔有大片大片的溃疡，烂得像地图一样……如果吸的时间再长一点，普通人也能认出这种人来，他们浑身散发着一股异味，背佝、脱发、皮肤组织坏死，就像坟墓走出来的行尸走肉一样……很不幸，我们要打交道的很多毒贩本身也是这种吸毒者。"

马汉卫说着，走到了台前，他面对的是一张张愕然、惊讶，甚至恐惧的脸。这些没有受过系统训练的辅警怕是难过头一关。他叹了口气继续道："观摩途中，有任何人想退出，随时都可以走。我不想欺骗大家纯洁的感情，万一你们将来进队发现和想象中不一样，反正还是要离开的，对吧？"

话音刚落，又走了几位，包括刚才犹豫不决想离开又悄悄坐下的那两位。

"好，很好，我喜欢诚实表达、用脚说话的人……这就是你们的第一课，来了解一下我们身边这个神秘的阴暗世界。我不是质疑人性本善这个命题，不过一旦被毒品影响了大脑，直接的结果是失控，一失控这人就再不属于自己。大多数吸毒和贩毒的，都会在这个特殊的环境里变成欺诈型人格，不容易靠近，很难交流，谎话张口就来，以算计他人为乐。对于被毒品控制的人，是不可能用情感来沟通的，他们的世界只剩两样东西：钱和毒品。接下来继续，还有要走的吗？"马汉卫问道。

让他失望的是，又有两人起身走了。马汉卫喊住了一位，是位高高壮壮的大小伙，他直问道："哪个队的？"

"平阳特巡警大队的。"那人道。

"害怕了？"马汉卫问。

"我不怕危险，但我怕恶心，对不起。"那人道。

说得马汉卫怔了下，那人已经扭头走了，他讪讪笑了笑，又问："还有要走的吗？"

没有人走，但跃跃欲试的已经很多了，几乎在临界点上，估计再加点砝码，会有更多的人走。

"我想起件事来，我刚入队的时候，有几次都想走，那时候没有这么好的条件可以提前看到这些资料。我想如果我提前看到这部《毒祸》，肯定跑得比谁都快。"马汉卫道，惹得下面笑了几声，气氛稍稍轻松了点，他像回忆一样叙述着，"我干这一行有一件事对我影响很大。那是我从警第九个月，接手了辖区涉毒人员的监管工作。那时候我认识一个女孩，刚二十三岁，孩子已经五岁了，是个黑户，和教她吸毒的男朋友生的。那孩子真可怜啊，我几次碰到他在垃圾堆里捡剩菜剩饭吃，我给他钱，他不要，你们猜他说什么？他跪在那儿抱着我腿求我救救他妈妈……我答应了，那时候她已经是强戒复吸人员了，我联络了戒毒所，又联络了女孩的父母，还没有来得及办好，第二天就出事了。那女孩不知道又从哪儿搞了包白面自己注射，给打崩了……我们和120赶到时，孩子坐在尸体旁边哭，边哭边推着她，想像以前一样弄醒她……"

马汉卫声音很轻很轻，却让现场一片肃然。那浓浓的悲哀袭来，像给每个人心里堵上了一块大石头。枯坐的邢猛志看着这位不修边幅、显得有点颓废的缉毒警，莫名地生出一股敬意，那些没有被绝望打垮，却在绝望中寻找希望的人，是值得尊敬的。

"那次之后我就再没有准备走了。我当不了超人，无法抓完所有的毒贩，不能销毁所有的毒品，可我能当好一个缉毒警，哪怕我只抓到一个毒贩，也有可能挽救一个甚至几个家庭；哪怕我只缴获一克毒品，也有可能挽救一条生命。我想这就是我们缉毒警存在的意义。我们是堵着毒祸的一堵墙，把它死死地拒在墙外，不让它来破坏我们身边的幸福安宁。"

他说完了，整个人如释重负，灯光下他身后的银幕给他全身镀上了一圈光晕，仿佛散发着圣洁的光。

灯灭了，"洗眼"仍然在继续，更有冲击力的画面不停播放着。涉毒的枪战、捣毁的毒巢、缴获的毒品，满地的刀枪，成箱的钱钞，还有更让人怵然的是对于海洛因、冰毒、K粉等每一种毒品的细分、特性的介绍，以及对吸食人员造成的危害。

没有人再走了。灯大亮时，武燕进来了，宣布结束，让参与培训的人回各队报到。这时候能看到很多复杂的表情：沉思着一言不发的，多看了马汉卫几眼、向他致敬的，更多的是忧心忡忡起身离开的。慢慢地，只剩下后座的三位，傻坐着不知道该去哪个大队报到。

"还好，没跑喽！"武燕笑道。马汉卫出声问："嘿，你们仨……等等，先别发言，给你们看一个支队刚下来的通知，我给你们念念……针对各大队、中队在职辅协警人员进行以下奖励：凡提供或者找到重大线索者，奖励奖金两万元起；找到线索并间接或直接抓获贩毒核心人员的，奖励五万元起；提供线索抓获贩毒主要成员或者找到制毒窝点，奖励十万元起……怎么样？这个总够动心了吧？"

"一千万人口的城市找几个目标，比双色球的中奖概率还低啊。"丁灿脱口道。

任明星眼睛骨碌碌一转道："不对啊，你们老缉毒警解决不了的问题，我们能有办法？更何况我们根本不懂缉毒。"

"说对了，这事好就好在没有专业知识门槛。我们找的是蓝精灵，可能掌握的信息比你们多不了多少。上千警力的大排查，说不定分配区域里的嫌疑人就有有价值的信息哦。警务这一行有时候不是凭本事，而是靠运气……每年一大部分追逃人员是基层派出所逮回来的，甚至在演唱会维护个秩序，都能碰到几个在逃人员。"武燕笑道，她和马汉卫走到了三人近前，靠着椅背站着，像在审视。

"问题是我运气一向不太好啊，我可是从富二代掉回穷二代的，还能有运气比我更差的？"任明星犹豫着，不确定地看看两个同伴。两个同伴是损友，一点也没安慰，痴痴地笑着，明显是耻笑的成分多一点。

"这次用人急，不会派危险的活儿，我们这个组需要一个司机，你是最佳人选了。"武燕道。

"哦，开车啊……哎哟哟，不早说，吓死我了，开个车整这么隆重干吗？"任明星一下子轻松了，要开车的话，哪儿混也一样。这不，又来句神补刀："其实我最喜欢开队里的车了，不用担心违章。"

可把马汉卫给气结了下，不过这个人的问题解决了，两人看向邢猛志，邢猛志似乎也在观察他们俩。武燕挑衅似的问："组团不？组团的话我请客，毛血旺。"

"呃……"任明星没来由地干呕了一声，把丁灿给逗笑了。邢猛志没有笑，只是好奇地看着武燕，突然问道："马哥，你和周队是一起下课的一对搭档，武姐呢，也是犯过错的吧？"

马汉卫、武燕脸上的笑容一滞，愣了，没想到他会提这茬儿。

"你什么意思？"武燕问。

"别误会，我没恶意，物以类聚，人以群分，你们和周队找到我们，肯定知道我们也经常犯错，而且……手脚不那么干净。"邢猛志道。那两人尴尬一笑，邢猛志就直接问，"那问题就来了，你们看上我们，是不是就因为我们不干净啊？"

"不干净吗？"马汉卫道。

"这就不坦诚了，火山玩计算机，算得上半个黑帽子，有人抹黑武姐的事是他最早发现的，而且还判断今天要有第二拨，我跟他打赌都输了。我呢，一查户籍稍细点，就能找到我和邢天贵的关系，我也不忌讳这个，老实说我小时候很崇拜他，前呼后拥八面威风的，连我打弹弓都是他教的。我无法选择我的出身，我就生活在那种地方，初高中同学里，混出了好多被警察打击的对象……你们知道为什么我当辅警吗？"邢猛志问。

"为什么？"武燕好奇了。

"我小时候很淘，老闯祸，后来又因为和邢天贵走得很近，被派出所传唤过，因为这些事我爸去世都闭不了眼……其实我就想穿上一身警服，让我妈放心，她倒不期待我打击犯罪抓坏人什么的，只要不成为坏蛋被警察抓，她就放心了。我很想当警察，但我有点反感这种征用的方式。"邢猛志道。

任明星一指邢猛志道："我猛哥的意思是啊，不会是招我们背锅顶雷吧？"

丁灿下面踩了他一脚，任明星"哎哟"一声，一瞪眼，发现丁灿在瞪眼，才知道场合不对，闭嘴了。气氛很凝重，武燕和马汉卫诧异得倒不知道怎么回答了。任明星转移话题问道："嘿，咱不说别的了，来点实际的，工资加多少？补助有吗？要还和特巡警大队一样，可说不过去啊。"

武燕叉着臂不屑道："要真图钱，别来禁毒上，还是直接去贩毒吧。"

"那总得让我们图点什么吧？我要是个正式警察，觉悟也不比你们低。"任明星道。丁灿推了他一把，说道："闭嘴，就你这智商和臭嘴，活不过实习期。"

"滚，瘸腿的笑话瞎眼的，都有残疾谁说谁呀？"任明星反驳道。

"都闭嘴！"邢猛志轻吼一声，那两位立马齐齐看向他，见他思忖片刻后问，"我有一个想不通的问题需要个解释，反正在哪儿也是混，好歹也得心气儿顺点啊，对不对？"

"什么想不通的？"马汉卫问。

"这不明摆着吗？甭跟我提奖金的事啊，你们知道特巡警大队欠我们多少补助和奖金？两万多……今年春季打击双抢双盗活动，我们在路上抓到偷车轮的、偷柴油的、偷电单车、偷三轮车的，有将近十个，超额完成巡防任务，结果屁都没有拿到，一多半案子不是移交刑警队就是派出所，成他们的功劳了……那我这问题就来了，你们编制没有、待遇没提，就画了个大饼，还不知道能不能兑现。让大家来干这不但危险，还是辛苦的活儿，就一个问题，凭什么呀？"

邢猛志质问的口吻，一点也不客气，那俩倒觉得不妥了。任明星往后看了看，像是发现了什么，拽拽邢猛志的衣角，邢猛志挣脱了不理他，又说道："不是我们不肯干，也不是我们干不了，而是……我们信不过。对不起。"

武燕和马汉卫一脸尴尬兼失望，邢猛志要起身时，背后传来个声音道："奖金如果真有其事，我给你解决。"

一回头，看到了表情憔悴的周景万，邢猛志挠挠脑袋，稍有点不好意思了。周景万走上前来，直视着邢猛志，说道："辅警的身份问题不是我们这个层次能解决的，不过如果有其他要求和问题，我可以帮忙解决。"

"您怎么就挑中我们了？"邢猛志好奇地问。

"你刚才都说了，打击双抢双盗的时候下过七八桩案子，我是在案卷里找到你们的名字的，又目睹了你们抓那个偷猪的。说实话你们办事很操蛋啊，如果严格执法，在没有报案、证据不明的情况下，是不能对嫌疑人采取措施的，你们太出格了。"周景万评价道。

"那又怎么样？"邢猛志不服气了。

"呵呵，干得非常漂亮，不出格怎么出众呢？不犯错可以当好一名警察，可未必能当一名好警察，有时候法理和人情是相悖的，我们不得不做选择。给你个简单的理由，以前的奖金我跟王铁路商量解决，万一你们有成绩，支队奖金要兑不了，我拿组里的经费赔给你。"周景万道。

这话让邢猛志大生知己的感觉，他懒洋洋地起身，一摆头道："好吧，信你一回，我们来待段时间……走了，什么时候来电话通知。"

他一起身，任明星和丁灿跟着起身走。这时候的主角似乎不是禁毒上这几位资深人士，而是这几个外行人。他们就那么大大方方地走了，周景万没吭声，武燕和马汉卫要说话，也被周景万的眼神制止了。

听不到脚步声了，马汉卫小心翼翼问道："周队，那奖金即便有也解决不了，咱们禁毒和治安上不是一码事，总不能去人家那儿要钱去吧？"

武燕纳闷了："咱们组里什么时候有经费了？"

"喷，这不缺人吗，先弄进来再说。"周景万嘟囔着说道。武燕嗤声笑道："您可想好了，这厮绝对是刺头，我还没见过这么市侩的辅警，伸手要钱，张口谈条件。要解决不了，您瞧着吧，半路绝对跑。"

"你们招人得讲策略，这样不行……你们想想，他们好歹得领上一个月工资才跑吧，恰好咱们限期已经不够一个月了，我看他们怎么跑……走，合计一下，开工。"周景万笑道，领着两人离开。

初涉大案险

"当嘟……"铁门被敲响了，一监仓的嫌疑人靠墙而立，门开了，管教那张没有表情的脸又看见了，他叫了声："0241，秦寿生，收拾东西。"

嫌疑人回应了声，管教就看着他收拾。根本没什么东西，秦寿生兴奋地早跑向门口蹲下了，趁着门闭合刹那回头看了眼刚住两天的监仓，兴奋过头地喊了声："兄弟们，出来找我哦。"

"当"一声门关上了，管教瞪了他两眼，叫他快走，穿过两道铁门，在入口验明正身的地方，一张取保候审通知书摊在桌上，上书"×年九月二十九日因非法持有毒品罪被刑事拘留，因健康原因于十月四日取保候审"。秦寿生签字，拿上发还的随身物品，跟着管教出了监所大门。当身后的大门关上，那令人生畏的电网、警察都消失时，他一下子兴奋地踢掉了脚上的鞋，怪叫着奔向看守所外的路面。来接他的是个女人，这货倒是不介意，到了车前兴奋得连衣服裤子都脱了扔了，穿个裤衩钻到了车里，一溜烟跑了。

车号：晋AE3304。

"咔嚓、咔嚓、咔嚓……"一阵轻响，这个画面被拍进了一部电子相机里。距离车走的方向五十米外，一辆面包车里，丁灿准确地拍下了画面递给副驾上的武燕检查。武燕瞄了几眼赞道："不错，很有当便衣的潜质。角度和时机选得很好，那女人仅仅是露了一面都抓拍到了。"

她递给了驾车的马汉卫，马汉卫看了几眼，竖了个大拇指："确实不错，上手这么快。"

任明星不屑道："他属狗，天生就是当狗仔的料。"

丁灿使劲掐任明星，任明星嘿嘿笑着继续道："你再表现也不行，只能跟我们混，离队里坐办公室的邱小妹还远着呢。"

"消停点，别闹……听着啊，我们带你们几天，要尽快进入角色。记住这张脸，这是要跟踪的目标，要查清他去的地方，和什么人接触，包括这个女人。"武燕道。

这时候邢猛志插话了："这个一时半会儿查不出来啊。取保候审的都是防备满满的，按惯例随叫随到，定时得去辖区派出所报到，这种情况谁还敢犯事？想犯事也得事找上门啊！"

"啧，让你干什么，你就干什么，废什么话啊？我们还烦着呢。"武燕道。

"我明白了。"邢猛志道，"这个人9·29行动被捕，把事情搅大了，支队又没有确凿证据钉死他，那些持有的毒品也被他吞了，关着倒不如放出来看看会不会牵出线索来是吧？"

"呵呵，你能当支队长了。"马汉卫发动着车笑道。

"支队长肯定比咱们清楚，这号滚刀肉没抓现行审不出更多东西来，所以就扔给咱们了。看你们这样严重失宠啊，人是你们抓的，审问却是别人办的，怎么处理的你们也不清楚吧？释放秦寿生你们提前两个小时才知道啊？"邢猛志道。

武燕瞪了一眼，捏得拳头咯咯直响，答非所问来了句："马哥，我揍人的冲动很强烈，这可怎么办？"

"妹子，忍无可忍便无须再忍，等你发泄的时候，记得叫上我搭把手。"马汉卫道。

"嗯，谢了。"武燕双手捏得嘎嘎作响，向后睥睨了眼。惊得任明星"嗞"的一声倒吸凉气，肉乎乎的小手握拳捂在嘴上了，那受惊的样子简直太惹人同情了。

"你紧张什么？就你还不够被发泄的资格。"丁灿道。

"不是，我突然发现……小姐姐发飙的时候还是挺漂亮的，难道你没发现，她的一笑一颦，充满了阳刚之美。"任明星说道。

这话里带刺的，丁灿不敢接茬儿了，毕竟几人才磨合两天，都擦出几次火花来了。武燕回头要说话时，他赶紧圆场道："武姐，您千万别跟他俩一般见识，我们在特巡警大队时，周边村老娘们儿撕扯、骂街一般都派他们俩处理，早锻炼出来了。"

开车的马汉卫没想到他们还有这种潜藏技能，"扑哧"一声笑了。武燕气哼哼地坐正了，看来传、帮、带这样简单的任务在这几个身上难度都得升级了。

"都别走神，注意一下，我讲一下追踪要点，一般贴靠上去，要保持在十米之内，以备随时采取行动。正常的尾随在五十米以内，要保证眼线能看到车牌，这期间要对目标车辆的行进路线、方向有个预判，当你发现对方有所察觉时，标准的程序是放弃，而不是一味追着。因为一名警觉的嫌疑人，他的反侦查措施可能比我们的侦查手段还要高明。看，前面丁字路口，目标车辆偏左，方向应该左拐，我们完全可以等下个红绿灯三十秒后再继续追踪……"

秦寿生的车停在红绿灯前，马汉卫放慢了速度，远远地跟着，果真等了一次变灯才又追上去，走走停停跟着嫌疑车辆回市区。不过大多数时候是无用功，嫌疑人是回家了，车进小区，追踪结束，漫长的等待就开始了。

像"贴靠"一样，这等待也有一个专业名词：蹲坑。

"人出来了，支队长啊，这个人身上能有多少料啊？鲁江南和田湘川审了四五回了，还可能有隐藏的东西吗？"

谭政委把手机递给贺支队长，那是支队信息中心的实时汇报，支队下辖的七大三中一共十个大队，所有外勤的信息都是实时传送的，今天值得商榷的消息就是秦寿生取保出看守所。

"没多少啊！以我的经验看，这些卖小包的，一般都是替死鬼，上下都是单线联系，只要一出事，立马切断这条线，哪怕再用这号人贩小包，也是很久以后的事了。"贺炯递回了手机，思忖着道。吸毒的是欺诈型人格，贩毒的更甚，根本不会相信任何人，干的都是掉脑袋的活，一开工绝对都是堪比特工。

"那大周坚持要挑这个目标，我就有点不明白了。"谭政委道。

是周景万坚持要对此人采取取保措施，而且要沿着这条线顺藤摸瓜。这操作就有点反经验、反常识了，最起码对于像周景万这样的老缉毒警，不可能不知道这类嫌疑人对于侦破的价值不会很大。

"唉……这孩子自打跟我就一根筋，带了个徒弟出来，也是个一根筋。只听说过警察设伏抓坏蛋的，就没听说坏蛋下套把警察也坑里边去的，这俩算是首开咱们支队的先河啊。"贺炯咂着嘴，对自己的得意弟子有点无语，甚至没反应过来他和政委是答非所问。

又提及下课的旧事了，一位声名赫赫的缉毒大队长被一撸到底，搁谁身上恐怕一时半会儿也走不出来，政委不说了，一句揭过："也罢，随他吧，多少有点事干，免得再生其他事。"

车驶进了三大队，大队长鲁江南正恭迎着，带着支队长和政委进队，边走边介绍着："根据秦寿生和孔龙的手机信息里找到的社会关系，我们传唤了十七人，基本都是无业人员，有四位在涉毒人员信息库里，其中有三个人承认从秦寿生和孔龙手里购买过冰毒和这种蓝精灵，数量不多，三个人承认了七粒。有两人是从孔龙处购买的，一个人是直接从秦寿生手里拿的货。"

"什么用途？"政委问。

"自己服食，两年以上吸毒史的，服用安定类安眠药根本无效，蓝精灵和少量酒精吞服，有强效的催眠作用，他们是当安眠药吃。"鲁江南道。

贺炯驻足了，思忖片刻，犹豫道："秦寿生这个家伙身上肯定还有事，但有多大呢？"

"不会很大，现场能抓到的都是小喽啰。支队长，批准秦寿生取保候审，如果我们旨在放长线钓大鱼的话，那时间会不会有点来不及啊？"鲁江南问。

"那你想个来得及的办法啊？"贺炯反问了句，鲁江南尴尬得不敢吱声了。

进办案区，看守严密的审讯室占了半层楼，从窗上看过去，神情萎靡的、精神恍惚的、两眼发直的，还有说话磕巴的，能看到他们的眼神里，对警察都是满满的警惕和敌意。这样的排查能有多大效果，实在是得打一个大大的问号。

下队伊始，支队长就开始发愁了，站在留置室外的过道里一支接一支地抽烟，苦苦思索着……

午后，武燕快步踱进晋阳市第三戒毒所的大门时，恰好看到了周景万在楼前的草坪前抽着烟。她快步迎了上去，抱歉道："没耽误吧？"

"没有，那大腕还没来呢。"周景万道，看武燕风尘仆仆的样子笑着问道，"咋样？我给你找的这仨小徒弟带得不错吧？"

"哎哟，快别提了，我差点就崩溃了。"武燕诉苦道。

"不会吧？就遇着毒贩也不至于啊。"周景万不解了。

"改天您去试试。"武燕愤愤地道，"你教他一句，他能怼你十句，这还不算，那小胖子还得给你加两句补刀的，能把你活活气死。我今儿才知道，他们不光抓毛贼，还跟农村大妈干嘴仗锻炼口才。"

周景万被一口烟呛住了，扔掉了烟头笑着道："那敢情好啊，毕竟不是普通人嘛！"

"周队，我就纳闷了，您咋就瞅准他们仨了，我实在看不出他们身上有什么闪光点啊……噢，对了，那火山，丁灿还成，就是体能差点。"武燕中肯地道。

"谁说没有闪光点？能把惹不起的燕子气成这样，咱们支队没几个能办到吧？"周景万开了句玩笑。武燕不屑地道："是架不住跟他们计较，真要怼起来，够我一条胳膊撸吗？"

"你可不准动手打我好不容易挖回来的宝贝啊，否则又得咱们仨轮班，这一个月下来全得垮喽。"周景万警示道。

这仨最大的用途就是替班，让周景万三人腾出时间来可以考虑分析更多案情。说到这点武燕又烦上了，龇牙咧嘴难受地道："周队，一个月啊……这太难了。"

"快就是慢，咱们几个月光想着抓票大的，结果一无所获；反过来，慢就是快，我们从头做起，不要考虑时间限制，把从头到尾的线索吃透，只要有一点突破，那这个狗屁蓝精灵就无所遁形了……所有的大案，突破点几乎都是某个被人忽略的细枝末节。"周景万信心满满地道。

武燕方要质疑，周景万却是一眼看到了要等的来人，他招手叫了声，拉着武燕一起去迎。

西装革履的林拓正从门外进来，笑吟吟地迎上来握手："周队，不好意思，省司法厅有关戒毒场所加强管制类药品的会务刚完，久等了。"

"我是个粗人，您可千万别跟我客气，一客气我都不知道该说什么了。"周景万道。

"您确实比我粗很多，哈哈。"林拓顺手捏捏周景万粗壮的小臂，又比画比画自己的，羡慕道。回头又和武燕握手，他的眼睛亮了亮赞道："如果没记错，这是我们第二次合作了，还不知道这位警官贵姓呢？"

"姓武，名燕，武术的武，燕子的燕。林医生，您上次那两下子我记忆犹新啊。"武燕笑道。她握着的是一只温润、细腻的手，武燕下意识地看了眼，那只手修长、充满美感，很得体地一握而放，放开时却让武燕的心颤了颤，有股子莫名的感觉涌上来。

美女之于帅哥，总有天然的磁性，反之亦然。估计是警队里糙男太多，突然遇到这么精致的一位男生，让武燕鬼使神差地多看了两眼。

"咳……咳……"周景万瞧着两人眼神不对，干咳两声提醒，武燕顿醒，不好意思了。林拓却是大方道："对不起，我失态了。周警官，给一次机会，我要正式向武警官介绍一下我自己……鄙人林拓，树林的林，拓荒的拓，这是我的名片，可以告诉我您的电话吗？我是以私人名义索要啊，可不想假公济私留下您的联系方式。"

"没问题，我的电话是……"武燕说着，干脆地掏出了手机，两人留着电话，看得出都是喜上眉梢。周景万稍有不耐烦的表情，就被武燕瞪了两眼给憋回去了。

三人往回走着，周景万一脸惊愕地瞄了几眼兴趣盎然的武燕，就武燕这彪悍性格加上一瞪眼能把小孩吓哭的凶样，笑起来居然蛮甜蛮好看的。不过知情的对武燕这类型肯定退避三舍，政委给她介绍的几次对象基本都见光死，甚至还没见光，一打听名声就吓跑了。

"我应聘到省戒毒中心不到半年，任第三戒毒所主治大夫不到两个月，戒毒人员的情况我接触不多，主要负责毒品成分分析，两位要了解什么情况？"林拓殷勤地道。

"您别忙……是其他事，我们想了解一下蓝精灵，从你们专业的角度知道更多的相关知识。"周景万拦着要倒水的林拓。林拓一想，又道："好吧，干脆到实验室吧，那儿有样品，微量的原料，我们受支队委托正要做一部有关氟硝西泮的详细介绍。"

他说完，又对武燕很谦恭地笑了笑，殷勤得武燕都有点得意了，给周景万做了个鬼脸。

这可真好办事了，登记签名进了实验室，一位陪同的戒毒所民警也是熟人，三人聚在实验架前观摩着换了白大褂的林拓取样进试管，是微量的结晶体，就听他介绍着："主要成分就是这种，别名叫氟硝基安定，淡黄色的晶体，微溶于水，易溶于乙醇，也就是酒精，主要适用于镇静安眠。我们没有批文批量生产，你们看到的，都是实验室提取出来的。"

"我的第一个问题是，批量生产很难吗？或者您可以这样考虑，假如像您这样掌握技术的人员去组织批量生产氟硝西泮，难度大吗？"周景万直接问。

一问，林拓傻眼了，"啊"了声回答不上来了，半晌才愕然着道："这个问题我没想过啊。"

武燕被他的书生呆样逗乐了，她解释道："周队是在考虑可能性。"

"噢……它的熔点是166摄氏度左右，沸点540摄氏度左右，储存条件，密闭2摄氏度~8摄氏度，在25摄氏度下蒸气压为9.13乘10的−12毫米汞柱，只要有简单的制药设备，基本都能达到这种条件。原料呢，不像麻黄素和甲基苯胺类原料管制那么严，如果有一个掌握专业技术的人去做，那会……"林拓口吻迟疑了。

"怎么样？"周景万好奇地问。

"非常容易。它是因为滥用才被划到新型毒品的范畴，从制作和药理来看，它其实是一类过时的医药产品。西方上个世纪九十年代就已经淘汰了，而我国的医药领域，因为它的高副作用和依赖性，根本就没有批准生产过。"林拓介绍道。

"哦，这样啊……我还不明白的是，既然是镇静类安眠药，怎么又是兴奋剂？"周景万道。

"世界上有两种奇妙现象，一种是大脑反应，另一种就是化学反应。别说一个人，就一代又一代化学家穷其一生，都摸不清物质的领域会有多少种奇妙的化学反应……这么说吧，静脉注射氟硝西泮粉剂超过五毫克，会引起心脉停搏，猝死；两到三毫克，会引起深度睡眠。但是吸食者呢，身体本身有抗药性，在吸食的时候，会和着神仙水或者K粉一起微量服用。据说……这是据说啊，服用后一个小时左右，会出现嗜睡的症状，但熬过这一个小时呢，又会极度兴奋，而且身体的感知会消失，无论如何摇晃都不会有反应，耳光都扇不醒，甚至捅他一刀都没有痛感。"林拓介绍道。

"连你们也说不清这种反应？"周景万愣了下。

"我们只能提供临床实验的药物症状，不可能调制几种管制类药去做临床实验啊。"林拓道。

这个解释把戒毒所的民警也听乐了，他插了句："周队啊，这玩意儿不算最新鲜的吧，咱们这儿有吸毒人员直接和着鸦片、甲基苯丙胺一起熬出来，半植物半化学也敢吸，我们所里收治的，戒毒时他把安定当糖豆往嘴里塞都不管用。"

"那是身体产生抗药性了……还有问题吗？"林拓问。

"暂时没有了，您要给我们看什么？"周景万问。

"化学反应，它和苯胺类药物中和时，是紫色；和氯分子结合时，是黄色。它的特性是微溶于水，但是结合后就易溶于水了……你们看。"

林拓解释着，在酒精灯上加热，熔化时加入苯胺类药物，黄色变成了深紫，又加氯粉，变成了黄色，稍稍凝固后，加水，一管子灰蒙蒙的颜色，又加入到另一试管的酒精里后，瞬间变成了清澈的蓝色。这眼花缭乱的变化，可把几个人看傻眼了。

这样的毒品开始让武燕细思极恐了，她脱口问道："每片蓝精灵里氟硝西泮的含量其实是以毫克为单位的，只要有几公斤原料，那可以产出来几百万粒这样的蓝精灵，每粒几十块钱……暴利啊！"

"对，做出毒王的这个人，是个罪犯，但不得不承认也是个天才，最起码我们这些科班出身的不具备配制出蓝精灵的能力，我们甚至连它准确的配方都还原不出来。"

林拓解释着"多一分是毒，少一分成药"的原理，而把几种可以致命的管制类药物配比成一种兴奋剂类的毒品，是天才才能办到的事。

他解释着，不时地看着武燕，这位女警似乎吸引了他足够多的注意力，让他甚至都忽略了来访的两位愁眉凝结、心事重重的样子……

一件事做久了，享受就会变成难受，比如蹲坑。

夕阳渐渐西斜的时候，蹲了一下午的邢猛志、任明星已经到了忍耐极限，吃了两三包瓜子，嘴干得要命；又吮了几根冰棍，结果肚子又开始疼跑厕所了，快到下班时分，邢猛志和任明星嘀咕半天，两人猫回车上了。

"马哥，下班了吧？"邢猛志问。

"对呀，都饿了。"任明星道。

"你俩故意的是吧？不懂什么叫监视居住？7×24小时，全天候，地球不爆炸，我们不下班。"马汉卫道。

"这有用吗？"丁灿举着相机，准备了一下午，就没动过，那货根本没出来。

"没用。"任明星说，"屁用都没有，看守所关了好几天，带了个妞回来，人家现在在家爽着，咱们搁屋外头吭哧吭哧难受呢。"

"闭嘴！"马汉卫目光盯着小区门的方向就没离开过，他幽幽道，"能抓到的机会，很多时候就是一个瞬间。手机通信、联系的人、去的地方，只要找到一个有疑点的地方，我们很可能就能找到这个家伙的货源渠道……最难的就是开头，兄弟们，忍忍啊，缉毒上十天半月不回家是正常事，你们不会连这个心理准备都没有吧？"

"哎呀妈呀，我真没有，马哥你看我像机器人不？"任明星苦着脸道。

"轮班吧，你们仨留一个在我身边，万一我扛不住眯会儿，得有人盯着。"马汉卫面无表情，目光不移。

这倒把三人说得有点不好意思了。丁灿道："一会儿我回趟家，晚上我和马哥值班吧，你们俩歇着。"

"那总得吃饭啊，马哥。"邢猛志道。

"叫个外卖，周边找个小店凑合一下，分开吃啊。"马汉卫道。

任明星说了："小店多不干净啊！"

"咳，都成穷光蛋了不要还带着富二代的恶习啊。"邢猛志提醒了句。

"什么都可以不讲究，吃不能不讲究啊……哎，对了，那货窝一下午总不会不吃饭吧？这都到点了，哎，兄弟们，咱们赌他出去呢，还是在家吃？赌注呢，谁输了晚饭请客咋样？"任明星提议道。

这扯淡事都能赌一把？马汉卫气得懒得搭理了。丁灿判断，应该在家吃吧，刚出来得低调啊。邢猛志立即反驳了，恰恰相反，看守所的清汤寡水，出来应该先撮一顿才对。赌约一下子达成了，任明星支持邢猛志，他的理由是：坏蛋的生活一般都多姿多彩，和美女爽完了，该去和美食美酒约会了，所以得出去吃。

两方赌约刚达成，马汉卫毫无征兆地说了句："出来了……你小子天生是当坏蛋的料啊，居然和他想一块了。"

远处，秦寿生和那位接他的美女勾肩搭背出来了，像在路边等车。邢猛志和任明星一下子乐了，丁灿却是悔得直拍额头："神哪，我一百四的智商，怎么老输给这俩脑残货！"

　　"你才脑残呢，吃和睡需要智商？"邢猛志道。

　　这下却是连马汉卫都逗笑了，连他也不知不觉喜欢上这种充满着黑色幽默的追踪氛围了，他驾车盯上了辆出租，且走且听三人扯淡。事实证明任明星猜得奇准无比，秦寿生和那女人真的是去海鲜城大快朵颐了一番，然后又到了一家量贩式的KTV喝酒唱歌去了。其间邢猛志扮着客人进去瞄了一回，秦寿生正和约到的一对男女唱得正欢，一直玩到零点都没散场。

　　追踪的可惨了，北方昼夜温差大，晚上冻得傻呵呵的，碰上这破面包车连空调都坏了，几个人蜷在车里取暖，一直等到后半夜那货都没出来。车里任明星反应最强烈，一把鼻涕一把泪地说话——不是伤心的，是被冻的。

　　第一天追踪就这么过去了，没有任何发现……

穷则思变通

　　一辆奔驰S系轿车缓缓泊在晋昊娱乐门厅前的停车场上，车门洞开，一对男女下车：男的西装、背头，年过四旬；女的风衣、墨镜、长发，美得像P过的图一样，看不出年龄。

　　两人的表情都不太好，后车里四人下车要跟上来时，被男子一摆手屏退了，他眼里饱含愤懑地看着如同劫掠后的场所，深深地叹了几声。

　　"晋总，损坏了九台大屏电视、十几部点歌台，吧台破坏得最厉害，估计损失得二十多万。当天我们报警了，派出所说还在调查。"那女人小心翼翼地汇报着，几天前的九月二十九日对他们来说仿佛一场噩梦，不，对于全市的娱乐场所经营者都是一场噩梦。来了那么多警车和警察，一夜之间把鼎盛的生意打到萧条如斯。

"养那么多律师都是吃干饭的？损失这么大没个说法？"晋总沉声道。

"肯定不是警察干的，应该是谁趁火打劫吧……嗯，晋总，股东们的意思是，能开业就不错了，别节外生枝了。起诉也就做个样子，还真去告公安啊？"那女人委婉劝道。

"现在法治社会了，警察也不能凌驾于法律之上啊！该反映就向上反映，该起诉就起诉，我还不信他们能一点毛病没有。我们管理不善，整改，没问题；我们场子里有人吸食毒品，我们认罚。他们这又是破门，又是打人的，我就不信这都合理合法了。"晋总踱着步，看着大厅一片凌乱，愤愤地如是道。

那女人似乎有点为难，不过还是顺口应着："好的，我和郭律师他们碰下，他们网上声势搞得不错，最起码有些声量。"

"告还是得告啊，要不那些穿警服的三天两头来骚扰一回，谁受得了啊？他就不骚扰，往你门口停个警车，那还能有生意吗？"厅里是看不下去了，晋总往外且走且道，"核算一下损失，尽快装修，把国庆假期黄金周都错过了，一天损失得十来万……唉……"

"好的晋总，已经安排了，下午就可以开始。"那女人亦步亦趋跟着，两人上了车，晋总驾着车，掉头开走，驶离了这个被缉毒支队视为风口的地方。

因为场所里有吸毒人员，晋昊娱乐被停业整顿，直到今天才解封。现实的萧条和网上的热闹恰成了鲜明的对比，这些天晋昊娱乐因为场所被封、又无故被人打砸，损失惨重，已经向市工商联、市政府、市公安局多次反映情况。据内部消息讲，这家来头颇大的公司已经准备好了律师和诉讼，要把现场的"暴力"执法人员告上法庭。

那辆S系轿车越走越远，汇进了车流。在直线距离不到一公里的另一幢商住楼顶，周景万正通过望外镜观察着这一对的一举一动。武燕翻着高倍电子相机里刚刚抓拍的两人镜头，放大画面，仔细观察两人的体貌特征。

男的叫晋昊然，是晋昊娱乐的法人代表及最大股东，据说以前是个煤老板，煤炭下行时及时抽身投向娱乐业，很短的时间内便成为省城此行业的翘楚。女的叫汪冰滢，非本地人氏，查到是个有律师从业资格的高知女，或者是法律顾问，或者秘书，属于霸道总裁身边那种可以引起别人浮想联翩的漂亮女人。

"最难对付的不是穷凶极恶的罪犯，而是这种知法懂法玩弄法律的啊。"武燕对这两位下了一个精准的评价，她感叹道，"我还期待着能就此查封晋昊娱乐，从他们这里刨点消息来着，谁知道这才几天支队就妥协了，解封了……我不负责任地推断下，这场所里能卖货，我就不信他们的员工里、陪唱里、保安里没人知道，说不定根本就是他们自己在出货。"

"证据呢？"周景万喷道。

没有证据，说再多也没用，就秦寿生那点证据也被他吞了，连吐的带洗胃洗干净了。武燕怅然递着相机道："周队，我怎么觉得警察越当越窝囊，几乎是捆着手脚干活啊？"

"那就对了，法律赋予我们的权力是凡事依法，而不是仗义行侠……这个女人的背景清楚吗？"周景万看着相机上那位美女问。

"清楚，干净，就不干净也会变得很干净，有四年律师从业经验，专打商业欺诈类案件，在法律圈里也算小有名气。"武燕道。

"什么叫不干净也会干净？我们的出发点要从无罪假设开始，而不是先以有罪开始推论……走吧，这用不了几天就要重新开业了，支队的方针是外松内紧，真把这些场所都封着，搞个高压态势，把人都吓得龟缩回去了，那才叫把我们手脚都捆上了……哎，对了，猛子那几位咋样？"周景万问。

这仨来得不是时候，根本没有岗前培训，几乎是边上岗边培训。好在有马汉卫带着，不过问及此事武燕却是嫣然一笑回着："您觉得会咋样？"

"怎么了？应该可以吧？特巡警大队有两年的经验，人又机灵，应该比生打生进来容易上手啊。"周景万道。

"哎哟，干得可来劲了。"武燕道。

周景万惊喜道："是吗？"

"啊，马哥那么抠的人，被他们仨捉弄掏饭钱请客，绝无仅有啊！他们还献计来着，说支队审不了的秦寿生啊，他们分分钟搞定，您想知道怎么搞定吗？"武燕道。

"怎么？有什么好办法？"周景万惊讶了一下。

"有，邢猛志和任明星商量的，找个没监控的小胡同，把秦寿生逮住揍一顿，保证他一五一十交代。"武燕笑道，那帮半吊子辅警办事，妥妥的黑社会风格。

周景万听得脸唰地黑了，喃喃地骂了句"王铁路带警不用脑子"。不过再想想特巡警大队百分之九十以上都是辅警也就释然了，估计他们平时对付那些醉酒闹事的地痞流氓也就这法子。

武燕嗤笑着看着周景万。周景万气不打一处来，直斥着："咋把你笑成这样？"

"那仨可真不是省油的灯，我怕再过些天，得他们带着马哥，而不是马哥教他们。"武燕道。

周景万狐疑地看着武燕，略带紧张地问道："还有什么事？"

"没有没有，这才两三天，这么多事还不够啊？那几位确实挺机灵，前天秦寿生约出来的一对男女，第二天他们自己就把对方的资料摸清了，您信不？比咱们的信息指挥中心还快，知道他们怎么办到的？"武燕道。

"不会是堵小胡同里诈的吧？"周景万吓了一跳。

"您这思路确实不如人家，记得那小胖子学什么专业的？"武燕问。

"什么艺术？"周景万道。

"绘画……他瞄了几眼把那一对画下来了，就用普通的中性笔，然后丁灿输到嫌疑人信息库里比对。您猜怎么着？这人跟复印出来的一样，所以他们比信息中心更快。"武燕说着，掏出手机，找出那一对肖像的比对，一组是信息库里的留存，另一组是一幅素描，几乎一模一样，像照了张黑白大头照，不过却真真切切是笔画的。"和秦寿生接触的这位男子叫熊大方，职业是厨师，留案底的原因居然是盗窃就职酒店的食材。"

这可把周景万惊讶得不轻，思忖片刻又是大喜，喃喃道："哟，有可能捡着宝了，都没看出来有这能耐。"

"您是想起肖像描摹了吗？够呛，这家伙心性不稳，屁股坐不住，嘴又贱，想让他安安生生磨几年，可能性太小。"武燕评价道。

"但已经有可能性了，不像咱们，根本不可能……这个熊大方，厨师？有什么疑点吗？"周景万回到了案情上。

"已经在查了，不要抱太大期待，或许就是出狱后一次普通的聚会。那个女的是厨师的女朋友，海外海酒店的服务员，回头我做个外调。"武燕道。

两人下了电梯口，乘梯下楼。已经踱步到厅外上车的时候，周景万看了晋昊娱乐一眼，满眼的不甘。武燕在车上催促道："走吧周队，别着急上火，现在十个大队中队，就没挖出一条像样的线索。这事情办得颠倒了啊。9·29打黑除恶行动声势那么大，就反应迟钝的也该消停一段时间了，不会这么快有线索的。"

"是啊，时机也不对啊，国庆长假都是警务最严的时间段，以往这种假期的发案率是最低的，可惜破案期限不等人啊。"

他忧虑地坐回到车上，两人走走停停，很快到了第二处目的地——丽华水会。这也是9·29打黑除恶行动重点排查的一家娱乐场所，只不过查封之后当天夜里就出了意外，该场所也遭到了打砸。

两人沿着楼梯走着，不时地踮脚往里看，窗户上的玻璃被砸了若干，还能看到扔在地上的板砖。走到门廊口时，门上的雕花玻璃只剩下一半，往里看吧台处一片狼藉。周景万比画着："肯定是从这儿钻进去噼里啪啦砸了一通走的。"这种娱乐场所一遇临检就放假，偶尔有一两个值班人员，遇上这事除了躲起来恐怕不会再干别的。

"辖区派出所已经查了几次，那天晚上降温特别冷，尚未找到目击者，交通监控上查的还没有结果。如果是蓄意的话恐怕也不会有什么……这类娱乐场所的生意最不缺的就是对手。"武燕轻声介绍着，最难处理的就是这种烂事，往往是同行冤家互黑，然后麻烦全在警察身上。

"我总觉得这些事之间有某种关联，再嚣张的涉黑人物也不至于选择刚临检完当出头鸟，而且……你发现了没有，这些打砸都是象征性的，砸了玻璃、吧台，其实都不值几个钱，正好重新装修。如果是蓄意破坏的话，水路上捅一家伙，就把地全泡喽……别这么看我，有人这么干过，下手越黑，越看不出表面迹象。这不是专业人干的，而且动机值得怀疑。"周景万思忖道。

"动机？有什么怀疑的？"武燕不解。

"你不觉得，这是对警察最好的反击吗？我们查出来，可能需要很久，真找出作案的人也只是替死鬼；在我们查找的这段时间里，他们就尽情地施展了，又是报案，又是向上头反映我们不作为，又是在网上混淆视听，而且那些幕后的人呢，就可以借此从被动位置跳到主动位置……就像现在，主动权不在我们手里，支队也不得不屈从于舆论、民意，维稳大局。"周景万发散思维判断这事的前因后果。

武燕笑了笑，直接回敬了他一句原话："证据呢？"

肯定没有，周景万悻悻掉头，一言未发，摆摆手，两人上车离开了……

桌上的老式台历已经翻到了"7日"，贺炯想找什么似的往前翻了翻。前面数页密密麻麻地写着开什么会、学习或者传达什么会议精神，尽管每天排得都满满的，他却回忆不起来这几天自己具体做过什么的，仿佛脑子被清空了一般，不管什么时候都是浑浑噩噩的。

白天要下各大队，只有中午或者晚上才有时间回到他的办公室里，在办公桌前方，视线的正上方悬挂着一幅"除毒务早，除毒务尽"的字，汉隶体，庄重而大气。建制以来，在这个狭小、简陋的办公室里已经历经五任支队长，数不清办过多少震惊全省乃至全国的缉毒大案。每每凝视，从警几十年的风风雨雨总会在心中荡起一阵豪迈心情。

他嘘了声，不知道又想起了曾经哪个案子，手下意识地摸向桌上的烟盒，一捻才发现已经空了。他狠狠地揉了烟盒，四下搜索时，听到了敲门的声音，他喊了声，应声而进的是谭政委，背后还跟了位怯生生的小姑娘。

这是网安支队借调来的邱小妹，实在面嫩，还梳了一条辫子，如果不是穿了警服说她是高中生都有人相信。

"少抽点，这屋里墙都熏黄了。"谭政委上前开了窗户。

贺炯一欠身子道："这儿坐过的历任支队长都是大烟筒，可不是我一个人熏的……小邱，什么事？"

"哦，支队长，我们对嫌疑人的情况做了个初步的分析。"邱小妹递上打印的纸张。

谭政委笑道："小同志看你长得太凶，都不敢一个人来你办公室，这不先给我了，呵呵。"

"外强中干，小邱别害怕哦，有什么重要情况直接向我汇报。"贺炯说着一瞥，发现谭政委在给小邱使眼色，像有什么事。他好奇地看着，这一看端的凶相毕露，还真把邱小妹看得害怕了。谭政委却道："老贺你别拿瞅嫌疑人的眼光看人，看把人家紧张得。我听小邱分析得很有意思，让她直接说给你听听。"

"嗯，好……你说，别紧张。"贺炯客气道。

"没事，我不紧张……是这样，情况汇报里都有了。据我们对这几天网上疯传的帖子进行分析，基本可以确定这是一次有预谋、有策划的、针对警方的抹黑行为。在分析IP时，发现爆发的时间段基本都在午夜以后，也就是说，这些貌似'群众'的网民，几乎不约而同地都在半夜使劲刷这些帖子，而且，有近百分之十的IP指向是境外手机号接入的网络。"

邱小妹介绍着，这是网络水军收费炒作的惯用手法，在技术上要远远超过"群众"能力，而且使用境外手机号转发唯一的目的是：反侦破。既然没有被警方追查的后顾之忧，那肯定是尽情地胡来了。

贺炯鼻子哼了哼，脸上肉颤着冷笑道："意料中的事，而且他们达到目的了，现代社会风气可是不好啊，助人为乐的不多，助纣为虐的可是越来越多。"

"是的，虚拟世界里自由度相对更高，网络也为这些心怀叵测的人提供了更大的便利，甚至沦为他们的犯罪工具。"邱小妹道，这也是网络安全保卫大队应劫而生的原因。

"辛苦了。"贺炯道。

"等等，别急呀，好戏还在后头。"谭政委拦住了，示意邱小妹。

"还有发现？"贺炯愣了下。

"也没什么，只是我的一个猜测。我统计了几个月来吸食、持有蓝精灵的嫌疑人的口供，发现了很多奇怪的名字，比如，蜜桃小丸子、机器猫、绿鸟人、寡妇姐、联盟贱货、吃鸡佬、美奈野爱等等。"

邱小妹连报了一长串名词，几乎都是审讯笔录里嫌疑人交代的各式各样的上线，这和境外的手机卡一样，不可查。各式各样的网名像一次性不记名的手机卡，用完即扔，谁也没治。

贺炯和谭政委听得很认真，这其中难道有奥妙？

就听邱小妹解释着："这些名字基本来自于漫画或者游戏，改变了字眼而已，比如有樱桃小丸子、绿巨人、机器猫、寡姐。这些名字我查了下，也咨询过熟悉它的人，有三个方向我提出以供参考：第一，我觉得应该是接触、熟悉，甚至喜欢的人才会随手用这样的名字做网名，这能反映出一个人潜意识形成的行为爱好。假如这个成立的话，那使用这些名字的人，年纪应该不大，顶多三十五岁，再大就有代沟，恐怕听都没听说过，别说理解了。"

"对，有道理，我们这个年纪，基本没听说过这些名字。"贺炯说完，眼亮了亮示意着，"继续。"

"第二，按自己的想法乱改，能折射出一种叛逆精神来，这是新生代的风格。他们的眼中没有权威，没有英雄，世界是以自我为中心存在的。同样反证了第一条，年龄不大。"邱小妹道。

"哦，还有呢？"贺炯皱着眉，听进去了。

"第三，所有的嫌疑人在被控制后，这些网名马上就弃用了，各大队的反查都没有什么结果。能这么快做出反应只能说明一件事：他们有途径第一时间知道下线被捕的消息。"邱小妹道。

贺炯倒吸口凉气，一挺脊梁脱口而出："有内鬼？"

"这是一种可能，还有一种可能是通过技术达到的，比如控制下线的手机，只要能获取他的定位，那就等于多个电子'内鬼'，这个很容易办到。假如犯罪团伙里有一个精通计算机的高手，悄悄往下线的手机植入个小木马就可以了……我刚刚想到这种可能，还没有来得及查实。"邱小妹道。

贺炯听得有了点精神，思忖片刻，起身和邱小妹握手，安排了句：

"好，辛苦你了，抓紧时间查，需要调配哪个大队直接说。"

"谢谢支队长信任。"

"去吧。"

邱小妹喜出望外地走了，坐下来的贺炯却是又恢复了无精打采的样子。谭政委笑着问："支队长，怎么了？这个发现是个进步啊，最起码我们可能快摸着边了，兄弟单位查到的案子就有使用虚拟货币结算毒资的先例，不排除我们市也有这种事啊。"

"这是个幽灵啊！我们查到他用的是同城快送，刚开始盘查快递公司就人去楼空了，接着又发现他夹在外卖里送货，结果抓了几个送外卖的，提供外卖的反而提前溜了。还有更神秘的，只给拿货的提供一个藏货地点就完成交易了，咝……犯罪手法太诡异了。现在又出个黑客？"贺炯诧异道，实在不相信犯罪升级到这种水平。

"我觉得完全有可能，和其他毒品相比，蓝精灵的成本极其低廉，就丢一回两回他们也不在乎，但要用着好的话，那回头客可就多了。控制渠道的最好方式肯定是控制下线，不排除他们有这种组织能力。"谭政委道。

"那你说说，我们该怎么办？看，这一摞是各大队、中队掌握的吸食及持有过蓝精灵的名单。"贺支队长拿着厚厚的一摞纸拍在桌上，随手翻几页，人员信息、照片、住址清清楚楚。他一换手又拍一摞道："这一摞，是各大队的工作日志，询问、走访、排查，还是在原有的信息里打转。这些涉毒人员你还不清楚？前脚指天立誓戒了，后脚一扭头就来两口，不抓到点真凭实据，甭指望有一句真话。"

谭政委听得很是无奈，对付这些欺诈型人格的嫌疑人，常规的警务方式确实太苍白了，特别是一些有深度毒瘾的人，拘留所不收，看守所不要，警察拿他们根本没治。

"还有这一摞，是网络舆情。刚收到几家娱乐场所对咱们的查封涉毒场所行动提出的行政复议，有些人上蹿下跳，又是找纪检，又是找检察，又是向市局和市政府反映……我从来没遇到这么大阻力的案子。"贺炯道。

谭政委吧唧着嘴，无言以对，喃喃道："我们需要个突破啊，不但案子需要突破，我们自己也要突破常规啊。"

"对，任何犯罪组织都不是铁板，只要戳中一个点，撕开一个口，那就容易了。普通案情是缺乏线索和嫌疑目标，而这个案子呢，是线索太多、嫌疑目标太多，反而让我们无所适从了，似乎我们不管从哪儿入手，都是绕圈子。"贺炯道。

一个市的涉毒人员要没有重点地去排查，估计一个月都查不完。涉案的嫌疑人吧，又只能给出上线的一个网名，现在又多了一条疑似有黑客的信息，让两位指挥员想清醒都难了。

案情讨论几个来回，还是在原地打转，就像夜晚中的迷雾森林，不管往哪个方向走，前路都是黑的……两人在办公室枯坐着，直坐到黄昏，又是一天过去了，天渐渐黑沉了下去……

车"呜"的一声发动，下了停车坪，车后睡着的任明星被惊醒，差点从椅子上滚下去。他揉揉迷糊的眼睛，又挠挠身上发痒的地方，眼前已经是华灯初上了，然后是惯有的开场白："几点了？饿了。"

"七点了。"副驾上的丁灿道。

"咦，马哥呢？"任明星迷糊地问。

"吃饭去了，这样蹲下去不是个办法，咱们换个角度……嘿，明星，想个法子把马哥支开。"开车的邢猛志道。

"啊？你们真要干啊？"任明星吓了一跳。

丁灿赶紧回身捂他嘴，警示道："有什么大惊小怪，不告诉你了吗？都准备好几天了。"

邢猛志也道："这样傻等不得熬死咱们。"

"那东西呢？真能做出来？"任明星不信了。

"看，像不？"丁灿掏着兜，惊得任明星眼一直，差点咬了舌头。

一板药片，银色塑封，四粒五排，土黄色，小拇指肚大小，和他们在录像上见过的蓝精灵一模一样。

"老晋钢厂牛着呢，那模具车间里一堆八级工，我就说他们肯定能做出来，一去才知道太他妈容易了，这种不用标志不用生产厂家的玩意儿，人家都没当回事。"邢猛志笑着道。

"猛哥，这么干成不？我怎么觉得咱们活得不耐烦了？万一被发现，那兜不住啊！"任明星担心地道。

邢猛志安慰着："只要出条线索就是两万起，秦寿生身上如果真有线索被挖出来，组织上再不讲理也不能处理咱们啊，没准儿真给钱呢。"

"我不是说组织上，我是说敌对组织……那贩毒组织要知道咱们，不，你们做假毒品扰乱人家市场，最低也杀人灭口啊。就算不杀人灭口，整你个缺胳膊断腿或者生活不能自理，你也受不了啊。"任明星恐惧地道。三人属他胆小，偏偏撞上一对胆儿奇大的，准备直接下手对付秦寿生。

"算了，这货靠不住，咱们自己想办法吧。"邢猛志放弃了。

丁灿愤愤地道："明星，不是你说的，周队帮过咱们，人不错吗？马哥这么辛苦，我们是实在看不过眼，想帮把手。好容易想的办法咱们也合计过了，顶多诈诈能有多大事？你说万一要真找到重大线索，奖励是其次了，没准儿真能穿上身缉毒臂章的警服呢！"

"我就吹吹牛逼，不敢真干啊，撩妹都没成功过，你让我撩毒贩？"任明星哭丧着脸，临阵退缩了。

"没让你撩，你想办法把马哥支走就成，几分钟就搞定了，全程录像，我们有分寸，不胡来。"邢猛志道。

"注意注意……武燕来了。"丁灿后视镜里看到一车驶近，轻声道。

"完啦完啦，今天拉倒了，干不成了。"邢猛志失望道。

三个心怀鬼胎的自然噤声，武燕找了个泊车的地方，没怎么费劲就找到了监视地点。上前敲敲车窗，副驾上的邢猛志摁下了玻璃，武燕好奇瞅瞅惊讶地道："可以啊，这么忠于职守？"

"刚来一会儿，嘿嘿。"邢猛志笑道。

"马哥呢？"武燕问。

"那边，吃面呢……地摊那儿。"丁灿指了个方向。

武燕回看了眼，看到了端着碗的马汉卫，再回头看看这仨，随口问道："今天有什么发现？"

"没有。"丁灿摇摇头。

邢猛志道："哪能有发现啊。刚取保候审出来，能有动作才见鬼，我觉得咱们就是浪费工夫。"

"没浪费啊，这不你们也学会判断了，看好你哦，呵呵……嘿，胖子，今天咋没补刀了？"武燕问。

"拉倒吧，补什么刀，这活干得我自己都想给自己一刀。"任明星在车里道。

"快憋疯了吧？唉……是个人都会憋疯的，这不队里正想辙呢。刚通知要我们回去碰个头，可能有事商量，我和马哥一起回去趟，晚上留个人和我一起值班，其他人休息。现在七点二十，你们仨支应两小时，成不？"武燕询问道。

车里没来由地发出一声"啊"的尖叫，是任明星，紧接着就被丁灿捂住了嘴。武燕惊声问怎么了，邢猛志龇牙笑道："刚才他说不想和我们一块干了，正好有机会和漂亮小姐姐一起值班啊，这不激动的。"

"嘀……小样，觉悟可以啊！哪天真遇上毒贩给你个当英雄的机会。英雄不分出处，你肯定行的。"武燕故意刺激道。

"英雄不分公母，还是你上吧，我们就算了。"邢猛志道。那表情刺激到武燕，武燕一努嘴，不屑地做了个呸的动作，一扭头走了，迎上了马汉卫说了些什么。

后座，"嗯嗯"的声音，任明星吐掉了嘴里的东西，气咻咻地道："你往我嘴里塞的什么？"

"不塞你胡说呢。"丁灿道着。

"到底塞的什么？我去……车上抹布你往老子嘴里塞？"任明星探身发现丁灿手里的东西时，气得掐住了丁灿的脖子，两人推搡着，被邢猛志强行分开了。

这样子落在马汉卫眼里又是好一阵无奈，叮嘱了几句，似乎队里确有事情发生，他安排了几句注意事项，和武燕乘车匆匆离开了。

机会，绝好的机会来了。车里邢猛志和丁灿互视着，小心脏跳得咚咚直响，眼光都兴奋得发颤。这会儿连任明星也没机会临阵脱逃了，他拍着额头悻然道："哎呀我去，他们可真放心把咱们临时工当特工使啊！"

"不是放心，而是对这个人根本没上心，但秦寿生绝对是个重要线索。"邢猛志道。

"把你能的，支队那么多警察没发现，让你捡漏？"任明星不屑道。

"也不是，我觉得周队应该知道，但是没有咱们这么笃定。最大的问题是，他自己都一身事，无暇旁顾啊。"邢猛志道。

"那也轮不着你当家啊……再说，我咋没看出重要来？"任明星问。

"没有以贩养吸，能住大三居？房子虽然在女朋友刘淼淼名下，但刘淼淼连从业经历都没有，这肯定有问题。而且我还没听说过贩毒的敢吞毒品的事，敢这么干，一是铁了心要逃避打击，二是肯定多少了解药性，知道吃不死。这样的人能是个贩小包的？"邢猛志道。

丁灿补充着："还有，组织这么一次网络攻击成本相当高昂，雇水军也得花不少钱啊，有人花钱把他炒成受害者，你觉得他能是个小喽啰？"

"好吧，我被你们说服了，但是我克服不了……万一整不出来，那咱们就得被打击了啊！"任明星说来说去是自己心虚了。

"你说的那是最差的情况，咋不会往好里想想呢？这机会绝无仅有，等所有人看到，也就没咱们的事儿了。而且，万一成了，火山没准儿有机会和梦中情人平起平坐了。咱们呢，说不定有机会拿到点奖金了，老伸手朝你爸要钱，你不脸红啊？"邢猛志边说边回头盯着摇摆不定的任明星问道，"就一个字，干不干？我们俩上，你望风。"

任明星权衡下利弊，不知道心里的天平究竟是倾向兄弟还是倾向奖金，艰难地吐了一个字："干！"

三人下车，趁着傍晚进出小区的人员繁杂，溜进去了……

第三章
惹祸的弹弓

小诈入江湖

作为一名穿梭在城市各个犄角旮旯儿的辅警，没有点群众智慧是寸步难行的。而邢猛志是属于混得很好的那种，由此可判断，这肯定是一位群众智慧的集大成者。

这不，进秦寿生这个有门禁的小区他只喊了一嗓子："开下门！"

标准的晋阳土话，一脸吊儿郎当，那门卫稍迟了点，他又吼了一句："快点啊，我十三栋的，刚出来没多大会儿。"

门应声而开了，三人大摇大摆地进去了，任明星心虚地问道："你就不怕吹牛皮吹塌喽？"

"你没注意，他们只顾在里头玩手机呢，能记得进出的人才见鬼呢。"邢猛志道。

这就得咋呼，你要畏畏缩缩的，那些个保安肯定怀疑你，这么咋咋呼呼的，他还真就认为你是业主。

十三栋七楼就是秦寿生的住处，停楼下的车是一辆红色的现代。

踱到近前，邢猛志一指那车，又指指远处的监控，再一指凉亭柱后的隐蔽位置，下令道："一会儿猫柱子后面，打那车尾灯，报警响了就别管了；报警不响，你就直接打电话给秦寿生说车蹭了。"

说话间将随身的弹弓钢珠递给任明星。任明星紧张得手有点抖，邢猛志骂着："你可打准啊，旁边还有辆宝马，打错了你可赔不起！"

可任明星还是磨叽，犹豫道："我说猛哥，用弹弓打人车灯算故意损害他人财物，搞不好得入刑啊。你别教坏我这个纯真少年！"

邢猛志道："屁！你纯真？别磨蹭了，这小打小闹的，数额根本不够入刑，回头让队里给他赔钱。要关禁闭的话，到时候哥陪你。非常时期用非常手段，麻利点！"

"交友不慎，我好歹一海归呢，你教唆我犯罪？"任明星还是有点心虚，毕竟是半个警察。

"切，你都不懂犯罪，怎么去抓罪犯，笨不死你啊，电话开着联系。"邢猛志道，领着丁灿朝楼门口走去了。

丁灿回头看了眼任明星，已经猫着腰藏柱后了，他笑道："猛哥，他说得也对啊，人家确实是海归，被咱们拉下水了。"

"海龟不下水扑腾会水土不服的。咱们再过一遍，和这种人打交道要霸气，说话不要犹豫，动作一定要谨慎。混社会的眼光都够毒，何况这是个敢口吞毒品的。"邢猛志道。

"秦寿生，二十七岁，上过技校，技校出来后再无上学或者就业记录，这么算混了快十年了，老江湖了吧……你确定这样做不会露馅儿？"丁灿问。

"应该不会，只要被警察提溜住，团伙会自动和他切断关系，就算要联系也会到风平浪静之后。这和警察队伍里卧底归队是一样的，怎么着也得三查五审不是？"邢猛志道。

"但还是有联系的可能，万一他和团伙有联系，咱们可就瞎了。"丁灿道。

"可能性不大，如果办事儿这么粗糙，早该被缉毒警端了。既然这么长时间还没找到突破口，那说明这个团伙非常小心，我们要利用的恰恰是'非常小心'这个点……开门。"邢猛志站到了单元门口。

没门禁卡，不认识人，怎么开门？

这点难不倒丁灿，他拿着手机调试，随便摁了一个楼层，一有人接起来，他就打开手机扬声器，放出小朋友奶声奶气的声音："阿姨，能帮我开下门吗？我是十七层的，我抱着狗狗出来没带卡。"

"咔……"挂了，没给开，这家警惕性太高，一点爱心也没有。

"火山，你好歹懂黑客呢，不能用个更高级的方式啊，比如，解码？"邢猛志斥道。

"这你就外行了，黑客的最高境界不是代码，而是社会工程学，简单地讲就像这种方式：骗！"他笑着道，又摁一家，一听是位男人的声音，丁灿放出来的话音又变成这样了："叔叔，可以帮我开下门吗？我抱着狗狗呢……汪汪！"

"咔！"门开了。丁灿得意一笑，看着表情惊诧的邢猛志，他一摆头，两人进去了……

武燕两人赶回支队用了不到十分钟，匆匆奔进会议室时，里面的气氛很凝重，周景万在看着一摞打印纸，贺炯抽着烟看着天花板。意外的是，网安支队的邱小妹在座，她正给谭政委演示着什么，武燕和马汉卫进门，政委指指，两人先行坐下了。

不一会儿，周景万把手里的东西递给了武燕。武燕翻着，马汉卫伸头瞄着，很快两人的眉毛和周景万一样凝结起来了，看到末尾，贺支队长恰好掐烟开口了："说说，什么感觉？"

"不排除这种可能。"周景万道。

"嗯，同意。"武燕点点头。

这是邱小妹给的报告，怀疑在蓝精灵未知的贩毒团伙里有精通黑客技术的人存在。思忖中的周景万突然想起一事来，直问："对了，当天抓捕孔龙和秦寿生，似乎没见着两人随身的手机啊。"

"当天太乱，特警是直接把人聚集到空场临检，所有的人都是从包厢出来的，如果在包厢就扔下手机，或者毁掉，完全可以办到。"武燕思索道。

"这活干得太糙啊，想找一部嫌疑人的手机让小邱分析下都办不到……政委，你来说吧。"贺支队长道。

谭政委的视线从电脑上移开，笑道："小邱给我演示了一下黑客软件怎么追踪，这比咱们的GPS还灵啊。据她讲，很多手机厂商都会留后门，这样就可以搜集用户的位置信息，形成大数据，应用到很多方面。"

"我也是一知半解，不是很精通。"邱小妹谦虚道。

"已经很了不起了……大周啊，今天把你们都叫回来，是有几个问题想让你们回答一下。第一个问题，你们在选择目标的时候，为什么选秦寿生？理论上讲，这种取保候审人员会格外小心，很难追到线索，最起码短期内看不到效果。"谭政委道。

"鲁江南和田湘川都没有审出来的人，我觉得不简单。9·29全市行动，一共抓了三个持有蓝精灵的人，孔龙、秦寿生，还有一个是二队盯着的陈文斌。陈文斌是个二次强戒人员；孔龙交代了一堆下线，等他出来，也就等于废了。"周景万道。

凡警察喜闻乐见的事，对于嫌疑人就不是好事了。周景万的意思是，交代这么多下线，缉毒警沿着线索一查，那些被查的人自然知道怎么回事，直接后果就是，孔龙即便出狱，也不可能再从事这一行了。

武燕和马汉卫笑了笑，周队的话里明显有明褒暗贬鲁江南和田湘川两位队长的意思。贺炯却是不入耳了，直斥道："一把年纪了，争强好胜的毛病还是改不了，别人都不行，就你行啊？"

"是您觉得我不行，别人不敢说我不行。"周景万幽幽地顶撞了一句。

"我看确实不行，就这点理由？"贺炯刺激道。

"秦寿生一抓，铺天盖地的网络水军就来了，如果不是发现得早，应对及时，我们会更被动。第二天又有针对我们支队的谣言，两轮攻击一个是为了抵制我们警方的查封，另一个就是为了洗白秦寿生，比对想象一下，秦寿生的重要性那不就出来了？"周景万道。

贺炯抬抬眼皮，看到的依然是一张疲惫憔悴的脸，他叹了声道："你这个大队长确实当得不怎么样。"

"已经下了，您还打击有意思吗？"周景万道。

"呵呵，有意思……我的下一句是，但案子办得不错。也有大队长当得不错的，案子就办得实在不怎么样啊。这么明显的重点嫌疑人，居然没人挑。"贺炯手指敲敲自己的脑袋，又拍拍心脏位置，"不是这里不够用，就是这里太够用。"

那意思是，有的没有发现，或者有的发现了却畏难，于是都齐齐避过了这颗雷。正如周景万所说，田湘川和鲁江南都没审下来的，肯定不是一般人。

"你不一样，你没脑子，只有案子。"贺炯道。

听不出是夸还是骂，武燕和马汉卫憋着笑，周景万一脸尴尬。警察这个职业，领导有时候会给下属几分面子，可师父不同，从来就不会给你。谭政委岔开话题道："大周啊，你是老缉毒了，一个案子只要戳破一点，撕开口子就容易多了，在这一点上，你是怎么想的？"

"我还没想好。"周景万道。

"等想好，时间也没了。"贺炯嘲讽道。

"师父，您逼问我进度的时候，说明您也没主意。"周景万又幽幽地怼了一句。

武燕、马汉卫笑了，这回连政委都没忍住，看着尴尬的支队长在翻白眼。只有不明所以的邱小妹好奇地看着这一群人，实在和他们网安大队年轻的氛围差得太远。

"好好，你们师徒俩别争了，时间紧迫，一个礼拜马上就过去了，只剩四分之三的时间，我们仍像没头苍蝇一样乱撞。而且，你们想过没有，如果对方真有黑客，那就跟我们有天眼一样了，对付这样的人，枪和铐子可就用不上了。"谭政委道。

"那我们不也有一位吗？"武燕笑笑，向邱小妹示意。

"其实不一样，我的专业是信息化工程，黑客是一个正常计算机专业之外的领域……对了，我还有件事要汇报。"邱小妹道。

"什么事？"贺炯问，现在明显对小姑娘很客气。

"是这样，这个猜测不是我想到的，是我一位同专业的朋友提醒的，他说能如此高效地使用网络水军就不排除有黑客存在的可能，网上兴风作浪也是黑客的惯用伎俩。根据他的提醒，我才整理出了这个思路。"邱小妹道。

这话一出口可把贺炯和谭政委吓了一跳，两人脸色陡变，保密性对于缉毒是第一要务，这里的案情如果拿出来和别人商量那还保什么密？其他人的表情也怪异起来。

"你来的时候，应该学保密条例了吧？"谭政委愕然问。

"学了啊，他不是外人，就是咱们队里的人，也跟这个案子。"邱小妹道。

贺炯愣了："不能吧？有这号选手我还至于跟网安大队讨人？谁呀？"

"辅警，丁灿。他是我高中同学，家里就是开网吧的，我还没接触电脑的时候，他就已经能焊CPU和主板了，只不过后来因为健康原因没上大学，后来到特巡警大队当辅警去了。我也是前两天刚知道他被周队招进来了。"邱小妹道。

这时候，周景万难得地笑了笑，贺炯和谭政委狐疑地交换眼神，两人都盯着周景万。武燕想起来了，好奇道："周队您是有预感了吧？挑人的时候专选脑子灵活、玩电脑溜的人。"

"嗯，根据我的经验，奇葩不会是一朵，往往会是一窝。没听王大队长讲嘛，队里的步话、电脑、记录仪就没坏过，这种人的动手能力要比科班出来的强多了。"周景万道。

邱小妹不好意思地吐了吐舌头，贺炯怅然道："哟，学会私下搞小动作了，肯定有想法了，说说呗。"

"我在想……"周景万的眼神肃穆了，他轻声道，"用最直接、最直观的方式——送我们的眼线进去。所有的大案都需要一手情报，而要掌握一手情报，人的作用是任何科技和技术手段代替不了的。斩草容易，可要除根，就必须挖到源头，这一点，我们常规侦破的触角是够不着的。"

语罢，武燕的视线从周景万的脸上移开，然后狠狠地瞪了马汉卫一眼，马汉卫羞愧得不敢直视。一直以来武燕都没有明白周景万的用意，今天算是真相大白了，他不是在招辅警，而是在找一位能把触角伸到犯罪团伙内部的眼线。

"不行，这是违反组织原则的，心性不稳，又没警籍，学犯罪可比学打击犯罪要容易得多。"贺炯脸拉长了，直接否决。

气氛一下子降到了冰点，都不吭声了。这是件很严肃的事情，哪怕是在籍警员，要接受这种危险任务都会被反复讨论很久，别说没警籍的辅警了。

这时候，任明星已经拉开了弹弓，他瞄着那辆现代的尾灯，一放手，"啪"，手哆嗦了，打在车壳上，吓得他一缩脑袋，半晌抬头发现没人注意，又拉弓，心里默念着："我不是坏蛋，我是对付坏蛋正义的使者。"

"啪！"放手，一道银色的直线，正中目标，灯碎了。那车突然唧呜唧呜闪着黄灯报警，任明星掉头就跑。

此时七楼的窗口伸出来一个脑袋，一看是自己的车，摁着钥匙没反应，他骂骂咧咧地踩上拖鞋要下去看，一开门，一下子愣在原地了。

门口站着位高个子、锅盖头、眉如墨、脸如削的男子，正平静地看着，他身旁另一位戴着口罩，提着包东西站在一侧。

"你们……"

刚开口，那男子一把推开他，直接进门了。秦寿生要说话，戴口罩的"嘘"一声示意他噤声，然后小心翼翼地关上了门，而前面进去的那位，却警惕地藏在窗帘后看了窗外片刻，然后小心翼翼地拉上了窗帘。

"嘿，嘿，你们谁啊？……秦哥，这是谁啊？"穿着裙子的女人从内室出来了，指着邢猛志嚷着。

"能让这娘们儿闭嘴吗？"邢猛志瞪着眼嚣张道。

秦寿生见这位眼神睥睨，态度蛮横，赶紧推着女友劝她进里屋。把那女人关进去，这才回头小心翼翼地问道："您二位是……"

"你猜。"邢猛志给了个模糊答案。

"你这人怎么回事？你闯进我家让我猜？"秦寿生不清楚情况也不敢轻举妄动。

"我是谁，不告诉你的好……手机拿出来，快点！"邢猛志催道，"这可是为你好啊，别他妈不识抬举！"

秦寿生鬼使神差地掏出了手机，戴口罩的丁灿拿着手机在看，手心里的U片已经插到了手机接口上，问密码，一打开界面，边看边说："没有拨出号码，信息里也没有……还算老实。"

"嘿，问你呢！说了不该说的话吗？"邢猛志大马金刀地坐在沙发上问道。

"没有，要有也出不来。"秦寿生有了些思路，但依然将信将疑。

"真把自己当根葱了啊，心里没点数……给他看看！"邢猛志怒道。

丁灿把已经备好的手机内容展示给了秦寿生，那是"女警打人"各类信息的汇总。秦寿生翻看着，脸上渐露喜色，而且变得恭敬无比了，客气地还回了丁灿的手机，接过了自己的。他一脸崇拜，千言万语无从说起的表情……这可是组织上来人主动联系啊！

"捞你可费了老大劲儿了啊，自己心里得有数啊！"邢猛志幽幽道。

这就没错了，自己人，秦寿生感激地点头道："是是，我知道，平哥对我绝对够意思，郭律师说了让我消停着点，您放心，我就窝家里，哪儿也不去。"

"放你娘的屁，狗能改了吃屎，前儿个还混量贩KTV了吧。"邢猛志骂道。

跟踪确实有效果了，最起码能诈住人。这不，秦寿生表情一怔，然后为自己耽于享乐又一次羞愧地低下头了，嗫嗫道："我发小非叫我出去贺贺。"

"呵呵，及时行乐不是什么坏事，咱们都是脑袋别裤带上玩的，怕个啥？"邢猛志道，秦寿生诺诺应是，这派头、这口气，越发像组织上来人了。不认识？肯定不能认识的，越不知道底细肯定就越安全嘛。

信任无形中建立起来了，邢猛志借机发挥着："给你派个活儿，今晚务必搞定。"

"好，您说。"秦寿生点头哈腰道。

"嗯，拿出来。"邢猛志道。

丁灿提着的塑料兜直接扔到了茶几上，秦寿生拉开一瞧，一下子惊得嘴唇直哆嗦，结巴着道："哥，这风头上，哪敢出货啊！"

"呵呵，说得好像风头上断过货似的，你脑子不是锈了吧？国庆长假七天，全市流动人口几百万，雷子个个都忙得跟孙子一样。你说，今天假期结束的最后一天，晚上……是不是个最好的时机？"邢猛志循循诱导着。

"好像是啊，但是……"秦寿生被带坑边了。

"你取保着呢，要说你出来两三天就继续出货，鬼都不信……有毛病我也不敢来找你啊。嗯，平哥说了，稳准狠来一把，然后安生窝着，谁也拿你没治。"邢猛志说着起身了。

他走了两步，秦寿生貌似还在纠结，他状似失望，一提兜拿手里："算了，被雷子吓破胆了。"

一说走，秦寿生一急，拉着兜道："别别，大哥，大哥，我去我去……只是这么大的量我没出过。"

"人有多大胆，地才有多大产，你也该升升级了，还准备一辈子在街上混？"邢猛志一副教育小弟的样子。

也是啊，哪个马仔不梦想着当老板呢，秦寿生看看让他心动又心虚的一袋子货，紧张地问："那这钱？这么大量，分开走钱一下子回不来，还有这价格？"

这可就难了，涉及团伙的底线了，不过难不倒邢猛志，他一拍秦寿生的肩膀大气地说："按老规矩办，可以稍缓缓……但是注意，明天天亮之前手里不要存货，安全第一，完事我联系你。"

"好……转告平哥，我一定办妥，不留尾巴。"秦寿生凛然点头道，不知道是恐惧还是激动。

邢猛志这才把一袋子货往茶几上一扔，无声地一挥手，走了。两人悄无声息地离开了秦寿生的家，很礼貌地给他锁上了门。

一大会儿，屋里的女人才探头出来，上前一看，秦寿生正看着那一袋子货发呆，她紧张地问："你不想活啦？"

"就是想活好才干这个，要不靠什么给你买房买车啊？"秦寿生带着几分怒意道，"要不是人家又搅和又找律师，我能出来？就凭你？"

女人被质问住了，无声地、委屈地、怜爱地坐到了秦寿生的身边，头倚着他，轻声道："秦哥，我害怕。你被警察抓了那些天，我天天睡不着。"

"我也怕警察，可我更怕平哥。上道就是道上人，只有一条道走。我跑一趟，你别出门。"

秦寿生缓过神来了，提着东西，套上了垃圾袋子，在女人依依不舍的眼神中出门了。他很警惕，门口眼巴巴盯着的邢猛志几人，居然没有发现他是怎么离开的……

而这几人，根本不知道自己已经闯下了多大的祸。

此时，在支队的会议室里，气氛几乎凝成冰块了。周景万、武燕、马汉卫低着头，羞愧难当，贺炯怒容满面，仿佛下一刻就要动枪的那种。

桌上放着外勤观察暗哨传来的信息，是十几分钟前抓拍到的画面：一个人正在嫌疑目标秦寿生的窗前拉起帘子阻挡住了观察视线，那张脸正是低头的几人羞愧的原因——邢猛志！

情况一下子复杂起来了，两个得到命令的外勤正乘车奔赴现场，任务很明确，把蹲坑的三位带回来，附加说明是：迅速！马上！

荣辱天两重

"下车。"

车门洞开，三辆车各载一人，比抓捕嫌疑人的规格还高，这看管等同于嫌疑人的待遇，交流对策是不可能了，连人带随身的东西一股脑儿全给带回支队来了。这三个家伙分别被带进不同的办公室，门口居然还有站岗的。那些肃穆冷峻没有一点表情的陌生面孔，让邢猛志几人看得直起鸡皮疙瘩。

政委办公室，周景万匆匆进来，丁灿赶紧站起来。周景万一指道：

"坐坐……说说，你干什么了？"

"没……没干什么。"丁灿目光不敢直视。

周景万实在不敢相信，这个外表文弱的丁灿胆子竟不比邢猛志的小。周景万坐下一叹气道："重点嫌疑人的监视，我们是负责路面跟踪盯梢，另外还有观测点记录，一明一暗这是标配。怎么？你非要看看观测镜里你们俩的形象？"

"啊？"丁灿傻眼了，没想到迈出头一步，就栽到自己人手里了。

"啊什么啊？光擅自接触嫌疑人这一条，就够开除你了……哦，对，你们辅警把自己当临时工，不怕开除是吧？那按规定把你们隔离起来审查一下？蓝精灵是支队追踪的重案，谁给你这么大胆子，怎么自己就去和秦寿生接触去了？"周景万气不打一处来，这娄子捅得可是补不上了。

"周队，您帮过我们，我们都念着您的好呢。这些天看你们挺为难的，我们其实就是想帮帮忙。"丁灿道。

"就这么帮忙的？在我把你铐起来之前，赶紧讲清楚！"周景万厌烦地道。

"说这话就友尽了啊，我包里有一个微型摄录，你们自己看吧，有过程。"丁灿道。说完，他双手叉胸前，一副嫌疑人准备顽抗到底的表情。

周景万狐疑地起身，奔出了办公室，回到会议室。这里已经看到了审讯的情况，政委在翻包，半天没找到。邱小妹拿起个不起眼的打火机，一拨，里面是个U盘插口，她插进电脑，提取了视频文件道："有了，放吗？"

贺炯点点头，邱小妹电脑一移，开始了：

"嘿，嘿，你们谁啊？……秦哥，这是谁啊？"

"能让这娘儿们闭嘴吗？"

"您二位是……"

"你猜。"

……

整个过程，邢猛志口气嚣张、眼神凌厉，举手投足间霸气侧漏。谭嗣亮政委惊愕道："我的天哪，他们扮贩毒团伙的人去诈这个毒贩去了，也不怕露馅？"

"这也太胆大妄为了！"贺炯道，捎带瞪了周景万一眼。

话音方落，只听视频里一句如晴天霹雳："是是，我知道，平哥对我绝对够意思，郭律师说了让我消停着点，您放心，我就窝家里，哪儿也不去。"

听到这一句，贺炯、谭政委，包括周景万瞬间石化了，遍寻不着的线索，像精灵一样在最不经意的时候冒头了……

另一边，邢猛志独自坐在支队长的办公室里。

"砰！"武燕把门重重一关，巨大的声音并没有让邢猛志屁股挪动分毫。她坐到了支队长的位置上，盯着表情不善的邢猛志，邢猛志也看着她，一个上火，一个窝火，谁瞅谁也不顺眼。武燕喝了声："坐好！"

"别来这一套，我审的嫌疑人不比你少。"邢猛志没理会。

"哟，那开门见山了啊，干了什么，自己说！"武燕道。

"我知道在月星小区斜对面，鸿润商住楼里有个观测点，所以我做什么，应该能被看到啊。"邢猛志道。

"你什么时候知道的？"武燕愣了下，这些细节并不是辅警能够接触的范围。

邢猛志笑了："刚才。"

肯定是被发现才反应过来，武燕又觉得自己智商被侮辱了，她愤然拿起支队长桌上的一本书"啪"地摔了过去，正中邢猛志的脸。邢猛志根本没躲，保持着直视的姿势，眼睛瞪大了一圈，嘴角慢慢地，浸出一丝血迹。

这一下武燕倒尴尬了，她被瞪得无所适从，能感觉得出这位大男孩并无恶意，只是不知道为什么总忍不住要和他置气。

片刻，她一叹气道："对不起。"

"没关系，其实我很同情你，就你这脾气当警察能混到今天实在不容易。"邢猛志道，带着轻蔑的眼神。

武燕一下子又被点着了，但强忍住没再发作咬牙切齿地道："这是为你好，缉毒这个工作步步凶险，错一步要悔一辈子。"

"谢谢，你们反应过度了，恰恰也证明，你们还在错误中徘徊。就像你说过的，这一行不能单凭本事，有时候得靠运气。"邢猛志道。

"你的运气不太好啊，刚做手脚就露馅了。"武燕道。

"相反，今天我运气爆棚，你也会沾光的。很快你会非常尴尬地站到我的面前，原因是，你可能还没学会怎么道歉，不过没关系，我不跟你计较。"邢猛志道。

"哈……"武燕一仰头，气笑了。

这时候，门"嘭"地开了，贺炯在门口喊着："快来……武燕，快去会议室！"

邢猛志慢慢侧头看了一眼，贺炯一摆手："撤了，门外警戒都撤了。"

他再准备和邢猛志说句话时，却不料这小子睥睨着，舌尖舔着嘴角的血。贺炯谑笑了一声，不知什么意思，然后"咣"一声关上了门离开。

他快步走向另一间办公室，一开门，那胖子任明星正在胡咧咧，翻来覆去就一句话："马哥，我真啥也不知道，你还不知道我吗？除了吃就是睡，除了睡就吃，他俩干啥从来都不告诉我。今天也没干啥呀！"

"支队长。"马汉卫发现贺炯进来了，便站起身。支队长这凶相一盯，把任明星吓得惊恐捂脸叫道："哎呀妈呀，这谁呀这么凶？"

"别胡说！"马汉卫急急斥道。

"呵呵，凶吗？还有更凶的，现在准备以贩毒的名义拘捕你们几个，一兜子啊，等进了看守所，你会发现，我这样属于很帅的了。铐上！"贺炯虎着脸道。

"啊？"先把马汉卫吓傻了。任明星终于熬不住了，拍着大腿欲哭无泪道："天地良心啊，那都是假货，淀粉压的，我们要真有那么多毒品，还至于挣辅警这俩工资吗？"

"哦，那你不早说。坐着啊，不许动，冲你这不合作的态度，也得拘留几天。汉卫，跟我来。"贺炯招着手，把马汉卫带走了。一出门任明星可急了，直喊着："马哥，我要坦白，我要坦白……你别走啊，我们是想帮你，那毒品真是假的！"

贺支队长拉上门，把任明星的哭号全堵屋里了。

"到底怎么回事啊，支队长？"马汉卫看支队长笑眯眯的，根本不像有事。

"小兵抵大将，把咱们支队的风头全抢了，快去会议室。"贺炯道。

马汉卫不明所以，匆匆奔去，而这位支队长却思忖着，踱着步，他急切地想和这三位交流一下。不过这事太尴尬了，尴尬得他徘徊了良久都拿不定主意……

一遍震惊，两遍傻眼，短短的视频看了五六遍，几个人大气都不敢出，"平哥""郭律师"这两个极其重要的线索，几乎让案情侦破破冰了，最起码能证明秦寿生涉案，而且在团伙里有一定位置。观摩者的心里都是遗憾不已，如果再多几句，再深点，怕是就能直指案情的核心了。

周景万突然间转向马汉卫，没来由地问了一句："你干什么吃的？"

是啊，这么大事居然一点都不知道，马汉卫难堪地挠挠后脑勺道："周队，毒贩都被他们唬得一愣一愣的，我算哪根葱，哄我还不跟玩似的？"

"这才几天，他们怎么能做出蓝精灵来？就假的也不容易啊。"武燕道。肯定是假的，可是太逼真了，能骗过秦寿生足以证明它的逼真程度。

"你忘了那胖子，画个人都神似，别说一片药了。"马汉卫说完，又补充道，"对了，他说是淀粉压的。"

"哎哟，这几个家伙……"政委喜怒交加，不知该夸还是该罚。

"还有，怎么就进去秦寿生的家了？小区有门禁，单元有门禁，秦寿生家里还有防盗门……奇了怪了，秦寿生也算个老炮了，怎么就被这几个货给唬住了？"马汉卫瞧出这是不完整的录像，秦寿生可是经历数次审讯都能扛过去的人，这回辅警的阴沟里翻船得冤死。

"气质，很纯的江湖味道啊，模仿都模仿不出来。"

周景万答非所问，不过足以答复所有疑问了。录像又在循环放了，那眼神，总在合适的时候瞪一眼；那动作，仿佛踩着节奏点，在秦寿生犹豫的时候动一下；那语言更不用说了，活脱脱的匪气，就自己人看都发现不了哪怕一点警察的影子。

"啧，就是业务水平太差啊，这头唬住人了，那头都没发现秦寿生什么时候溜走的。"

政委评价道，说来说去还是半把刀，第一刀太惊艳，接下来就全成花架子了……

这时候，贺炯深思已后，推开了自己办公室的门。进门时，邢猛志正在抬头看着他墙上那幅字：除毒务早，除毒务尽。

贺炯坐到了办公桌前，邢猛志回过身来，安静地坐下。贺炯笑了笑，不过笑比哭还难看，他自嘲道："抓你们回来确实反应过度了。你应该早知道我，我呢，是刚知道你，我们直来直去谈几句吧，如何？"

"好啊，这不等着呢吗？"邢猛志道。

"还等着礼贤下士？还是等其他警员对此次误解道歉？"贺炯问。

"不然呢？不用拐弯，您直接说怎么处理就行了。"邢猛志道。

"有种，现在的年轻人真有种。"贺炯赞了个，接着道，"警察以服从命令为天职，哪怕你遇上的是错误的命令、昏庸的指挥员，都不能影响这份天职。你们擅自离岗，未经批准接触重点嫌疑人员，这是严重的违纪，你们组每个人，都要接受组织上的处分。"

"我知道，我也不是第一天当辅警了。"邢猛志道。

"辅警怎么了？辅警也是警，有句格言叫'与恶龙搏杀的人，往往也会变成恶龙'，不受限制的放纵，偶尔得偿所愿，但更多的是适得其反……这是支纪律部队，有优良的传统，也有血的教训，作为支队长，我不可能因为你们找到了重大线索，就姑息你们的违纪行为。"贺炯道。

"还是在拐弯，直接点，怎么处理？"邢猛志道。

"严重警告，你们组全体都要做深刻检讨，过是过，功是功。"贺炯道。

此言一出，邢猛志一下子笑了，所有的队长都会板着脸训人这一招。所有的处分里，严重警告是最不严重的，那意味着，警告完了，你回头还得去干活。

"很可笑吗？"支队长笑着问。

棒子和甜枣一起来，这是警队最常见的驭人之术。一帮糙爷们儿谁在乎你措辞严厉不严厉？最在乎的恐怕是队长警告你时的表情，像现在贺炯笑着的样子，明显是在给这几位违纪的一个合理的开脱。

"不可笑，是不是再出格一点，就够得着打发回家了？"邢猛志作势问，手捻着一点点的形象表达。

"对，很危险啊，支队外勤不照相，不公开露面，不穿警服的纪律你以为没用？那都是教训，万一被毒贩子盯上，出现什么意外都有可能。"贺炯道。

"谢谢您的坦诚，我萌生退意了。所以，就再加上一点点，您把处分再加重点了，我就可以放心走了。"邢猛志道。

"什么意思？"贺炯愣了，这家伙还有事。

"意思是，我们的违纪不止您看到的这么多。"邢猛志道。

"啊？还有什么？"贺炯愣了。

"请跟我来……"邢猛志起身，又客气问，"可以随意活动了吗？"贺炯烦躁地摆摆手，示意可以。邢猛志出门，到了政委的办公室门口，叫着丁灿，问几人的随身物品。贺炯招手让他们来会议室，三人一进门，全场皆静，负罪归来的现在成了全场焦点。邢猛志示意了下，丁灿问了句："支队，天网接入的联机密码是多少？"

没人回答，也不敢告诉他。丁灿坐下来，在电脑上击着键盘，打开从邮箱里提出来的文件，那是满屏代码的页面，只有邱小妹看得懂。不过她看得张口结舌，如坐针毡。谭政委小声问道："这是什么？"

"实时位置，误差不超过五米，存储在手机根目录里的ROOT文件记载。"邱小妹道。

"谁的手机啊？"谭政委问，此言出口，他惊愕地道，"不会是秦寿生的手机吧？"

一下子都明白了，肯定是，丁灿拿过秦寿生的手机做了手脚。他操作完毕，直接把文件导到了邱小妹的手机上，道："我设置了自动转发，每隔五分钟会有一个文件传到你的手机邮箱里，里面的位置信息，你标志到天网，就是一条行进路线。至于是谁？去哪儿？有待考证……谢谢。"

说话时，邱小妹已经把位置定位到了天网上，按着时间轴反查着过往车辆，等丁灿话音落时，监控已经定格了。

一辆国产奇瑞经过交通监控，司机位置被拍到了完整的画面，正是消失几个小时的嫌疑人：秦寿生。

"走吧，忙了几天，可以休息了。"邢猛志道。

两人推门而去，脚步渐远，听到了外厅警卫喝令他们站住，有警卫回来请示，贺炯摆摆手，示意让人走。

"支队长，您怎么把人放走了？"谭政委愤愤道，埋怨上了。

"泥人还有个土性呢！你们都会耍脾气、甩脸子，就不兴人家有点脾气啊？景万、汉卫，调配一下警力，全力追踪，看这个家伙把货送到哪儿了。注意，评估一下可能出现的问题，这毕竟是一包假货……小妹归你指挥，让她给你们技术支撑。"贺炯命令道。

几人起身，得令快步出厅。武燕也站起来了，支队长却是吼了句："站住，你等等，另有任务。"

"什么？"武燕愕问。

"去，开上我的车，送人家回家，这都几点了？打个车多难啊。"支队长命令道。

武燕一怔，哭笑不得道："啊？"

"让你手欠，这次打的还是自己的同志，就此事你得做出深刻检讨。还不快去。"支队长虎着脸吼道。武燕不情愿也不敢违令，悻悻跑出去了。

一直板着脸的谭政委忍不住笑了，贺炯却是愤愤道："这丫头性子要是不改改啊，迟早还得出事。"

"没事，来，咱们合计合计，我徒弟的眼真毒啊，这么好的苗子都能被他刨出来。"贺炯道，话里不无得意。谭政委听出来了却不说破，笑吟吟地跟在他背后出了会议室。

一条有价值的线索带来的变化是极其明显的：宿舍休息的警员闻令起身，披着衣服往指挥室奔；周景万、马汉卫各带几位外勤乘车呼啸而去，只有最尴尬的武燕开上了支队长的专车不情不愿地驶出支队大门，沿途寻找那三位的身影。

不知道是故意躲着，还是恰巧错过，驶出几公里都没见人影，武燕愤愤地把车泊到了路边，拨了好几个电话都没人接，这让她很生气，一直拨，一直没人接，直到放弃。她坐在车里生着闷气，有点说不清为什么自己一见邢猛志就上火，每每他一笑一逗仿佛都是对她的挑衅，总能影响她的心情。

突然间，手机响了，她莫名地惊喜，急急掏着，不过一看屏显却失望了，上面显示着另一位男人的名字：林拓！

她懒得接听，这位殷勤的医生每天总要给她一个问候的信息，嘘寒问暖无微不至，越是这样越让她提不起兴趣来。她说不清自己心里的这种感觉，凌乱的时候她鬼使神差地拉下了车上的镜子，看着镜子里的自己因为劳累、因为忧虑、因为烦躁而显得渐失光华的容颜，心里油然而生的是一种落寞。在冰冷、阴暗的罪恶世界里行走，她已经很久没有过温暖、会心、欢笑、畅快等那些普通人最简单的感觉了。

夜幕见峥嵘

前半夜华灯初上，城市像明丽的美人；后半夜灯火阑珊，城市又像慵懒的病人。夜晚的黑色，是所有生活在阴暗里的人心头的最爱。

比如秦寿生。他把车泊到离海外海酒店很远的地方，溜达着往酒店门厅走，快到门厅，却又一拐，到了门外的阴暗处，在那儿抽了支烟才进去，进去也只是晃了一圈，在吧台问了句话，然后溜达着就走了。虽然已经快零点了，酒店里进出的人依然不少，谁也没注意到惊鸿一现的此人，更不知道这人什么时候已经飘然而去。

他驾车行驶了几分钟，一个相貌平平的男子从酒店停车场外蹿回车上，把记录仪递给了周景万。周景万回放着，如果调成慢动作，就会发现这些毒贩的狡猾之处，他在抽烟的时候，把一包东西放到了垃圾桶后面；进去吧台，是去打了个电话，用的是酒店电话；然后一位穿着服务生衣服的女人出来，佯装扔垃圾，神不知鬼不觉地把那包东西捡起来，塞到腰里，然后进酒店里面去了。

"张莉莉，熊大方的女友，他们在KTV一块唱歌。"周景万道，他持着步话汇报着，"二车跟上，快到你的位置了。"

"看到了，二车明白。"步话里传来了马汉卫的声音。

这是简单的替换追踪方式。就秦寿生交易这个细节，周景万想了想直接拨通了支队长电话，开口即道："支队长，人不照面，货不换手，我们看错他了，是个老把式。"

这是缉毒内的行话，真正的毒贩分销不会像电影电视里那样一手交钱一手交货，只有绝对信任、绝对安全才做面对面的交易。而大多数的交易其实就像这貌似画蛇添足的垃圾桶换手，以防交易的时候被抓，即便被抓，不管是送货还是接货，只能抓到其一。

这是经验丰富的毒贩才会追求的细节，电话里传来了贺炯的声音："你放轻松点，反正也不是毒品，让他折腾吧，明儿就有好戏看了。"

"支队长，正因为不是真货，我才担心出事啊！万一这些人发现是假货，报复随即就会来的。秦寿生怕是有危险。"周景万提醒道。

"嗯，支队正在讨论，我们是被经验限制的思维啊，你想过没有，这个市场万一流进假货，那动静就大了。其实我们盯着秦寿生就行了，看谁找上门来，那自己就把嫌疑领走了。这可是一劳永逸的事啊！"贺炯在电话笑道。

"那他们几个怎么办？"周景万问。

"该处分处分，该挽留挽留，你找的这几个比你当年还刺儿头，把我都不当回事。"贺炯在电话里道。

周景万赶紧解释着："师父，他们年纪太小，又是特巡警大队出来的，顶多见过个大队长，眼里还没权威呢。您不会在意这个吧？"

"你想说好话的时候，就会下意识叫我师父。闭嘴，好好干活，越活越没出息，那几个小辅警都比你强。"贺炯道了句，蛮横地扣了电话。

周景万愣了下，不过旋即又笑了。他也揣摩到支队长的心意了，只要惜才之心一起，怕是就得想办法留人了。

传讯来了，二车已经追到了下一个目标地，意外的是，居然是医院……

一进入医院，天网的视频信号就中断了，公安天网的触角仅限于医院的公共场所，延伸不到病区。秦寿生是直接进入了住院部，也是几分钟搞定，又匆匆离开，技侦员这时候只能通知外勤，人工提取监控录像。

"第三人民医院可是肿瘤专科医院啊，怎么把毒品分销到这儿啊？而且大半夜的，医院里接货的会是什么人啊？"谭政委小声嘀咕了一句。

"不管什么人，一会儿把这个点上出现的人全部捋一遍。"贺炯道。

两人站在技侦的多屏电脑前，各管一片的技侦员们紧张地追踪着时而出现、时而消失的目标，路面监控、交通监控、公共场所的监控，可以实时地还原嫌疑人的行动轨迹。最关键的是还有信箱里的地址邮件，邱小妹隔几分钟就翻看分析，她听着政委和支队长的谈话，突然插了句："其实有更简单的办法找到他和谁联系。"

"嗯？什么办法？"谭政委好奇地问。

"他没用手机，应该是像在酒店一样找内部电话打的，值班那儿就有内线电话。"邱小妹道。

贺炯道："万一他是在车里，或者在我们没有看到的地方打的电话呢？"

邱小妹笑着道："我很确定没有。这个邮箱里传来的不只有位置信息，还有通话记录和短信。这个人很小心，根本没用这部手机联系人……或者，他们有其他的联系方式。"

"应该没有，毒品转手是最危险的环节，大部分毒贩都会倾向于选择最原始的方式。通知外勤，查住院部的值班电话。"谭政委道。

"好的，信息我发到他们的手机上。"邱小妹道。

这是一次仓促的行动组织，编号都仓促地定为一车、二车、三车。看着屏幕上忙得满城乱窜的秦寿生，贺炯都有点可惜，如果真是毒品交易的话，那这次的收获可就大了。

他掏着一板邢猛志留下来的样品，掰了一颗神似蓝精灵的"药丸"，驴粪蛋蛋外面光，一掰开里头肉眼都能分辨出是淀粉。这事出得让他五味杂陈，不由得幽幽叹了一口气。

"想不到僵局，会这样被几个搅局的给打破。"谭政委拉拉贺支队长，示意着厅外。两人蹑步出门，早犯烟瘾的贺炯点上烟悠悠抽了口，谭政委像是等他的思绪进入才开口道："我在考虑一个问题，他们这是谋划好的，还是瞎猫逮着死耗子了？"

"怎么讲？"贺炯问。

"如果是后者，那是初生牛犊不怕虎，虽然鲁莽，但勇气可嘉。但如果是前者，那就值得我们合计合计了……您想啊，秦寿生被捕，团伙肯定第一时间切断和他的联系，轻易不会接上这条线。而且团伙内部肯定是单线联系，一旦接线，那肯定也是一个陌生的人物，但这个陌生的人物肯定有某种取得对方信任的方式，这是我们无法接触到的层面，但是这几个小家伙，居然让秦寿生深信不疑，把他诓进坑里了。"谭政委担心道，今晚的惊讶尚未消化。

"悄无声息地出现他家门口，知道他去逛歌厅了，知道网络攻击是为了捞他，再加上这家伙惟妙惟肖的表演，而且还拿着一兜蓝精灵，谁敢怀疑啊？总不至于再嚼两颗试试真假吧？我们当时不也被吓得反应过度？"贺炯道。

奇兵，这是从最不可能的方向出了一招，一下子把局搅乱了。不管是毒贩的地下市场，还是警方的部署。可这样的乱，也恰恰打破了双方都保持谨慎和静默的僵局。

"那就是有预谋了。一位有谋略、能把手里有限的信息和资源充分运用到这种程度的侦查员，那在我们禁毒上的价值，可是要堪比一个大队啊……不，作用还要大，如果有更多的信息和资源支撑，那他能变成什么样子，就让我无比期待了。"谭政委道。

贺支队长浓浓地抽了一口烟，嘴里、鼻孔里喷着烟，像在审视着政委，半晌喷了句："这是你的事。"

"呵呵，外人不知道，但你对咱俩之间的分工应该清楚吧？往上面都是我顶着，往下面都是你兜着，怎么推我身上了？"谭政委笑道。

"我知道啊，脑瓜这么好使的人，你让我用什么拉进队啊？咱们又给不了人家一个正式警籍。"贺支队长道。

"不就是一个臂章的区别吗？部里都发文了，同工同酬，辅警也是警，你自己心里倒分了个三六九等？"谭政委斥道。

贺炯一撇嘴唇："少来，你给我讲政策？咋不去给辅警大队讲去？"

"那你说吧，这几个人咋办？别摆一副公事公办的样子啊，什么事能没个回旋？"政委道。

"你想把我这张老脸拉出去丢人现眼，你明说，拐这么大弯。"贺炯扔了烟头，往指挥厅去了，谭政委提醒道："那说定了啊，别拖太久，我们的时间不多了。"

"切，聒噪！靠你黄花菜都凉了，这几个小家伙就是禁毒支队的人，能去了哪儿？瞎操心。"贺炯背着手，很不爽地撂了句进去了。

谭政委会心地笑了。

深夜零点十分，秦寿生进入学府路上一家商铺，卷闸一起，人钻进去了。过了十分钟，卷闸再一起，人又出来了，出来后马不停蹄地又上路了。

凌晨一点，又追踪到了一个目的地，位于义井街上的月星商务会所，他是进去溜达了一圈，然后扬长而去。这个时间段路上车太少已经没法近距离追踪了，只能几车轮换。几辆外勤车辆跟着秦寿生绕了半座城，等停下时却发现他在绕圈子，几乎又回到了出发点，就在海外海酒店附近的夜市。他在一处卖豆腐脑的摊前坐下来，安生地吃上了。

周景万把监视的任务交给同伴，退出了蹲守，回到了后车上。上车才发现，不知道什么时候，武燕也跟上来了。

"他们几个呢？"周景万坐车里问。

"路那头守着，咱们和秦寿生照过面，不能露面了。"武燕道。

"不是外勤，我问猛子、明星他们。"周景万问。

"没找着，我闲着没事，这不跟来了。"武燕找到了借口。

"没找着？"周景万愤愤道，"我说燕子，你这脾气得改改，还没问话呢，你就甩人家一家伙，这要是个嫌疑人，又得告你刑讯了。"

"哎呀，周队，你不知道他那样子多气人，看着就想揍他一顿！"武燕的气还没消呢。

"那你说咋办吧？咱们缩手缩脚几个月没进一步，这仨来了三天，捅出这么多线索来。你看到了，海外海酒店那个服务员、医院那个很快都查出来了，学府路上这家烟酒店，还有个商务会所，好几窝呀……"周景万惊喜而兴奋地道。

武燕打断了："那咋？要请人你们去啊，反正我是不去。"

"把你美的，敢让你去吗？"周景万刺激了句。

"不就是几个辅警吗？至于吗？"武燕愤愤道。

"不至于，但就你们目前的相处来看，如果支队要给处分，他们几个肯定撂挑子，一点情分都不会讲。我不是埋怨你啊，都这样了，没法挽回咱们就自己硬着头皮上吧。"周景万道。

这一下子把武燕给刺激得爆发了，直嚷着："什么什么？处分？这功劳给个队长当都亏得慌，真要找出毒源来，那得成缉毒警中的警王……支队长脑子进水了吧？这么有前途的几位，给处分？"

"哟，你也不傻啊！"周景万笑道。

"一码归一码，人不咋的但业务能力还是值得肯定的。"武燕掩饰道。

"哟嗬，你意思是当警察人不咋的有能力就行了？"周景万又挑到刺了。

"周队，你怎么就跟我过不去？非得要我夸那臭小子？"武燕回过神来了脱口道，"诈我是吗？根本没有的事，不可能处分。"

"没诈，确实要处分，但还要继续用人，专案组可以开始组建了。可惜啊，是以处分开局的……那个，考虑到你和邢猛志老不对眼，要不你别进专案组了，咋样？"周景万道。

武燕给逼到进退维谷了，半晌声如蚊蚋般道："好吧，你别给我穿小鞋了，我找他道歉还不行吗？"

"看来你认识到错误了，不容易啊。道歉是肯定的，不过你以自己名义去，支队方面已经有安排了，你不够格。"周景万道。

"谁呀？"武燕问。

"不知道，估计是你说的脑子进水的那位，我师父。"周景万道。

车动了，跟着吃完夜宵的秦寿生开回小区，今夜的追踪结束。

这时候，他接触的几个地方已经在禁毒支队上了屏。

海外海酒店的女服务员张莉莉、第三医院住院部后勤值班人许立、学府路诚信烟酒批发部的吕大亮，还有一处涉案的月星商务会所待查。

如果你不知道读什么书，就关注书单来了微信号。

世界上所有值得收藏的书都在这里！

1. 这5本小说将中国文学抬到了世界高度
2. 5本适合零碎时间读的书，有趣又长知识
3. 等孩子长大，一定会感谢你给他看这5本书
4. 这5本书，都是各自领域的经典之作
5. 我要读什么书，能够让我内心强大？
6. 情绪低落的时候，就看这5本书
7. 这5本小书，我打赌你一本都没看过
8. 十个心理成熟的人，九个读过这5本书
9. 5位大师的巅峰之作，好看得让你灵魂震颤
10. 这5本书启发你思考，怎样度过你的一生

......

关注书单来了微信号，回复数字，即可查看相关书单

微信号：shudanlaile

等你来哦

这里有500万爱读书的小伙伴！

天蒙蒙亮的时候，邱小妹拿着一摞资料敲响了支队长办公室的门。应声而进时，她愣了下，支队长和政委分别从椅子上、沙发上直起身子，看来是凑和了一夜，就等着结果呢。两人兴奋的脸上也掩饰不住疲惫，邱小妹有点感动地给了一人一份资料。

"除了商务会所我们暂时无法知道他是和谁接触，其他三人的关联信息都查到了，三人都有远远超过工资收入的大额进账。张莉莉和许立用的就是自己身份的账户，吕大亮用的是他老婆的账户。我计算了下他们的车贷、房贷还款，信用卡消费还款，还有其他支出，总流水在基础收入十五倍以上。"邱小妹道。现在的大数据已经让资金无所遁形，你的一举一动，都会在各类联网留下痕迹，而这些就成为大数据分析的来源。虽然不能证明是非法资金，但足够判断嫌疑。

"时间点呢？"贺炯问。

"集中在近五个月，张莉莉和许立都添置了新车。您看第四页的车贷还款的银行信息，是不同的微信账户在给她的车贷还款，一共六个账户，有五个已经弃用了，也就是说，这五个账户关联的手机号，在还款之后停机了。更详细的信息还要从银行和电信运营商的中心机房提取一下。"邱小妹道。

"看来这个方向对了，和蓝精灵出现的时间是吻合的。"谭政委道。

"熬了这么久，万里长征迈出第一步了。政委啊，你准备给徐局长汇报吧，专案组可以成立了……对了，小邱啊，辛苦了，你可是咱们的技术骨干啊，专案组成立后常常需要熬夜通宵，能吃得消吗？"贺炯问。

"没问题，我们网安上的都是"键盘侠"，辛苦和危险的是外勤同志们。"邱小妹不好意思地道。

这一句让贺支队长好感大增，笑道："好，天亮了，抓紧时间休息，随时可能出现新的案情。"

"好的。"邱小妹疲惫地应了声，退出去了。

两人从头到尾又看了一遍资料，兴奋过后，狐疑再起，贺炯抚着下巴道："根据目前掌握的情况来看，我们只是摸清了秦寿生下线的几个点，对于毒王，这只是冰山一角……如果所谓的平哥，有十个八个甚至更多这样的分销下线；如果平哥也是一个大分销商，那毒源还有多远啊？"

"走还不利索呢，就想飞呢？人心不足蛇吞象啊，昨晚还在着急怎么打破僵局，今天就在想斩草除根了，呵呵。"谭政委嗤笑道。

贺炯晓得自己操之过急了，讪笑道："谁不想速战速决啊？敢说你不想？"

"想啊，别忘了今天的事啊。哎，我说老贺，你不会拉不下脸吧？"谭政委笑问道。

贺炯不屑地道："我们是谁啊？禁毒支队的缉毒警啊，关键时刻连命都敢豁出去，何况个脸呢，豁出去了。"

"我就不提醒你注意方式方法了，这几个宝贝疙瘩得弄回来。卤水点豆腐——一物降一物，说不定新型毒品的克星就是他们……别犯你那臭脾气啊，我现在又有点不放心，你不行我去啊。"谭政委起身叮嘱。

"去去，别占着我沙发，我睡会儿……聒噪！我当指导员的时候，你还是小片警呢，以理服人那套我比你熟多了。忙去吧，对付好徐局长啊，别让他上火，一天三趟往支队跑我可受不了。"

贺炯说着已经疲惫地躺下了。谭政委告辞出去后，他又不放心地起身，拿着在手边翻了一夜的资料看了又看。不是嫌疑人的资料，而是那三位的。

第一位任明星，这个好对付，但从履历里实在找不到亮点，真人也见过了，又胖又贱又猥琐，这类人天生是从众心理主导，他翻过去了。

第二位丁灿，他回忆着那个小萝卜头瘦弱的样子，有点和履历不太搭：高中因病中途辍学，卖过手机，经营过网吧，倒腾过电脑散件，还注册成立过电子公司。贺炯惊奇地发现这个小家伙和同龄人相比是个小土豪，账户余额非常可观。

第三位就相反了，穷得叮当响，账户里是三位数。他回味着邢猛志的样子，那睥睨的眼神、那份自信，实在和身家相差太多。资料显示他和母亲相依为命，而母亲是一位环卫工人，去世的父亲本是晋钢厂的老工人，下岗后又是个老上访户。像这样的人不可能不被警察盯着，理论上他应该对社会有仇恨情绪，可偏偏还当了辅警，又是一个让人无法理解的反差。

他又把一件尘封的旧案翻了出来。有关涉黑人物邢天贵的详细案卷，他从头到尾看过，这位可以用"罪大恶极"形容的人物，光是看案卷都会让人生出一股子凛然：伤害罪、非法交易罪、开设赌场罪、非法持有枪支、非法持有毒品等数罪并罚判处死刑缓期两年执行，团伙一百零六人均获有期、无期徒刑不等。

可以想象这样一个反差强烈的故事：一位晋阳市赫赫有名的涉黑人物，曾经在这座城市里啸众数百，所向披靡，用武力建起了自己的黑金圈子，而对他有过收留之恩的人却过着清贫如旧的日子。有一天这位涉黑人物树倒猢狲散、墙倒众人推，只剩下了一位还能去探望的人，却是这位恩人的后人。

一位目睹过罪恶、阴暗，甚至可能参与过的人，遭受着社会冷漠苛刻待遇，生活里满是绝望，却加入了警察的队伍，去回馈这个并没有厚待过他的社会。可能吗？

是走投无路不得已，还是心有不甘，所想更大？如果招进来，他会是恶习难改，酿成大错，抑或是蚌病成珠，大放异彩？

人性，远比案情复杂。贺支队长在思索中往复了几个来回，也拿不定主意，他想不出，能拿什么去说动这类被社会遗弃，可能已经没有向上希望的边缘人……

匹夫亦心雄

秋日的暖阳悄悄地爬上了老旧的木窗，在绣有鸳鸯戏水的老式被面上留了一组好看的光影。被窝里的邢猛志动了动，实在睡不着了，却也不想起床，当辅警天天忙得骂娘，可要真闲下来，体内的生物钟却还在习惯性地忙碌着。如果值夜班，这个点应该刚到家歇口气；如果没值夜班，这个点应该和队里的兄弟一块聊天打屁。其实说起来忙碌的也不叫什么事，邻里纠纷啦，丢猫丢狗啦，小饭店食客吵闹啦等，每每他们威风凛凛地着一身警服到场，那些事很快会大事化小、小事化了。

之所以还坚守着这份薪水不高的职业，那是因为它能给予你无法替代的成就感和被尊重的感觉，穿着它，会多一份责任。可脱掉它，并不会因为你去掉责任而轻松，相反的是，会多一份比责任更重的失落。

邢猛志起床了，特意穿上了警服，抚过臂上"辅警"的臂章，心里面五味杂陈，它的含义是"从事警务辅助工作的人员"，严格地讲是介于保安和警察之间的一个职业，所以其实算不上……警察。

一个人最悲催的不是一辈子实现不了理想，而是距理想只有一步之遥，可却被现实隔成了咫尺天涯，永不可及。

比如今天，如果有一个关心，如果有一份问候，如果有一句道歉，哪怕有一个电话，或许他都会考虑待在这个没有其他辅警愿意从事的高危任务里。可惜没有，什么都没有，看来他过高地估计了自己的分量，还很傻很天真地以为，付出会得到同等的回报。

他决定了，决定穿上这身警服去一趟特巡警大队，然后交了警服，回来好好复习，准备公考，再考不过去就去找家公司应聘、打工。他又收拾了一身换下警服后穿的衣服，装好，在厨房里热饭草草吃罢，背着衣服和保温饭盒出门了。

出行的工具还是那辆高中开始骑的自行车，就近买了份水饺，他快骑着奔向北流路，赶在午时之前要送份饭去。家里还有位更辛苦的母亲，每天天不亮就起床，一直忙到天黑，甚至有时候也要加班。省吃俭用的母亲每天午饭都是凑合，只有儿子想起来的时候，才有机会开开荤吃顿好的。

母亲工作的场地就在路边，渐近北流路的时候邢猛志小心瞅着，这一条路的环卫工会全天候守着一直跑来回，秋天的落叶多，每天不知道要来回多少次才能保持街道的干净。

什么都能给予子女的家庭是什么样子，邢猛志无从知道，可他清楚，如果家庭什么都给不了你，那你就得扛起责任，不要期待别人的同情和怜悯。他记得自己曾经羞于告诉别人自己母亲是个扫地的环卫工，可却是这位环卫工用微薄的工资支付了他高昂的学费。

后来他坦然了，有时候还会拿着大扫帚替老妈干会儿活，在别人或鄙夷、或嘲笑的白眼中坦然处之。长到一定的年龄就会明白有句话叫"儿不嫌母丑"，因为那是亲情，因为不管周围的世界有多么凉薄，亲情永远是热的。

"胖婶，我妈呢？"骑车的邢猛志问一位扫地的环卫婶。

裹着厚围脖的胖婶一指前头回了句："前头呢，又来给你妈送饭啊？"

"啊，我走了啊，婶。"邢猛志笑着道。

"去吧……哎，这孩子孝顺啊！"胖婶羡慕地看了眼大小伙，晒得脱相的黑脸又面朝地开始干活了。

再往前就是龙湖公园了，晌午时分车人如织，在车隙里穿梭的邢猛志蓦地停下了，他像值勤发现追逃人员一样瞪大了眼睛，愣在当地。

视线里，穿着橘黄色环卫工服装的老妈，正和一位黑脸老头坐在路牙子上聊天，那老头怎么和……支队长贺炯有点像？不对，就是啊……换了一身便装，嘴里叼支烟，就那么坐路牙子上，邢猛志一下子都没认出来。

这时候，贺炯也发现邢猛志了，捅了捅邢母的胳膊，示意着她儿子来的方向。老妈一下子站了起来，邢猛志骑车快速驶到近前，愕然问道："妈……这是？"

"这不你们领导吗？哎，不对啊，老贺，他们领导姓王来着？"老妈愕然了，一下子回味过来了。

贺炯笑着道："老姐姐啊，我能骗你？我是他们领导的领导。"

"哎呀呀，那肯定是个大领导……哎呀呀，你看我这？"老妈不好意思地道，一拉邢猛志催着，"猛子，你快带着领导下馆子吃顿好的，跟我说了半天话我都没搞清。"

"哎，妈，你先吃啊，我给买了份饺子。"邢猛志把饭盒递给老妈。老妈不好意思地接着，脸上讪笑着道："老贺……不，领导啊，他爸去得早，我这儿子啊，从小就懂事，我可是拖累他了。"

"哪里话嘛，百善孝为先，老姐姐，千金难求孝顺儿呀，有福气啊！"贺炯咧着嘴唇道，哪还有平时不苟言笑、叱咤风云的铁警形象。

邢猛志哭笑不得地看着贺炯，不明白咋个回事了。贺炯一笑道："你给我个意外，我也给你个意外，收获都非常大啊！"

"有意义吗？我都准备……回特巡警大队，交了这身警服了。"邢猛志道。

"啊？咋啦？老贺，我儿子不会又犯错了吧？"老妈吓了一跳。

贺炯笑着问："为什么用'又'？以前犯过？"

"犯过，没当警察以前，老和人打架，所以刚才跟您说，当年就不该收留天贵那小子，把我儿子给带坏了。"老妈愤愤道。邢猛志难堪地道了句："妈，老提那事干吗？"

"咋，不能提啊？小时候多听话，自从他进咱们家就把你带坏了，要不你爸能再不让他上门了？"老妈道。

这就尴尬了，恐怕支队长刚刚把这些情况都摸了个一清二楚，邢猛志不吭声了。贺炯道："老姐姐，换季要换警服呢，你生的哪门子气啊？哎……要不一块吃顿饭？"

"不行不行，我们这活哪能下馆子，领导盯着呢，这一条路人多少呢，被查着又得扣工资……哎呀，这孩子，你傻站着干什么，快去……老贺，不不，领导领导……"

"我是你儿子领导，你不能叫我领导，就叫我老贺。"

"好，那老贺，上门了都，得请您一顿啊。"

"没问题，正好，坐我的车……哎，老姐姐，抽空我来看您啊。"

"哎呀呀，您可折我寿呢，我带儿子改天看您去。"

"必须的，做顿老家的筱面啊！哈哈，我都好久没吃过正宗的了。"

"没问题，没问题……"

邢猛志找了个停自行车的位置，自然而然地跟着支队长到了停车场。受宠若惊的老妈一直招手送别，不知道两人谈了什么，把老妈给乐得合不拢嘴了。

"面子给得够足了吧？"支队长笑呵呵地坐在驾驶位置。

上车的邢猛志无所谓地道："谢谢支队长的套路。"

"套路？"贺炯纳闷了。

"套路，和亲人帮教差不多，对付嫌疑人我们也常用这招，亲情感化嘛。我们警务辅助人员，没必要这么上心啊。"邢猛志道。

"你个小家伙，还没怎么呢，就恃才傲物是吧？等着我们放下架子，放下脸面来求你？"贺炯瞪眼了。

"不敢，我都说了，准备去特巡警大队交警服，我们辞职很简单。"邢猛志道。

"呵呵，我没有你想象的那么高高在上，放下架子、放下脸面求人的事我干得多了。我去求过那些心理专家，去求过兄弟单位的同事，求过嫌疑人和他们的家属。只要能求来'除毒务尽'，别说豁出这张脸，哪怕豁出这条命，我都在所不惜。"贺炯道。

"对您是事业，对我是份职业，还是临时的，对不起，支队长。"

邢猛志道。

"哦，看来白来了，那能告诉我，为什么去意已决啊？昨天还干得挺来劲啊？"贺炯疑惑问。

"去意嘛，早就有了，辅警的待遇差一截，这是有目共睹的。如果差一段时间吧，可以忍受，可如果要差一辈子，谁能忍受啊？"邢猛志道。

"也是，对此我无能为力，对你我表示理解……就当这是最后一天当警察，行程我来安排如何？"贺炯不争执也不说教了。邢猛志未置可否，这位支队长已经倒出了车，驶进车道，汇进车流了……

接下来就沉闷了，吃饭时一言未发，饭后还是支队长买单。回头就去逮丁灿和任明星，那俩货好对付，支队长连车都没下，一伸脖子招招手，虎着脸一吼："上车！"就毫无阻碍地把两人给收罗进车里了。

三剑客重聚，后面那俩刚使眼色，开车的支队长就说话了："邢猛志准备撂挑子辞职走人，你们俩怎么想的？"

"基本一致。"丁灿道。

任明星犹豫问："奖金还算数吗？"

支队长哈哈一笑问道："明星是个实在人啊，那你啥意思？有奖金就不走啦？"

"这个……你俩……"任明星正询问，一瞅气氛不对，算了，悻悻然道，"支队长，我们还是走吧，熬得过初一，熬不过十五，迟早的事。无论哪个队的辅警，一年也得换多半茬儿。"

"哎……这就对了，实在人。那今天就当你们最后一次当警察啊，今天结束，我们画一个圆满的句号，给你们兑现奖金，然后送回家。好歹也算有始有终怎么样？"支队长道。

"哎呀妈呀，太好了！"任明星一咧嘴，乐了。

"支队长，您这是带我们干什么去？"丁灿疑问道，这不是回支队的方向。

"好歹你们当过缉毒警了，但未必真正了解这个职业，带你们见识一下，将来吹牛别不着调啊……怎么样猛志？"贺炯侧头。邢猛志表情很淡，城府要比年纪看起来深得多，贺炯都看不出什么端倪来。

"你在欲擒故纵？"邢猛志突然道，他侧视，看到了横肉颤着、凶相一脸的贺炯。贺炯恰恰也和他对视一眼，他笑道："你总能猜中别人的心理，可为什么总要违背自己内心的想法呢？"

此言一出，邢猛志不说话了，他知道在这位阅人无数和抓人无数的老警面前，掩饰是不起效果的，那双犀利的眼睛总能洞悉你的内心深处。

十几分钟后，车驶到了一个让三人意外的地方：晋阳市第三强制戒毒所。

支队长突然来访，所长仓促应对。这里半数以上的工作人员是编制内警员，吃喝拉撒全在这个堪比监狱的地方，宿舍井井有条，军训的风格；餐厅整整齐齐，一尘不染，外面列队的警员接受巡检。支队长一挥手各忙各的去了，留下了所长，贺炯叫了句："老齐，新人，过一遍……你们仨跟他过一遍。每一位缉毒警，都要上这一课，补上。"

贺炯交代完，就在院子里抽上烟了，齐所长前行带着三人进强戒区。

任明星嘀咕了："我说，要不领上钱再说？"

"钱钱钱，你就知道钱！"丁灿烦躁地骂了句。

"好像你不想要似的，你那份给我？"任明星斥道。

邢猛志回头道："闭嘴，瞧你那点出息，昨晚一起干的要是有处分，早把我俩卖了是吧？"

一下把任明星给噎住了，不敢提钱了。

"说什么呢？"齐所长回头，三人表情复杂，没人回答这位脸色晦暗、瞅人有几分凶的所长。这三位在他眼里明显是菜鸟，他背着手进了常年铁门封锁的强戒区，且行且道："作为缉毒警，我们的信条是什么？"

"嗯？"任明星和丁灿一愣，给问住了。邢猛志道："除毒务早，除毒务尽。"

"对。据世界卫生组织统计，每年全世界有十万人死于吸食毒品。因为吸毒而导致丧失正常智力，工作、生活能力的人呢，数字是一千万人。毒品犯罪和恶性犯罪一样，是对整个社会治安危害最大的存在。所以，我们的信条就在于一个'早'字和一个'尽'字，越早把一类毒品铲除、铲除得越干净，那可能受到毒害的吸食人员就会越少……我们的使命就是要守住禁毒这条防线，把毒祸拒在防线之外。"

齐所长说着，在门阶的位置，站定了。

他的背有点佝偻了，从后面看，警帽下露出的短发已经花白，邢猛志突然想起了马汉卫说过的那句话，缉毒警是堵着毒祸的一堵墙，要把毒死死地拒在墙外，不让它来破坏我们身边的幸福安宁。

他们是一类人，可在他们的身上，邢猛志看不到哪怕一点朝气，每个人都像颓废到骨子了，面相晦暗，神情难堪，和谁交流似乎都带着警惕。

"缉毒警有一条铁律：不沾毒品，不交毒友。知道为什么吗？"齐所长问，声音凌厉，回头时，三人摇头，他严肃道，"因为任何人的意志力，都无法抗拒毒品的控制力，'一次吸毒，终身戒毒'不是吓唬谁，只要沾上毒品，一个人就不受自己思想的控制了；一名缉毒警如果沾上毒品，等待他的只有一个结果，知道是什么吗？……开除警籍，永不录用。"

哪怕是辅警，也被这话吓得浑身起鸡皮疙瘩。跟着齐所长进了监所的强戒区，站在一所大房间窗外，看着里面正一起做操的人，二十余位，从外表来看都不像吸食人员。

"这是轻度的，吸毒时间尚短，自愿来参加强戒的。理论上，戒断毒品十五天之后就完全可以没有生理依赖，但是，毒瘾易戒，心瘾难除，一旦戒毒人员回到社会，再次遇上毒友或者再次有机会尝试，复吸率……几乎是百分之百。"齐所长道。

他边走边走马观花地介绍着。刚到重点看护的病房就让三人心生惧意了。一间病房里，几个医生正摁着一位吸食人员，那人满脸是血，摁都摁不住。护士的汇报听着像天方夜谭，这位犯瘾的抠下块铁皮，把自己的头皮给剐去了一片。

安排好紧急处理，齐所长回头看三人，解释道："如果佛说的十八层地狱存在，那么吸毒者一定是堕到了第十九层。如果用一个词来形容，只有一个：生不如死。来吧，我们继续……在你准备成为一名缉毒警的时候，我能告诉你们的是：第一，注意安全；第二，注意安全；第三，一定要注意安全。那些穷凶极恶的毒贩尚不是最危险的，因为毕竟是少数，真正的危险，是来自这些吸毒和涉毒的人员。"

他停下，拉开了门上的小窗，示意着三人看。屋里的床上坐着一个女人，头埋在臂弯里，卷起裤子露着的半条小腿溃烂……再细看，她在抠着结成的痂，抠的时候像是发现了有人看她，她一侧头，满是皱纹的脸上，仿佛带着从地狱来的笑容，咧开的嘴里满是缺口，没有几颗好牙，吓得任明星"妈呀"一声。

"你们能想象得出，她才二十四岁吗？"齐所长道，无言地关上了窗，带着几人边走边说，"吸毒的，特别是吸食冰毒的，大多会有精神类疾病，典型的表现是狂躁，出现幻觉，伴有暴力倾向，甚至出现被害妄想症。简单讲就是像疯子一样，会咬人，会砍人，你们身上的缉毒警服可吓不住这些人……还有患艾滋和其他传染病的，他们会以此威胁身边的人，甚至警察。缉毒一行要受到的威胁会来自方方面面，不独是罪案，你们要做好一切心理准备。"

这时候，任明星被刺激得终于憋不住了，喷了句："所长，我们是辅警，临时的，还不知当不当得成缉毒警呢。"

"呵呵，那是你的事，来者自愿，去者自便，没人会强迫你，假如走出这里就吓退，也没人笑话你。对于其他警种，习惯的是训练，而我们缉毒警，要习惯的是炼狱。"齐所长道，声音凄凉，表情肃穆。

"齐所长，您干了多少年了？"邢猛志问。

"二十六年。"齐所长反问道，"你一定在奇怪，我为什么干了这么多年还待在这儿吧？"

三人齐齐点头，眼神变得尊敬了。

"我被问过很多次，但也给不出一个确切的答案。我只是觉得，总得有人来扛，如果没人扛着这份责任，你能想象我们身边的世界会变成什么样子吗？现在禁毒已经成为一个全社会关注、参与的事，社会上有很多年轻人成了禁毒志愿者。那些普通人都能做到这些，何况我们警察？谁都可以选择逃避，我不能，因为……我是缉毒警察。"齐所长给了个朴素的答案。

这是一个让人肃然起敬的答案，齐所长却说得云淡风轻。三人跟着这位老所长继续巡视，尚有更震撼的画面，套着头箍把自己脑袋当锤子咚咚往墙上砸的、浑身插满管子已经气息奄奄的、瘦得只剩骨架形同骷髅的，更多的是神情呆滞像行尸走肉的人。一遍看完回到原地，三个人也像变了样子，仿佛沾上了齐所长的气质：面色晦暗，神情肃穆！

"走吧！"贺炯再无赘言，带着三人上车，驶离了戒毒所，一路沉闷，沉重的心情让人再难发声。

半小时后到达了下一站，泊停的地方是晋阳市精神病专科医院。先行下车的贺炯隔着铁栅和一位医生交流几句，那位医生指点后楼的方向，贺炯回头招手带着三人沿着围栏往楼后走。

"这是干什么？"三人交换着眼色，却不知道支队长葫芦里卖什么药。

前行的贺炯仿佛背后也有一双眼睛，能看到三人的犹豫和狐疑，他头也不回地道："带你们见一个人，一位你们这个年龄最喜欢的……美女。"

"哎呀！"任明星惊喜一声。

"看，那位，花圃边上那位。"贺炯停下来了，三人齐齐看向花圃，刹那的惊艳，居然把三人看傻了。

一个长发美女，正托腮沉思着，粉红色的裙装勾勒出柔美的曲线，她在花丛的边上，却比丛中的花儿还要美上几分。三人一时间竟看得痴了。

贺炯没有打扰，静静地等着，等着三人从惊艳中回味过来。贺炯的眼神深邃而复杂，时而看向那个花季少女，时而看向这三个懵懂的少年。

"有问题，这么长时间她根本没有动，怎么了？"邢猛志发现不对了，毕竟这里是精神病医院。

此情此景，饶是邢猛志智力过人也没有明白支队长的意思。他好奇地看向支队长，贺炯幽幽道："她和武燕有关，是武燕受到停职处分的原因，有兴趣知道吗？"

三人点点头，贺炯摸出一支烟，唏嘘抽上，开口道："她叫陈妍丽，二十一岁，经管院的在校学生，四个月前被朋友诓去酒吧玩，被人盯上后灌了杯加了料的饮料……然后，第二天下午宾馆打扫卫生的保洁在房间里发现了她，根据法医对现场的鉴证，她遭到了五个人的性侵。"

啊？三人看向那位女生，心里猝起一股怒意。

"那还不是悲剧的全部，仅仅是悲剧的开始。她被抢救后晕迷了几天，睁开眼后，就成了这个样子，不会说话，不会表达任何情感，中枢神经损伤后造成了永久性失忆。一个花季少女，就变成了这么一具没有灵魂的躯壳。"贺炯说着，唏嘘间能感受到那种咬牙切齿的愤怒。

"后来呢？"邢猛志轻声问，目光却不离那个受害人左右。

"武燕负责的这个案子，案情并不复杂，在抓到投毒的嫌疑人证据确凿依然抵赖时，武燕的情绪失控，扇了对方几个耳光。案子办了没功劳，扛了个处分。因为此事，嫌疑人家属仍然在告她……有时候真无法想象人心能险恶到什么程度啊，五个嫌疑人都是陈妍丽的同学，还都认识，就为了图一时之快，把她骗出来给她下药。"贺炯愤愤地道。

"是毒王？"丁灿问。

"对，全省已经发生过不止一例氟硝西泮滥用导致受害人永久大脑损伤的案情了，陈妍丽不是唯一的受害人，也不是最后一个，总还有人躲在阴暗角落里生产、制作、销售这种害人的毒药。每一个嫌疑人的逍遥法外、每一个受害人的悲剧，都是让我们警察头上银徽蒙尘的耻辱。你们能理解，缉毒警要把毒王、把所有毒品除之而后快的心情吗？"贺炯问。

三人点点头，表情凛然。

"走吧，你今天所见就是我们晋阳禁毒支队每一名入队队员都要经历的头一课，我不想用什么信仰、忠诚、职责的大道理给你们说教。事实上，别说辅警同志，就连正式民警每年也有很多承受不了压力而离职的。我们打交道的不仅仅是那些丧心病狂的毒贩，还有那些已经失去人性的涉毒人员，我们的工作仿佛就是每天在经历着情节和人物不同，结局却雷同的悲剧，而我们……却无法逆转。"贺炯道，他驻足，在车旁不远，慢慢地回过头来，复杂而期待地看着三位。

"如果是你们，"过了半晌，贺炯问，眼光里闪着欣赏，"你们会选择面对，还是逃避？"

"您食言了，这并不是让我们走。"邢猛志道，他没有注意到，称呼已经不知不觉换上了"您"。

"如果你们被吓到了，我一点也不遗憾。如果你们因为其他个人原因而勉强留下，我会很犹豫，我需要的是自愿加入队伍的人，只有完全的自主和自愿，你的战友、你的同事才能放心地把后背交给你。"贺炯道，他慈爱地给邢猛志整了整警容，抚过他臂上的"辅警"臂章，笑着道，"我职责范围能给你们禁毒局直签辅警用工合同的权力，再往上走，得看你们的本事了。"

邢猛志不敢答应，犹豫着。贺炯看向了丁灿，丁灿有点紧张，贺炯诧异问道："丁灿啊，你自己鼓捣的收入比我和政委加起来都高，要说是待遇问题走了，你自己信吗？"

"支队长，我没说走，不是他说的吗？"丁灿不好意思了，直接把邢猛志出卖了。贺炯笑笑又看向了任明星，任明星不好意思道："支队长，您别说我了，我知道我一无是处。"

那哥俩嗤声笑了，难得见任明星这么有自知之明地说话，却不料贺炯慈爱地抚着任明星的肩膀道："谁说的？你不学艺术的吗，绘画画得多好啊！"

"我老师说过，我根本没有艺术细胞，只会照抄，这辈子没指望了。"任明星道。

"错，明月之珠，蠬之病而我之利；虎爪象牙，禽兽之利而我之害。看你怎么用了。你画的肖像，和真人几乎没有差别，说不定有一天你能凭别人的描述画出嫌疑人的体貌来，这种能力在警中是凤毛麟角，可遇而不可求啊！"贺炯道。

"我行吗？"任明星期待地问。

"不知道，那得你自己去尝试。但我知道，放弃的话你肯定就不行了。"贺炯道。

这一句又挑起了任明星无限的希望之火，他突然觉得这个丑老头一点也不可怕了，反而有点可爱，可爱得像个长辈一样，那么贴心，那么亲近。

这位长辈又回头看向邢猛志，邢猛志笑而不语。贺炯道："当我看到你今天穿着警服，却说准备去辞职时，就知道你舍不得走……你不是被我左右的，而是被你自己的内心左右的，你们都是……难道你们没认真想过，为什么一直说想走，却迟迟舍不得脱下警服吗？"

这是个很复杂的问题，可能都想过，都没有想明白。

"我来告诉你们吧。"贺炯道，"每一个血气方刚的男子汉心里都有一个除暴安良的英雄梦，而警察这个职业，是站在离梦想最近的地方。你们身上的警服，是正义、是勇气、是光明的化身，假如有一天你们和那些先行者一样穿着它站到英雄的神坛上，难道谁还会在意，你臂章上的两个字？"

三人羞赧地笑了，邢猛志道："我上当了，说来说去，是要骗我们回去。"

"那我现在正式问你们，愿意加入我们这支艰苦的队伍吗？前提是，要从零开始对付一个新型毒王。我可能给不了你们更好的待遇，而且还会因为昨天的事给予你们处分，因为这是一支纪律的队伍，任何擅自的行为，不管危及他人还是自己的安全，都是决不允许的。"贺炯朗声道，目光肃穆。

三个人下意识地挺直了腰，在扑面而来的凛然中，慢慢地举起手来，严肃地、庄重地向支队长敬礼。

"我加入。"丁灿道。

"我加入。"任明星道。

邢猛志最后表态道："我加入，并接受支队给予的任何处分，做假药是我出的主意。"

"那是个绝妙的主意，"药效"应该已经发作了，去吧，即便你们将来真的走了，也不会后悔今天的决定。车归你们了，做假药还不够看，找到真毒王才算本事。"贺炯将车钥匙递给邢猛志。三人看了支队长一眼，又看了远处花丛中的受害人一眼，匆匆上车，绝尘而去。

背后，思忖良久的贺炯莫名地抬手，向车去的方向敬礼，哪怕他并未身着警服，哪怕此举显得多余，他依然很郑重地……致敬！

第四章

围剿毒贩现场

邪风晚来急

东城角村，在市东郊。因为打黑除恶的原因，市里边有名号的混子，这段时间都窝到远离市区的近郊一带了。

"天杠！天杠！天杠！"

葛二屁声嘶力竭地吆喝着，一个赌客的手里两张牌搓得极其缓慢，面上红八，配个红二那就是天杠了，如果配上其他黑色牌面，那可就天上掉地上了，不是憋十就是其他小点。

"红了……红了……红……"

葛二屁额上沁出来一层细汗，桌上的钱堆了厚厚一撂。他的眼睛瞪得比钞票还红，赌桌上的是他的新老板，对他可是有再造之恩，一夜之间把他从赤贫拉到了准小康水平，他巴不得老板通杀通吃。

"啪！"牌扔到了桌上，老板狂笑着把牌拍到了桌面上，红八配红二，天杠。

老板长相奇丑，牙黑面黄头发绿，狂笑着把桌上的钱全部搂过来。

葛二屁兴奋地拿着袋子往里塞，那丑男笑道："苗叔，一天一夜了啊，差不多就行了，再输您可就得走着回去了。"

那几个赌客悻悻然捏着骰子怀有不甘的样子，当头的一个年过四旬的男子骂了句，起身走了。余下几位看看桌上所剩不多的赌资，再看对方抱着的一大兜钱，知道今天翻本无望，个个垂头丧气地离开了。

一支烟递上来了，丑男叼着；另一只手"叮"清脆一响，火点上了。

递烟的叫孬九，马脸吊梢眉，样子很恶；点火的叫毒强，光头黑牙，也有人叫他光头强。葛二屁一直怀疑能够重操旧业一定是颜值的原因，老板挑的马仔长得都不如他。

不过这伙人干起活儿来确实帅呆了，葛二屁跟着老板不到五天，砸了三个场子，昏天黑地搁这儿赌了一天一夜，战果就是怀里的钱了。葛二屁兴奋地赞道："平哥，帅啊！最后这一把吓死我了，要输了咱们就得光着屁股走了。"

"哈哈哈……出来混的，哪回不是富贵险中求啊？这算什么，没见过世面。嘿，波姐，你的……"

平哥说着，从葛二屁怀里掏了两摞，扔给了房间里的女人。

这是组织场子的费用，那个叫波姐的胖女人哈哈一笑。传说她出身声色场所，曾经也是一夜千金的价格，不过胖到两百斤以后，身价连两百块也不值了。见葛二屁生得健壮，胖女人一抛媚眼直问道："这位兄弟眼生啊，平子，谁呀？"

"咦呀，二屁可有来头，邢天贵知道不？他手下当年的四大金刚之一。"平哥介绍道，示意着葛二屁问道，"二屁，波姐对你有点意思，要不？"

"不不不不。"葛二屁脑袋摇得像拨浪鼓，这反应刺激到波姐了，她上前冷不丁一把抓住葛二屁。二屁疼得直叫唤，波姐却是愤愤地道："啥表情？老娘撩撩你，还吃亏了咋的？"

"呀呀呀，姐你放开！"葛二屁疼得龇牙咧嘴，却不敢扔下怀里的钱。

女人流氓起来，没男人什么事。有个电话打进来波姐才骂骂咧咧放手了，葛二屁吓得赶紧往门口跑，平哥带的几个刚出门，里面的波姐浑身肉颤地奔出来了，神色慌张地拉着平哥凑上耳朵说了句什么。

"放屁，这两天查得这么紧？谁敢出货？"平哥怒了。

"我知道呀，我说不可能，没有，他们在电话里骂我呢！"波姐怒道。

"有货骂什么？"平哥不解。

"货是假的，吃了没反应。"波姐小声道。

平哥丑脸一黯，思忖片刻恍然醒悟道："坏了，有人搅浑水了。快走，孬九、毒强，赶紧通知兄弟们，查查是谁捣乱。二屁，你跟我走。波姐，你也打听下。让我知道是谁搅和，非把他脑子挖出来！"

断人财路如杀人父母。怒从心头起、恶从胆边生的一行人呼啦啦出了这个聚赌的地方，乘着两辆车飞速往市区里赶。

"……三是戒毒的效果有限，涉毒嫌疑人大多有吸毒史，他们身边的人也多是涉毒人员，这种情况导致他们自己都无法控制远离毒品，再次吸贩机率极大；四是打击难度大，涉毒犯罪的隐蔽性很强，无论是发现还是搜集证据都很困难，大部分案件多靠抓现行或者犯罪人自动投案，这个达不到及时有效的制止和惩处；五是毒品的来源难以掌控，涉毒犯罪大部分都是单线联系，犯罪人往往也不知道上家的详细特征，交易隐蔽，且经常更换交易地点和方式，这个不容易察觉、跟踪，而且有一个特殊的现象是，这些涉毒人员习惯性地使用绰号或者化名相称呼，有时候抓到一个，哪怕有口供和描述也抓不到另一个，原因是同案能提供的信息，实在有限……"

一辆密闭的车里，邢猛志几人正学习着视频资料，这是徐中元局长和支队长的讲课，对于毒品犯罪的综述，泛泛而谈，看着看着就兴味索然了。

周景万观察着他们仨，经过与支队长的谈话，表情变化很明显，不像刚开始那么吊儿郎当了。不过毕竟是初次接触，真要学习那些烦琐的知识，这仨就傻眼了。

"你们这个空子钻得很险，这些组织应该就是常见的单线联系，这是最安全的方式；秦寿生被抓后，上线平哥一定主动切断了所有联系，你们出现在这个信息不对等的时候，让秦寿生误判了……既然误判，那说明他在团伙中位置不会很高，甚至有可能根本不知道所谓的'平哥'姓甚名谁。涉毒犯罪里经常出现这种情况。有的团伙成员都说不清同伙名字，只知道个外号。"周景万道。

第一个缉毒工作拦路虎出现。支队光对涉毒人员建档时登记的绰号、化名就有上千之多，别说新人，就他们这些老缉毒警有时候都看不透其中的套路。

"周队，您什么意思？"任明星挠着脑袋问了，转不过这弯来。

周景万笑道："我在和你们讨论，因为这是个不确定的情况，假药冲击毒品市场，能引发什么情况，我们都没有经历过。"

他看向了邢猛志，邢猛志道："很简单啊，财路都被断了，按道上规矩，怎么着也得挨几下敲骨椎。"

周景万笑了，丁灿问道："什么是敲骨椎？"

"就是拿个小羊角锤敲你后脊梁骨，轻则重伤，重则瘫痪。"邢猛志道。

"啊，这么狠？"丁灿愕然道。

"胡扯吧？"任明星不信了。

邢猛志道："以前更血腥，叫两断八戳，双手双脚挨刀子，然后还挑断手脚筋。最早晋阳一带是边戍区，民风历来强悍，民间组织原本就多。"

"哎呀妈呀，咋越看你越像黑二代！"任明星惊讶道。

"因为他经历的环境和你们不一样，"周景万道，"随着法治进程的推进已经逐渐消灭了这些地下黑恶行为了，不过总有残渣余孽。猛子，专案组之所以接纳你们几位新人，是因为我们历年积累的经验几乎都不起效果了，处处碰壁，你们呢，可能会给专案组提供出全新的思路。"

"这个……我没想那么深。"邢猛志不好意思地讲了实话。

任明星补刀："周队您别太高看他，他经常吹牛把自己吹到天上，然后吧唧掉下来。"

"我好歹也吹上去过，像你天天撅着屁股趴着？"邢猛志怒道。

"好好，别争执，说正事，三个臭皮匠，抵个诸葛亮，咱们现在有四个呢。先从简单处来吧，首先解决几个问题，第一个，我们在这儿蹲守，会有结果吗？如果对方不来找秦寿生，我们可就全瞎了。"周景万道。

"不可能不来。"任明星确定道。

"理由呢？"周景万问。

"猛哥挖坑从来都是又狠又准。前段时间偷大车柴油，派出所和刑警队天天排查，加油站的、小作坊的、暂住人口里的，还有监控里的就是找不着，您猜我们怎么抓着了？"任明星问。

周景万正好奇这事呢，又被带偏了，直问道："咋弄的？"

邢猛志一捂脸不好意思了，丁灿在龇牙笑，肯定不是什么好事。任明星笑道："缉虎营二级路边上隔着不远就有饭店，里面有男厨师和女服务员，您懂吗？"

"我懂什么呀？"周景万愣了。

"啧，那卖饭能挣多少钱，其实全是卖淫的，正好解决大车司机长期不回家的需求。那些油被偷的司机做笔录，也不敢说他把车搁那儿多长时间，生怕查访把他嫖娼的事查出来。其实呢，就是趁司机干那事时偷的，但司机没说完整，民警不知道往哪儿找，然后我们守在小饭店不远处就捡现成了。"任明星贼笑着道。

周景万听得一愣一愣的，丁灿笑着解释道："其实大道至简，嫌疑人把车后加装塑料袋，直接搞成大油箱了。小车开到油箱跟前，管子一插，电泵一吸，只需要两分钟就能偷走一大箱油。他们还不偷到底，让大车能跑出几十公里才趴窝。民警一直在找运输车辆，方向岔了。"

"所以呢？你们认为有人一定会来报复？"周景万牵强出一个风马牛不相及的问题。

"您觉得呢？做出和蓝精灵一模一样的假药卖出去，会是警察干的吗？警察可能这么干吗？"邢猛志问。

"不可能。"周景万哭笑不得道，哪怕嫌疑人也不敢相信警察能干出这号事来吧？

"那他们就一定会来找秦寿生，他们只怕牢狱和警察，其他的都不在乎。"邢猛志道。

这算得上一个合理的理由了，周景万想想，勉强接受了，竖着两根手指道："那解决第二个问题，如果来了，怎么处理？注意啊，除了交易，毒贩身上是不会随身带毒品的，这也是缉毒难点之一。如果抓不到涉毒，为防意外，我们只能保护秦寿生了，因为事情很有可能失控，就像猛子你刚才说的，就这事把秦寿生废了都是轻的。"

"哎呀，就是啊，保护吧，好办。那来的人……"任明星开口就卡住了。

"有两个选择，周队您是想往深里挖真相呢，还是想确保万无一失，不冒险呢？"邢猛志问。

"他们上门报复，找的肯定也是社会闲散人员，我们不可能坐视秦寿生被挟持走，以黑制黑有违我们的职业道德。你注意一下，错误不能再犯。"周景万理解邢猛志是想以秦寿生为饵，钓住那些人。

"您错了，秦寿生的价值不够大，我在想价值更大的东西。"邢猛志道，"只有对手摸不准你的目的，才有可能出奇制胜。秦寿生好糊

弄，再往高的层次，就不好糊弄了。"

"你指什么有价值的东西？"周景万问。

"七队最早查到了同城快递，刚抓了送货人找到线索，送货点就人去楼空了；三大队抓过几个送外卖的，他们自己都不知道自己送的是毒品，外卖提供的小商家也溜了；还有更牛的是，卖家提供给买家个送货点就完成交易了，都不见面……这种种迹象说明什么？"邢猛志问。

"这个队里已经讨论过了，对方有可能存在一个黑客。"周景万道。

"那您说，今天假如有人来，来人里有没有可能也是黑客监视的人……之前，只要被抓就有人第一时间知道消息，抓捕孔龙和秦寿生，这两人身上居然没有手机；他们所在的那个包厢，我刚才看案卷了，在当晚就被人砸了……事出诡异必有其因，如果确定这帮人都上头有人盯着，那算不算价值很大？"邢猛志道。

这个天马行空的思维让周景万眼睛一亮，假如来的人里真有和黑客有关联的，那这个确定的信息最起码可以让专案组少走弯路。

"对呀，毒贩和朋友、敌人是同一个圈子里的，如果没有内鬼，那获取信息的方式只能在这些人身上，可这个工作量就大了。"周景万道。他目光移向邢猛志时，却发现邢猛志正和丁灿相视而笑，他心里暗道："这俩货肯定提前商量过了。"

答案即时蹦出来了，丁灿道："用我们特巡警大队处理纠纷的方式怎么样？"

"你们用什么方式？"周景万问。

"全部带回去！"

三人异口同声道，互击着掌，一下子把周景万听得牙疼不已。

恰在这时，车上的警灯闪烁起来了，周景万拿起步话，里面传来了马汉卫汇报的声音：

"周队，来了一拨人，我看到孬九和黑标了。"

"看清了吗？"

"错不了，都抓过他四五回了。"

"继续监视。"

周景万眉头皱起来了，看看时间已经接近傍晚六点，过一会儿就夜幕降临、月黑风高，不管寻衅滋事还是寻仇报复，都是最合适的时机。

怎么办？

周景万被难住了，缉毒的和涉毒的不能照面，都太过熟悉了，一照面恐怕这些毒友就知道是个圈套了。可要不照面，又怎么达到侦查的目的呢？

守株待兔，终于等到了，可却是一群咬人的兔子，顿觉棘手的周景万急速向家里汇报……

毒友齐来聚

嫌疑人之一，在小区出入口蹲着抽烟。嫌疑人之二正站在他身后瞄。

抽烟的是高久富，绰号孬九，涉毒案底服刑三年零六个月；站高久富身后的是张强，绰号毒强、光头强，前科为贩卖麻古服刑四年。

车里还有一位，邱小妹从模糊的视频信号里提取着面部特征，很快将这个人和涉毒嫌疑人信息库里的一个对上了号——奉成标，绰号黑标，涉毒前科曾经服刑一年零六个月。

又来一个，马立军，绰号马猴。不一会儿再来一个和马猴接头，朱波，绰号猪皮。这俩打着电话，不一会儿又约来一个，毛世斌，绰号狼毛。

孬九、毒强、黑标、马猴、猪皮、狼毛……这些形象的外号倒比名字更易记。邱小妹迅速梳理着这些人的涉案资料，分类进档，以方便前方外勤电子阅览，她特别根据专案组的指令，把这些人在罪案信息库里打上了标志。

对，专案成立了，唯一的变化是在她的工作台席上标志了一个"9·29新型毒品专案侦破指挥组"。

是用A4打印的，透明胶贴着，要多寒酸就有多寒酸。

不过这个专案在参案人员的心里可一点都不寒酸，今天徐中元局长亲自贴上的，现在两位正副组长就站在台席之前，一动不动地盯着邱小妹检索出来的资料。

"马猴和狼毛是老毒友了，两人同过案；黑标、猪皮、毒强差不多是一拨，溜冰出来的；孬九年纪就小了，应该还不到三十……小邱，多大了？"贺炯问。

"二十六岁。"邱小妹报了个数字，有点惊讶支队长的记忆力。

"注意一下，似乎还有新人，前方怎么说？"政委问道，显示的大屏上，一对高矮个子的男子出现了，像拿着条烟在撒。邱小妹提取两人的面部特征，愕然回报道："比对不上，似乎不在涉毒嫌疑人信息库里。"

"现场谁在盯？透个气。"支队长拿着指挥步话问道。

里面传来了马汉卫的声音："我，二号，刚出现了两个生面孔，不，一个年轻的是生面孔，一个好像外号叫二屁，姓葛，伤害前科嫌疑人，我们之前见过。"

"叫葛洪，钢厂炉前工出身，打架是把好手，邢天贵一案的涉案人，出狱不久。"周景万的声音插进来了。

"小邱，查查这个领头的生面孔。"支队长道。生面孔不奇怪，犯罪也是个行当，总有层出不穷的新面孔加入这支队伍。

邱小妹双手迅速击着键，几次比对都显示不符，不符，无此人信息。她摇头道："没有，应该没有收录。"

"那就不对了，这么大一窝蛇鼠，领头的总不能是籍籍无名之辈吧？这个先放过一边，政委，大周的汇报你怎么看？"支队长问。

谭政委莫名其妙地看了邱小妹一眼，那犀利的眼神看得小姑娘有点发毛，眼光收回后，他直接道："想抓持毒现行，今天肯定没有，如果缉毒警出面，怕会引起他们的联想啊。"

他的眼光又莫名其妙地看了邱小妹一眼，支队长随着政委的目光看去决定了："小邱，收拾你的电脑，准备出现场……通知前方，找个由头都摁下。"

"要不我联系一下辖区派出所？"谭政委道。

"好，做好保密工作，单辟一间搜身房间……这个由头，让他们自己想，什么都汇报回来让我拿主意，我有几个脑袋？"支队长烦躁地说道，又踱出室外抽烟去了。

邱小妹不知道要干什么，愣着看谭政委。谭政委不悦地瞪了下，她才反应过来，赶紧地收拾电脑，这里的行动简直就是火速，她刚背好包，司机已经在步话里呼叫了……

"什么？让我们自己想办法？"

观测点，马汉卫愣着放下步话，看向了窝在这里一天快快不乐的武燕，直问道："咋办？"

"这不胡闹吗？这帮烂人好抓难打发，都摁住干吗？总不可能身上还持毒吧？"武燕怒道。

任务是监视，发现熟人后，两人遵照命令已经撤到了观测点，怕的就是暴露，结果现在却要大张旗鼓地抓人。

正郁闷，楼下呼叫，两人拔腿就跑，匆匆下楼钻进了通信车里。狭窄的空间又来两人显得拥挤不堪，周景万迅速布置着："事情来得很急啊，没想到要对付这么多人，支队刚联系了派出所，一会儿就来人，首先得保证，这个时间点，别秦寿生恰巧出来，那就麻烦了。"

"快到饭点了，那货根本不做饭，天天出来吃。"马汉卫道。

"所以，我们干脆直接引出来。"周景万道。

"我们和这头黑标、狼毛都是熟人了，只要一动手，估计他们就明白是什么事。"武燕道。

因为蓝精灵，现在成了投鼠忌器了，生怕打草惊蛇，如果涉案的躲风头跑了，那再落网就不知道到猴年马月了。

"其实这事是我们知道，他们知道，唯一缺的就是证据证明有这档子事，没证据他们根本不惧。"周景万道，他看了看表，又看向了一个人。这个人意外地居然不是邢猛志，而是任明星，他正系着警服上的扣子，那不是他的衣服，明显有点不合身。

"准备好了吗？"周景万问。

"这有啥准备的？"任明星不屑道。

"能把人带下来吧？"周景万又问。

"放心。"任明星系好扣，抬头时，都看着他，他愕然道，"咦，怎么了？"

马汉卫和武燕齐齐愕然，指着这胖子问："周队，让他去？"

"咱们仨，抓的秦寿生。"周景万道，又一指丁灿和邢猛志，"他们俩，诓了秦寿生一把，这没人了啊！"

"把秦寿生带下来干什么？"武燕愣了。

"演出好戏，去吧。"周景万笑着道，任明星一点头，整整警服，戴好警帽，大摇大摆朝小区走去。

车厢里气氛就有点尴尬了，马汉卫和武燕一头雾水，看不明白一贯严肃的周队怎么变得吊儿郎当和这些人一起胡来了。而邢猛志和丁灿，因为审讯的事，和武燕、马汉卫稍有疏远，他们不好意思问，那俩也不好意思说。

"准备好，一会儿派出所民警在外围配合，摁了直接带回来，全部，那个生面孔是重点对象。"

周景万安排着，安排抓捕他就专业了，小区门两头路面各守两人，一会儿车堵到对方车前防止逃路。让几人意外的是，这俩辅警不但没有一点紧张，反而很兴奋，那表情瞬间让武燕想起来他们俩昨天还扮"毒贩"，今天肯定不是正常思维的套路，要不周景万也不会这么嘚瑟。

"周队，到底干什么？什么戏？"武燕问。

"一下解释不清，不过可以告诉你，戏名叫……离间。下车。"周景万神神秘秘地笑道。

他和马汉卫已经是自然而然的搭档，两人一前一后佯作路人，武燕回头时，俩搭档一高一矮、一壮一瘦已经站到她背后了。

"抓人用不上你们，一边看着。"

武燕斥道，不理会两人，直奔向自己的站位了。

此时，夜幕已至，华灯初上的街市熙熙攘攘，沿月星小区星罗棋布着饭店、超市、瑜伽馆、小药房，不经意如织的人群里踱来了一位穿着警服的男子。

"坏了，警察。"葛二屁一哆嗦，下意识地侧头、捂脸。

平哥"吧唧"就是一巴掌，直骂着："你坐牢坐出条件反射来了吧？见了警察就哆嗦？"

"哦，也是，这毛病改不了啊，一听着警车响我就心跳，一瞅见警察我就腿抖，平哥我也不知道为啥？"葛二屁老实地道。

一旁的毒强龇牙笑了，一揽葛二屁的肩膀道："二屁哥，咱们都有这毛病，这跟犯毒瘾了一样，戒不了了。"

孬九瞅着傻了吧唧的葛二屁，好奇问道："咳，别人咋叫你二屁呢？"

"那不乱嚷的嘛！原来跟着天贵哥收债，都叫我二皮脸，后来又叫二皮，咳，不知道后来怎么成二屁了。"葛洪自己都纳闷，诨号就是这么自然而然形成的，什么顺口，什么逗乐，基本就是什么了。

平哥笑道："二屁好听……嘿，盯牢了，一会儿出来弄上车，这儿人多，别拖拉，弄回去问清楚。"

"平哥，这咋回事啊？不太对劲啊，秦寿生什么时候胆肥啦，敢出假货？还取保着呢！"毒强想不明白了。

"所以得弄回去问清楚，这事要出岔，咱们都得玩完。"平哥烦躁地说道。这件事出得实在诡异，把他搞得又气又糊涂，打破脑袋也想不明白究竟发生了什么。

他更想象不到的是，那位"警察"也是去找秦寿生的。他亮着证件进了小区，又等着有人出来进了单元楼，敲响了秦寿生的门，敲了好久才开。

此时站在门口的秦寿生像老了十几岁，蓬头乱发，有气无力地看着任明星。电话快被打爆了，拿到假货的一要退钱，二扬言要放血，他都不知道怎么回事。现在警察又找上门，他腿一软，任明星赶紧扶住墙，惊声问道："咋了这是？"

"又来抓我？"秦寿生欲哭无泪道。

"站直站直，谁抓你了，你干啥坏事啦？"任明星严肃问。

"没有没有，我什么坏事都没干。"秦寿生矢口否认道。

"没干坏事心虚什么？"任明星吼道。

"哦，我没心虚啊……不，心虚了，见着警察心虚啊，这不没事了嘛！"秦寿生应对着。

"知道就好，我是这区片警，负责取保候审人员的监护。按照规定，你得在一周内向辖区派出所报到，做思想和行动情况汇报，你咋没去啊？"任明星问。

规定虽然如此，但未必真有当回事的，秦寿生道："还没顾上去呢，我改天去吧。"

说着就要关门，任明星拦着道："别改天了，多忙呢，谁顾得上等你？走走走，我路过这儿顺便带你回去做个思想汇报，大致意思就是安生等着，别找事啊。"

"我知道，是是……那这……天都黑啦！"秦寿生为难道。

"白天要找得着你，我至于晚上来吗？走吧走吧，麻利点，赶着回去吃饭呢。"任明星把烦躁的片警演绎得惟妙惟肖，而心虚的秦寿生却也不敢忤逆，披了件衣服匆匆跟着任明星出门了。

这路上秦寿生忧心忡忡的，偏偏配了个嘴碎的，任明星找着话题问："嘿，你多大了？"

"二十七岁。"秦寿生道。

"如花年龄啊，犯啥事进去的？"任明星问。

"非法藏匿管制药品。"秦寿生有气无力道。

"简单点回答，藏毒，对吧？"任明星道。

"啊，您说得都对。"秦寿生道。

"咋出来的？上面有人还是家里有矿啊？"任明星问。

这却不好回答了，秦寿生道："都没有，我罪不够重嘛。"

"哦，也是，可别再犯了啊，长这么帅，给关上几年可就可惜了。等出来房也让别人住了，女朋友也让别人抢了，该多郁闷，是吧？"任明星道。

秦寿生一下被刺激得差点哭出来，正郁闷着呢，怎么就碰着这么个泼凉水的，把他给听得心里拔凉拔凉的，欲哭无泪道："警察叔叔，您是来带我，还是来噎我，咱们头回见面，我没惹您啊！"

"哦，对对对，瞧我这臭嘴。"任明星回头拍拍秦寿生的肩膀，貌似亲密地道，"你得放平心态，提高认识，我们是不会用异样眼光看待嫌疑人的……哪怕就是犯罪分子，只要改造出狱脱胎换骨，那和正常人没啥区别嘛……嗯……"

此时任明星已经揽着秦寿生出了小区门，被规劝低头的秦寿生还郁闷着，不过守株待兔等他出现的那些人却傻眼了，秦寿生和一位警察"亲密"地搂着，那肯定不是什么好事。

这时候任明星做了一个小动作，冷不丁把秦寿生的胳膊抬到平举的高度，直指平哥蹲着的方向，然后一声大吼："就是他们，抓住他！"

跟着一把将秦寿生揽到自己身后，状似要保护。那几位不明情况，给吓得撒腿就跑，任明星大喊着抓住他们，自己却不去追。回头看看被捉弄的秦寿生，一下愣了，手、腿、嘴唇，几乎是全身抖如筛糠。任明星刚要说话，他缓过神来了，一个激灵掉头就跑，却不料腿软得吧唧摔地上了，任明星一个虎扑，把人压住了。

警情猝起，警灯乍亮，警笛鸣响，往东西两个方向跑的嫌疑人瞬间发现路两头都有警车，这就慌了，有往店铺里钻的，有爬着围栏跑的，还有掉头往小区跑的。

马汉卫老鹰捉小鸡似的拦腰抱了一个，压着上了铐子；周景万追着一个爬围栏的，直接一铐脚脖子往栏杆上一锁，奔着去追另一位了。

奔跑中的平哥突然停卜来了，他纳闷了，一拍脑袋："哎呀我去，老子跑什么？嘿……"

晚了，前头跑的葛二屁已经和一个女人撞到一起了。葛二屁偌大的个子简直不堪一击，他撞退了女人几步，却不料那女人一个前空翻，两腿直蹬到葛二屁的膀子上，然后双手着地，借势一个鲤鱼打挺站起来了，而葛二屁却扑通仰天倒下了。

"怎么又是你？"葛二屁认出武燕来了。

武燕一个箭步上前拽臂打铐，笑道："缘分哪，下回还得撞上我。"

铐好，再看战果，那俩连警械都没有的辅警却玩得比她还溜：躲在暗处"嗖"的一弹弓，逃跑的疼得捂大腿，一瘸一拐继续跑；"嗖"的又是一弹弓，那人疼得弯下腰捂小腿；"嗖"的又是一弹弓，直接落在脚面上，那人疼得"哎哟"一屁股坐地上揉脚，回头龇着黑牙恶狠狠地四下寻找打他的人，怒从心头起，噌地一拔腰里的匕首，挣扎着爬起来要拼命了。

几米之外的邢猛志急退，边退边拉弓，"嗖"一声，那人"哎哟"一叫，手里的匕首当啷掉在地上。武燕甩着铐子急步上前，一抓一拎，毫不费力地铐上了这名持刀的。

六个折了三双，被警员迅速往车里塞。那位面生的平哥根本没跑，坐到了一家饭店的台阶边上，眼瞅着几位便衣围向他，抽着烟，毫无惧色。

"让让……让让……执行公务……抓捕在逃人员。"

马汉卫和周景万拦住围观的群众，警服正装的几位民警来了，在缉毒警的示意下，上前带走了平哥。

"我犯什么事了？"平哥不服气了，瞪着丑眼问。

"没犯事，配合调查是公民义务，不懂啊？"民警道。

"调查谁呀，我谁也不认识！"平哥怒道。

"那正好，让别人认认你，走吧。"民警不依不饶。

四人围着，把平哥带进了警车，疾驰而去。现场乱子被迅速控制，最乱的反而是任明星这儿，秦寿生失控了，趴在地上不起来，边哭边喊着："哎呀，坑死我了，要命了，我活不了……坑死我了……你们这是要我的命啊……"那可真是名副其实的哭天抢地，围了几层人在看，任明星一下子成焦点了，已经有群众举起手机，就等着拍个能上头条的短视频。

急中生智的任明星一机灵，也跟着扮哭脸了，大号大叫着："哥呀，你可千万别想不开啊，股票跌了还能涨，老婆跑了还能再找，你要是寻了短见，我可没哥啦……"

"你……坑死我了……"被搀起来的秦寿生气得语无伦次。

"是啊，咱们全家都被股市坑死了，哥你想开点啊……我送你去医院。"任明星搀着，几位警员迅速上前把人带上车，疾驰离开。

一场精心策划的抓捕没想到是在这样的闹剧中结尾，貌似兄弟俩股市栽跟头了，这剧情就没看头了。在场估计有不少同命运的，唉声叹气地又勾起伤心事了，直接收起手机失落地离开了。任明星躲着散开的人群，到了车边赶紧脱帽脱警服，爬上车叨叨："哎哟，穿这身警服真是不方便，众目睽睽，幸亏我机智过人，否则又得上热搜……咦？你们看啊呢？"

"我们在回放这个陌生人的动作，心理素质很好啊，跑了几步就反应过来了……"丁灿在手机上放着平哥的动作，只见他坐到了饭店门前台阶上，胳膊一甩。

"嗯？"丁灿和邢猛志互看了一眼，那个被忽略的动作，似乎是打电话，又扔了下东西，再然后才掏出烟点上。

两人一激灵，直接蹿下车往饭店的门口跑去。武燕、马汉卫赶来催着快走，不过一看丁灿拍的东西，也紧张了。几人模拟平哥当时的坐姿，看着前方，指向一个绝佳的位置——饭店放泔水桶的台阶。

那上面漂着一层油污、两个烂馒头、几双一次性筷子，恶心得邢猛志直皱眉头，这可是智商解决不了的问题了。可没想到有人更急，马汉卫已经撸着胳膊把手伸了进去，摸出一块硬的，不对，排骨；又摸了个硬的，还是一块骨头，再摸、摸……他脸上的表情突然变得喜出望外，手慢慢地从泔水桶里伸出来，在他脏兮兮还流着地沟油的手上，赫然是一部黑色的手机。

"这个人不简单，绝对是个道上的老炮儿。"马汉卫说道。

"我明白了，今天的目标是他们的手机，而不是他们。"武燕眼睛一亮。

"嘿，嘿，你们干什么呢？谁让你掏我的泔水桶的？……"

见饭店厨师出来了，四个人一言不发，不约而同地拔腿就跑，那厨师傻愣着话还没问完，四个人早跑得没影了……

好戏变闹剧

因为这个临时的行动，月星派出所突然间人满为患了。

三大队鲁江南和七队田湘川队长应支队长要求召来了数位警员支

援，而且全是新人。两位队长都有点纳闷，平常审讯都得挑有经验的人上，这回偏偏要挑没经验的。

所长办公室都被贺炯和谭嗣亮占用了，谭政委没多解释，就开始安排："两个字：扯、磨。不需要突破。也没什么可突破的，你、你，负责一号间；你和你，负责三号间。各队长、副大队不许出现，守着派出所门吧，今晚就搁这儿办事。"

扯就是东拉西扯，磨就是磨时间，一般都是对付涉案不重的嫌疑人，扯一扯、磨一磨没准儿能有发现，平常各队警力都紧张，从来没有专门干过这事。今天没经验的全上审讯，有经验有职务的办闲事，就算有质疑也被贺支队长的黑脸吓得闭嘴了，众警员各司其职，迅速散布到派出所的狭窄问讯间里。

第一步，上交随身物品已经完成，只有手机、钱包、各类卡，不出意料果然没有搜到任何违禁物品，除了毒强的一把匕首。

七个嫌疑人排了一排站着，民警挨个发着小塑料盒子，指指卫生间。涉毒人员被抓后初始步骤：验尿。

验的时候都有民警盯着，葛二屁憋了半天道："哥你别这么看着行不？尿不出来啊。"

"赶紧的！"民警道。

"我不吸毒，我是无产阶级，穷了这么多年了，哪吸得起。"葛二屁道。

"别废话，进来了都得检。"民警依然不为所动。

油盐不进，嫌疑人没治了，好一会儿才憋了出来，民警在尿液里蘸了试纸，叫着下一位。

这些人虽然怪话说得五花八门，可人还算老实，检验完毕，各进问讯间，这时候，扯、磨就开始了。

一号间。

"姓名。"

"张强。"

"年龄。"

"三十三岁。"

"今天晚上谁约你去月星小区门口？"

"没谁，闲着没事逛去了。"

"这么多人一块儿逛？"

"恰好就碰到了！"

"这么大的城市，六七个人走着走着凑一块了？"

"警察叔叔真英明，还就巧了，一下子都碰着啦！"

民警："……"

三号间，高久富正歪着脑袋，斜斜地觑着对面警员，似乎在搜寻记忆里重合的影像。

"鼎鼎有名的孬九啊，上次怎么进去的？"

"做买卖进去的。"

"做买卖？你倒会给自己定义啊，贩毒也叫做买卖？"民警道。

"卖啥不是卖？为啥贩毒就不是做买卖？"孬九不屑道。

"看这行头，重操旧业了？"民警道。

"说话要讲证据，不能诈得这么没水平啊。我知道了，你们是新料，呵呵……"孬九意外地笑了，更不在乎了。

"新料"是涉毒人员对新式毒品的统一称呼，后来延伸到新人的概念上。那两位来自禁毒大队的早已哭笑不得了，嫌疑人的底子都没摸清呢，自己人的底倒被看穿了。

五号间，龇着一嘴黑牙的奉成标，时不时冷笑两声，翻来覆去讲着一句话："甭费劲，我就是吸食人员，强戒过三回，跑过一回，进过看守所四回。你们这儿条件太差，赶紧把我送走。"

民警："问你话呢，不说清能送你走？"

"少吓唬人，我在看守所住得比家里还长，要有什么事能让你们这些面嫩的对付我们？还在这小破派出所里？甭费劲，我就是吸食人员，强戒过三回，跑过一回，进过看守所四回，你们这儿……"

问话卡住，这货有点神经不正常的反应，再加上龇着一嘴黑牙，小民警看着都怵。

普通嫌疑人是难抓，好审；而涉毒的大部分就这样，好抓，难审，不过一会儿验尿结果送到了支队长的手里，结果显示：奉成标（黑标）、朱波（猪皮）、马立军（马猴）甲基胺类都呈阳性，那这三位肯定是瘾君子没错了。

不过这个结果恰恰让贺炯意外了，他递给了政委道："张强的毒龄有些年了，要不也不会有毒强这个诨号，居然检测不到。"

"您的意思是……"谭政委思忖道。

"肯定戒不了，如果戒了，那就有问题了。"贺炯道。这个问题比狗真的改了吃屎还严重。

"呵呵，没什么证据，只能当普通的传唤处理。"谭政委提醒道。

"那位平哥怎么样？"贺支队长问。

"什么都不说，只要求见律师，给我们民警讲他的个人权利，有文化的坏蛋，更难对付啊，他知道轻重。"谭政委道。

两人且行且说，到了一处封闭的问讯间，推门而入时，邱小妹正连接着电脑和手机。支队长问道："机主不会发现异常吧？"

"不会，我是把手机整个做了一个文件镜像，回去后解压处理、分析，这需要时间……对了，支队长，少了一部手机，是一号嫌疑人，随身物品没有手机。"邱小妹道。

"啊？！"政委和支队长齐齐惊声。

"先把其他几部都做了。"支队长不耐烦道。

两人正要出去时，邱小妹出声道："支队长、政委，我有一个问题。"

"什么问题？"谭政委道。

"我们这么做合法吗？"邱小妹胆怯却坚定地问，"任何未经授权的登录行为，都属于违法。我觉得我违规执法了，至少是擦边了，对于嫌疑人的物品我们只有保管义务。"

学生警，死搬教条这就难对付了，贺炯挠着自己的短发，咧嘴、皱眉，难得被质问得这么难堪一回。谭政委笑笑道："小同志，你多大年龄了？"

"政委，我在和您讨论法制范畴的问题，命令我服从，但并不等于我认可，法制的含义并不是使用一切手段去治人，包括非法手段。这和年龄有关吗？"邱小妹道。

"那你理解警察两个字的含义吗？警于事前，察于事后，才叫警察，所以才有传唤、拘留、问讯等方式的出现。当我们怀疑一位自然人涉嫌犯罪，而且暂时没证据时，法律赋予我们可以采取必要手段的权力，比如查证、搜身、问讯等，包括今天拘留这些人，查找他们身上是否有违禁物品。"谭政委解释道。

"但是，但是……"邱小妹犹豫了。

"违禁物也包括虚拟物品，比如你说的黑客软件，现在电子证据已经进入立法范畴了，这相当于一次对手机的'搜身'，你说有必要吗？"谭政委道，一亮手里的报告单说，"奉成标、朱波、马立军尿检全部呈阳性，已经是涉毒嫌疑人了，你觉得支队权限不足，还需要哪一级公安机关审批，我明天亲自去审批。"

邱小妹想了想，不好意思抿抿嘴，站正，站直，敬了个礼道："对不起，我只是心里有疑惑。"

"呵呵，所以我问你多大年龄了，我警龄三十年了，如果知法违法，也不至于还能混到今天……加油啊，小同志，我希望能一直听到你的不同的意见和想法。"谭政委笑了笑，和支队长一起出去了。

一出门，两人相视难堪一笑，贺炯笑道："现在的年轻人有想法啊，咱们那时候，命令一下，谁敢多个不字？"

"咱们那一代叫盲从，你不得不承认，这些年轻人有思想、有个性。"谭政委道。

"你少泛酸了，限期搁那儿呢，你跟我提思想和个性？我倒想有点个性撂挑走人，能吗？"贺炯愤愤道，不过只是惹来了老搭档一个爱莫能助的摊手讪笑。

正等着，一位更有个性的来了。"咣"一声，办案区的门被撞开了，只见周景万风风火火奔了进来，支队长给了厌烦的眼神斥了句："你能不能像个样子？多大个人也毛毛躁躁的！"

"师父，咋能老惹您生气呢，今天让您开开心。"周景万道，迎面和政委、支队长站到一起轻声几句。贺炯果真是眼睛一亮，表情见喜，直摆手道着："走。老谭，这头你看着。"

和徒弟一起匆匆上车，贺炯这才出声问："确定是那人的手机？"

"您自个儿看，本来丁灿这小个子我想抓人时候用不上，没承想他管大用了，我们忙着堵人，他把镜头对准那个人了。要不是回头看了一遍，差点错过去。"周景万开着车，兴奋道。

模糊的视频中，那个平哥跑了几步就停了，然后坐到了台阶上，似乎拿着手机通话了，然后甩胳膊，看不清干了什么，再然后，很淡定地点了支烟在抽。

"这是个老炮啊，反应很快，我们这会儿都没查清身份是真是假。"支队长又看了一遍视频，好奇问道，"丁灿这个小家伙，原来干什么的？这路数我有点看不明白。这种事都提前盯上了？而且，还能拆了手机，分析软件？"

"您把我问倒了，民间出高手啊！"周景万给了个不确定的回答。

抬头的支队长发现车拐弯了，脱口问道："去哪儿？"

"丁灿的店里，咱们支队可没有拆手机的工具，我看咱们的技侦得去那小子店里培训下。现在手机几乎成最常见的涉案工具了，而我们要从手机里查个证据，得到省厅下属的实验室，一星期给结果都是快的。"周景万道。

"你这不是废话吗？哪有经费买上一堆手机让你拆着玩练手？"支队长又斥了句，两人却都乐了。

十几分钟驶到了位于晋汇路上的店面，那店面显得极不正规，门头写着各种业务：二手电脑、手机贴膜、手机维修、手机配件等。两人推门进店，一面墙都是置物架，各类旧电脑、旧手机、线材，一屋子东西有点凌乱，武燕、马汉卫、邢猛志正围着丁灿面前，一部已经变成零件的手机连着电脑，指示灯闪烁着红绿光，电脑上显示着密密麻麻的代码。对外行而言，可就一头雾水了。

"嗯……什么味？"支队长抽抽鼻子觉得不对劲。

一问这话，其他人都龇牙笑了，马汉卫不好意思躲着道："这家伙把手机扔泔水桶里了，捞得我一身臭味，这手机屏幕也给磕了，机都开不了，我们干脆就来小丁这儿拆机。"

"说说，小丁，今晚你是主角。"支队长笑道，邢猛志端过来一张椅子，这眼力见儿让支队长称赞。把支队长请坐下，邢猛志端了个机箱也坐下了，剩下的人只能站着了。

"还好扔进去时间短，泔水里油脂含量大，没有浸到主板，屏幕虽然碎了，但并没有伤到手机的数据，我拆机后恢复了手机里的资料。通信录有四十多人，不多，这个可以通过运营商查到通话记录。最后一个通话记录只有五秒钟，手机内存显示受话方叫'波姐'，时间是晚上七点四十四分，也就是我们抓其他人的间隙产生的通话记录……"丁灿道。

条理分明，现在没人敢小看这个技术小子了，在他擅长的领域，一开口自然而然地带着自信，那份自信快被演绎成权威了。

"又多了一个新的涉案人外号，呵呵，我们禁毒支队掌握的涉毒人员啊，光名和号对应就用了几年才建了完整的数据库，可有些家伙进一次出来就改一次，啧。"支队长道，这是涉毒案件的难点之一。

"科技能改变生活，有时候也能改变侦破。"丁灿道，回身敲着键盘，一幅地图出来了，上面画着红色的线、蓝色的点。

"什么意思？"支队长问。

"他的这部手机定位功能是打开的，这也就意味着，手机会记录下一段时间内他去的地点、走的路线、停留的时间。我这里恢复了一个月的，红色的是路线，蓝色的是停留点，看得出这个人没有固定居所，一个月居然在洗浴城和酒店住过二十几天，9·29之后，就躲在东郊东城角村没挪窝……这几个点里，跟踪到的受话方'波姐'就在这个村。我倒不期待在这部手机上能够找到作案的信息，大部分嫌疑人都知道作案用部新手机，可也并不会把正常用的手机扔掉啊。"丁灿道。

既然不会扔掉，那么最大的可能就是也带着，那这些停留的地点、出行的路线，之于侦破的价值可就无限提高了。支队长一时间竟然听傻了，瞪着眼不知所想。

"嗯，这些如果还不够分量，还有更多的。"丁灿道，觉得支队长似乎还不够满足。

贺炯毫无征兆地"呃"了下，周景万、武燕几人明白他是被吓住了，他们哧哧偷笑。

"嗯，继续继续……我该回炉学习学习了，落伍了……你们笑什么笑？徐局都说了，现代警务光懂法、会玩枪根本不够，不懂网络，玩不转电脑，都当不好警察……继续，还有比这个更有分量的？"支队长自己都不信了。

"有，我分析了这部手机的软件，里面有一个嵌入木马程序，制作者水平很高，不同于市面上那些随处可下载的监视APP，它是通过IP与端口绑定一个模拟器。模拟器这个节点相当于手机，然后能远程得到定位、短信信息、通话记录、聊天记录等，也就是说……"

"黑客，确实存在。"

贺炯替丁灿说了，这个结果确定得让他并不意外，但却很为难，相比进度龟速的侦破，难度在不断攀升的案子更棘手。

"对，百分之百存在，技术领域，警方大多数时候并不占优势，网络安全立法比网络犯罪要滞后很多年。"丁灿道。

"师父，您先前的判断是对的，毒王走的确实是一条全新的渠道，而且是一个全新的模式，绝对跳脱出我们的经验和认知范围。"周景万打破了介绍完的沉默，轻声道。

"少拍马屁！"贺炯斥道，一下子把众人逗乐了，这位支队长像醍醐灌顶一样，此时虽有忧色，但神清眼明。他起身，手指点点丁灿，直接道："从今天起，丁灿、邢猛志、任明星三位同志，全程参与专案组的一切事务，包括保密的案情分析……你今天发现的这些，就得给个最高级别的保密标志了。"

"谢谢支队长！"丁灿站起来，兴奋地致敬。

贺炯轻轻拿下了他敬礼的手，复杂地看着这位年轻人，问了句："我一直好奇你为什么要当警察。当然，我也有怀疑，我怀疑以我老派的思想政治工作水平，不能说服你这么有个性的人，除非你内心渴望。"

丁灿笑笑，犹豫着说道："有句话叫，你凝视深渊，深渊将回以凝视。虚拟世界里，探索未知的好奇有时候会成为犯罪动机，而你，会浑然不觉。"

"那你有过浑然不觉的时候吗？"支队长直接问。

"这个需要您有证据来证明，没人会把自己的隐私都放在阳光下。"丁灿不好意思道。

"呵呵，适用无罪推论，我无法知道你的过去，但我可以看到你清白的将来，欢迎你加入9·29专案组。"贺炯说着，很俏皮地学着他们年轻人的样子简单地敬了个礼。回头看时，一下子想起缺席的人了，直问道："哟，少了个演戏的，小明星呢？"

"去安抚秦寿生了，这家伙被吓得不轻。对了，师父，接下来可得谨慎了，如果这拨人真认为秦寿生反水，那得出人命啊。"周景万道。

"去，关上门，咱们合计下，用现有的资源和信息，把这出戏往下演，粉墨登场的越多，咱们的事就越好办。"

此时任明星正在支队的接待室里，好说歹说终于让秦寿生安生了。在一旁抽抽搭搭的，像个被人虐待的小媳妇。

原因自不待说，最大的危险不是来自于天敌，而是来自于同类，涉毒犯罪尤是如此。这个行当当叛徒下场会很惨。

任明星把第五杯水倒了，换上热的放到秦寿生面前时。秦寿生又一次抽泣着，抹眼泪，这把任明星都看得受不了了，语重心长地劝着："我说，我真得叫你亲哥，好歹是干掉脑袋活的，咱别这么没出息行不？我头回见一大男人哭得比窦娥还冤。"

"呜……呜……呜……"秦寿生嘴里发着呜呜哭声，又到崩溃的边缘了。

"你看啊，咱不哭了，哭也不能解决问题不是？都跟你说了几遍了，没犯事，都没犯事，我们警于事前，带你回来是保护你以防他们针对你……一会儿送你回家，都各回各家，各找各妈。"任明星说道，极力安慰他。

却不料这话刺激到秦寿生了，他嘴唇哆嗦着，哆嗦好一会儿才拼了完整的语句来："我……我……不回家，我死定了，我不回家……我不回家。"

"啊？你这人怎么这样？成心不让人睡了是不是？"任明星怒道，这位不回家，今天估计他也回不了了。

"不不，我不回家，我要坐牢，对，对，我要坐牢。"秦寿生想到最好的去处了，激动地一把抓住任明星道，"我要坐牢，警察哥，我要坐牢，我贩毒了，我要交代，你们把我关起来吧，我全交代。"

"嗯？"任明星吓了一跳，愕然道，"我这不是审讯你呢，你交代什么？"

"啊，我交代，我真的交代，我贩过几十粒，不，十几粒蓝精灵。你们把我女朋友安排离开晋阳，我全交代。"秦寿生两眼圆睁，惊恐道。

"我的娘咧，聊个天都要立功了，哥要当英雄啦，你等着。"任明星掏着手机，赶紧拨打周景万的电话。过了一会儿，他表情难堪了，肯定是想岔了，英雄梦破灭了，再坐下时，他烦躁地道："兄弟，没用，鉴于你谎话连篇，又吞吃过蓝精灵，精神可能受到损害，我们领导认为你交代什么也不足采信，没证据我们就没法证明你犯罪了……除非你有证据证明你真的犯罪了，你有吗？要不多少拿出点毒品来，我们就办事了。"

"啊？"秦寿生气得哭都忘了，怒道，"我被你们抓了，还去哪儿找毒品去？"

"那就没办法了，自个儿回吧，队里车紧张，不送了啊。"任明星见秦寿生一脸恐惧，又趁机加码道，"黑标、毒强，还有那狼毛、猪皮什么的，一会儿都放了，回去吧。"

"啊，我不回去……你们不能这样见死不救啊，让我坐牢吧，我不回去……"

秦寿生又一次失控了，哭着就连人带凳子栽倒在地，任明星搀他，他是死活不起来，不但不起来，还趁机抱着任明星的大腿，又哭又号地闹着要坐牢，比警察抓他的时候闹得还凶。

闹剧，仍在上演，本以为抓到人是个结束，没想到才是个开始……

计中出巧计

连天平，男，二十八岁，户籍地为浙江某市，十五岁离开家乡，地方派出所除申办身份证件和驾驶执照外再无记录。全国联网的开房记录，没有；其他城市消费或者个人信息记录，也没有；名下的房产、汽车均未查到。

一号嫌疑人平哥反馈的信息到贺炯手上时，他都傻眼了，这像平白冒出来的一个人物一样，什么都没有。按照经验，信息越少越能证明对方的反侦查能力高，但也不可能少到这种程度，一看就有问题。

"神哪，居然还有这种人存在？"马汉卫狐疑地问，"那他出行、住酒店、住洗浴中心，总得有用到个人信息的时候吧？手机定位不也显示他住过酒店吗？不能一样信息都没有啊。"

"手下马仔一群，开个房是个屁事？嘿，你们怎么看？在特巡警大队遇上过这号人吗？"周景万道。

"遇上过更奇葩的。"邢猛志拿着扫了眼，随意道，"在工地抓支个棚嫖娼的能逮到七十多岁的嫌疑人。那些个盲流有十几年甚至几十年都不回家的。每年农闲从周边进城打工的农民，总有个十几万人吧，哪能个个都有地方住。夏天，公园长椅、桥洞、门廊，甚至ATM取款的地方，都能成为他们的住所。"

"你说得驴头不对马嘴。"武燕嘲讽了句。

"是你不会转弯，我的意思是，别说一号嫌疑人，就他们马仔生活在市井环境里，找个身份证有什么难的？隐藏信息太容易了。"邢猛志道。

"我同意你的意见，但你想过没有，在他成为嫌疑人之前，需要有反侦查思维吗？比如，总不能十五岁开始，就预知到自己二十几岁要干坏事，提前把自己的信息全部隐藏吧？"支队长问，凡事得有一个合理的解释，他补充道，"以毒强、孬九这些人对他的尊重，看得出不是个小人物，他要是来我市才几个月或者三两年，时间很短的话，不可能有这地位啊？"

"地下世界的门槛很低的，钱是通行证，谁有钱，或者谁能带着大伙赚钱，谁就是领头羊，这个容易做到，但是，之前……"邢猛志想想，犹豫着道，"如果是一种特殊职业的话，完全有可能从一开始就隐藏起所有的个人信息。"

"什么？"余众不信。

"矿工、窑工，早些年都是一个领头的带一村出来干活，来去都是包车。我记得我省沁县查到一起案子，是把一百多名缅甸劳工贩到一个县城打工干活。几千公里啊，干了一年警方才介入，身份证未联网的时代，巡查是靠派出所警员的肉眼识别的，有时候假证都辨别不出来……嗯，除了矿工、窑工，还有很多类，比如长年押车的，跑遍全国，除了加油，脚不沾地；比如我们在山里打兔子，有时候能遇到养蜂的，他们也是全国各地跑，不是住车上就是窝棚……虽然是现代社会，但跟现代社会脱节的生活和职业，并没有完全消失。"邢猛志道。

丁灿补充道："涉毒犯罪里亲缘关系带入行的情况多有出现，假如从事类似职业的人，被人领上贩毒路，完全可以说得通。"

"完全不通。一头是黑客、代码，玩的是高智商高科技；另一头又是和社会脱节，原始方式。"武燕唱着反调。

贺炯笑而不语，没争辩就没有真相，他倒喜欢年轻人的争论。邢猛志不屑地看了她一眼道："支队信息中心有玩天网的高科技警力，前方配的还不是和社会脱节，只会原始地玩拳脚的外勤？犯罪团伙不可能没有阶层，特别是像这样组织缜密的犯罪团伙。"

"你……"武燕被气得噎住了。余众掩嘴咻咻直笑。

这对冤家把贺炯逗笑了，他评价道："去掉你话里的个人情感色彩，还是有道理的……好，我们姑且放着这个事，先不问他的来路，反正我们也扣不住他。这个连天平，平哥，照了个面就把秦寿生吓得屁滚尿流，似乎不简单啊，我的想法是，有步闲棋能不能用上？"

周景万、武燕齐齐脱口道："孔龙？"

"对，孔龙的履历和秦寿生极其类似，无正当职业，莫名其妙地富起来。我们往回溯，就像大周招募你们，那么平哥在打开晋阳这个市场的时候，肯定要招募人手，孔龙和秦寿生应该就是脱颖而出的那拨人了。如果我们能切到连天平的思路里，那以我们掌握的资源，把这一拨人剔出来，就容易了。毕竟是个新型毒品、外来户，如果他想在地方立足，肯定得依托地方人力资源。"贺炯道。

说干就干，周景万、马汉卫领队去提审孔龙，支队长载着武燕、邢猛志一行回支队，摊子铺大了，三处嫌疑人都得摸摸底……

四十分钟后，正在看守所铺上和狱友斗地主赢火腿肠的孔龙毫无征兆地被带出了监仓，坐到了熟悉的被审位置。隔着铁栅，两张熟悉的面孔，让他瞬间提高了警惕。

这是嫌疑人下意识的反应，没啥事的话，基本是很不耐烦的表情；如果多少还藏了点事，除非经验丰富的老炮，否则端倪会折射在一言一行的细微之处。

也只有通过这个细节能够判断嫌疑人的心态，谁也别指望坏人能够洗心革面、诚心悔罪，实践中大部分坏蛋，性格都是属驴的，不撞南墙不回头，不见证据不开口。

"里面生活怎么样？"周景万问。

"还行。"孔龙敷衍道。

"心情怎么样？看你挺乐的。"马汉卫道。

"还行。"孔龙继续敷衍道。

从吃到住到个人思想，挨个关心一遍，问得孔龙都吃不住劲了，哭丧着脸道："不要这样好不好？能真诚点对人不？你们把我抓来了，还把我关这儿，来回问我生活怎么样？吃得咋样？住得咋样？咋？非让我给你们人民警察点个赞？"

"哦，有情绪。"周景万慢吞吞地道。

"看来过得不如意啊，要不这样，孔龙，你犯的事不重，再交代几个涉毒的，给你算个宽大处理怎么样？"马汉卫道。

"呵呵呵……"孔龙一阵傻笑，明显觉得警察不真诚。

"哦，不想交代。"周景万扯着。

"真是网上联系的，那人叫机器猫，没见过面。"孔龙的老一套说辞又来了，这像是提前预习好的，每回说一遍都一字不差。

"行了，行了，甭跟他费劲！"周景万不耐烦了。

马汉卫道："别紧张，你不交代我们也没办法，帮忙认几个人行吧？"

商量的语气，这不是什么好事，孔龙急急摇头道："我这人眼神不好，老认错人，我可认不准啊。"

"没关系，这个时间点，被认的人也正在认你，总不可能两方眼神都不好嘛，对不对？"周景万道，他瞄见孔龙明显吓得激灵了一下。

有事，肯定还有事。

马汉卫拿着连天平一行人的照片，孔龙的脑袋摇得像拨浪鼓，不认识，不认识，一溜全部不认识。

"确定？"马汉卫道。

"确定。"孔龙一脸无辜。

"哦，你可想好啊，别说我诈你，他们真被抓了。"马汉卫道。

"呵呵，他们被抓，关我什么事。"孔龙笑道。

马汉卫手里的平板一点，一段视频播放出来了：月星小区门口几帧打斗，众警察围着把连天平带上警车，一个挨一个坐在被审席上，最后定格的，是秦寿生在声嘶力竭地喊着："我要交代，我要交代……"

不到一分钟的视频，全部来自于执法记录仪，但是丁灿剪辑过，马汉卫从来没有想到过还能这么玩。丁灿告诉他，不同的剪辑表达出来的意义截然不同，这段的表达非常有冲击力，孔龙的眼睛瞬间睁大了一圈，脸上的肌肉在微微发颤，手、腿都在发抖。

"孔龙，孔龙！"周景万连叫两声，才把他叫醒过来，就听周景万趁热打铁问道，"平哥都说了，你还扛什么？"

"不可能啊，我不是跟平哥的。"孔龙下意识道。

一开口，马汉卫笑了，孔龙知道失言了，郁闷了。

"你就个跑腿的喽啰，扛这罪，至于吗？"周景万斥道。

"不是啊，大哥，他们下手太黑啊，欠钱的剁手断指，赖账的敲骨椎，谁不怕啊？都真进去了？"孔龙狐疑地问。

"嗯，有黑必除，有恶必扫，你以为他们跑得了啊，两个多小时前进去了，现在正在被审讯，树倒猢狲散，你不会想仗义地替他扛着这罪吧？"周景万道。

"扛个屁，就就就……就是他带我干这个的，妈的牌桌上肯定是他们给我下的套，输得老子欠了一屁股债，不干他剁我咋办？那毒强黑着呢，说干谁就干谁，不声不吭就干了。"孔龙一激动，憋出来了。

"他坑了你多少钱？"马汉卫同仇敌忾地问。

"有十七八万。"孔龙道。

"哦，从头说说，你是怎么样被人家拉下水的，主动犯罪和被人胁迫犯罪，量刑是完全不同的啊。从什么时候开始的？"周景万提醒道。

"四五月份，我常去波姐那块推两把不是？有时候人也不好凑，波姐这不就介绍了个新玩法，就电脑上、手机上都能玩的那个'打网'，一天能玩二十三个小时，押庄闲、龙虎斗、猜大小、百家乐，反正有好多种，一开始是几十几百小玩，玩着玩着就玩大了……"

孔龙的交代走上岔路了，不过听到"波姐"的名字，周景万和马汉卫都不敢打断，孔龙的交代关联到了本年度市局重点侦办的一项新型犯罪，网络赌博，也就是孔龙所说的"打网"，把孔龙的交代翻译一下就是，推牌九、打麻将最少得凑四个人，而这种网络赌博简便易行，每天除中午休息一小时外，可以玩二十三个小时，随时随地都可以玩。他玩着玩着就上瘾了，然后前前后后输了十几万。

网络赌博的操作模式是赌客先掏赌资，换成虚拟货币在网上下注，游戏结束，线下结算，这其中不可避免地出现那些拿不出赌资的赌徒要欠账、赊账，于是收债业务就诞生了。而孔龙很不幸，早早就成为第一批被追债的人员。

"……我亲眼见过他们收债咋弄的，好像那欠债的是南城坞岭那块儿的，叫齐四，之前跑大车也挺有钱的，被他们逮着后，直接一锤敲在后脊骨上，老壮实的人趴在地上直抽，就是站不直喽，现在都没站直……哎呀，给我吓得，您说那光景，好汉不能吃眼前亏啊，何况我也不是啥好汉……"孔龙交代着那幕恐怖的场景。

周景万嘴唇动动，问："你亲眼目击的，是谁动的手？"

"毒强。"孔龙道。

"你没被敲的原因，是他们给了你另一个选择？"马汉卫问。

"嗯。"孔龙道。

"谁给的？"马汉卫追问。

"毒强。"孔龙交代道。

周景万有点凌乱，毒强是个吸食人员，如果目击和证据都指向他，可不是什么好事，那人精神不正常，恐怕连刑事责任都没有。

"不能吧，毒强经常抽得连自己是谁都想不起来，打个人收个债我信，要组织个贩毒，我说你信不？"马汉卫道。

"大哥，不就贩个毒吗？有多难啊？毒强身边的那人给了我部手机，他就说了，去哪儿拿货，往哪儿送货，收多少钱，照办就行了。人家都是联络好的，咱就跑个腿。我看那玩意儿不像冰啦，白面啦，肯定也没多重罪，就干啦。"孔龙道。

送了部手机？指挥这类一无所知的人送货？

周景万眼睛亮了一下，不动声色地问道："那天抓你，手机呢？"

"强哥……不不，毒强交代过，要遇上雷子、片子先扔手机，几片药能说是自己吃的，那手机不能说是自己吃的啊，万一牵挂上我，要弄死我呢。"孔龙道。

黑话中的雷子是指警察，片子是指普通的片警。

如果他所言属实，那事情就应该是这样了，9·29行动无意摁住了秦寿生、孔龙两个送货的，但错过他们的随身手机，有人随后在晋昊娱乐打砸抢，最大可能就是找回秦寿生和孔龙丢的那两部手机，那里面直接关联的肯定是蓝精灵出货的上线。

对于涉毒犯罪，最凶险的就是出货的最后一公里，从孔龙的交代里，周景万揣摩出了毒王的大致路数，把新型毒品和网络赌博嫁接到一根藤上，专挑那些平时游手好闲，到赌场输得一干二净、缺钱快缺疯了的人送货，再通过手机入侵的方式监视着这些人，一有风吹草动，马上偃旗息鼓，然后顶多损失这些无足轻重而且根本不知道是在为谁服务的人。

恰恰这些人，是天然具备反侦查意识的。

"完美，很完美的策划。"周景万喃喃自语着，此时刚摸到了毒王的冰山一角，却发现它依然深不可测。

孔龙被周景万的反应吓了一跳，好奇问道："大哥，我可真没参与什么策划啊，他们手里还拿着我的欠条，钱还没还完呢。"

"知道，你要能策划了，至于这惨样吗？继续，说清楚点，波姐是谁？"马汉卫问。

"我也不知道她叫啥。"孔龙诚实地道。

马汉卫一拍桌子怒道："问你几句话，你左一个不知道，右一个不清楚，怎么给你宽大处理呢？都到这份儿上了还瞒什么？"

"没瞒，我真不知道她叫什么。"孔龙愤愤自证着诚实，一转念想起来了，直道，"她好认着呢，就在东城角村那块，脑袋这么大，胸这么大……屁股比脑袋和胸加起来还大，你们一看就知道。"

孔龙比画着巨大、肥硕的波姐，虽然不准确，但极其形象，听得周景万和马汉卫哭笑不得，不过两人很清楚，这个跑腿的能知道的东西，差不多也就止步于此了……

孔龙和秦寿生这一对同时被抓的难兄难弟，真是有缘分，几乎是同时交代的。

起作用的还是今晚抓捕行动时执法记录仪里提取的影像，加了段孔龙滔滔不绝说话的几秒钟情景，而且还是无声的。到场的武燕和任明星居中而坐，两人就那么无声地看着。这个曾经吞毒都宁死不交代，而且千辛万苦折腾了个取保候审的嫌疑人，直接就崩溃了。

情况和孔龙类似，原本这家伙是倒腾各类门票的黄牛，多少也攒了点身家，不料沉迷上了网络赌博，没几日便输了个底朝天，被人追债，在敲脊断骨和贩卖毒品两条路之间，毫无疑问地选择了后者铤而走险，唯一不同的是，威胁和领他上路的是黑标。据他交代，黑标、毒强几人都是听平哥号令的，他的欠条的出借方都是平哥，连天平。

"就这么点事，还不是主犯，至于寻死觅活抵赖吗？"武燕安慰道，示意着任明星又给倒了杯水。

秦寿生根本无心润喉，有气无力地道："不是我不说呀，欠钱的不是被剁了手指，就是被敲得生活不能自理了。我欠的钱可是把房子给抵押上了，我要出了事，他们铁定把我女朋友撵出家门。"

这个就是警察无能为力的了，武燕转移着话题道："购房的钱……"

"我赢的，我真赢的，打网赢一百万的有的是。不过最终还是都栽进去了，我是赢了点先买了房，输急了又把房押上了。"秦寿生赶紧力证着房款不是毒资，而是赌资。

"从你开始送货，一共送了多少？"武燕问。

"这个……"秦寿生眼神迷离着，肯定在寻思交代多少才合适，他嗫嚅了半天，犹豫着道，"有几十颗吧。"

任明星"扑哧"一声笑了。蓝精灵和普通三黄片的板式差不多，一板就是二十颗，光昨天邢猛志给他的"假货"就有五十板，一千颗，即便平时出货没有这么量大，但也绝对不会只有几十颗。

武燕也笑了，笑着道："你再好好想想，好几个月呢，才卖几十颗，够你自己的开销吗？别说还债了。"

"呃……也没多少，顶多百十来颗，每次就是十颗八颗的，那玩意儿好多人还不认可呢，新料啊。"秦寿生道。

"你还有一辆奇瑞车吧，红色的。"武燕突然问。

秦寿生一怔，傻眼了。

"海外海酒店，有个领班叫张莉莉；第三人民医院后勤合同工许立，看太平间的；学府路诚信烟酒批发部的吕大亮，小老板；还有一处，好像在月星商务会所……秦寿生啊，你能保证这四个地方抓到的同伙，供述和你说的吻合吗？"武燕道。

这信息吓得秦寿生已经忘记悲伤，整个人被满满的恐惧包围了，他瞪着眼，张着嘴，表情有点变形，像石化一样，半晌像惊醒一样呆滞着说道："昨夜送假药的，不是平哥的人，是你们……"

"没证据的事你都不承认，我们警方怎么可能承认？即便是传说中的'钓鱼执法'或者'诱惑侦查'，它成立的先决条件在于，用来诱惑你的圈套成为控告你的证据。事实上我们没有这么做，我们是通过一个特殊的方式排查你的销售渠道的，同时也没有对你采取任何强制措施，是你赖在这儿不走。"武燕道。

秦寿生愣着，一时犹豫了，不知道该怎么说。

"既然你想到这儿了，就应该不是笨蛋，接下来会有更严重的问题不知道你想到了没有。假如你真把所谓的假药卖给你的批发商了，你说他们进来，会不会把你的事给兜个底朝天？"武燕笑着道。

如果不交代，即便出去也逃不过上线和下线的追杀；如果交代，就逃不过法律的制裁。这个两难的困境像一张网，从秦寿生相信假药的那一刻起，就已经把他的前路和退路，都封死了。

"完了，全完了……;我死定了……"

秦寿生眼神发滞，整个人像被抽尽了精气神一样，慢慢萎了，他以眼可见的速度一点点慢慢后仰。任明星急急去扶，都没来得及扶住"咣"一声连人带椅仰倒的秦寿生。

从悲恸欲绝到万念俱灰，也就一刹那，一直萦绕着武燕的迷茫、烦躁此时一扫而空。那是因为她此时很清楚地感觉到，终于接触到了实质性的案情，数月艰难反复难寻端倪的新型毒品案，终于在今天，在这里，撕开了一个口子……

戏中尚有戏

各大队的红色警报在晚十一点毫无征兆地响了，值班室警员第一时间拿起了电话，摁响了宿舍的紧急警报。信息平台第一时间发出了集结的信号，尚在睡梦中的缉毒队员迷迷糊糊爬起来。养兵千日，用兵一时，平时的刻苦训练在这个时候就派上用场了。以抓捕、突袭为主要任务的五大队、六中队穿衣集合不到一分钟，从三楼宿舍直通操场是一根滑竿，集合队员几乎全部从天而降，顺着滑竿落地，连楼梯都不用走。

点名、报数，隆隆的器械车开来，车门洞开，枪支、护具、警械接手上身，几支突袭的队伍迅速整装。

"测试通信。"

"五一组集结完毕。"

"五二组集结完毕。"

"六三组集结完毕。"

"……"

"各突袭单位注意，嫌疑目标以及位置都清楚了吗？"

"清楚了。"

"突袭开始，严禁扰民。"

"是！"

在支队的监控屏幕上，可以看到逼仄空间里那些整装的缉毒警，技术的提升已经把禁毒警务提高了不止一个层次，最起码和想象中街头跑酷追个卖小包的截然不同。

这架势，把归队的邢猛志、丁灿看得傻愣了好久。极其便捷的通信使命令可以直接联结前方任何一个节点，从指挥员贺支队长的角度看整个行动都是全无死角，站在那个位置，仿佛是亲手参与每一桩缉毒抓捕，足不出户就指挥数支神秘队伍奔夜突袭。

邢猛志眼光悄悄移向丁灿，想看看同伴是否也有羡慕之色，却不料丁灿的视线根本不在指挥上，而是在另一个方向。他顺着丁灿的视线瞄向一侧，那个专案组的台席，露着半脸的邱小妹正皱着眉头看面前的电脑屏幕，脱下警帽的她脑后盘着一条偌大的辫子，乍一眼那妹子像一幅精致的工笔画，把丁灿早看傻了。

"喂，火山，你这么白痴地盯着看会让人家讨厌的。"邢猛志道。

"你不觉得能让我一百四的智商变成白痴的，就是爱情吗？"丁灿深沉地道。

邢猛志噗声一笑，赶紧捂嘴，凑近说道："你不能光会入侵电脑，你得学会入侵她的内心，那颗心不等同于CPU的几线程、几核心。"

"我正在尝试建立联结，但我缺乏超级用户的登录口令。"丁灿为难地道。

"说人话。"邢猛志没听懂。

"没有搭讪借口。"丁灿道。

原来是搭不上话猴急的，邢猛志一下笑得浑身乱颤。丁灿狠狠在他脚面上跺了一脚，邢猛志吃疼一嚷，把踱步沉思的支队长惊醒了。他想起来什么事的，招手让两人上前来，还没开口，邢猛志抢先道："支队长，我想起来了，可以让丁灿帮忙处理从其他嫌疑人那里提取的数据，他专门钻研过刷机软件，保证事半功倍。"

"好，她们太慢了，去，和小邱一起上手，加快速度。"支队长下意识应道。

丁灿兴冲冲应了声，奔到邱小妹的工作台前，回头朝邢猛志做了个胜利的手势。见那小伙已经兴奋地在邱小妹的电脑上操作起来了，支队长随口说道："很奇怪啊，正经科班出身的，思维反而赶不上野路子。"

"支队长，那不一样，科班出身是学习规则、适应规则，而野路子是从破坏既定规则里去寻找存在感，养苗种树永远比砍树来得难。"邢猛志道。

"呵呵，是这个理，有兴趣和我讨论下怎么砍掉毒王这棵大树吗？"贺炯审视着邢猛志，他这个位置，能够和他平等相论的人已经不多，麾下的警员大多数已经适应服从命令的规则了。

"不是已经在砍了吗？"邢猛志道。

"差远了，顶多是些旁枝侧叶，伤不到主干，而且，得靠运气。"贺炯道。

他的目光又注视到了大屏上，此时突袭的一组已经接近目标，可支队长并不紧张也不兴奋，只是一种聊胜于无的感慨而已……

学府路中段，诚信烟酒店。

影影绰绰数个黑影靠近店门口，其中一人拿着破门撬杠"嘭"一声撬开了卷闸门的锁扣，数人冲入。正在床上的吕老板吕大亮一句"妈呀谁呀"，话音刚落就被压在地上。一声尖叫，"啪"一声灯亮，看到全副武装的警察时，那女人一拉被子捂着自己，不喊了。

"抬头，叫什么？"一位缉毒警问道，对比着电子肖像和被抓嫌疑人的体貌特征。

眼前是个小胡子的男子，嗫嚅了句："吕大亮……咋回事？咋回事？"

细瞧吕大亮有三十开外了，床上那个明显还小，不像两口子。

"她是谁？"警员问。

"对面，经管院的学生。"吕大亮紧张兮兮道，赶紧又加一句，"不是嫖娼，我们谈朋友。"

"穿上衣服。"警员背过身，给那姑娘穿衣服的空间，不过吕大亮就没这待遇了。一位扣着警盔的警员道："我们是禁毒大队的。"

吕大亮毫无征兆浑身哆嗦了一下。

"咱们省点时间怎么样，货藏在哪儿？"警员问。

"没……没有……没有……"

"搜！"

门落下了，又进了数位警员。柜台，一寸一寸摸；地面，一寸一寸敲；墙壁，一寸一寸过。在这些搜查经验丰富、深谙人心贪婪的缉毒警眼中，只要有准确信息，藏得再深的毒品也逃不过他们的搜查。

几分钟后，有人喊了声"找到了"，吕大亮一哆嗦就快哭了，他视线瞄到，警察已经摸到了柜台后椅子的坐垫下，那是一个掏空的格子，里面可塞了不少货呢，摆出来一大堆……

另一处海外海酒店，张莉莉是被两位女警带走的。这个可巧了，半路突袭组接到了酒店报警，没想到事主恰是张莉莉，她正被三男一女围殴，正好被到场的缉毒警全部控制。直到被带上警车，那些围殴的男女里还有人在乱嚷乱骂："卖假药的死全家！"审讯未开始，那几个买到假药的就把张莉莉干的事给交代了个底朝天。

三处行动几乎是同时展开的，在医院摁住了见警察就跑的许立，搜出了藏在太平间的毒品；在月星商务会所拘走了大堂经理，这人藏得更有创意，在桑拿间的木板条子下面，估计是风声紧全部封这儿了，被缉毒警一审一诈一股脑儿全刨出来了……

行动历时二十几分钟，秦寿生接触的几个下线悉数被擒，缴获的毒品蓝精灵一共三十六板，七百多粒，外勤在现场总结汇报的声音都颤抖了，从未有过这么大的缴获量啊。

当缴获成果显示在支队指挥大屏上时，贺炯回头看着邢猛志，邢猛志有点羞愧地低下了头，恐怕缴获的绝大多数是他们制作的"假货"，假饵钓出了真王八，这其中是喜是忧，对于他尚在两可之间。

"跟我来。"贺炯道，行动不用布置了，都会按部就班地来。邢猛志上前时，他一手随意揽着小伙的肩膀往会议室走着，像是思索一样，手拍拍邢猛志问了句："什么感觉？"

"您指什么？"邢猛志问。

"这次行动。从某种程度上讲，或许操之过急。"贺炯道。

"秦寿生和孔龙这条渠道被腰斩了，失去货源也没法再往上推了，把下线一网全捞上岸，相互一对比口供，说不定能挖到秦寿生更多隐瞒的案情。"邢猛志道。

"就这些？"贺炯似乎不满意。

"还有，如果运气好查到有余毒余货，对上面是一个交代，对士气也是个鼓舞，对群众也表述一个负责的态度。毕竟一粒蓝精灵就可能引发一起其他刑事案件，所以很有必要把秦寿生这一枝上的上下线，全部铲除。"邢猛志道。

这时候，贺炯驻足了，好奇地看着邢猛志，邢猛志稍显紧张地道："有什么不对吗？"

"非常对，大局观不错，我接着行动前的问题，有兴趣和我讨论如何砍掉毒王这棵大树吗？"贺炯问。

邢猛志抬着眼皮，复杂地看着支队长，他看到的是鼓励的眼神，于是他点点头道："一切都在未知之中，谁也不敢擅下定论。"

"但你擅作的主张不错，最起码砍掉了一大枝。不瞒你说，在之前的数月侦破中，我们一无所获，不是我们不努力不上心，也不是你有多么天资聪颖，而是你的思维落点与众不同，在谁也想象不到的地方。我们的讨论，或许会成为互补的。"贺炯道。

"没准儿会给您和我都带来麻烦，比如，这一次的假药作饵。"邢猛志不好意思地道。

"我老了，多大的官职或者功勋对我都没有什么吸引力了，如果能亲手拿下这个案子，亲手抓到这个毒枭，亲自为那些受害人讨回公道，那会是我这样一名老警察的荣耀所在。你都没把麻烦当回事，你觉得我会在乎吗？"贺炯笑道。

一笑便凶相外露，不过邢猛志已经揣摩到了，这位支队长是面恶心善。往往善到极致，会变成恶相，比如疾恶如仇，比如雷厉风行，比如……对邢猛志的青睐有加。

邢猛志笑了，笑着轻声道了句："谢谢支队长，我会尽力的。"

"嗯，年轻人谦虚是好事，我就不一样了，我在领导面前得拍着胸脯保证拿下这案子，这个牛吹得可有点大，你们得替我兜着啊……呵呵……来，我们可以做第一枝嫌疑人树了。"

贺炯领着邢猛志进了会议室，尚是空白的案件板此时有料可做了。贺炯亲自写着"连天平"的名字，依次粘上嫌疑人的照片，写上毒强、黑标、孬九、二屁、狼毛、猪皮等名字，再往下，秦寿生、孔龙占一个层面，再往下，张莉莉、许立、吕大亮，又是一个层面，再下就不用写了，面对的直接就是广大吸食毒品的消费群体了，一个简单的犯罪组织结构很快形成了。邢猛志意外地发现，支队长的字居然非常漂亮，中正大气，棱角分明。

写完了，贺炯靠着会议桌，看着嫌疑人照片说道："连天平是个外来户，年纪又轻，他和毒强、黑标这些老涉毒人员如何建立关联？"

"波姐。毒赌不分家，如果他们之间有媒介的话，就应该是赌。"邢猛志道。

"说得这么确定？"贺炯好奇地问了句。

"领导，网赌已经很泛滥了，我们之前遇到过参与网赌倾家荡产的。那些诱赌的人为了让赌徒更快地输干赔净，有时候会下套诱他吸食毒品，吸毒后亢奋无法入睡，正好玩这种每天开张二十三小时的赌局，涉赌涉毒的结果几乎都一样，没一个好下场。"邢猛志道。

"如果我有这种思路，会想很多种其他方式印证，你脱口就出来了，我总觉得过于武断。"贺炯道。

"地下世界，最简单、最直接、最迅速、最有效的办法才是好办法，犹豫是效率的天敌。"邢猛志道。

"好！"贺炯竖着大拇指赞了个，在第一层、第二层之间写上了"波姐"，这个女人尚未传唤，权当正解先填上。贺炯写完瞄着案件板道："目前来看，孔龙、秦寿生是沉迷网络赌博，输得一干二净，然后被迫贩卖蓝精灵，至少他们是这么交代的，你对此如何看？"

"一个人开始突破底线，就不要期待他有什么下限……参赌的人，赢上一把，差不多就入坑了；沾毒的吸上一口，也就喜欢上了；那贩毒的人，只要干上一票，基本就心甘情愿了。蓝精灵批发一粒五十，到秦寿生手里二级批发一百以上，黑市单价炒到两百到三百不等。他们本就是捞偏门的，信条就是有钱不赚王八蛋，我想就算第一次忸怩，之后就是自觉自愿了。"邢猛志道。

"嗯，在底层，犯罪是一种谋生的方式，策划层面以下，都属于盲从。黑标、毒强以及他们以下的层面，其实对案情都没有多大意义，我们抓了这些人，他们很快会另起炉灶，因为一千万人口的城市，找上这么一群无业游民太容易了。"贺炯道。

"您是试图从现有的信息里，找到下一步的方向？"邢猛志问。

"没错，天有阴阳，事有因果，不会无缘无故是他们。目前的人员成分、涉案情况，我们需要调查得更细一点，找到可以指引我们下一步工作的端倪。你从连天平往下看，都是环环相扣的，那么他往上，也应该是环环相扣的，到这儿，难度就出来了……"贺炯指着连天平的名字。

邢猛志脱口道："单线，最安全的模式，一断全断。"

"对，到这个程度我们就会投鼠忌器，现在甚至都没有什么能够扣住连天平的。收债是黑标、毒强一帮痞子干，设赌是波姐引路，贩毒又是什么'机器猫'在远程操控，他完全可以一推六二五，什么也不承认。偏偏我们最依仗的大数据，他也是个空白。"贺炯道。

"差不多掉脑袋的事，是我，我也得死咬着啊，哪怕有证据摆在面前也未必认，何况还没有什么证据。"邢猛志道。

"同意，我的从业履历里，抓到的毒枭有三分之一是零口供的，警察是他们最后的对手，一句不交代对他们来说起码是精神胜利。这个谁也无能为力，警务可以跨区，摸犯罪组织的线索，跨不了级。"贺炯道。

邢猛志难住了，他直勾勾地盯着那些照片和名字，半晌未语。此时贺炯回头，不知道什么时候马汉卫、周景万、武燕、丁灿和邱小妹一行人已经悄悄地站在门口了，他作势噤声。那些人怕打扰思路一般不敢出声，只是人人愕然，只见过支队长和政委，或者和徐局一起讨论的，哪见过进队才一天的辅警和支队长一块共商大局的。

确实是共商，邢猛志半晌无语，支队长抛砖引玉地道："涉毒犯罪层次越高，就越难用证据钉住嫌疑人，散户、分销商都不难，难的是再往上的层次，他们几乎不接触毒品。这样的话问题就出来了，对待连天平，我们是拘着审线索呢，还是放了找线索？"

放虎归山，万一贻害无穷，那就悔之晚矣；可要不放，肯定是困兽犹斗，限期的时间能不能审下来还得两说。

"我明白了，您是担心这根线断掉，后续无法顺藤摸瓜？"邢猛志道。

支队长抚着下颌思忖道："对，所有的嫌疑人里，涉毒犯罪的最狡诈，我们分析他们，他们同样在分析我们。连天平一伙被抓的事肯定包不住，我本来期待秦寿生的交代能够扣住他，目前看来，我过于乐观了。"

"您太急了，得调整心态，最起码找到这一枝嫌疑人我们已经扳回了一局。而且目前双方的态势对于对方都是盲区，我们不知道那个犯罪组织往上的层次如何；而他们也无从知道，这些落网的同伙，能牵扯出多大事来。信息的不对等，完全有机会让我们把主动权抓到手里。"邢猛志道。

"这么乐观啊？那具体点。连天平这个人怎么处理？放，还是适用刑事拘留？刚才我和政委在电话上商量了，他正在赶回来。"支队长说。

"不能拘，一拘铁定是困兽犹斗。"

"那放，难度就更大了，草打了，蛇惊了，再盯住的难度，可就更大了。"

"兵法上，围城的都留个缺口，以防守城的拼命；对于连天平，我觉得可以适用这种思路，砍掉他的左膀右臂，把他变成光杆司令怎么样？我们合情合法但不合理地处理这件事。"

对话让支队长想了好大一会儿，才愕然地看着城府和年龄不匹配的邢猛志问道："你的意思是，隐藏我们的真实意图，让对方出现误判？可能吗？"

"犯罪本身就是一场赌博，押的是人身自由甚至身家性命，哪个赌性都不轻。"邢猛志道。

"这倒是个思路，如果既打了草，又不惊蛇，还能顺着蛇路找巢穴，那就太好了……秦寿生重新收监，他和孔龙、许立、吕大亮等人的犯罪行为继续深挖；教唆秦寿生、孔龙贩运违禁药的毒强、黑标适用刑事拘留，毒品检测呈阳性的猪皮、马猴适用于强制戒毒……这几个人是孔龙和秦寿生直接交代的，我们可以合法拘留。"支队长揣度着。如果这样操作，那就剩下连天平和几位新招募的人员了，那些没有查实犯罪事实的予以释放，其结果让他眼睛一亮笑着道："确实是合情合法，不太合理，但隐藏我们的真实意图不那么容易啊。"

"也不难，搞个大点的新闻发布会，公开宣称破获特大新型毒品案，缴获蓝精灵多少多少颗，抓获……注意，应该是抓获以孔龙、秦寿生为首的涉毒嫌疑人若干名，声势可搞大点，您说这消息会不会让藏得很深的那些人舒一口气？然后可以印证的是，连天平放出来了，出不来的都是些炮灰，让对方判断为，警方所知有限？如果对方对我们的所知、对我们的决心有误判的话，那我们的机会应该就多了，只要有一点突破，那就满盘皆活。"邢猛志道。

"疑点太多，如果是你，你准备突破哪个点？"支队长好奇地问。

"嗯……有一个重合点，毒和赌合二为一了，这之中有内在关联，网络赌博需要APP、电脑终端程序下载、后台数据，这其中肯定有熟悉电脑技术的人参与，恰恰在毒王案里，也有一个幽灵一样的黑客，他们之间，或许有关联，或许就是同一个人。"

邢猛志思忖道，脑子开到了最大的功率，他低头思忖着，边想边道："连天平肯定什么都不承认，清白履历和背景，表面上看我们拿他没辙。这种情况应该有两种可能：一种确实是特殊行业，没有留下过任何电子痕迹；另一种呢，有可能是人为的，既然对方有黑客存在，那么我们基于大数据的排查就得打个问号，没有比黑客更懂数据的了。如果这其中能找到某种关联，或有人做过手脚，说不定可以查到黑客的线索。

"如果我要突破，我就选这个点，出其不意，攻其不备，这个点相当于全局的棋眼，只要能突破，其余的就都不在话下了。"

几步之外，邢猛志似有明悟，兴奋地道，他看着支队长，支队长也笑吟吟地看着他，愣了片刻邢猛志才发现自己太入神了，都没发现会议室门口已经挤满了人，都在笑着看他洋相似的。

这就尴尬了，邢猛志不好意思地挠挠后脑勺，支队长一招手："都进来吧。"

政委不知道什么时候回来了，一手揽着丁灿，直接拉到了会议桌的侧座坐下，和支队长耳语了几句。支队长出声道："现在开会，下一步的行动方案你们都听到了，就按我和小邢刚才说的来，一会儿我们讨论一下细节。"

"嗯？"余众齐齐看向邢猛志，邢猛志也傻眼了。

这时候支队长和政委都笑了，政委道："包括下一步工作的重点，我和贺支队长商量了一下，支队准备集中所有技术力量突破对方这名黑客，这是个大害啊，几乎相当于犯罪组织多了一只天眼，掐不掉这条眼线，我们的行动恐怕就会处处受制……欣慰的是，小邢同志和我们的想法不谋而合啊！"

又是一个惊讶，不料支队长笑着揭发道："别往自个脸上贴金，人家想得比你细，说得比你好。"

众人一愣，谭政委尴尬瞪眼，然后全场哄堂大笑。笑声中，丁灿有点感动地为此鼓掌，引得全场都为此鼓掌。刚刚不好意思坐下的邢猛志，又不好意思地站了起来，他感受着来自全场的瞩目和尊崇，那种久违了的感觉又回来了，让他无比兴奋。

似乎是自己丢失很久的感觉，好像叫……自信！

处处皆谜题

早晨七点，徐中元局长的专车驶过禁毒支队岗哨，风风火火地进了队部大院，下车的徐局长几乎是小跑着奔进了办公楼，恰和闻讯下楼的贺炯照面，啥也没说，摆摆手，直上会议室。

因为赃物归队的原因，会议室都叫了执勤，进门时，支队的办公室主任正在录制赃物视频，成板的糖皮药片，整整排了半桌子。匆匆录完，贺炯挥手屏退主任，徐局长压低声音开口问了句："真的蓝精灵有多少粒？"

"七十四粒。"贺炯小声回道。

"七百多粒，只有七十四粒真货？"徐局长瞪着眼，明显嫌少。

"因为9·29打黑除恶的震慑，市场上短期内断货，查获的都是涉毒嫌疑人的存货，已经不少了，要不是那些假货，还查不到这么多真货呢。最起码，我们分析的样品总够了啊。"贺炯小声道。

电话里汇报了过程，但这个过程让徐局长都难以开口，几个辅警，愣是用假饵钓上来了真王八，个中擦边实在是让他无语。贺支队长揣摩到了领导的心思，小声道："这虽然是几个后生想的歪主意，但他们的出发点是完全正当的，不但冒了很大的风险，而且抓到了一个取保候审有可能逃脱法律制裁的嫌疑人，发现了他隐藏的罪行，我是认可的。如果您觉得我们这属于钓鱼执法或者诱惑侦查，我接受组织上的任何处分……"

"去去去，少给我摆脸子……丁是丁，卯是卯，把情况详细向局里做一份书面情况报告，如果对方真隐瞒了重大涉案罪行，诱惑侦查有什么不可以？你要能把毒枭诱捕出来，我还得给你请功呢……战果摆这儿，还有什么可说的？审讯完全可以告诉这些涉案嫌疑人，这就是我们警方的计策，他们上当了，认栽吧。"徐中元局长不屑道。

贺炯面上见喜，嘿嘿笑着道："那我就放心了，不过就此事，支队还是给了这几位辅警一次警告处分。"

"明贬暗褒护犊子这一套，我也会啊，说说吧，下一步怎么办？"徐中元问。

早就备好了，贺炯掏着口袋，一封纸质的发言稿恭恭敬敬递上来了。徐中元翻看着，以问答形式写的，一看就是新闻采访稿的模式，内容是查获新型毒品案，缴获新型毒品蓝精灵多少、抓获多少嫌疑人云云。瞄了几眼，徐局长好奇地问道："啥意思？采访我？"

"对，我这张脸，没您上镜啊！"贺炯小心翼翼道。

"哟嗬，把我算计进去了？让我在观众面前现丑？你把战果放大了十倍，让我当着观众的面说瞎话？"徐中元愤愤道。

"这事只有我们知道，七十、七百、七千对于普通人没有概念。"贺炯道。

"但是让犯罪团伙的人一瞧就知道有问题，秦寿生这么小个批发商，能冗余这么多货不出手？"徐中元道。

"这正是我们的目的啊，就是让他们认为我们好大喜功、对于真正的涉案情况所知甚少。既然已经成功地骗倒了他们一次，那就利用信息不对等趁热打铁，再骗倒他们一次，要是这一次他们还能上当，这案子可就明朗化了。"贺炯道。

"你们的案情分析我看下。"徐局长重视了。

这个也准备好了，就等着用来说服领导呢，贺炯递着手机，上面开着PDF文件，会议纪要详细罗列了案情、应对步骤。一条一条看得徐中元局长时而皱眉，时而沉思，时而迷惑，直到末尾才豁然开朗。他长舒一口气道："这不是你的思维，也不是你手下这些队长能想出来的，和网络一起长大的这一代才有这种天马行空的想法。"

"那您认可吗？"贺炯问。

"嗯，如果成功，那可就是开我省禁毒侦查的先河啊，由精通计算机的黑客控制销售人员以及销售渠道，最起码在我们这儿还没有先例……好，有见地，有想法。"徐中元局长兴奋了，递回了手机，激动地来回踱步，似乎在想着这次侦破将会对全局警务有怎样的指导性示范作用。不过那些为时尚早，他几步之后好奇问道："能确定吗？"

"这个也准备好了……"贺炯又掏出一部手机，递给了徐局长。

徐局长瞠目不解，贺炯解释道："您可以用手机拨一个电话，发一条短信……我们可以远程控制它，这是一种嵌入式代码，详情回头我学习学习再汇报。"

"意思是，我拿着这部手机，你们可以对我全程监视？"徐局长扬扬手机，贺炯点点头。徐局长这就不太信了，他摁了几下键，说了句："好了，怎么演示？"

贺炯对着会议室的监控点头示意，会议室的屏幕一下子跳出来了：手机的短信内容、刚拨的号码、所处的位置。徐中元局长拿着手机吓了一跳，紧接着更恐怖的事情发生了，屏幕上直接跳出来一幅画面，照着他的脚，他往上一抬手机，面前的贺炯就跳到了眼前的屏幕上。

这下他明白了，愕然道："怪不得我们之前只要抓一个送货的，剩下的就都溜了，我一直怀疑我们队伍里有内鬼啊，原来是手机出问题，这等于是部随身监控啊！"

"所以这个要害不除，我们将来的每一步都有可能泄密，基层警力可没有技术水平能马上分辨是否是黑客手机。"贺炯道。

徐局长递回了手机，一锤定音："做吧！局里，包括我这个局长，全力配合，别说采访，让我上综艺都行，只要能扫清毒品。"

"谢谢徐局！"贺炯铿锵地敬了个礼，迎着徐局出去了。

"现在播报一条本台刚刚收到的简讯：昨晚我市警方根据侦查线索，突袭了我市数个涉毒场所，抓获涉毒嫌疑人七名，缴获新型毒品蓝精灵七百余粒，案值十余万元。据悉，这是我市首次查获规模较大有组织的贩毒团伙，以嫌疑人秦某生、孔某为首的团伙均已落网，目前本案正在进一步调查之中。请看本台记者从禁毒支队发回的现场报道……"

晋阳市《早间新闻》插播了这条震撼的现实类新闻，从写字楼到地铁站，从银行大厅到车站、机场，从家庭到单位，这条报道一下子把有关"新型毒品"的话题炒热了，那位很少露面的禁毒局长温文尔雅地接受电视台采访，普及了一番新型毒品的知识。在全市的各个角落，都有驻足津津有味观看的群众。

"哎哟，我的天哪，这个作死货！"

晋源律师事务所，刚刚泡好一杯茶的郭泰齐律师，瞪着熬夜熬得满是血丝的眼睛看了几遍，终于确定新闻上的涉案嫌疑人"秦某生"就是委托他办理取保候审的秦寿生，这刚出来一两天，就又给逮现行了，一系列变故让他摸不着头脑。

他一想，重新收监，而且这么大张旗鼓，那肯定是证据确凿，再想捞人可就没指望了，捞人没指望，那高额的律师费也就成为泡影了。

他掏出手机，犹豫了几秒，还是在微信上给一位鲜花头像的联系人发了一个链接，是警方官微发布的新闻视频。发完链接，他像做贼一样，清空了通话记录，又警惕地看看窗外，然后谨慎地把这部不常用的手机放回公文包的夹层里。

每个人都有不为人知的阴暗一面，每个人也都在小心翼翼地隐藏自己的另一面。郭律师的私密手机联结的正是另一人的阴暗面。

在一幢绿草如茵、楼宇鲜亮的公寓楼内，欧式边桌上的一部精致手机响了，正揉着头发、裹着浴巾的女人敷上面膜后莲步轻摇地坐到了床边，随意地拿起了边桌上手机，一看，皱眉了。郭律师不会无缘无故给她发信息，她认真地看着，一下子被视频内容震惊了。

"秦寿生被抓了？

"查获七百余粒新型毒品？

"什么时候的事啊？"

她喃喃道，这消息让她混乱了，美目眨着、身体僵着，连浴巾松开也浑然不觉，足足保持着思考的姿势有数分钟之久，她才悠悠地回过神来。

"不对呀……怎么会这样？"她喃喃道，心情烦躁得连脸上的面膜也揭下来了，揭开这层面纱后的女人，如花美艳，面色白皙如玉、身材婀娜多姿。

她的美是公认的，在晋阳市不算很大的富人圈里，很多人认识这位牌桌、酒桌、饭桌甚至谈判桌上都长袖善舞、应付自如的佳人。很多人叫不上晋昊然晋总的全名，对她可是耳熟能详，都知道这位晋总身边的美人叫汪冰滢，是晋总用股份加高薪挖回来的，不仅人漂亮，办事更漂亮，晋总在生意场上屡屡化险为夷，很大程度都是这位美女律师的功劳。

只不过没人知晓，一袭光华的表象，掩盖着多少阴暗的内里。

汪冰滢看完了视频，斜斜地躺在床上，眼光扫过自己光滑而白皙的躯体时，莫名联想到，这副美丽身体曾经面对过多少双淫邪贪婪的眼睛。从清纯到玷污，从玷污到沦陷，从沦陷到习以为常地享受着现在的生活，她说不清自己是怎么走到现在的，可她清楚，已经没有机会回到过去，能做的只是保持着现在的样子。

思忖间她似乎想通了，拿起手机：老曹，屁股着火了。附带发送了新闻的链接。片刻，信息回来了：本来就是炮灰，烧就烧呗。

她输着文字：动静不小啊，量也够大。

信息答复：新闻你也信啊？七百多粒，当是维生素片啊？谁敢存那么多？

正应了她的判断：看来是夸大其词了。

信息答复：官方这叫好大喜功，通病，没那么多，事也没那么大，折了几个新料。

她美目眨着，放心了，又输一行字道：出了这事，老板肯定很不爽，你小心点。

信息答复：一根绳上的蚂蚱，还能咬着我咋的？摊子越来越大，不可能没点事啊。

她应对着：好吧，静观其变。

对方回了一个OK的手势。

信息联络结束，手机屏幕上那些文字和图片，像三维动画一样碎了，碎成了千百块微小的星星点点，在屏幕上倏忽不见，两人的聊天记录瞬间成了空白。

这是传说中最安全的联系方式：阅后即焚！

"当啷！"月星派出所的留置室，铁门打开了，一脸肃穆的警员拿着一张纸念着名字。

张强、马立军、朱波、毛世斌、奉成标一个一个被叫了出去，隔着铁门能听到警员在说话："张强，经我所侦查，决定以伤害罪对你进行刑事拘留，签字。"奉成标，送强制戒毒；朱波、毛世斌的罪名似乎是非法收债。

连天平侧耳听着，听不真切时，他狐疑地看着身边仅剩的葛洪、高久富。高久富赶紧自证清白道："平哥，我啥都没说，秦寿生根本不认识我。"

葛洪也赶紧道："平哥，我也是，啥也没说。"

"那问你们什么了？"连天平小声道。

"问我在监狱待了多久、生活咋样、出来干啥了，还有，有什么收入来源，还有，家里还有什么人……"葛洪老实交代道。连天平听得心里烦躁直骂道："闭嘴，怪不得都叫你二屁，净一堆屁话！"

"大哥，他们真跟我聊了大半夜屁话，把我都聊瞌睡了。"二屁心眼实诚，把屁话全照搬过来，没承想惹得平哥生气，懒得理他了。

高久富小声道："平哥，他们身上大大小小多少事，我估计他们自己都说不清，没您什么事……只要……不会的，就黑标、毒强那吸坏的脑子，他们能说清才见鬼。"

"嗯，也是……"连天平蹲坐着，稍稍放心了。

人在厄运来临的时候，总是往好处想。高久富小声问道："嘿，二屁，你上次进去啥光景？你小子不是邢天贵的金牌打手吗，昨晚怎么连个女的都打不过？"

"哎呀，别提了，那娘们太厉害，不过还不是最厉害的，我头回被抓时，那特警直接扑上来一群，根本没有挣扎的机会就被摁得死死的，幸亏我反应慢，反应快的哥俩被特警'嗒嗒嗒'就是几枪，一家伙直接被打残了，上劳改都瘸着腿呢……昨晚那个跟我那会儿比啊，简直是小儿科，我们那时候才吓人呢，一条街全是警车，邢老大被抓住时，手铐镣子好几十斤，走路得人架着……"葛二屁说着就开始拍胸脯了，那是心有余悸，被吓过一次到现在还没消化。

听着这话，高久富笑吟吟看着连天平，连天平也莫名地笑了，心更安了。

对呀，昨晚那阵势太小，说明自己还不够格享受那么高的警力待遇。

葛二屁的唾沫星子飞了半天，高久富打断问道："行了行了，都吓成这样了有什么显摆的。哎，二屁，蹲这么多年了，都没脱胎换骨？好歹也洗心革面啊，怎么还在街上混啊？"

"咱们的职业不就是混混吗？其他我也干不了啊！"葛二屁老实道。

这傻样逗得连天平"噗"一声笑了，一揽二屁的肩膀，笑问道："二屁，要这回能出去，给你找点大事干，敢干吗？"

"啥大事？杀人放火的事我可真不敢干啊。"葛二屁一激灵，眼睛瞪圆了。

"贩毒，怎么样？"连天平直接道。

"哎呀妈呀！"葛二屁一哆嗦，紧张道，"要不还是杀人放火吧，贩毒太难了，干不来啊。"

高久富和连天平哈哈大笑，着实被葛二屁给逗着了，不过也明白为什么邢天贵会倚重这号人了。

单纯，单纯到蠢的地步，这号人打着灯笼也难找啊！

正笑着，铁门又一次打开，三人被叫出了留置室，默不作声地跟着民警到了前台，填表、摁手印，表是传唤通知书，没有带"刑事"二字，连天平心一下子放平了。葛二屁还咧咧着道："我啥也没干，还挨了一顿打。"

"谁打你了？"民警不悦地问。

"一女的，昨晚一脚就踹我肩窝上了……不对，两脚。"葛二屁道。

"哦，那传唤你跑什么？这不事情问清了，没事了……哎，你要告她吗？要告她就待这儿等我们查实，要不告就可以离开了。"民警道。

见民警已经拿着大袋子开始发还个人物品了，葛二屁一乐，赶紧摇头："不告，告什么呀！好男不跟女斗！"

"这可不是开玩笑的事啊，你们一块儿的都是什么人啊？收债的、吸毒的，这是没查到你们什么事，要有，也得送看守所待着去……都听明白了，留好电话号码，有事通知随叫随到啊……对了，要有检举别人违法犯罪的话，我们对此是有奖励的，现在已经查实张强和奉成标非法收债的事了啊，你们要参与了，趁早坦白争取宽大处理……"

一位领导模样的警察带着三人出院子，一直上着教育课。那三位点头直应"是是是"，问到是否参与，个个赌咒发誓，绝对没有，就酒肉朋友，他们喊人来打架，这不没打成不是？

"好了，该说再见呢，还是说再别见呢？……嗯，小伙子，手机响了，这是我们所信息平台给你们发的信息，对我们的警务可以给个评价啊。"老警察把三人领到门口了，笑吟吟作别。

高久富掏出手机，一看是这样一行字：高先生您好，您因寻衅滋事于昨晚被我所传唤，现已处理结束。不知您在我所拘留期间对我们的工作是否满意，请予以点评，非常满意回复1；很满意回复2；满意回复3……

高久富脸"唰"的一下子拉长了，连天平用手捅了他一下，这货立马变脸道："满意满意，特别以及非常满意……"

"啥满意啊？抓我，我认了；关我，我进了；好容易出来了，还非得逼着我说好啊？那关人的地方一股尿臊味，不能把人关那儿回头还非让人给你们点赞不是？"葛二屁瞪着眼倒着苦水。

高久富和连天平赶紧拽着人走，一个说，"别见怪啊，领导，我这兄弟脑子不清"；另一个说了，"我替这兄弟表态，对派出所待遇表示非常非常满意"。

"满意就好，那回见啊，路上小心，回去多吃点压压惊，不送啊！"

老警察笑着招手，慢悠悠地回去了。

那三个溜走的拦了辆出租车走了，上车后连天平直道了句："月星小区。"

"啊？！还要回去干吗？"葛二屁吓了一跳，这是昨晚被抓的地方。

高久富在后座一捂他嘴道："二屁，再胡说信不信把这张嘴打成屁眼啊！"

"嗯嗯嗯嗯……"葛二屁说不出来了。连天平此时往回看了眼，派出所里低眉顺眼的小痞子样，一离开变成了毒眼恶相，那一眼比高久富的威胁可管用多了，葛二屁立时闭嘴不吭声了。

心思单纯的人第六感都比较敏感，葛二屁明显地感觉到平哥是做大事的人，就像他以前跟过的大哥一样，也是这样看人一眼就让人后背发麻的感觉。

不一会儿到了月星小区左近，跳下车，葛二屁瞅着连天平表情不善，赶紧谄媚道："平哥，是不是弄秦寿生家里那个，这脏活您别沾，我来。"

"啊？"连天平一愣，然后被气笑了，踹了葛二屁一脚道，"闭上你的臭嘴……不过确实有个脏活，干不？"

"干！怕死谁来混社会啊！"葛二屁道，表情狰狞吓人。

"嗯，不错……那去，那泔水桶里捞捞，有部手机。"连天平指着不远处，饭店出门拐角，臭烘烘的地方。葛二屁脸一下子苦了，高久富笑得浑身打战。连天平笑着问："咋？不信是不？要没手机，我带你去南方看花花世界，一天给你换个妞咋样？"

"成，那要有呢？"葛二屁捋着袖子道。

"要有手机啊，给你找个大活，没人可使了，你该上位啦。"连天平道。

这诱惑可是足够大了，葛二屁二话不说，奔向那臭烘烘的泔水桶。这脏得实在没法下手啊，干脆一脚蹬了，那红的、白的、紫的还有说不清颜色的食物残渣流了一地，其间果真躺着一部黑色的手机，屏已经摔碎了，看到此处连天平和高久富微微一笑，掉头走了。

还是葛二屁实诚，捡起那部脏兮兮的手机追着叫着："平哥，手机手机……真有哎，怪不得您能带兄弟们找着钱，眼睛能透视啊……"

这货实在丢人，高久富上前一把打掉手机，拉着这家伙赶紧走了……

"还是大周经验丰富啊！"谭政委赞了句。

刚刚回传的监控视频显示，连天平出了派出所，第一站果真如周景万这位老外勤所料，亲自去看自己昨晚扔掉的手机还在不在。

同样旁观的支队长贺炯几分得意地道："那是，也不看谁教出来的。我跟你讲啊，他是被这个坎绊住了，只要能过这道坎，那谁也挡不住了。"

"别高兴得太早啊，这是放虎归山，我们可没有诸葛亮七擒七纵的本事啊，万一逃跑，万一被上线掐了，万一铤而走险酿出其他祸端，都可能让案情变得更棘手。"谭政委道。他眼睛盯着案件板，一棵嫌疑人大树，只找到了区区一枝，还差得远。

"你咋不往好处想呢？现在他高兴得屁颠屁颠乱嘚瑟，肯定把警察当作啥也不知道的笨蛋了，那小胖子，任明星说了……这是时下的流行语，叫扮猪吃老虎。"贺炯惬意地坐在椅子上，心情很久没有像今天这么畅快了。

"往坏处想，往好处做，不是您的一贯风格吗？呵呵，贺支队啊，可别被一时的胜利冲昏头脑啊，毕竟我们还不知道这个摊子究竟有多大。"谭政委道。

"我觉得很快就会知道，若要人不知，除非己莫为。一个人可以把秘密烂在肚子里，可一个组织要藏得滴水不漏，他们还没那能耐，这么多变数，他们会防不胜防。"贺炯道。

"变数？！"谭政委没明白。

"那几位辅警不就是了……呵呵，不容易啊，小伙子们打了个盹就继续上路了，这可是颠覆我们经验的一次侦破啊，了不起，自古英雄出少年，了不起啊！"贺炯由衷地赞道。

谭政委看看表，已经上午十一点三十分了，他犹豫着道："还没消息啊，我们是不是过于乐观了？"

"恰恰相反，我看我们是太保守了，他们会走得比我们想象的要远。"贺炯道。

"理由呢？"谭政委习惯性地质疑。

"其实你心里也是这么想的，却来朝我要理由。如果非要给个理由，那我给你一个：天不藏奸，地不纳垢，作恶者永远法网难逃。"贺炯铿锵道。

谭政委知道支队长的信心来自何方，其实不需要理由，因为他也坚信，这几位思维与众不同、天马行空的小警会走得更远……

八点多从支队出发，借调网安支队的通信车疾驰在晋阳市的大街小巷。

九点钟，沿平阳路、滨河路转悠；十点，晋阳街、中环路一带转悠；十一点，长兴街、茂业府一带转悠；十二点，自平阳路到东城角村打了个来回。

所过之处，维登度假公寓、月星商务会所、君辰私人会所、湖滨大饭店、财富大厦、合生酒店等，到那些高档消费场所门口泊停，武燕总是匆匆来去。

一直到下午两点，这辆车又回到了中环路，像是失去了目标。

车里后座坐着丁灿、邱小妹，两人各一台电脑，都对着电脑屏幕发呆，屏幕上显示的路线、时间轴是从连天平手机里提取的文件分析到的，整整一天的时间，就沿着路线上的点转悠，而转悠之后得出的结果是：没有结果。

"我们有点太乐观了啊，数据给出的只有记录，而不会给出原因，这么找下去可不行，我们对连天平的了解实在太少。"邱小妹道，没有穿警服的她更像是个未成年少女，说这些显得和她天真的样貌实在不太相称。

丁灿努努嘴，为难。

武燕瞥着后面两位，副驾上的邢猛志靠着座位一动不动，看着繁华喧嚣的街市发呆。

"猛哥，说话啊，不行我们就先撤吧。"丁灿道。

"等等，我们从头过一遍，其实我们知道很多了，这个家伙最喜欢去的是合生酒店，那儿的淮扬菜很有名，其他酒店也常去，带着相同的手下或者不同的女人；还有东城角村也常去，那儿是聚赌窝点……其实他的生活，一言以蔽之就是：吃喝嫖赌。对吧……真是让人羡慕的生活啊！"邢猛志幽幽道。

这话听得邱小妹翻了白眼，丁灿咧嘴，有点为有这样的朋友羞愧。武燕却是笑了，直问道："那你发现什么了？"

"数据能分析出他停留某个点的时间、某个点的频率，但多数都是吃喝嫖赌的点，无用的信息反而把真相掩盖了，这其中，是不是有我们忽略的东西……你们看，中环区这一带，商贸区、写字楼、超市、小微企业，这可不是吃喝嫖赌的地方啊！应该对连天平这号人没有吸引力，他为什么会来这儿呢？"邢猛志问。

"对呀？"邱小妹一下子反应过来了，操作着电脑，然后喃喃地分析着数据，"上个月六日、十日、十四日、十九日、二十三日、二十七日六次到这儿，时间不算长，每次不到一个小时，位置……无法测算啊。"

窗外就是他来的地方，密集的高层建筑，哪怕误差缩小到十米，也说不清是来这儿办事，还是和某个人见面。而且那种立体的楼宇有多少监控探头，在哪个探头里才能找到他？或者这种有反侦查意识的人，可能根本找不到。

"问题就在这儿，屎壳郎钻茅坑里正常，可要来这种干净、整洁、治安防控极严的地方，说不通啊！"邢猛志道。

邱小妹反驳了："数据显示地方很多，或许就是路过，或许就是就餐，或许是其他我们无法测知的原因。怎么就不能来这儿了？流浪汉都有呢。"窗外恰有一名沿街乞讨的。

丁灿道："是不是我们错了？我说猛哥，你别过度自信，我们毕竟是新人，没接触过这种案子。"

"侦破不就是个试错过程吗？错一百回，对上一回就是神探，别人会看到你成功的结果，而不会在乎你错了多少次的尴尬。"邢猛志道。他回头说话时，无意中和武燕的眼光碰触了下，像发现某种异样似的，移开后又反过来直视，这才看清，武燕正在凝视着他，大眼，很大的眼睛，眸子的正中心映着他的影子。邢猛志吓了一跳，紧张地问道："大姐，你这么深情地看着我，是发花痴还是准备发飙，我不是故意错的啊。"

丁灿和邱小妹"噗"一声乐了，就算没有任明星的补刀，邢猛志的话也够噎人了。这把武燕给噎得翻白眼了，两人自从那一掷的小纠葛后还没怎么说话。丁灿解着围道："武姐，甭理他，他就嘴欠。"

"不光嘴欠，还小肚鸡肠，记我仇呢是吧？"武燕不屑地问。

"我的格局不太大，可未必像你说的那么小，要记仇我早拍屁股走人了。"邢猛志道。

武燕闻言，侧身了，很郑重地道："那我问你，为什么留下来？为什么干这吃力不讨好的活？"

"很简单，我想当一名警察，一名正式的警察。如果当不了，那我在走之前，也一定要证明，我这个临时的警察，不比正式的差，再小的力量也能对抗罪恶，满意吗？"邢猛志说着给了武燕一个不服输不服气的眼神。

"不太满意，你还没有学会怎么当警察，怎么去侦破？还抵抗罪恶？"武燕道。

"这就有意思了，突破口好像是我们找到的。"邢猛志挑衅似的道。

"但也仅限于程咬金的三板斧，等力道用尽，也就黔驴技穷了，比如现在，傻眼了吧？侦破是个试错的过程，我同意，但侦破同时也是一个集体智慧交互的过程，这也是我们队伍为什么如此注重传、帮、带的原因所在。我欣赏你们思维的天马行空、与众不同，但你们更应该对那些经验丰富、在一线长年摸爬滚打的人，给予起码的尊重。"武燕正色道。

"比如你？！"邢猛志好奇地看着武燕，似乎看到了她隐藏的另一张面孔。

很深邃，最起码眼光是如此，不像表面那么简单粗暴。

"换成肯定句就对了，丁灿和小邱没有错，这个方法让我们惊艳；你也没有错，找到了疑点，但可惜的是，因为你们过于自信和傲慢，要错过正确答案了。"武燕道。

"啊？"邱小妹惊愕一声问道，"武姐，你知道答案？"

"不可能啊，她这打沙袋的手，玩键盘都不利索。"邢猛志说完赶紧抱头。武燕却是不屑地看了他一眼："想知道答案吗？"

"想啊，难道……不可能啊，连天平是刚冒出来的新嫌疑人。"邢猛志一下子被难住了。

"所以我说，侦破是一个集体智慧交互的过程，你如果学不会尊重别人，可能很快就止步了……我可以告诉你，他每次来的地方就在那儿，十一点方向，众志典当行。"武燕指着方向。

几人齐齐看去，是个三大家临街铺面的典当行，这在金融街不算常见，但也不稀罕，恰恰这种地方，是不可能提供监控的。邢猛志一头雾水地回头看武燕，武燕也看着他，片刻后，邢猛志道："给个说服我的理由。"

"理由是，这个典当行的老板叫曹戈，在九队初始排查的第一批名单上。周景万、马汉卫一正一副两名队长被撤职，都是拜此人所赐，起诉马汉卫的代理律师姓郭，叫郭泰齐；这个郭律师同时也是秦寿生取保候审的代理律师……有意思吧？其实当你们折回来，停在这个疑点上，我就知道，方向是正确的，这部嫌疑人手机显示的信息，把咱们支队怀疑过却没有找到证据的对象，全部关联起来了。"

武燕郑重地向三位小警，诚心诚意地竖了大拇指，这叫心服口服，尽管对方不知道自己做对了。

车里一时间静了下来，几人互视着，却再也找不到话题，因为都是警察，哪怕临时的警察心里都很明白，到了犯罪策划和组织的层面，找到证据的可能性微乎其微，更何况面对的是一名有头有脸有正当生意的商人。

对，商人。武燕向他们指认了那位曹戈，他从典当行里踱步出来，四旬左右年纪，西装革履，和这条街上出没的成功人士几无差别，如果非要挑差别，就是人家的座驾了，是辆奔驰G。

风度翩翩的曹戈登车绝尘而去，留给监视他的警察们一个张扬的车影和嚣张的车号：晋××8888。

第五章

毒枭顶风作案

迈步从头越

四个月前，六月十日，黄昏时分……

中环街被夕阳染成了金色，燥热的仲夏和凛冽的寒冬一样，都是北方最难熬的季节。哪怕你躲在楼宇的阴影下，也扛不住四面涌来的热浪，哪怕到了黄昏时分，这热浪似乎也没有一点退却的意思，站这条街任一角落里，不一会儿便是汗流浃背。

"一组到位。"

"二组到位。"

"四组到位。"

耳麦里轻响着组员到位的声音，化装成街边行人的马汉卫狠狠地掐了烟，拿着电话和周景万通话："周队，围住了，有六个人进去了。"

"线索准确吗？"电话里周景万狐疑地问了句。

"错不了，齐四这条线我用了几年了，他给的消息还没错过。"马汉卫道。

"确认一下再动手，中环路那一带商业街，出了岔子影响太大。"周景万道。

"放心吧，我心里有谱。"马汉卫道。

"好，抓住时机，速战速决。"周景万下决心了。

马汉卫扣了电话，和监测点联系。在几百米外的高处观测点，已经观测到了六人进房间，围绕着茶几，一台冰壶模样的玻璃器皿已经开始冒出来呼呼热雾，有人凑上去对嘴，有人警惕地拉上帘子时，下方埋伏的几个组同时扑了上去。

一层大厅，警员咚咚擂着打烊的玻璃门，三人被保安挡住了。

后门，马汉卫带着便衣警员冲上了楼。二组，六人强行撞开了嫌疑人房间的门。一般情况下都是这么抓聚众吸食的，却不料今天出现意外了，整个房间都是黑的，像遭遇战一样，里面的人直接摸黑和警员扑撕到了一起。守楼梯的警员闻讯冲过来，一头撞进了黑咕隆咚的房间，里面砰砰咚咚十几人打在了一起。楼下正门进入的警员匆匆上来，急切间鸣枪示警才镇住了屋内骚乱。

待拉开窗帘，拉亮灯，才看清了，缉毒警背靠背护着警械，不过身上的衣服早被撕得不成样子了，屋里那几位被放趴下了仨，还有几人抄着武器防备。马汉卫亮明身份，喝令他们放下武器，搜查房间时才发现不对劲。

茶几上不是冰壶，而是一台瓶子模样的雾化器，房间里根本没有吸食过毒品的味道。猛地觉察到不对的马汉卫回看时，发现有一个在厮打时被打昏的还躺着，那几个抱头蹲着的疑似"吸食毒品"人员，有人阴森森笑着看他……

出警意外，九大队后续警力到场时，这里已经挤满了人，110的来了两队，愣是挤不进出事地，现场围拢了五六十人，把上面警员给堵在屋里。据说是警察把一位员工给打伤了，看戏的人群捎带着连110的也给堵一层了，直到市局领导出面才解围。

后来，那个受伤的员工鉴定为鼻梁骨折，轻微脑震荡，其家属委托律师一纸诉状把禁毒九大队告上了法庭。督察介入时，连出警的警员也说不清是什么情况，现场没有留下执法记录，更没有搜到违禁物品，他们自证清白的机会都没有了。

再之后，支队下达了处分通报，大队长周景万负有领导责任，停职；副大队长马汉卫负有直接责任，撤职；参案警务人员一律调离原岗位……

而出事地此时就在邢猛志视线之内：众志典当行。

一天的寻访到了尾声，没有找到结果，似乎又回到了原地打转的老路上。武燕唏嘘讲完这段往事，看着表情同样复杂的同伴们，她幽幽地补充着："都说警察是特权群体，其实当上警察才能体会到，这是个弱势群体，比真正的弱势群体还要弱势，等你下场凄惨的时候，连个同情你的人都没有。"

"居然有人给缉毒警下套？那个线人齐四应该知情啊！"丁灿道。

"齐四从那时起就消失了，我们也在找。没有什么敢不敢的问题，涉毒犯罪都是胆大包天的人，袭警都不稀罕，何况给警察下套。"武燕道。

"我们没有完善的警察维权制度，当特巡警时我们王大队长就教了，不要穷追车，真把人家追沟里摔个半死，麻烦的是你；不要乱抓人，抓错人或者把自己赔进去，那倒霉的是你；不要乱逞英雄，有时候不会因为你是对的，领导就替你说话。"丁灿道。

这话就不中听了，武燕瞪了丁灿一眼，丁灿笑笑解释道："没办法，这是现状，有时候警察必须面对失败。"

这倒把武燕噎得无话可说了，她坐正了，发动着车，瞄了皱着眉头沉思的邢猛志一眼，出声问道："现在会不会很后悔？"

"后悔什么？"邢猛志问。

"名义上是支队的直属外勤组，实际上是各队犯错等候处理干杂活的倒霉小分队。"武燕说话已经带上了这些人黑色幽默的风格。

"呵呵，你明明想问对此事的看法，为什么不直接问，非要激将呢？"邢猛志以问代答，轻飘飘地把武燕的激将踢了回去。

"要有，你早说出来了，你像能憋住的人吗？"武燕不屑道。

"何必要像呢？我就是。想知道吗？我可以告诉你。"邢猛志道。不像挑明，像挑衅。

"我还懒得听了。"武燕倒出了车，恶狠狠地一踩刹车，让后面那俩差点撞上。邱小妹眼巴巴地看着丁灿，想不明白这两人怎么都像吃了枪药。

丁灿微笑不语，邢猛志却像是豁然开朗一样道："我猜，曹戈聘请郭泰齐律师提起民事诉讼以后一定会采取拖延战术——拖延开庭和审理。因为只有用官司扣着周队和马哥两人，才能捆住他俩的手脚。我猜，最早发现毒王的人一定是九队里的警员。我都不敢往下猜了，要算计警察风险会很大，那么和风险同等的回报有多大，那是不是得打个大问号加惊叹号……不单单是贩运点蓝精灵那么简单吧？难不成，这些人有大宗毒源，甚至有……制毒窝点？！"

"嘎"一声，车毫无征兆地刹住了，武燕惊愕地看向邢猛志继而又佯装镇定。这是支队的核心案情，要找的就是制毒窝点和毒源，肯定不是邢猛志能接触到的，偏偏这货信口开河就戳中了。

"再教你一招啊，任何没有证据支持的猜想，都是空话，你说的连空话都算不上，简直是废话。"

武燕假装以鄙夷掩盖了她内心的惊愕。驾车疾驰归队，一路都没再说话，因为邢猛志的猜测，几乎都是事实，马汉卫今天离队，就是要接受法庭调查……

滨河区人民法院，民一庭，女调解员有点失望地合上了笔记本，轻声说了句："这是开庭前的最后一次调解，马警官，您确定不接受？"

"不接受。"马汉卫摇摇头，神色难看，不过表情决然。女调解员还要再劝几句时，他补充道，"判吧，公平和公正不是调解出来的，郭律师，您说呢？"

对面正坐着对方的代理律师郭泰齐，他耸耸肩，撇着嘴很淡定地道："您会后悔的，我的当事人已经做出了最大的让步，不过十万块的赔偿而已。"

"这也叫公平？你的当事人损失值十万块，我的荣誉多少钱？谁来赔？转告你的当事人，做假证和诬告也是犯罪，曹戈手下这一窝都是吃印子钱的，总有一天纸里包不住。郭律师，到那时您觉得后悔的会是谁？"马汉卫道。

"等到那天我们再讨论，回见。"郭泰齐起身，夹着公文包，潇洒地走了。

那位女调解员要开口说话时，马汉卫也心事重重地起身离开了。她看着这位从始至终都耿直如一的警察，真无法想象，如果判决不利，他还能不能这样直着腰走出法庭。

庭外，黄昏的夕阳把人影树影拉得老长，踽踽独行的马汉卫失去了精气神，垂头丧气地踱出了法院的大门。老伙计周景万早等在那儿了，他伸手开了副驾的门，喊了两声，才把失魂落魄的马汉卫喊回了车上，未开口相问，马汉卫递过几页纸——对方律师出具的调解协议。

粗粗翻看，受伤的当事人除要医药费赔偿外，还另行索要十万元赔偿，相比之前的狮子大开口已经让了很多步了。周景万表情松动，犹豫道："要不，私了？"

如果对方撤诉，大事化小，小事化了，最起码能保住工作，说不定还能官复原职，那事已经过去了数月，社会影响已经很淡了，支队肯定能接受这个结果。

不过马汉卫接受不了，他愤愤道："周队，我们一进门，黑咕隆咚一拨人就扑上来了，出拳是下意识的动作，我都没看清我打谁了，对方倒都看清是我打的，外人理解不了，您还不清楚？他们就是知道齐四是我的线人，专门挖了个坑让我往里跳……有责任我一个人担着，不给队里抹黑，就是判我服刑我也认了，但是我不能认这个错。"

周景万拍拍老伙计的肩膀，轻声道："我跟你一起扛着，假如我们穿着一身警服也得不到公平公正的对待，不穿也罢，哥陪你一块回家做小买卖去，这日子简直是折腾人。"

"呵呵，你放得下吗？"马汉卫苦笑道。

"我真想放下，累成这样，都不知道什么时候是个头啊！"周景万手揉着调解协议，往车后一扔，发动着车，且走且说，"有个事先提醒你，不要带个人情绪。"

"几个月了，我脾气都没了，还有什么情绪？"马汉卫道。

"呵呵，燕子今天带着小队沿连天平的手机数据恢复路线走了一天，你猜找到什么地方了？"周景万问。

"总不可能找到藏毒窝点吧？那可是中双色球了。"马汉卫道。

"没中双色球，但也差不多，她找到了这个地方。"周景万递着手机。

那上面是另一组实时共享的定位，一看，马汉卫如遭电击，没有人比他更熟悉那个栽跟头的地方了，火急火燎地一站，结结实实撞了一下脑袋。周景万笑道："说了别带个人情绪，看看，还是老毛病。"

"确认吗？"马汉卫兴奋地问。

"正在进一步确认，不过我想八九不离十。"周景万道。

"连天平如果和曹戈有勾搭，那说明咱们最初的侦查方向是正确的。曹戈手下那俩货，老鬼和麻子肯定和毒王有关联……齐四提供线报肯定是他们设的局，一下子把咱们九队的侦破给摧垮了。"马汉卫愤然道。新旧线索联系到了一起，一个直观的判断就出现了。

"没有证据，我们只能看着他逍遥法外，所以，越是这种时候，越要稳住心神，不要带任何个人情绪。如果让支队长看出苗头和你这种恶狠狠的表情，铁定会把你踢出专案组。"周景万提醒道。

"我知道，您放心，只要能端掉毒王，其他我什么也不在乎……哎，对了，周队，这几个家伙真神啊，这种线索都能连起来。"马汉卫惊愕道。像这种通过手机数据恢复位置，再通过位置关联其他嫌疑人的方式，明显是传统侦查未涉及的领域，最起码在基层各大队没有。

"有机会得好好学习学习，咱们这一代不熟悉网络，落伍落得太厉害，省厅组织的网络安全培训，以后得准时参加啊！不懂这些玩意儿，连嫌疑人都笑话咱们土炮了。"周景万道。

"多忙啊……好好，我听你的，只要我还能穿着这身缉毒警服，我一定学会玩电脑和网络。"马汉卫道，看着周景万的表情赶紧改口，不敢找借口了。

两人往支队赶，还有案情在等着……

支队里，谭嗣亮政委等着传真机里喷出的纸张，一页一页接着往手里拿，基于保密的原因，各兄弟单位有关保密案情的传递仍然沿用这种老式方式，不仅是专用传真，还有专人守着。

政委拿到手里，且看且走，朝会议室的方向踱去，似乎看到了什么重要的东西，他不自然地加快了步子，推门而入。贺支队长正愁容凝结，看着案件板，上面又添了几个名字：曹戈、郭泰齐……这两个名字和连天平连接着，那条线是怎么连的，估计把贺支队长给难住了。

"什么情况？"贺炯头也不回地问。

谭政委递上了传真道："网安支队的，根据孔龙交代的情况，他们分析了网络赌博下载的APP，并已经关闭了这个服务器，证实这不是由境外服务器提供的终端……七月份我省配合部里有一次针对网络赌博的专项清查，当时已经刑拘了一批我市的涉案人员，案情还在查实，但很确定，孔龙参与的网上赌博，和这不是一路。"

"那也更证明了，对方有这个技术力量，可以做出这种类似的山寨赌博的网站来对吧？"贺炯道。

"没错，网安支队反馈，这个技术不难，有打包出售的，黑市卖几千块不等，只要你能找上参赌的，自己在家里就能当庄家。"谭政委道。

这个情况不意外，更证明了对方那位幽灵黑客的存在，贺支队长放下了传真文件，捎带着连这个情况也放下了。谭政委知道他纠结在新冒头的线索上，出声提醒道："曹戈倒像个能组局的老炮，郭泰齐这个律师的身份，不至于也参与吧？"

"那可未必，以前放高利贷的都是拿刀使枪壮胆，现在呢，可都是雇一帮黑律师坐镇。知法犯法对于他们是个褒义词，意思是，只有懂法，才能更好地犯法。"贺炯道。

"嗯，不排除犯罪团伙也有法律顾问这一说，我们从收益上考虑，似乎以曹戈的身家，应该不屑于做蓝精灵这样的小生意啊。"谭政委道。

"恰恰相反，你刚刚提供的就是一个动机。"贺炯道。

"动机？"谭政委愣了下。

"涉黑的无非是黄赌毒，曹戈可是个大玩家，因开设赌场早年被抓过，后来赌黑彩被刑拘过，一直在赌上转悠，混了几十年想抓他把柄没那么容易，但是……你注意到了没有，如果七月份网络赌博被扫了，那恰恰可以说明曹老板这么勤勉的原因嘛，又得开新的收入来源了嘛。"贺炯道。

纯属猜测，谭政委一笑置之。贺炯也笑了笑，擦去了曹戈、郭泰齐之间的连线，直道："好吧，我客观点，不做这个无谓的猜测，今天我们前进了一小步，现在统一一下思想啊。前进的这一小步，能给我们带来的收获，咱们分析下啊……反过去想。"

"假设，郭泰齐是团伙的法律顾问，但他肯定不会涉毒，律师就是抓证据抓法律空子吃饭的，我们不可能从他身上找到相关证据，哪怕他参与了。"谭政委道。

"对，这是幕后人手里的讼棍，老板指向哪儿，他肯定打向哪儿。我们返回最早发现毒王的时候，九队刚刚找到端倪，当时发现的两个嫌疑人郑魁、袁玉山对吧？"

"对，一个绰号老鬼，一个外号麻子，这两人和曹戈涉同一宗赌案中，应该是上下级的关系。"谭政委道。

"线人齐双成提供线报，郑魁、袁玉山聚众吸食，其中有人持有蓝精灵，九队出警，然后……发现的冰壶是雾化器，现场根本没有毒品，不但没有，他们还把破门的警员误认为'寻仇'，双方在黑暗中发生了冲突，然后马汉卫被他们指证打伤了其中一人……再然后，是一直拖延的民事官司……你发现没有，当时网上大肆报道九队出警打伤群众的事，和后来渲染武燕打伤秦寿生的模式，几乎如出一辙啊。"贺炯皱着眉头道。

"法制的进步是要把权力关进笼子，其副作用是有时候把警察也给关进笼子了。"谭政委道。

"这就对了，九队名声在外，大周、汉卫是我们支队的两张王牌，他们破下的大案无数，这一下子可等于断了我的双臂，让我根本施展不开啊……官司一拖再拖，一到快开庭对方不是要提供新的证据，就是要修改调解协议，这拖得我们都投鼠忌器了……您信不？这绝对是有高人指点，用法律当武器，回头捅执法者一家伙。"贺炯道。

"想这些，对案情有意义吗？"谭政委道。那是一块心病，支队不可能押上全队的荣誉，只能对马汉卫个人进行处理，但那样，会寒了基层警员的心，直到如今都没有两全之策。

"当然有啊！"贺炯的眉眼开始舒展了，他盯着案件板问道，"如果煞费苦心算计一个缉毒队长说得通，那煞费苦心用同等的待遇去保一个涉毒人员，你觉得正常吗？"

"您是指，秦寿生？"谭政委一下子明白了，说到这儿也恍然大悟了，"对呀，秦寿生前身是个黄牛，倒腾东西是他的专业，莫非这家伙还有隐藏的余罪？"

"绝对有，否则吓得死活要坐牢，连家都不敢回，说不通啊！"贺炯道。

两人互视，这一基于逻辑上的对比让两人共识碰撞出现了，齐声说了句："秘密羁押，继续审讯！"

收到支队的信息时，鲁江南、田湘川两位队长正在对秦寿生进行审讯。秦寿生作得一手好死，本来死活不敢回去，要坐牢，可真知道自己下线被抓后，又开始负隅顽抗了。贩卖的蓝精灵先是交代了十几粒，后是几十粒，不过和下线交代的对不上号，一天之内，那四位下线交代的供货加到一块，足足有八百多粒了。这案情，明显是秦寿生死活不敢扛的，所以审讯又成了推磨转圈圈。

"真记不清了，哪有那么多？不可能，不可能……许立在医院太平间上班，天天跟死人待着，脑子早不清了，我没给过他那么多，两百多粒他吃得了？"

秦寿生正嘟囔着，打着哈欠，心理防线已经建立，又知道警方用假药诱出的下线，反正没证据，估计是要决定死抗了。

"换个话题，认认这个人。"田湘川一亮平板，上面是曹戈的照片。

"不认识。"秦寿生摇头。

"那这个人呢？"田湘川一扒拉，下一张是郭泰齐的照片。

"不认识。"秦寿生摇头。

再接下来，郑魁的、袁玉山的，一律摇头不认识。

鲁江南、田湘川互视一眼，知道进入心理顽抗期了，对于审讯，得有新的刺激才有可能突破。

田湘川瞪着眼道："秦寿生，又开始撒谎了是吧？"

"没有，怎么可能？我到这份儿上还有什么不交代的。"秦寿生道。

"再说一遍这个人不认识？你取保候审是他办的，他还进看守所见过你一次。"田湘川亮着郭泰齐的照片。

"哎呀我去，"秦寿生拍着脑袋，直道歉，"糊涂了，糊涂了，我认识，是郭律师。"

"一句糊涂可交代不了啊，从头开始，九月二十九日，你被抓当天，晚上是几点到晋昊娱乐场所的？"

"八点三十五。"

"第几次去？"

"第一次。"

"错了吧？"

"没错，真是第一次。我都说四遍了。"

秦寿生烦躁地道，同样的问题确实已经回答四遍了。

田湘川接上了："秦寿生，你说的话里有一个逻辑错误，你第一次去，还带着蓝精灵，卖小包的都有地盘，你生打生去晋昊娱乐卖蓝精灵，你说谁相信啊？"

"我没说我去卖的。"秦寿生驳斥道。

"第一次去，记得准确时间，我相信你不是去卖，但也不能是自己吃吧？你没有吸毒史，这怎么解释？"田湘川道。

"我……我就去玩玩。"秦寿生狡辩道。

"秦寿生啊，"鲁江南语重心长了，劝慰道，"现在你的下线一直在交代你的事，你要不说点什么，这事可就全扣你脑袋上了，扛得动吗？当天的临检我们有全程执法记录仪录像，在孔龙被控制时，你突然失控……就因为口袋里有几粒药片？完全可以说自己吃的嘛，为什么反应这么强烈？"

"我……我害怕。"秦寿生躲闪地道，低下了头。

停了一秒、两秒、三秒……鲁江南和田湘川使着眼色，田湘川猛地一拍桌吼道："和你在一起的是谁？"

"啊？！没谁啊！"秦寿生机械地道。

他惊恐抬头时，张口结舌的表情落在两位警察眼里，这让他一下子懊丧了。

这是审讯中的语言惯性，突来一问是谁，如果没有谁，那肯定是两眼茫然否认。可如果是他不想说的谁，这个貌似多余的问题就刺到对方最紧张的地方了，结果就写在秦寿生的脸上：紧张、惶恐，事情败露的那种张皇失措，乍现出来，掩饰都晚了。

"好吧，说实际情况，录像很清晰，非让我们指认给你看吗？"鲁江南道。

这又是一诈，根据判断诱导着真相，秦寿生终于不敢再行抵赖了，难堪地嗫嚅道："我不认识，头回见。"

"男的女的？"田湘川打蛇随棍上了。

"女的，站我身边。"秦寿生嗫嚅道，"她是……"

"是什么？"鲁江南进一步追问。

一脸生无可恋的秦寿生在十几小时后，吐出了一个让鲁江南和田湘川动容的名字："机器猫。是她约我见面，药片是她给我的，她说是新货，药劲大。"

这个网名正是支队遍寻不着的关键人物，可不料在一直被忽视的秦寿生这里挖出来了。鲁江南和田湘川怔了好久都没有反应过来，机器猫就在临检警员眼皮子底下溜走了，他俩都不敢相信……

特技初展现

艺术的造诣是虚无缥缈的，如果它乍现出来，会惊艳到旁观者。

嗯，此时就是了，偷懒回家休息的任明星在专案组会议室就座，面前铺着画板，双手拿着铅笔，嘴里还咬了两支。他作画的方式是两手并用，或涂抹，或勾勒，笔尖、手指都可能成为工具。画板面前放着执法记录仪搜索到的嫌疑人画像，很模糊，侧脸，那女人仅仅是惊鸿一现，在执法记录仪里出现时间不超过一秒钟。

根据秦寿生的交代，当天是去和化名"机器猫"的女人见面，他手里的毒品就是这个芳龄二十许的女人给的样品，专案组判断是因为秦寿生黄牛出身的缘故，渠道多样，出货量可观，而引起了同行的觊觎，想拉他串货，谁承想恰被当天扫黑除恶行动给逮了个正着。

真实的情景究竟为何并不重要，重要的是像这样的毒品分销商如此隐秘的身份，能联系上他的人除了连天平团伙，就只剩那位神秘的"机器猫"了，即便不是本人，也应该是直接关联的人。所以田湘川、鲁江南两位队长挖到的这条信息，直接蹦上了专案组事件排程的头条。

会议室静得连一根针掉地上都听得真真切切，围拢一圈的办案人员大气不敢出。因为录像不甚清楚，当天扫黑行动又是撒大网，"机器猫"这条机灵的小滑鱼几乎没有留下什么影像资料，现在只能靠任明星手里的笔来恢复了。

"他行吗？"

鲁江南在门外伸伸头，说出了田湘川也在纠结的心事。

里面有人听到了，谭政委努嘴嘘了声，轻轻掩上了门，示意两人不要打搅。

"政委，这小子哪儿来的？成不？肖像描摹这个专业太特殊，咱们系统里，整个省城都数不够一巴掌。"田湘川道。这种人才是凤毛麟角，缉毒部门鲜有见过。

"是啊，数不够一巴掌的人才，很难请啊，得通过市局调，日程排排得到一两周后。"谭政委道。

两人听明白了，"蜀中无大将，廖化当先锋"的意思。

对此安排两人倒没有异议，现在最缺的是时间，都是争分夺秒来干，一件案子如果真到几年甚至更长时间再水落石出，那侦破的意义就损失了一大半。鲁江南小声问道："政委，这几个人莫非是……"

假饵钓出真王八的惊艳一笔，还有假戏拉出真角的第二笔，肯定是支队的特殊安排，各大队私下早有猜测是请的高手。看来果真是，谭政委笑着点点头。

"政委，又给九队开小灶是吧？调几个人都给周队配上，那我们呢？"田湘川发牢骚道。

"不是支队调的。"谭政委道，他笑着又补充了一句，"辅警，大周从特巡警大队捡回来的。"

两人怔了，张口结舌加瞪眼一千个不相信，看政委不像玩笑的表情，又不得不信。这把两人勾得好奇心又起，要伸回头去瞧，结果被政委一手揪一个，拉走了。

最后几笔勾勒出了卷曲的长发，任明星在画纸上抹抹，又在人物颈项部加了若干阴影，再加几笔，左右瞄瞄，大功告成地拿着笔道："成了。"

"啧，对吗？你发型都改了？"周景万愣了。

影像里是戴着帽子的女人，而任明星画的是飘逸长发，这一问似乎问到坎上了，邢猛志和丁灿嘿嘿奸笑，就听任明星解释道："不是我把发型改了，而是见面的女人化装了。"

"不到一秒的影像，哪儿化装了？"武燕不信道。

"这个帽子有两个功能，第一是遮掩摄像头，防止拍到整个脸部；第二就是遮掩发型，改变自己常用的形象。每个人化装都会下意识地把自己变成另一个人，特别是女人，如果要尝试新形象，会是颠覆性的……你们看她的帽子顶得很高，已经超过了正常的脸长，那说明，她的头发很厚，而且不愿意太压坏自己的发型，所以，我推测她应该是个披肩长发的人。"任明星道。

"这个有点牵强了啊，她如果就是短发呢？"武燕不信道。

"绝对不会，你看她后颈处的发型，虽然只露出了一点点，但很明显是被梳上去了。"任明星正色道，画纸递到了贺炯手上。贺炯瞄了眼，给了邱小妹，命令用电子成像尝试比对。那几位闲话间已经开始了，丁灿说了，明星画女人根本不用怀疑，他画了几年艺术人体，造诣炉火纯青了。

这倒好了，辛辛苦苦干了半天活，落了一堆嘲讽。任明星气得指着两人嚷着："嘿，嘿，领导，怎么也没人管管这俩货，不带这么打击人的啊！"

"好了，好了，大家抓紧时间吃饭休息，线索随时可能出现……干脆，我们凑一桌得了。"贺支队长起身道。好不容易有个共进晚餐的机会，众人随着支队长出办公室，到后院大食堂，老规矩，煮上了面条，添了几份小菜，热热乎乎地就着一桌开吃了。

"嘿，别这么闷啊，说道说道，怎么吃个饭和相亲一样，都在偷瞄？"贺炯提醒道。

说得大伙都笑了，毕竟和支队长一起吃饭有点局促。周景万道："师父，信息就这么多，要说就是没有证据的猜测了。"

"侦破就是在猜测基础上的试错，不错怎么可能有对的机会，失败是成功之母嘛。"贺炯看了心事重重的马汉卫一眼，随口问道，"汉卫……算了，随后你到我的办公室说吧。"

一下子想起的肯定是官司的事，支队长刹住了车，马汉卫笑笑，掩饰过去了。正呼呼吹面汤的任明星心机可没那么深，接口道："查钱哪，赃款总没被抽了吧，秦寿生做多大，查查钱应该能查到啊？"

"不好查。"周景万道，"都是现金或者手机、网上支付，而这些犯罪团伙，肯定没有实名登记。回笼的钱呢，可能被消费，也可能通过信用卡套现，可能会绕几个弯再回到手里，具体操作要查清楚，不会比查到毒品线索简单。"

时间，缺的是时间，在现在的经济环境下，要洗白这毒资太容易了。支队长道："秦寿生的名下根本没有多少流动的资金，他现在咬着不交代，所恃也就是咱们还没有掌握更多证据……或者再退一步讲，频繁地换手机、换银行卡，我估计钱的去向他自己都交代不清。"

"这案子和我们以前见过的都不一样，秦寿生属于被人胁迫，负责运毒和收款，并通过这个来还赌债。根据他的交代，每次干活，毒强，也就是张强给他一部手机，他会遵照手机指示去取货，然后送货，通过手机收回毒资，然后连手机一并交给毒强……取货点有体育场、湖边、郊区村，反正都是没有监控的地方，有时候是他一个人去，有时候是毒强带着他去。从这里可以看出，毒强这个老涉毒人员啊，是故意挖坑埋他，一出事，什么都推到他身上。"马汉卫道。

"毒强现在什么情况？"贺炯问。

"在戒毒所发疯呢，他一身病，根本通不过体检，看守所都不收，估计戒段时间还得放。"马汉卫道。

"回头你和大周去看看，想想辙，这号人真是没治。"贺炯道。

这是一类属于无法采取强制措施的人，这种人警察都怵，有毒瘾，又有吸毒染的一身病，人家就靠这个当保护盾和警察PK呢。

僵局，依旧未被打破，在座的都意识到了这一点，挖出秦寿生的余罪尚需时间，跟踪找到连天平的涉案线索也需要时间，哪怕核实冒出来的嫌疑人，同样需要时间。可现在缺的就是时间，在短时间里，单凭想象是无法破解犯罪团伙的组织构架的。

想到此处，众人刚刚的兴奋被冲淡了很多，都低头默不作声地吃着，一个个根本就食不知味。

"我有种感觉啊。"丁灿小心翼翼地开口了，一开口众人都看他，他犹豫着道，"似乎连天平的分量并不像想象中那么重……他被抓和被放，都没有引起多大动静，最起码相比秦寿生被捕，动静小多了。而且到现在，秦寿生再次被捕也没动静了，似乎这两个人，都要成为弃子了。"

传说中的"波姐"已经查实身份，姓董名小花，出事后就销声匿迹了；秦寿生交代的另一个神秘女人还不知道什么时候能查到信息，思维因为这些不确定信息被卡住了。

"不能太过着急。连天平今天刚被放，审了一夜，估计得睡个好觉才能从头再来。但再来的时候，我们得有应对措施啊，侦破的节奏最好能跟上嫌疑人的动作，甚至让嫌疑人随着我们的节奏走，那就更好了。"贺炯道。

说到此处就更难了，麾下几位大将都默不作声，都觉得领导简直是异想天开。

"为什么不打入敌人内部呢？"任明星开始胡扯了，他兴奋地道，"警察是人，嫌疑人也是人，是人就得吃喝拉撒，是人就会犯错，那不经常有假扮交易吗？"

涉毒犯罪侦破里，确实经常有通过假扮交易诱捕的情况，这个点出的新思路让周景万怔了下，然后摇头："条件不具备，没有中间人牵线，和贩毒搭不上线。即便搭上线，没有信任基础，他们是不会进行大宗交易的。"

"线人是个很危险的因素，我就是栽在线人身上，因为你不知道他两只脚究竟站在哪一方。"马汉卫道。

"要什么线人嘛！咱们自己上不就行了？"任明星道。

这一句听得这些老缉毒警张口结舌，武燕哭笑不得道："你以为是拍电视剧，随便一化装，就变成毒贩了？"

"比拍电视还简单，我们……不，他们俩，不照样忽悠了秦寿生一回，再忽悠连天平一回算个屁事！您几位是不知道啊，猛哥见人骗人，见鬼骗鬼；火山呢，绝对是个金牌帮凶，他们俩嘀咕一下去坑谁，那一坑一个准。"任明星抹着嘴道，八成是报复两人侮辱他纯洁的艺术那档子事。

偏偏是在支队长面前说的，邢猛志和丁灿尴尬地瞅着这货，却也不敢争辩，怕他嘴上没遮拦把老底都兜出来。

"倒不是不行。"众人愕然间，就听支队长幽幽道，"有时候千回百转看不到庐山真面目，那是因为横看成岭侧成峰，你无法窥得全貌，最直接最有效的方式呢，当然是成为他们的一分子……这其中有两种可能：一种是化装成买家，让货源来找我；一种是化装侦查，进入卖家内部。但问题大周说了，没有中间人，谁也无法取得对方信任，对方也不可能随随便便就进行大宗交易。"

"但是，我们未必一定要抓大宗交易啊！"丁灿突来一句。

"继续说。"贺炯道，生怕错失了灵光一现的思维火花。

"只要有一条或者几条连接到黑客的线，我们就有可能把他牵出来，假如我们的目标不放在抓大宗毒品上，而是放到找黑客线索上，那会不会更容易一点……比如，变成给对方送货的喽啰。"丁灿道。

周景万的脊背一直，像贯通了任督二脉，他眼睛发亮地问道："如果那样，可以凭着被监视的手机，反查到对方的位置吗？"

"一条线把握性小一点，如果有几条比对，把握性就大了。"丁灿道。

这是没有线索，要制造出线索来，扮成大买家，打入团伙内部都难如登天，可如果仅仅在外围，那似乎就有无限的可能性了，像是不经意间，所有人的眼光都看向了默不作声、安生吃饭的邢猛志。此时武燕眼神凛然，她有点明白周景万最初看好邢猛志的深意了，可能就是等着方便的时候，化装侦查会用上这类人。

"你们……你们看我像坏人，而且是像贩毒的坏人吗？"邢猛志哭笑不得地迎着一干同事审视的目光。

"像，秦寿生那老江湖都栽在你手里了，绝对像。"丁灿道。

任明星凛然补刀道："太像了，长这么凶，比支队长还像坏人。"

贺炯本来笑着，却不料被这句话给狠狠噎了下，半晌说不上话来。那几位却是哧哧偷笑，这刀补得可让支队长吃了个哑巴亏。

讨论无果而终，饭后抓紧时间休息，而信息中心的电脑还在不停歇地运转着，比对着那个任明星笔下画出来的神秘女人。

无心休息的贺炯在支队大院里一遍一遍地踱步，他隔一会儿就去看看监视连天平的观测点有无发现，直到一包烟都变成了角落里的烟蒂，仍然没有任何动静……

当丁灿屁颠屁颠端着一份面条送到邱小妹的工作台前时，着实把沉浸在代码中的邱小妹给吓了一跳。

"怕你忙起来又忘了吃，给你带回来了，快吃吧！"丁灿羞涩地道。

邱小妹愣了下，左近女同事哧哧笑了，她可一点也不羞涩，大大方方吃着。丁灿却是拉着椅子坐到了她旁边，邱小妹随口问了句："他们呢？"

"休息，待命。"丁灿道。

这里是指挥中枢，如果这里出不了信息，那外勤只能是待命了，吃了几口忧心又起的邱小妹道："打草惊蛇了啊，科技触角延伸不到的地方，我们可就抓瞎了。"

她示意丁灿看监控屏，是外勤远距离发回来的，一个几乎是静止的门牌：唐宫洗浴中心。连天平几人出派出所后，一头就扎进去了。

丁灿愕然看看时间，已经晚八点了，他不信地问道："不会还在里头吧？"

"你说对了，就在里面没挪过窝。"邱小妹道。他叹气寻思着："这是个天然的屏蔽场所，再高明的侦查手段也无济于事啊。"

简单地讲，澡堂子一脱光，基本就把所有的视线屏蔽了，往往最简单、最直接和最原始的手法，反而是现代科技无法逾越的障碍。

"是啊，对方警惕性一高，我们会更被动，啧……我觉得还是那个方法可行，如果能找到黑客位置的话，马上会事半功倍。"丁灿道。

"你有点异想天开了，数据节点怎么办？反追踪从哪儿切入？你怎么可能保证不被对方发觉？还有，你怎么保证对方就在本市？以现在的技术水平，对方即便在境外也能对手机进行远程操控。"邱小妹连连驳斥几句，丁灿听得一脸苦相，她干脆断了丁灿的念想，补充道，"你不知道吧，我把设想的方案给了支队长一份，网安支队从技术上论证了一下，结果是什么，想知道吗？"

"肯定不可行，不支持呗。"丁灿道。

"明知道不行还想啊？"邱小妹道。

"异想天开本身就是黑客精神的内核，正因为他们敢于异想天开，所以才做出了旁人无法理解的惊世骇俗之事。"丁灿道。

"破坏永远易于建设，但我们毕竟是警察。"邱小妹道。

"实际上我们侦破打击的核心也是破坏，破坏的是这个组织严密的犯罪团伙，又有什么不能用的？"丁灿道。

狡辩，可挑不出刺来，邱小妹翻着白眼不理会他了。把妹子辩到哑口无言，丁灿才觉得失言，殷勤又白献了，转过脸轻轻扇了自己一耳光长记性，又回身想和邱小妹再找话题时，不料案情出现了，和秦寿生接头的女人身份查出来了。邱小妹拿着信息也顾不上吃饭了，赶紧通知支队长，这倒把丁灿晾到一边了。

"哎呀，我的心好痛啊，谁能告诉我，爱一个人究竟会有多难？"任明星在门口幽怨地向邢猛志表白着，故意让悻悻出来的丁灿看了个正着。邢猛志搂着任明星安慰道："我心无码，你心里却只有代码，我们俩只能一码归一码，还是分手吧。"

交友不慎啊，两人作怪气得丁灿哼了哼，不理会他们了，径直奔向宿舍方向。

"坏了，真失恋了。"任明星看这架势，从邢猛志怀里挣扎出来道。

"都没恋呢，失恋个屁，顶多单相思，睡一觉就没事了。"邢猛志道。

"两程序员谈恋爱，学的程序语言还不一样，难兼容哪。"任明星道。

"明星，这么多年了，你遇上个兼容的没有？"邢猛志心血来潮，突来一问。

任明星茫然地想想，然后下意识地开始咬着手指甲了，那是开启白痴模式的先兆。邢猛志拿开了他的手道："不要老咬手指甲，生怕别人不知道你感情白痴啊？"

"切，你倒不白痴，也没见你勾搭上一个呀。"任明星幽幽地道。

这话题一出，就是互相伤害的开始，邢猛志知趣地闭嘴了，不过撩到了任明星的心事，这货不理他了，也快步走着去宿舍。邢猛志方要跟来，却听到了身后脆生生的一声叫他，回头看，武燕从办公楼台阶上快步朝他奔来了。

"什么事？"邢猛志下意识道。

"哦，有个小事，刚刚查到和秦寿生接头的女人了，叫刘蓓蓓，晋昊娱乐的一位大堂经理，看看……"武燕拿着手机，和上次画出秦寿生的女朋友一样，任明星画出来的这幅肖像和派出所找到的肖像几乎一致。刘蓓蓓正如任明星所画，圆脸，留的是披肩发。邢猛志看着乐了，评价道："我们自打认识就拿这开玩笑，没想到有一天会用上。呵呵，你服不服吧？"

递回手机，武燕未语。邢猛志讶异抬眼，却发现武燕正盯着他看，月光朦胧下，那双大眼格外真切，看得邢猛志愣了下，脱口道："你不要老是这么直勾勾地看我，吓人呢？"

"我很吓人吗？"武燕不置可否道。

嗯，这是个奇怪的问题。邢猛志再打量几眼，如果不是抓捕，不是拉架势格斗，不是横眉冷眼，武姐姐倒是一点也不吓人，个子又高，体格健美，再配上这张轮廓分明的脸庞，反而有一种另类的美。

"你不要瞪人，不要用这种语气说话，就没那么吓人了。"邢猛志道。

"少来了，什么样也吓不住你呀！这是职业病，如果当几年刑警或者缉毒警，你也会犯的。"武燕道。

"不可能。"邢猛志摇头。

"你注意到没有，周队、马哥、支队长，眼睛睁开的时候，眉毛是斜朝上的，基本都是怒容，知道为什么吗？天天和嫌疑人拍桌子瞪眼，一件接一件烦心事，自然而然就成那样了……你再看灶上的王师傅，瞅谁都笑吟吟的，时间一长，那张脸自然就是个笑容，这也是职业病。"武燕道。

"哈哈，好像真是啊。"邢猛志听乐了。

他不知不觉间，随着武燕的脚步沿着楼外踱步了，笑罢驻足，武燕却是头也不回地道："早想跟你说句话，你……不会介意吧？"

"呵呵，明明是个美女，为什么老是直男的思维？还没说呢，就让我别介意。"邢猛志故意道。

"那好，我直接说啊。对不起！"武燕把憋了很久的道歉说出来了。

"这算道歉吗？"邢猛志摆架子了。

"那怎么着？就摔了你一书，你还准备让我以身相许咋的？"武燕愤然道。

"啊？"邢猛志听着，赶紧劝着，"别价，好好，我接受你的道歉，原谅你了。"

"嗯？"武燕一愣，愤意满脸，一把揪住邢猛志，瞪着眼道："你什么意思？"

邢猛志笑了，这会儿武燕才发现又失态了。一把放开，手不自然地互捏着，总忍不住自己莫名而起的脾气。

"武姐，我真没介意，支队长那天去寻我们，带我们去精神病医院看了，那位叫陈妍丽的受害人我们见到了。我觉得吧，你打得都轻了，要是我的家人、朋友被人害得这么惨，我铁定会砍死他们。"邢猛志道。

"这话我爱听。"武燕理解地一笑，伸手一拍他的肩膀，拍得邢猛志"哎呀"了一声，就听得她豪爽地赞着，"那根本不算人，叫畜生都是高看他们。"

"可有些不值啊，处分得背一辈子啊，职业生涯上升无望喽。"邢猛志道。

"不在乎，我就喜欢把这些王八蛋一个一个提溜着扔进监狱，我乐在其中！"武燕剽悍地说道。邢猛志竖了个大拇指赞道："其实那是很有成就感的，我深有体会。"

"不过碰壁的时候会很多。有时候死活找不到目标；有时候明知道目标，却死活不能下手；有时候抓到了目标，他们还能通过种种方式脱罪……你碰上，你郁闷不？"武燕道。

"这个我还没体会到，姐，你不是找我解闷来了吧？"邢猛志笑着问。

"怎么？不行啊？"武燕反问。

"好吧，我尽力。"邢猛志顺着人家的话锋虚与委蛇。警队里女人有天生的优越感，都是被众星捧月捧出来的，像武燕这号捧都不用捧，自己打出来的优越感更强。

"尽力什么呀？都不是真心话……哎，对了，玩过真心话大冒险游戏没有？"武燕突然问。

"人家那是男女朋友之间暧昧小游戏，我这号连女朋友都没有的跟谁玩去？就那俩还用真心话大冒险？一撅腚就知道他们放什么屁。"邢猛志道。

武燕笑了一声，凑上来，好期待地问他："那我们玩呗，反正你闲着也是闲着，就当我是你女朋友……再皱眉头，信不信我把你堵小胡同揍你啊？"

"好吧，你威胁的啊，我屈服。"邢猛志道。

"那女士优先，规则我来定，一问一答，公平起见，每人十个问题。"武燕道。

"太多了，五个吧。"邢猛志道。

"好吧，五个就五个，我先来了啊……必须是真心话，不能说谎，不能思考。"武燕警示道，邢猛志点头。她奸计得逞似的开口问道："第一个问题，干过坏事吗？邢天贵算是你哥，当年可是晋阳一霸，有这么一位大哥撑腰，你不会那么老实吧？"

"呵呵，当然干过。"邢猛志笑道。

"还算老实，你问吧。"武燕道。

邢猛志想想问道："你化过妆，穿过高跟鞋吗？"

武燕表情一糗，茫然了，然后摇摇头："没有。"

邢猛志"扑哧"一下笑了："就知道你没有，你问吧。"

"这有什么好笑的，我问你什么呢？"武燕想了想，"第二个问题，都干过什么坏事吧？"

"多了，打架、收保护费、偷东西，经常被我爸撵得满院跑，坑蒙拐骗都会，奸淫掳掠还不至于。"邢猛志很自然地道，"我们那大院原本就乱，从小零花钱基本都是靠偷厂里废钢筋去卖来的，那收破烂的精得很呢，就搁我们厂附近等着收，不会偷的小孩都被他们教唆会了。"

武燕笑意盈盈，点点头道："好吧，我相信这是真心话，该你问了。"

"我问你的第二个问题是……传说你在全省警营大比武拿了冠军，

把男人都打趴下了，真的假的？"邢猛志好奇地问。

"呵呵，当然是真的。我是军人家庭出身，我家没儿子，我爸把姑娘当儿子养的，根本没上常规学校，上的是武校，后来又当兵，当的还是武警，地方上这些长年办案的身体素质实在堪忧啊。"武燕得意地道，接受着邢猛志的膜拜。

"厉害，暴力有时候是解决问题的最佳途径，我喜欢暴力。"邢猛志道，"该你问了。"

"第三个问题，"武燕回头，倒着走，竖着指头低声问道，"在特巡警大队你收过黑钱没有？有油水吗？"

这一下吓得邢猛志瞪眼了。武燕提醒道："如果牵扯到隐私，你可以不回答。"

不料这么提醒，邢猛志反而无所谓了，直道："我们不全都是在纪律和条例里活着的，水至清则无鱼，人至察则傻缺，人情社会哪儿免得了，不违原则的事，有时候松松手就过去了。"

"好吧，我相信你的坦诚。该你问了。"武燕道。

"我的问题是，你哪根筋岔了，跑来问我这些话？"邢猛志好奇了。

"我所有的筋都没岔，就是有点喜欢你。"武燕道，说话时她眼睛一亮，像满眼点亮了小星星。

"呃……"邢猛志一噎，不敢吭声了。武燕却是很大方地道："该我问你了，第四个问题，对于做坏事，你是什么感觉？别误会啊，我是不太会干，都不知道那种感觉。"

"呵呵，告诉你，很爽的哦……坑人有智商上的优越感；揍人一顿有控制欲发泄的舒畅感；欺负人呢，又很有心理上的成就感……一个从正常社会中找不到存在感、成就感的人，一旦找到犯罪这个途径，就会喜欢上那种感觉。你可以试试，被约束久的人一旦发泄，会比普通人更厉害，我们法学上它有个名称叫'职务内犯罪'。"邢猛志明显在故意刺激武燕。

武燕没被噎住，不置可否地道了句："我形成行为习惯了，不好试……你问吧。"

"我的问题是，你和我玩真心话大冒险的目的不纯吧？"邢猛志问。

"对，聪明，该我问了，第五个，也是最后一个问题。"武燕正色道，"如果给你机会，让你回去做坏事，你会去吗？"

邢猛志本来狐疑的表情一下子凛然了，他四下看看，却无人迹，然后又表情复杂地看着武燕。武燕笑着问："很难回答？"

"我明白了，你们想尝试用最直接的方式找到线索……让我化装侦查？"邢猛志愕然道。

武燕未置可否，保持着不变的表情问道："你还没回答呢！"

"你猜。"邢猛志回了句。

如果不遵守规则，武燕就无法从他脸上捕捉到真实的信息了，这小伙在她眼中总是一副不羁的表情，她一直将他等同于那些被铐上铐子依旧不服气的嫌疑人。那是一种刻在骨子里无法无天的倨傲，她不知他是如何养成的，也不知道怎么在邢猛志身上感受得这么明显。

"我就随便一问，你怎么了？"武燕喃喃道，像羞事被揭破一般。

"我就随便一猜，没怎么啊！"邢猛志道。

两人互视着，又恢复到了之前的尴尬境地。片刻后，邢猛志头也不回地走了，武燕被刺激得怔在当地，半晌回不过神来。

隔了好久才听到一声："怎么样？"

周景万不知道什么时候无声无息走到近前来了。武燕难堪地道："看不出他的态度，或者，他很反感。"

"不应该反感啊，他干这个应该顺风顺水啊。"周景万没明白。

"呵呵，他并不反感干坏事。"武燕悻悻道，"而是反感我们。说实话，我也有点反感自己，反感这个职业。"

听不出是感触还是牢骚，她叹着气，转身回办公楼去了。只剩下周景万一人愣在当地，在办公楼和宿舍两个相对的方向犹豫很久，都不知道该往哪个方向去……

虎放南山远

一屋子警察翻箱倒柜，你所有的隐私和秘密都得摆到桌面上是什么感觉？

此时秦寿生的女友就在经历这种紧张、恐惧、不安、难堪等负面情绪交织的感觉，那是一种不可名状的羞辱，让她枯坐一隅啜泣无言。

不是警察缺乏那点同情，实在是无法把同情给予这些涉毒人员的家属，这房子、这家具、这屋里琳琅满目的摆设，恐怕很多是涉毒所得，一个把自己的幸福建立在很多人的不幸之上的人，实在没有让人同情的理由，哪怕她是无辜的！

没有查到毒品，倒是查到了藏在卫生间里的八百多克金饰，沉沉的一大把。房间的地面上摆了许多疑似赃物，金饰、废弃的手机、两张已经剪掉未来得及扔掉的银行卡，除此之外再无他物。

马汉卫倒了杯水，默默地放到了刘淼淼面前，道："这些物品我们要暂行查扣，你还有什么要提供的吗？有关你男朋友秦寿生的事。"

没有回答，只有悲怆地抹泪，她恨恨地把头偏过了一边，用不断浸出的泪水做着无声的反抗。

"我很同情你，但秦寿生是罪犯，我是警察……对不起，收起来吧。"

马汉卫道，回身通知了执行搜查令的警员。

此刻，会议室正在回放现场搜查的场景，此处已经被辟为专案组的办公室，每每遭遇大案，支队长和政委都会在这里运筹帷幄，直至侦破。那是好听的说法，实际上是关在里面一遍又一遍反复研究案情，直到找到真相，这其中的艰难从桌上的烟灰缸可见一斑。

谭政委已经倒两次了，大大小小的烟蒂又把烟灰缸插满了。

"没什么收获，八百多克黄金，两张没有来得及扔掉的银行卡。"贺炯道。

"银行卡是随用随扔，估计出售假药转账用的是这两张卡，八百多克黄金，价值二十多万……怪不得名下查不到财务状况，都变成高附加值不动产了。"谭政委道，把电脑推了过去提示道，"看看这个女人，不得不说小胖子的画笔很不一般啊！"

电脑屏幕上，是根据任明星的绘画制成的电子肖像，和数据库里的比对基本吻合。匪夷所思的是，这份通报刚到四大队，队里人就认出来了，是晋昊娱乐的一个大堂经理，例行检查时，这个叫刘蓓蓓的女人和禁毒大队打过交道。

刘蓓蓓，女，二十六岁，汉族，毕业于本市一所职业技术学院，有记载的从业经历仅限于晋昊娱乐。关联的财务状况加了下划线，能查到此人月消费一到三万不等，多数是饮食和高档场所消费支出，这是唯一的疑点。

"如果考虑到娱乐场所的特殊性，一个漂亮女人身上这种疑点不算疑点，比如，她要是勾搭个有钱的金主，一两万的月消费说明不了什么。"贺炯且看且说道。

"那就当个疑点，还有一个疑点是，秦寿生出事当天，她就离开本市了，上海机场海关留下了她出境的影像，持旅游护照，目的地是美国，现在还没有回来。"谭政委道。

贺炯往下翻，恰好翻到了记录，是海关监控留存的影像资料，刘蓓蓓一头披肩长发，戴着大墨镜，像出行的明星一样离开了国境。

"呵呵，过去逃跑一般是进深山，现在的逃跑，都是坐航班，成气候了啊！"贺炯道。

直觉告诉他，如果一个团伙有财力组织武装或者组织潜逃，那就有尾大不掉之势了。深有同感的谭嗣亮政委接口道："我们本以为戳开个突破口，形势就会逆转，真没想到反而是更复杂了，您看，秦寿生的审讯记录。"

谭政委回身摁着遥控放了一段，犹豫、紧张、狐疑，说话吞吞吐吐，不一会儿情绪又极端激烈，不是哭得如丧考妣，就是号得捶胸顿足。

这在有经验的审讯人员眼中，是依然有隐瞒事实的表现，如果竹筒倒豆子全说了，应该是坦然以对，一副你爱咋咋的样子。在审与被审的较量中，有时候其实不是审讯有多厉害，而是被审的人，根本过不了自己心里的那道坎。

更何况，秦寿生并没有坐牢服刑的经历。

这个奇怪反差让贺炯皱眉了，抚着下巴道："就是个小喽啰，顶多算业绩不错的小喽啰，你说他还能藏着什么事啊？"

"实在无法解释啊，和连天平照面，嚷着要坐牢死活不回家了。真进来了，又死活扛着不说，一点一点挤牙膏，这是又怕坐牢苦命，又怕出去没命，呵呵，实在难为他了。"谭政委道。

"审讯放缓，不能这么逼，回头和家属联系一下。"贺炯道。

这是联合家属帮教，亲情感化一下，当然，没有更多证据出现，恐怕再审的效果也会大打折扣。

"时间，时间……我们最缺的就是时间啊。"

贺炯手敲着桌说罢，站起身来，踱步几圈后，又站到了案件板前，除了连天平一拨人之外，他又画了一条线，在这条线的终端写上了一个不确定的人名：刘蓓蓓。再往上，他又写了个名字"晋昊然"，而后不确定地圈住了。

"支队长，动机缺失啊！晋昊然是煤老板出身，身家得过亿了，要说涉黑涉暴我信，但要说还靠毒品敛财有点说不通。相对于海洛因、冰毒这些高额回报的毒品，其实蓝精灵走的是廉价路线，这也是它能够迅速泛滥的原因。"谭政委提醒道。

贺炯不是没考虑这儿，猜测不能当证据，但可以指导侦破方向。如果妄加猜测就不行了，只会让侦破多绕弯路。

"是啊，我们缉捕的毒枭都是怎么隐蔽怎么混，个个都是身不露名不显，晋昊然这么大家业应该不会冒涉毒的风险，但问题是，方向隐隐都指向他了……曹戈嗜赌，连天平很可能是曹戈的打手，两人是老相识了；刘蓓蓓又是晋昊娱乐的员工；秦寿生呢，又是连天平胁迫上道的马仔。所有的涉案人都可以关联在一条线上，又作何解释呢？"

贺炯愁眉不展道。动机缺失，方向也跟着迷失了，贩毒的动机只有一个，无非是钱，而方向所指，恰恰是个不缺钱，或者不可能去贩毒敛钱的人物。

"只能等了！"谭政委道，侦破有时候不能操之过急，线索纠结的时候，只有一个出路——等。

"是啊，只能等，可我们偏偏等不起。把各大队的临检、走访、排查全部撤掉，既然外松，就不要做假象，干脆松到底，我就不信，他们能把货憋在手里不出自己吃喽！"

良久，贺炯恨恨道，这话像是气话，一下子把政委逗乐了。

笃、笃、笃……敲门，床上的连天平一跃而起，猫身上去开了一条缝。

是穿着西装彬彬有礼的服务生，笑吟吟地问连天平："哥，要服务不？"

"哎呀我去，都扫黑除恶了，你们居然还有这个？"连天平惊愕道。

"本来没有，您那位兄弟一直嚷嚷没妞，要砸我们店呢。这又是您带的人，我们经理外围给哥您安排，放心。"服务生道。

连天平怒容满面地伸出头，恰又看到了葛二屁那傻大个出来，一指这儿就嚷着："咳，连个妞都没有，做什么生意啊……哟，平哥，我说梦话呢啊！"

葛二屁吓得赶紧回去了，连天平没治了，直道："好吧，给他多安排俩，最好把他累趴下，别出来鬼嚷嚷。"

"那也给您安排不？"服务生问。

"不用，我休息会儿。"连天平关上了门，片刻后，他又开了一条缝，往高跟鞋响声的方向看，两位穿着服务生制服的女人敲响了葛二屁的房间门，然后进去了。

"哎哟，风声是紧啊，都穿制服扮服务员了。"他喃喃道了声，回身躺到了床上，出来一天了就一直窝在这儿，像是心事重重地在等什么。

不知道过了多久，敲门声又响了，连天平侧耳一听，这声音不同于正常敲门，而是更清脆的三下连敲，像指甲弹而不是指节叩那种。他面上一喜，赶紧起身趿拉着拖鞋上前开门，门外迎着个穿着浴装短裤的男子，摆头示意。

没有赘言，他和那男子一前一后走着，通过电梯，下到一层的浴池，那男子停下了，等他除完衣裤，光洁溜溜的时候，抬头示意着桑拿间的方向，连天平径直前行进去了。

里面只有一人，正往桑拿桶上浇水，逼仄的空间氤氲着蒸汽。裸背朝向他的男子身材极高，放下勺子回头时，露着前胸一片胸毛格外扎眼，彪悍的身材因为养尊处优已经略显肥胖了，可身上隐约的伤疤以及由腿及胸的一片飞凤文身看得出此君当年的不凡。

曹戈，曾经把一市地下赌场都收到名下的传奇人物。最有名的不是他把生意做到了多大，而是他数次输到倾家荡产，又神奇地翻身再起，一夜暴富和一夜赤贫在他身上交替出现过数次，他依旧岿然不倒。

知晓原因的人甚少，连天平就算一个，这位凶相慑人的丑男在曹戈面前乖得像只小猫，低眉顺眼甚至不敢正视曹老大。因为特殊时期两人见面的方式也变成现在这样———一丝不挂。

　　曹戈坐下来看了他半天才问了句："怎么进去的？"

　　"应该是雷子设了局，秦寿生扛不住，捎带上了，毒强、黑标恐怕暂时出不来了。"连天平道。

　　他看着曹戈，曹老板那双眼睛在审视，仿佛审视货架上的物品一般，这让他紧张了，赶紧道："他顶多交代点卖药的事，那事他不敢吭声，刨出来都得打头。"

　　"嗯。"曹戈轻哼了声，只当揭过了，连天平长舒了一口气。

　　又隔半晌，曹戈才幽幽道："好的一点是你身上没什么污点，可惜只要进去一回，雷子就会盯你很久，说不定这时候在洗浴中心外头，就不知道有多少双眼睛盯着你……这碗饭你可是吃到头了，短时间什么也别沾，你没和警察打过交道，那帮孙子鬼着呢，没准儿屁大点的小事就能拘你起来做文章。想过没有，接下来咋办？"

　　"曹哥您还不知道我，活着干，死了算，多活一天都是赚，您说咋办就咋办。"连天平道，那满不在乎的样曹戈知道不是装出来的，这就是个不要命的货，都不把自己的命当回事，还真是惹人喜欢哪。

　　曹戈笑了笑道："没好好念过几天书，都混出人生哲学来了，风头上还能怎么办？接着。"

　　一个塑料袋包裹扔过来，连天平接住了，厚厚的一摞钱，他知道要跑路了，有点惋惜地道："曹哥，我现在不差钱，您看您这客气的……好，我听您的，我收下。"一个眼色让连天平不敢反驳了，恭身听着。

　　曹戈擦着冒出来的汗道："跑路想也别想，事是迟早要犯，知道怎么避开吗？"

　　"不知道。"连天平老老实实道。

　　"赚足够多的钱，多到没人敢动你，就像我，就像晋总。没有实实在在的证据，谁又敢把你怎么样？就像你这次，不也被放了吗？没证据，就没事。"曹戈语重心长地教导着。

"是，哥您带得好，走货从来就没出过事，反倒是停货出事了。"连天平道，"那我接着干？可我手下的折了一大半，戒毒的戒毒去了，进去的一时半会儿出不来。"

"竖起招兵旗，就有吃粮人，两条腿的人遍地都是，还怕没人？你从现在开始，像以前一样隐身起来，不要让任何人找到你，就当没你这号人存在。但是，该办的事还得办，还得办漂亮，以前是别人拔橛子你偷驴，这叫聪明但并不高明，高明的办法是，多教别人连拔橛子带偷驴全干喽，你自己不就轻松了？你见哪个老板亲自操过刀？"

"哦，是哦，跑断腿的赚小钱，动动嘴的赚大钱啊，是这理。"连天平恭维道。

"这叫劳心者治人。"曹戈点点自己的脑门教育道，"多动脑子，少动家伙什，这不比以前了，网络时代啊，人家坐在家里就知道你被警察盯上了，那才叫高明。秦寿生这龟孙如果能听人家的安心点，那不屁事没有吗？你一动，破绽可就出来了。你再动动，窟窿就补不上了。"

"我懂了，曹哥，老猫以后让我干啥，我就干啥。"连天平道。

"去吧，肯定有尾巴，甩掉，藏起来，把那些个想从你身上挑刺的给急死。"曹戈又递过来一部手机，摁着开机，那手机开机的画面，是一个熟悉的动画机器猫的画面，连天平如获至宝地拿在手里，躬身兴冲冲地走了。

十几分钟后，神采奕奕的连天平带着两眼无神、两腿发软的二屁、孬九出现在唐宫洗浴的门厅处。葛二屁刚完事就被叫起来了，那口气都没歇过来，出门嘟囔着："平哥，去干吗呀？这天冷的。"

"吃了喝了嫖了，他妈的不用干活啊？赶明儿拿什么养你们？"连天平道。

"那是，应该的。"孬九、二屁齐齐应声，强打着精神。

二屄唯一的优点就是有江湖人的自觉，钱不白拿，妞不白泡，你让他往东，他绝不往西。连天平四下观望着，瞄到一个可疑目标时，问葛二屄道："弹弓带了吗？"

"带了。"葛二屄掏着吃饭的家伙，一枚精致的酸枣木磨就的弹弓，口袋底摸了半天，还有三颗小钢珠。连天平指指九点方向一处报亭后露了半个车身的旧轿车道："打掉那辆车的车灯，多少米能办到？"

"那目标太大了，三十米百发百中，五十米差不离。"葛二屄道，瞅瞅那车，不是什么豪车，敢打。

"等会儿叫你打再打，就打掉那辆车的大灯……等会儿，奓九去拦辆出租车……"连天平道。三人相跟着往外踱步不远，到那辆车的对面，刚拦停一辆出租车，那车缓缓驶来。

连天平道："打掉。"

就见葛二屄二话不说，一拉皮筋，一支弹弓，来了个长距远瞄，一放，"啪"一声灯碎了；另一手一捋皮筋，第二枚钢珠入包，又是一下，"啪、啪"连响两声，另一盏前灯碎了，似乎还有一钢珠蹦到了车前窗玻璃上。葛二屄弹尽收弓，喜滋滋地钻进了车里，道："平哥你瞧见没，第二下那叫二龙抢珠，一颗打前灯，一颗打玻璃。"

"都能超额完成任务了，有奖，哈哈！司机开车，夜市。"连天平笑道。

出租车驶离，这辆被袭击的车就傻眼了。发动着车，大灯亮不了了，猫着腰钻在座位下的外勤没想到被盯梢的目标给反咬了一口，两人悻然地如实回报。

又过了二十分钟，追上出租车的另一盯梢车辆遭遇到了更难堪的事，三人在小吃夜市下了车，然后消失在熙熙攘攘的人群中，外勤的追踪刚开始，就把目标给丢了……

不期节乃见

"快起来，快起来，有好玩的事了。"

任明星拽着床上蒙头大睡的邢猛志，上铺的丁灿困得厉害，顺手拿着床头的袜子就往明星脸上扔，直让他滚蛋。

"追踪连天平的外勤被袭击了。"任明星道。

啊？邢猛志、丁灿齐齐坐起，邢猛志迷糊地一把揪着任明星问道："真的假的？什么时候？"

"昨晚上……下来看，你一定会有兴趣的。"任明星道。

这么神神道道的，把邢猛志的好奇心勾起来了。他穿上衣服，急急出门，床上的丁灿也被这消息惊到了，翻身下床，后面跟着出来了。刚拐出楼梯便看到了两辆车停在院子里，周景万正在训人，四名便衣垂头丧气挨着训。

任明星却是兴高采烈地一指车，对邢猛志道："看，据说有二三十米，直接把灯泡打了……车玻璃上还挨了下，另一辆车是停在夜市，一转眼就被扎胎了。"

外勤的车辆都是民用牌照，都是使用年限相当长的旧车，这车汇在车海里和人群里的便衣一样，很难分辨，如果要被反追踪或者反袭击，那意味意图败露……追踪和侦查，都要暂停了。

"回去反省，追踪的被人反追踪，这几年外勤都白练了！"

周景万吼了声，把四位便衣给打发走了。他踱步过来时，邢猛志正蹲着看弹孔，又看看距离，似乎在揣摩自己能不能打到这个水平。

"嗯，这个……"周景万掏出个东西扔了过来，邢猛志顺手一接，明晃晃的玩意儿入手，摊开，是一枚钢珠。周景万问道："认识吗？"

"九毫米大珠，零点七五以上的皮，打弹弓的人力量很大，九毫米以上的珠一般超过十五米就要出现弧度，如果力度不够，落点就不好控制了。一般弹弓爱好者没有这么大的臂力，大多是八毫米的钢珠。"邢猛志掏出自己弹弓，那弹弓把周景万的眼光吸引住了。

褚红色的酸枣木磨制的，几乎和见过的葛二屁的随身弹弓一样。

如果以前还小看这个玩具的话，现在该重视了，他问道："你猜是谁？"

"葛洪葛二屁呗，只有他能打到这个水平。"邢猛志道。

"就那个傻大个？"任明星问。

"对，越傻越容易心静，心越静就打得越准，他曾经和我哥打个平手，五十米爆野鸡头，一点问题没有。"邢猛志道。说完感觉到其他人噤声了，他猛地省悟，补充道："就是邢天贵。他最早是用弹弓打车玻璃偷车里的东西，那得用短皮，初速快，十毫米以上的大珠，一弹弓就是个窟窿，而且声音很小。"

"你和他比怎么样？"周景万突来一问。

"我比他更职业一点，我是靠这个挣外快的，所以，应该比他高出一截。"邢猛志道。

远远地传来一声："牛又吹到天上了啊。"

走来的是武燕。任明星接口道："姐啊，你没见识过，最严厉的缉枪管制以后，弹弓在民间兴起如火如荼啊……猛哥，来一下，猛哥的水平是打活物的，那比死靶子难多了。"

"嗯，这个……"周景万掏出两个一次性火机递给了任明星，任明星故意显摆一般递给丁灿一个，大喊着："不许准备，不许回头看，一二三……扔了。"

他喊着却没有扔，丁灿手臂一动，扔出去了，说时迟，那时快，邢猛志手一扬，皮子嘭声轻响和火机啪声爆裂几乎同时响起，这时候任明星的第二只已经扔出去了，就见得邢猛志一捋皮子，再一扬手，"啪"一声，火机在空中爆裂。

几乎电光石火的瞬间，看得周景万惊愕无比，这手速和准度要赶上警中射手的水平了。他和武燕惊得半晌合不拢嘴，邢猛志却还没有停，又搭起弓来，嗖声射出，远处掉在地上的火机残片，啪地被打飞起来了。这时候他才收起弹弓，笑着道："等着看吧，有些地方的监控探头要遭殃了，连天平招募葛二屁这号浑人，估计就是类似用处。我再睡会儿。"

他径自走了，任明星发现气氛莫名其妙的不对，也要跟着走，却被周景万一把揪住了。两人走了一段距离，周景万才好奇问道："明星，这怎么挣外快？"

"卖皮子，扁皮不耐打，好把式一天至少得一两副，还有磨弹弓啊，看，我也有。"任明星得意地掏出自己的武器，不料周景万和武燕对他的可没什么兴趣。任明星悻悻装起道："今天怎么了吗？都怪怪的……哎，对了，周队，我们那奖金咋还没算呢？你可不能诓我们啊？支队长都说给算钱呢，咋到现在连钱毛都没见着……嘿，你们怎么不理我啊？咋？今天没事啦……"

"有没有点阶级感情啦？什么时候张口就是钱，多伤心啊。"周队拉着脸顶回来了。

武燕同情地看了悻然无助的任明星一眼，扭头窃笑着跟周景万回楼里了。

坏啦，上当了？！

任明星心里泛起这样的感受，在特巡警大队王队长就这德行，说啥都好，谈钱就变脸，周队这算是原形毕露了，他暗自腹诽着往回走，思谋这奖金还有多大指望。正想着，有人喊他了，是马汉卫奔下来了，快步奔着，后面还带了小屁孩，拉着任明星道："快，帮我带会儿，看住他做作业……我开个例会……"

"开会咋没通知我们？"任明星怒道。

"旧案，周一例会，想去去吧，不去帮我看会儿我儿子。"马汉卫急急道。

"周一不去学校？"任明星愤然道，哪有这么当爹的。

"在学校捣蛋，让老师停课，快赶上他爹了。"马汉卫道，吼了儿子一声，那小子翻着白眼没理会，当爹的顾不上了，匆匆跑着进去。

哟嗬，一听是被停课的劣生，任明星兴趣来了，逗着小孩："几年级了？"

"初三。"小孩道。

"叫啥名？"任明星问。

"能不用审问口气问我吗？"小孩犟道。

任明星一下乐了，兴趣更大了，得意道："你爸把监护权暂时交给我了，所以你得听我的。"

"哦！Come on……那得看你有多大本事了，考考你，甲、乙同做一工程，需要8天完工，若甲一人独做8天后，再甲乙各独做10天完工，那么甲乙独做各需多少天？"那小孩掏着书包，念着个本子。

任明星瞠目结舌，咬着手指想了半天，那小孩开始偷笑了，刺激着任明星道："阿sir，这是小学题，呵呵。"

任明星悻悻然道："这是题吗？这不故意整人嘛！"

"可不是，老师提问我也是这样说的，然后就被叫家长领回来了。"那小孩无语的表情，笑看着任明星，两人眼中似乎有了惺惺相惜之意。

"好吧，咱不做作业了，教你学点绝活……玩过吗？"任明星一掏口袋里的弹弓，小孩眼睛一亮，摇摇头，问想玩不，小孩使劲点点头。

这倒有共同语言，一大一小撒丫子奔着往宿舍楼跑，不多会儿便听到了"啪"一声，好像是队长休息室的玻璃被打烂了……

会议室里可是一派肃然，各队大致汇报情况，案情已经有推进，各人心里都不用担心支队长大发雷霆了，会议几分钟就结束了。几位大队中队长回各队，单独留下了几位，明显都是进入9·29专案序列的人。

"剩下的几位，有几项工作安排下啊……江南、湘川，轮下班，你们今天着重盯下秦寿生；武燕你跑趟戒毒所，奉成标，绰号黑标的这个家伙，看看有没可能挖点东西；景万，你安排下追踪这个波姐、刘蓓蓓的工作，追踪连天平的任务下放到各队，三级保密，一经发现要第一时间上报支队，任何人不得擅自采取行动……接下来，像刚才讲过的，约束一下各大队中队，手松松，全部松开……汉卫，你和景万要盯牢喽，好容易冒出来的线索，不管是断了，还是没了，可拿你们是问啊！"支队长道。

马汉卫起身应是，支队长摆摆手示意坐下，又和政委耳语几句，他斟酌道："景万啊，你们审孔龙的时候，他讲被毒强，也就是张强，敲了骨椎的欠债人，叫齐四……这个齐四，是不是导致你们俩被支队处分的线人齐四？一定要核实，慎重。"

"今天我们再核实一下细节。"周景万道。

审讯的节奏就是如此，一张一弛，嫌疑人在斟酌交代多少、怎么交代，警察也会斟酌怎么让他交代，交代的东西是真是假。对孔龙的审讯中一句闲话当时就引起了周景万和马汉卫的注意，两人故意忽略了，就等着回头抓着这个破绽再往下挖。

"汉卫，你认为这个齐四，是那个消失几个月的齐四，可能性有多大？"政委好奇地问。

"现在说不好，孔龙交代说是南城坞岭的，跑大车挺有钱的，给我们提供消息的线人确实是坞岭镇人，可不跑大车，我得去找张照片，核实一下。"马汉卫道。

"注意啊，鉴于昨天外勤出的洋相，从今天开始都绷紧这根弦啊，任何的掉以轻心都可能把自己置于危险境地。我身后写的这些人名你们应该认识不少，除了老对手还有不明底细的新对手，一定要注意安全。"支队长老生常谈地提醒道。

众人领命，各自离开，武燕倒是想起那三位了，出门"咦"了声，问支队长时，支队长摆摆手："让孩子歇会儿吧，他们可没有你们连轴转的本事。"

安排完毕，贺炯就着椅子一仰头，有点心力交瘁地叹了口气。政委道："支队长，您也歇会儿，到局里汇报安排在十点半，我叫您。"

"熬过点了，想睡都睡不着啊……我喘口气，你准备下汇报材料吧。"支队长起身道。

两人各忙各的，贺炯踱步出了办公楼，他仰头闭着眼，初升的阳光有点刺眼，可把全身照得暖洋洋的，已经很久没有感受过年轻时那种睡足醒后全身精神抖擞的舒爽了，焦虑、犹豫、疑惑、烦闷每天都像毒虫一样在啃噬着他的精神和健康。

所以他最大的理想就是在退休后，可以像这座城市里的普通老头一样，晒晒太阳、走走闲路、下下象棋，这是这些年的奢望。

他努力地放下心里的案情，踱步在阳光下，想放松一会儿，让头脑清静下来，只有清静才有可能保持着清醒的判断……不对，又回老路了，他抡抡发胀的胳膊，踢踢有点麻的腿，可却怎么也赶不走一夜无眠的疲惫。

"嗯？"视线里划过一道刺眼的明亮，他下意识一瞪眼，再一看，是颗钢珠骨碌碌滚过办公楼后的塑胶篮球场。四下寻找来源，似乎在楼后，楼角挂了个饮料瓶子，间或发出"砰、砰"被击中的声音。

"这几个小兔崽子！"他笑吟吟往那个方向去。任明星、邢猛志，还有一个小屁孩。他瞅了眼认出来了，是马汉卫的儿子，那个当爹的不称职得厉害，估计又是丢到这儿忘了。

小孩发现他了，拽了拽任明星，任明星一回头，惊了下，正拉起皮筋"啪"声一放，把自己手打了，疼得他龇牙咧嘴。邢猛志回头，恰看到了支队长像做贼一样，盯着他们。

"从警，咋没去上学？"

藏不住了，支队长踱出来了。

叫从警的小屁孩犯错一样低着头不吭声，贺炯踱着步道："又和你爸一样，调皮捣蛋了是吧？"

贺炯慈爱地抚着小屁孩的脑袋，笑了笑道：“噘嘴干吗？你又不是贺伯伯的兵，贺伯伯不批评你，玩什么呢？”

“弹弓。”马从警犹豫地从背后亮出来了。

贺炯翻了任明星一白眼，任明星嘿嘿笑了。贺炯一接弹弓道：“来，伯伯给你示范下，小时候缺油少粮那会儿，伯伯一天能打下十几只麻雀。”

任明星不信地递了粒钢珠，就见贺炯持弓，拉长皮筋，找了找瞄点和感觉，第一发偏了，紧接着“砰、砰、砰”连着几下都击中在饮料瓶身上。他笑着一弯腰递给马从警道：“学啥也得下功夫啊，你真练成弹无虚发，不用上学了，来伯伯这儿当警察。”

“说话算数吗？”马从警兴奋了。

“当然。”贺炯道。

“可我爸不让我当警察，说当警察没出息。”马从警道。

这话听得任明星和邢猛志哧声笑了。贺炯笑道：“他就是小时候学习不好老挨批，当了警察才老被领导训，你可别学他……答应伯伯，别光名字叫从警，将来也来当警察。”

“嗯。”马从警乐滋滋地点头了。

“那你们继续玩吧，”贺炯说道，随即又补充了一句，“可不准打到人身上啊！”

“那我打麻雀！”马从警接道。

“麻雀也不能打，伯伯那会儿没人管，但现在不同了，用弹弓打野生动物可是犯法的。”贺炯板着脸说道，“就打那饮料瓶子。”

马从警偷偷翻了个白眼，应道：“哦！”

贺炯不再理他，揽着邢猛志道着：“你来，陪我走走。”

像是有话，不过又不像邢猛志想象的，贺炯一步三回头地看着那小屁孩，表情收起了戏谑，却多了几分无奈。邢猛志蓦地灵光一现出声问道：“支队长，这孩子不是马哥的吧？”

"嗯，谁跟你说的？"支队长愣了。

"没有，马哥五大三粗的，这孩子多秀气，变异不能这么严重啊！"邢猛志道。

"他爸是谁，现在都不知道。他妈是个吸毒女，自己打针打死了，汉卫千辛万苦找到了这女人娘家，娘家人说这是个孽种，死活不要，后来就一直待在汉卫身边……别乱问啊，汉卫最怕提起孩子的身世，这姓也随了他了，就是他儿子。"支队长出了楼后巷，又叹了几声。

啊？！邢猛志愣了，心里蓦地泛起暖意，鼻子却有点发酸。

他突然想起马汉卫上次讲的那个吸毒女的故事。不过他只讲了开头，却隐去了结局。

"怎么了？"贺炯几步之外回头问。

"没怎么，支队长，有事吗？"邢猛志掩饰道。

"没啥事，我头昏脑涨的，出来清醒下，一会儿去局里汇报……你们没这么熬过夜吧？"贺炯随意道。

"特巡警是辅助警务，没这么熬过。"邢猛志笑道。

贺炯道："看来你还是为'辅警'两个字耿耿于怀啊！小伙子，我无能为力啊，咱们警队辅警里不是没有好苗子，有的还立了功，但在编制这一块，有时候死活过不去，不是年龄偏大，就是文凭不够，再不就是政审上有点问题，没办法。"

"支队长，这又不是您的问题，轮不到您自责啊。"邢猛志笑着安慰道，对这位面不善心善的半拉老头他还是有好感的。

"理解就好，我不能对你苛求太多，也理解你们……趁今天不算忙，回去看看老娘，歇口气，我估摸着连天平这一拨啊，得窝进耗子洞里猫几天，嗅不到危险才会露面，有天网在，不怕找不到他们的形迹。"支队长背着手，且走且道。

"谢谢支队长。"邢猛志道。

"还有个事，你们仨去财务上领奖金，走的是季度特殊津贴，每人三千，等奖金批下来，再给你补上。这是工资以外的。"贺炯道。

"嗯？"邢猛志不太舒服地道，"支队长，我怎么觉得这是赶我们走的意思？"

"怎么会有这种想法？你怎么了？"贺炯纳闷了，不解地看着邢猛志。

那表情是自然而然的，没有附加任何掩饰，邢猛志明白了，这是支队长真心实意地要给他们发奖金，他笑了笑道："没怎么。主要是当辅警久了，给派活习惯了，发奖金，一下子不太习惯。"

"哈哈哈……有当缉毒警潜质啊，过不得安生日子……好，给你们派个活，去领钱，领完好好休息一下，养足精神咱们再来组团PK一场。"贺炯给了个鼓励的表情，然后踱步回办公室了。

他的身形有点臃肿，步履有点蹒跚，脸色晦暗憔悴，可回头摆手给的笑容却是那么灿烂。

这一刻邢猛志觉得全身是暖的，心里有那么点阴霾也被驱散得干干净净……

毒祸狰狞相

没有人能凌驾于法律之上。

如果有，最起码不是普通人。

戒毒所里关的很多都是这种人，武燕再次到第三强制戒毒所调查时，直接在戒区外都没进去。

齐所长和林医生陪着她观摩，送强制戒毒的奉成标、朱波几个小时后就出现了戒断反应，而且极度强烈，这都再次发作了，还得四五个医护摁着。自窗外往里瞧，奉成标浑身抖如筛糠，在强戒床上乱蹬乱踢，偶尔人缝中能看到那张凶脸已经痛苦得不成相了，涕泪纵横、撕心哭号、咬牙切齿，一口黑牙，而且已经掉了几颗，全身防护的医护摁着他，打了几针安定，症状才慢慢缓解下来。

这样子别说你想问情况，已经严重到齐所长和林医生都束手无策了。

"燕子，跟支队长讲啊，这人都进来过四五回了，连亲妈都被他砍过。怎么又抓进来了？"齐所长道。

很多重度涉毒人员面临的一个尴尬情况是，戒毒所没法收，自己根本就不配合。看守所不要，这些人个个表面上看上去凶神恶煞，其实都是纸糊的，健康早被毒品摧毁了，一个不慎就可能伸腿瞪眼，人家倒不在乎自己那条烂命，可不管是警察还是戒毒医生，负不起那责任啊。

"这个人可能涉嫌重案，没法放啊。"武燕期待地问林医生，"什么毒品啊，这么厉害？"

"复合型的，有一种土制毒品，是用罂粟壳和麻黄碱熬制成的，土话叫什么？"林医生道。

齐所长提醒道："黑筋。"

"对，这种黑筋兼具植物和化学毒品的特性，生理依赖甚至超过提纯的海洛因。"林拓道。

"那有没有可能……"武燕犹豫道。

"绝对不行！"

齐所长、林医生齐声回绝，两人明白武燕是想在这种情况下问话。

"好吧，能问话了，麻烦给支队通个信。"武燕抬步往外走着，这是她最不愿意来的地方。

刚走不远，后面的林拓追上来了，喊住了武燕，这位帅医生笑吟吟地、面带羞色地追上来，示意着出大门。武燕倒是落落大方道："对不起啊，林医生，我任务在身，您的几个电话都没接。"

"没关系，你虽然无心，但并不妨碍我的耐心。"林拓笑道。

这算是被男生表白吗？武燕总觉得在这种环境里，感觉怪怪的，她表情愕然地瞅瞅林拓，直接问道："你这是想追女警察？"

"嗯，不能吗？"林拓问。

"不会有特殊嗜好或者动机吧？比如，制服诱惑？"武燕正色问。

林拓表情一僵，然后哧声笑了，这女人说话可把他雷了个外焦里嫩。武燕却没有笑，不客气地问道："很好笑吗？"

"不好笑，如果你这么问，我可以直接回答，有你所说的成分，你穿着警服的时候特别美。"林拓直接道。

动机直接表露，林医生倒不羞赧，双眸脉脉含情地看着武燕。武燕的脸"唰"的一下红了，她慌乱地回应着："对不起，我还没想过这事……我，我先走了。"

"咳，其实有件事我一直想跟你说，你一定会有兴趣的，但是你却没有接电话。"林医生出声道。

"没听说过吗？警队里女人当男人使，男人当牲口用，我们忙得哪有时间吃饭约会啊。对不起啊，林医生，我在队里是纯爷们儿。"武燕坦然道，实话实说不用装蒜反倒轻松了。

"我知道啊，可我不是约你吃饭约会啊。"林拓道。

"哦，其他事那更做不来了。"武燕道，一手拉开了车门。

"如果是蓝精灵的事呢？"林拓道。

武燕的心又是怦地一跳，警惕地看着这位医生——那是审视嫌疑人的眼光。

林拓不介意地笑笑，扶扶眼镜，优雅道："上次你和周队来的时候，一直咨询我有关蓝精灵的细节，我当时一下没想起来，后来就打电话联系你了。"

"什么细节？"武燕道。

"主要成分氟硝西泮，不管谁运送这种货源，肯定是做得极度保密，我想了很久，想找这个货源和渠道行不通。"林拓道。

"行不通……那又想起什么来了？"武燕问，自己脾气急，只嫌对方太磨叽。

"配料啊，主要成分含量不足千分之三，剩下的配料肯定有来源啊，制药领域我不太清楚，但配料是必不可少的一环。比如维生素类，会用大量可溶性淀粉做配料；比如注射类，会用生理盐水做配比；而蓝精灵呢，配料是大黄粉、西布曲明、滑石粉。这些配料的来源如果能查到，说不定管用，因为这玩意儿除了做假药就是制毒，一般人根本不会用，而要买到西布曲明的话，在某个化工厂或者制药厂肯定能找到记录。因为西布曲明是国家明令禁止制药使用的化工原料，只有黑药厂还用，生产厂家就那么几家，而且量很少。"林拓道。

武燕一下子兴奋了，不管对不对，总算是有个小苗头了，她一指林拓道："好吧，看在你这么帅的分上，下次打电话我一定接。"

"那我荣幸之至啊，不过要是我真想约你吃饭呢？"林拓笑道。

"没问题，改天我请你……谢谢了啊林医生，这个消息你还告诉谁了？"武燕坐进车里，随口问。

"很重要吗？"林拓行外人，愣着问。

"当然重要。"武燕道。

"所以我只能告诉最重要的人啊……哦，对了，这是和法医鉴证中心一起做的，我们讨论过，结论都在化验报告里，已经传到支队了。"林拓道。

"再次感谢啊……回见。"武燕笑道。

林拓招手作别，脸上漾着春光灿烂的笑容，车里的武燕对着后视镜招手，开出去了很远，林拓还傻站在原地像是没回过神来……

什么事都得按程序来，过了一天，鲁江南、田湘川才接触到被看守所送回来的毒强。

这是缉毒最尴尬的情况之一，有时候抓到嫌疑人都没法办，刑事传唤时限是四十八小时，超过这个时限必须送看守所羁押。月星派出所按规定送押时出问题了，体检根本过不去。张强是老吸毒人员了，心肺脾脏没一样合格的，血压血糖是个很恐怖的数据，体检时腹上、腿上、阴上的烂疮把医生吓得都不敢下手，于是干脆就连看守所门都没进，刑事拘留成了一句空话。

转了个圈，月星派出所把人给送支队了，这人也乖，你抓我就安生待着，不吵也不闹，反正就是一副病恹恹的将死状态，那蜷曲着躺在留置室里的样子实在瘆人。

好容易把他叫醒，带都没往问讯室带，因为警员实在不愿意和这样的货色有身体接触。问讯就在留置室里进行，田湘川、鲁江南一个蹲着一个站着，田湘川问："张强，醒醒，还认识我吗？"

"给支烟告诉你。"毒强有气无力道。

鲁江南点了支，递给他，他这才慢慢起身，狠狠抽了一口，嘴里都没见冒烟，不知道那一大口到哪里去了，似乎全部进身体里了，眼见着他惬意地回味着："嗯，舒服……谢谢啊，鲁队长。"

"你这样根本没戒啊，怎么尿检都检测不到？"鲁江南问。

张强抽着，吸溜着鼻子道："这个问题的答案得值一包烟。"

"再给你一支，不讲价。"鲁江南道。

"嗯，成交。先给我。"张强不客气地又拿了一支别耳朵上这才道，"很简单啊，绿茶配颗小精灵，就能美美睡一觉，又有精神又能吃点东西……你们查得紧，一断货，我们还不都这么过来的。"

这是把蓝精灵用作其他毒品的代用品了，通过强效的催眠作用来度过毒品匮乏的时期，鲁江南和田湘川无语互视了一眼，没治了。

"问你个事。"鲁江南道，跟这些人说话得一字一顿说，那神情恍惚的样子实在让人怀疑他的魂还在不在。

张强眯着眼，头毫无征兆地摇了摇道："犯法我就差杀人放火了，犯病我就差艾滋、癌症了，你有啥问的，就说我干的就是了呗，我还想赶紧找个地方清静清静呢。"

吸毒者一身病的话，戒毒所不要，看守所不收，警察最终也只能草草挂个监视居住之类的名头放人，否则死在号子里，那些警察可比他要难受多了。

"所以，你得配合啊，在这里不有机会舒服一口嘛……认识吗？"鲁江南亮着齐四的照片。

齐双成，这是九队使用过的一个线人，消失五个月之久，任谁也想得到可能发生的事。

"认识，好像叫齐四。"张强抽着烟，已经抽到过滤嘴了，还狠狠地来了一口。

"说说，你怎么敲他的？"田湘川直接道。

"谁说我敲他了？"张强不悦地道。

"那是谁敲的？"鲁江南追问。

"不是我，是谁你问谁去。"张强摇着头。

"有人指认是你啊。"田湘川道。

张强一愣，瞪着眼，连过滤嘴都抽了，直接一伸手道："给抽一口，你说我干啥我就干啥了，别说敲他了，弄死他的事我都认……要求不高，给口爽一下，我叫你大哥成不……不，大叔……不不不，大爷大爷，您就给一口吧……"

张强的脑袋像痉挛一样抖着，伸手试图抓田湘川，田湘川躲过了。他又抱鲁江南的腿，鲁江南连退几步，田湘川顺势踢了一脚，怒吼了两声，才把这位神经猝然失常的给吓回去了。

调查碰壁，又是个非正常人类……

时间又过了一天，十月十三日。

本想重装上阵的贺支队长，被一个接一个回来的消息又打蔫了：奉成标毒瘾发作，光戒断期就得半个月，最起码这段时间里不能进行正常问讯；张强就更麻烦，派出所不要，看守所不收，就这类像是命不久矣的，谁都怕死在自己辖区啊。

还有更匪夷所思的，本来是两头放线，一头查被拘留的，一头追放出去的，谁知道，到现在为止，超过七十二个小时，公安天网加上大数据分析，愣是没有发现连天平几人的踪迹。不独连天平，孬九、葛二屁，包括那位传说中的"波姐"都不见踪影了。

躲风头是肯定的，但躲起来丝毫痕迹不露那就难了，总不能躲过全市天网几十万的摄像头，一点影像都没留下？！

可偏偏就是如此，所有的线索偶一露头，全部又消失了。

贺炯听到敲门声时，重重地掐了烟，谭政委站在门口等他，他出声问道："有消息吗？"

谭政委失望地摇摇头。

"这回可丢人了啊！"贺炯道。

"考虑到对方黑客的存在，应该对大数据以及技侦手段很了解，肯定是通过某种方式把这些人隐身了。"谭政委道。

"邪门啊，一群混混，都有职业犯罪的水准了。"贺炯怒道，随着谭政委出门了。

两人所去的地方是保密处，到达时参案的几位干将已经在座了，齐齐起立。贺炯道了句："坐吧，关上门。"

保密员关上了门，把这里辟为独立的私密空间了。坐下的支队长回头道："又在原地转了几天，秦寿生和孔龙的审讯有发现没？"

"没有。"周景万道，"孔龙应该没多大隐瞒了，总觉得秦寿生不对劲，但不知道问题在哪儿。师父您觉得呢？"

"知道还问你？审问审问，让你问呢，你问谁呢？"贺炯吼了句，把徒弟训得不敢吭声了，他又问道，"黑标的情况呢？"

"几个人都在戒断期，情况不乐观，我去了两次。"武燕赶紧补充道，"戒毒所和法医鉴证中心提供的化验报告，提到了辅料线索，我觉得可以一试。"

"嗯，这个随后讨论。"贺炯道，又问，"张强的情况呢？"

"支队长，看守所不收，我们没有再拘留了，再拘留就是非法了……一身病，神经一会儿正常，一会儿不正常，不过他认出齐双成来了。根据孔龙的交代，连天平应该是集结了这么一伙人专门替他收债，我觉得这也是别有用意，这类警察管不了，看守所关不了的人，恰恰可以为他们所用。"鲁江南汇报道。

"嗯，我们还是在炮灰层次打转，我就有一个问题啊，这么多警力，加上信息中心，有大数据支撑，怎么可能找不到连天平去哪儿了？就是上天入地也该有个影啊？就算连天平不露面，这俩小弟也不能不露面啊？孬九和葛二屁，顶多就路牙上蹲着找生计的货，怎么可能找不着呢？"贺炯道。

这把年龄最小的参案人员给羞红了脸，邱小妹喃喃道："对不起，支队长，我们已经尽力了，面部识别软件搜索功能每秒钟能过几十个人，只要公共场合出现，我们就能查到。"

言外之意，确实没有出现啊。

"那三位呢？"贺支队长转移了话题，对于借调的新人，不敢发脾气爆家长作风。

"哦，他们请了一天假，回特巡警大队办工作交接，您批准的，政委说不用通知他们参加了。"马汉卫汇报道。

这是出于好意，怕支队长会上骂。贺炯理解了，直问众人道："那三位小伙子劳苦功高，我都没脸面命令人家再干什么了……我提一个问题，我们的方向是否正确？9·29扫黑除恶以后，是否是在我们的震慑下，毒贩子都缩回去了，导致我们查无结果？"

这是个简单的问题，但支队长肯定不会问得这么简单，余众不敢吭声。贺炯点将了，又点到徒弟周景万，周景万点点头道："应该是这样。"

"你们也这么认为？"贺炯问其他人。

陆续有人点头。

这就开始了，贺炯回身坐好道了句："关灯，这是昨天晚上兄弟单位通过省厅转来的资料，详细案情随后就到，你们看一看，我是被徐局长劈头盖脸训了一通啊！"

灯灭，投影播放开始了，执法记录仪中提取的，是一组粗粝的画面：高速路口拦车，一辆黑色的轿车冲关，砰砰啪啪的枪声响起，警枪和对方还击的枪声，激战数分钟，一死一伤一被擒，缴获的货物悉数在现场排了一大片。

蓝精灵，太熟悉的东西了，足足一千多粒。

尔后是时间轴回返，涉案车辆从终点往回寻踪，一截一截带着几时几分的时间标志，最终定格的起始点是晋阳市杨家岭D入口。

在座的警员登时脸上发烧了，这是从本市出运的毒品，而且是没有见过的大宗毒品。

"啪！"灯亮。谭政委道："这是昨天晚上发生的事，滨海警方掌握了涉毒嫌疑人的线索，在高速出口设伏抓捕，现场缴获新型毒品蓝精灵，一千一百余粒。根据行驶路线及加油、消费卡使用情况来看，这三名涉毒人运送的毒品，出发点应该在我市。越来越多的迹象表明，毒源应该就在我市啊！省厅和局里严令我们，务必限期侦破此案。"

在专案侦破的期间，就在缉毒警的眼皮子底下，仍然有大宗出货，这个消息把参会人员看得瞠目结舌，半晌回不过神来……

雪上又加霜

"让让……让让……"

"嘀嘀"的电单车喇叭响着，一个穿着红绿相间的外卖服、戴着头盔的小哥穿梭在车人混杂的巷子里，这是一处位于大学城学区附近的巷子，虽然离市区稍远，但因为巨量的需求，热闹却比市区不遑多让，两侧临街饭店、药店、水果店琳琅满目，每逢下课时分，里外都是人满为患。

没人注意这位满大街蹿的外卖小哥，他拐进了更窄的一处小胡同，把车停在一处独家院落的门口，提着后箱里的袋子快步进门，上楼，敲门，门应声开时，赫然是葛二屁的傻相。

"哎哎，我来我来……"

葛二屁接着东西，几条烟，两摞食盒。烟都是高档烟，食盒里装的鸡鸭鱼肉，哪怕是劣盒包装，也掩盖不住食材的精美。

是啊，有钱得任性，地摊小饭店的味道肯定不太符合胃口。

脱着外卖服、脱着头盔的"外卖哥"赫然是高久富，在这儿憋了几天了，除了吃就是睡，话说不能呼朋唤友，不能出去嫖赌，这生活实在是乏味得紧，瞧孬九脸上的烦躁就看得出端倪来。

"平哥呢？"孬九问。

"厕所呢。"葛二屁回着，手捻了块鸭块塞嘴里了。

"嘿，别下作，平哥吃饭讲究。"孬九赶紧拦着。不料葛二屁早连脆骨也咬着吞下去了，他噎得直瞪眼道："哎呀，又忘了……别跟平哥说哦。"

"去去，我来。"孬九把二屁推开，很小心地把几份饭盒都摆好，黯然一坐，唉声叹气了。

"嗯？！什么声音？"他仔细辨听，原来声音来自葛二屁身上，是"咕咕"的肠胃声音，再看他，两眼直勾勾地看着桌上的菜，嘴角上已经挂了颗亮晶晶的液体。

这光景把孬九逗乐了，没酒没妞的日子就剩下二屁这个乐子了，这货除了吃和玩，啥都不想，顶多念叨平哥啥时候再安排他嫖个妹子去。孬九踢了他一脚出声问："二屁，每天你比我俩都吃得多，咋都消化了？又饿了？”

"倒也不是很饿，可你们这伙食也忒好了，我忍不住啊！"葛二屁道，肚子又"咕咕"来了几声。

孬九笑道："你这么大肚子，以前咋养活自己啊？"

"监狱里管饱呢，只要好好干活，那也不亏待谁。"葛二屁说起来倒怀念监狱里衣食无忧的生活，他经常说，里头比外头都滋润，除了缺女人，啥都不缺。

"出来呢？你咋混的？平哥找着你时，穿个大破袄，比民工还不如啊！"孬九好奇地问。

"我就是民工啊，出来也没的干，还不就在工地干个零活，蹭几顿大锅饭。"葛二屁说了，那其实也不赖，偶尔偷根钢管或者构件卖卖，还能挣点小外快，小日子也是蛮滋润的。

"那确实不比监狱强多少啊，还是缺女人。"孬九笑道。

门开了，连天平进来了，笑着的两人表情一敛，赶快收声，这院子还是屋外的旱厕，平哥每次回来都不忘洗洗手。

连天平坐到一边，他的发型变了，剃了个秃瓢已经长出了黑乎乎的发茬儿，整个人的气质也随之大变，最起码没原来杀马特那样硌硬人了。他拿着筷子招呼着两人开吃，笑着问："都憋不住了是吧？"

两人齐齐点头，孬九道："我觉得没事，平哥，就您这安排，别说什么雷子、片子，就鬼都不知道。"

"啥事呀，鬼都不知道？"葛二屁好奇问。那两位一瞪眼，他赶紧看碗，不敢再问了。

"哦，该摊牌了……二屁啊，知道我们做什么生意的吗？"连天平问。

不知道，葛二屁摇头。

"那以前跟黑社会团伙打打杀杀，你不知道他们干什么的？"连天平问。

"没干什么啊。就敲敲玻璃、打打架、砸砸车什么的，反正大哥让我干啥，我就干啥。"葛二屁诚实地道。

团伙就得这样，越没有独立思维的属下，越受人待见。连天平笑着道："你昨儿个晚上从马庄往东景苑小区送了趟包裹，知道是什么吗？"

"什么？"葛二屁愣了，那是近几日唯一的一次派活，就让他穿得和孬九一样送货，两头都在车里，放下就走，知道肯定不是什么好东西，但不知道坏到什么程度。

"毒品，专业地讲，叫氟硝西泮，道上叫蓝精灵，也有人叫小药片，叫什么的都有。"连天平道，悠闲地夹着菜。

葛二屁吓得停嘴了，指着孬九道："坑我！"

"坑得还不轻，我们送货随便逮着一次，都够打头了啊，你送的有一千多颗，浑身长脑袋都不够打。"连天平道。

葛二屁怔了，毫无征兆地"呃"了声，眼睛瞪得溜圆。

"你不知道送给谁了，接货的人也不知道你是谁，所谓'富贵险中求'就是这意思……兄弟，谢了。"连天平一边说着，一边示意孬九，孬九掏着包，桌子上拍了两摞钱，那钱刺激得葛二屁又是一哆嗦。连天平适时道："这活呢，不是心甘情愿，我还真不敢让你长干，要是害怕，就当什么也没发生，吃完饭拿钱走人，我们也换地方。兄弟一场，我不能拉你下水，这话必须说清楚。"

"这……"葛二屁一咧嘴，在心里的恐惧和桌上的钱之间犹豫不决。

"装什么呢？回去吃民工灶去？平哥给你的是什么生活？我还不骗你，我们都是平哥从街头捡回来的，你自己心里不想想，这世上除了你爹妈，有人把你当人吗？"孬九喝叱着问。

确实没有，这一下子触到葛二屁的痛处了，他咬牙切齿，梗着脖子，那是不堪回忆的样子。

"咱们这号人，别人见了你像躲垃圾一样躲得远远的，除了干这个，你还能干什么？你还会干什么？就你以前那些打砸抢的破事儿，比现在玩得高级啊？"孬九在用最犀利恶毒的话激发葛二屁投身犯罪事业的勇气。

葛二屁听得两眼迷茫，六神无主了。

"再给他加上一万，一会儿送他走吧，就当没认识过啊。"连天平半晌出声道。

此人仗义，不过优点也会成短处，连天平投对了，葛二屁推拒道："别别别，平哥您对我太好了，白吃白喝的，我都不好意思了，这都够多了，给我的我都花不了了。"

"你仗义，我不能不仗义，这事干一回两回甚至十回八回，只要没被逮着现行，没啥事，但干多了总怕个万一，我不能害你啊……孬九，给二屁拿上，让他回去安生做个小生意。"连天平道。

"不要，不要，我真不要……平哥你小看人是不？这怎么把人往外赶呢？"葛二屁不悦了。

"我是担心你害怕，别以后真出了事怨我。"连天平道。

"怕个啥啊！我这不好好的？平哥你啥也别说了，有事我扛，有牢我坐，没人把我当人看，我好歹也得有几天活得像人样啊……孬九，啥也别说了，跑腿活我干，你要不让我干，那就是不仗义，看不起兄弟我啊！"葛二屁怒了，一怒之下要心甘情愿入坑了。

吸毒者毒品就是饵，困顿者优渥就是饵，人为财死、鸟为食亡的朴素原理在最底层永远是真理。孬九倒了一杯酒敬给葛二屁道："欢迎入伙！"

"想好啊，我们这类人下场都一样，不是被同行坑死，就是被警察抓进去，但在那个下场到来之前，我保证你不会后悔。"连天平适时道，眼皮抬着，瞟着端着酒杯的葛二屁。

啥也不用说了，都在酒里了，葛二屁一饮而尽，把酒杯重重蹾在桌上道："就不干这，下场也一样，要干啥平哥您吱声，我绝没二话。"

"先吃，慢慢来，你是当大哥的料，得给你招几个小弟……来，兄弟我敬你一杯。"

三只酒杯重重碰在一起，被打散的队伍和人心又要重新凝聚了，三人头碰头已经开始商量招募人手了，活是小弟干，钱是大哥赚，这才对路。平哥的思路让葛二屁茅塞顿开，掰着指头一数，能招募的人手还真不少，他认识的狱友加外面的狐朋狗友，清一色的地痞恶棍，找几个同路的太容易了……

禁毒支队保密处，专案组成员正看着大数据中心连夜梳理的数据，涉案车辆从杨家峪高速往回倒，一节一节往回反查，可以找出清晰的活动路线，当天是从东景苑小区出来的，时间为晚上七点四十分。

那这个就容易查了，最起码邱小妹当时是这么想的，不过事与愿违，等现场一查才知道，这是个还在出售的楼盘，入住率三分之一左右，地库车位启用不到五分之一，可恶的物业为了省电，不管是地库还是小区内部监视，大部分都没开。

"今天凌晨接到消息，局里调内卫警力包围暗访了这里，情况比想象中复杂。这里几乎是监控的绝地，选址太好了，最近的交通监控离这里有一点二公里。过了那个监控头，有三个路口，也就是说，从市里来向是一个方向，但其他地方来这个小区所在的东景路，有三个方向。车流量傍晚六点到晚上八点是峰值，每分钟有一百八十余辆，涉案车辆离开上高速时间为晚上七点四十分，在此之前，哪怕截取一个小时，一个路口的过往车辆，都有一万多辆。"

谭政委给的数据是在陈述一个问题：要想查，很难！

"嫌疑人对地形及路线非常了解，几乎避开了所有检查站，杨家峪高速入口不到一千米就是个派出所，那儿恰恰从不设检查站。"周景万沉吟道。

"踩点很细，反侦查意识很强。"鲁江南道。

"如果兄弟警方的审讯有进展，我们找涉案车辆、人员应该就非常容易了。"田湘川道。

"想得美。"武燕泼了瓢冷水，黑暗里她幽幽地道，"这么大大方方地交易，不可能不设障，以前是钱货分离，从查蓝精灵开始就一直是钱、货、人三者分离，除了假药钓出来的秦寿生这一拨，剩下的哪次找到上家了？"

一下子把讨论泼凉了，前座的贺炯不置可否地道："看来，理解最快的是燕子了，初步审讯的结果是这样，把小区平面图拉出来……接货人的车辆停在指定位置，位置是通过手机发送的，而这个位置在六号楼背后，两侧是没有完工的绿地工程。接货人来了三位，送货的一位，据他们交代，送货人早在那儿等他们了，验完钱，直接从旁边一个垃圾桶里提出了袋子交给了他们验货。这么说来，应该是送货提前到场，已经把货存在这儿了……怎么走的？什么时间？乘什么车？就有待查实了，确定了一下对方的长相，有两撇胡子，身高在一米七五到一米八之间，男性，普通话……他们之间的称呼很有意思，这些叫送货的'齐四'。"贺炯道。

齐四，齐双成？那位消失的线人？刚捋顺的案情又搅成一锅糨糊了。

马汉卫道："不可能是齐四，齐四是个小个子，一米七都不到。"

"肯定不是，但肯定是认识齐四的人，或者是另外一个绰号……同志们哪，这可是我们地界上的事，让兄弟警方来越俎代庖，你们觉得脸上有光吗？"贺炯起身了。他摁亮了灯，看着垂头丧气的一干属下，谁也发表不出更多的意见来了。

如果追逃的在异地落网，那是巧合；可异地警方查到了本地的涉案情况，那就是打脸了，怎么说也是监管不力，家丑外扬了。

"秦寿生的这一枝刨出来，让我们有点兴奋得冲昏头脑，可能都没有预见到这些人反侦查能力这么强。我们再捋一下思路，先不要有一口吃天的想法，从细节、从小事做起怎么样？……支队长，您说呢？"谭政委道。

"嗯，连天平这个人不简单啊，收罗的基本都是涉毒、涉黑等具有反社会倾向人格的社会渣滓，即便落网我们也无计可施，法律和刑狱对这些人没有震慑……这像个老炮手法啊，可偏偏又玩高科技玩得这么溜，又不像江湖人，啧。"贺炯被案情显露出来的迹象难住了。

"和我们接触的涉毒案例都不太一样，一般情况只要被缉毒警盯上的，最起码得老实一段时间，装也装个老实样，不像这几个货，一眨眼就不见人了，不会直接就干上了吧？"武燕惊愕道。

"不排除这种可能，毒强、黑标、秦寿生、孔龙都咬不出连天平来，那说明他根本没有动手，应该是教唆别人干，反正又不是他亲自动手，他有什么可担心的，大不了再找几个像毒强和黑标这样的替死鬼。"周景万道。

"那就更麻烦了。"鲁江南叹道，那帮吸毒的不用教唆，只要给两口，他们啥都敢干。

"所以必须找到人啊，不能放长线钓鱼，变成放虎归山啊……你们……"贺炯话结巴了，这才省得，面前这个小目标都没实现，别说这起大案了。

"我……我能说句话吗？"邱小妹怯生生地举手了。

"怎么了，小邱？"谭政委关切地问。

邱小妹举着关成静音的手机，那上面是幅照片，一名男子正在一处民居二层扭头眺望，不知道是什么地方的建筑，不过那个人正是遍寻不到的连天平。

"哪儿的照片？"贺炯一下子悲喜交加。

"不知道。"邱小妹也愣了。

"不知道？！"余众惊愕几声。

"丁灿刚发给我的。"邱小妹愕然道，一想便明白了，"坏了，他们仨请假是去找连天平了。"

余众更惊愕地互视着，天网联网的几十万摄像头加上最先进的面部识别软件没找到的人，就他们仨摸到人家老巢里了？

一千个一万个不相信写在脸上，可事实就是如此。邱小妹输了个问号，丁灿回了个位置。一看位置，邱小妹抬头道："在大学城一带。"

"啊？这几个地痞流氓钻大学城干吗去？"周景万纳闷了，这和研判信息大相径庭了，蹲点都在连天平手机泄露的常去地方，不料这家伙变招了。

"景万，带人去核实一下，千万别惊动……散会，就剩这条线了啊，咬死咬牢了，再把线索丢了，我们可就抓瞎啦！"

支队长摆手，几位得令，联系的联系，去现场的去现场，围绕着唯一的这条线索，整个外勤网动起来了……

第六章

惊现毒窝线索

小兵抵大将

"哎……你们说这算不算重大线索啊？！"

任明星开着他爸那辆小吉姆尼，从两车夹缝中穿过，这车车身很窄，除了越野能力强，还有好停好放的特点，别提多适合在这种城中村穿梭了。

后座的邢猛志把手机镜头对着车玻璃，在拍外面，副驾上的丁灿手机伸出车窗，也在偷拍同一个角度。此时葛二屁正从小胡同里出来，一扣头盔，整个体貌特征全给遮住了，再一跨上摩托车，"突突突"开着就走了，手机相机里斜斜地捕捉到他穿着一身外卖小哥的衣服。

"天哪，这个二货这么白痴的化装，居然把信息中心给难住了。"丁灿喘了口气道。

穿个制服，扣个头盔，融入这座城市里成千上万的快递小哥队伍里，可不就成了天然的伪装？！一个头盔就把最先进的体貌识别软件全部挡到外面了。

"越简单才越是大师的手法，有人教得好啊！这货我小时候认识，有点缺心眼，不可能懂这么多反侦查手段。"邢猛志道。

没有暴露之虞，就都放松了，任明星又重复着问题："哎，我问你们，这算不算重大线索？"

"当然算了。"丁灿道。

"你是在想能要多少奖金吧？"邢猛志道。

任明星嘿嘿笑了，笑着道："猛哥你简直是我肚子里的蛔虫，我想什么你都知道。"

这个夸奖赢得了背后邢猛志给的一个脑瓜嘣，嘻笑的任明星毫不介意。丁灿在手机上和家里通着信，循着一个位置指示道："左拐，进校园，绕湖……应该在角上。"

只要消息出来，恐怕支队的外勤会很快跟上，蹲坑的、盯梢的，甚至可能在近处还会建一个秘密观测点。果不其然，路过学校内部招待所时，就看到了一辆熟悉的民用车，那是外勤已经去找观测点了。三人的车绕着校园走了半圈，在湖畔林荫路尽头，看到了等他们的人。

是武燕，拦停车直接招手道："下车下车，换车，这车太扎眼，开这辆。"

那车确实不扎眼，一辆老掉牙的面包车。她上车启动，示意任明星先走，驾车归队，任明星嘴长刚问一句，被她叱了两声，不情不愿地先走了。她在车里又确认一番没有引起对方注意，各观测点到位之后，这才加速往长风路支队方向驶去。

一条前沿准确信息的重要性自然是不言而喻的，在收到信息的半个小时后，连天平这条断掉的线就重新接续起来了，地点是大学路往北两公里，东峰村，地图上无标志的无名小巷，刚建起的观测点已经捕捉到了窗口连天平剃发后的面部特征。他手下的两员大将：一个孬九，一个二屁，正骑着摩托和电单在城里转悠，一个更意外的发现是，昨晚案发的东景路上，也有十几位外卖小哥的摩托、电单驶过，其中一个骑的摩托车和葛二屁的座驾吻合，可惜的是没有拍到他是否进了小区，无法判断是否是这次贩毒的送货人。

这么大的嫌疑人，真相几乎呼之欲出了，有点兴奋过头的贺炯一直在支队楼前踱步，越想越像猫抓痒痒似的急不可耐了，这谜团迷得他连烟都忘抽了。谭政委提醒道："老贺，好歹是支队领导，咱们别表现得这么失态成不？"

"不要装腔作势，敢说你心里不痒痒？"贺炯盯了政委一眼。

两人搭档久了，几乎心意相通。谭政委也没准备瞒，笑着道："我痒的地方，和你不一样。你是觉得我们离真相只有一步之遥了，而我在奇怪，什么样的思维才能凌驾于大数据研判之上。"

"这个问题的答案咱们争论过，我趋向于保守，对于任何现代科技的侦破手段我都不抗拒，但对于过于依赖，甚至否定我们传统的思想，我坚决反对。大数据缺失指向性关键信息，就成了无用信息；高超的技侦手段如果放在外行手里，就成了小孩子把戏……技术和资源必须在准确思维的引领下，才能够发挥它的效力。"贺炯道。

"这应该是小丁灿大放异彩了吧？"谭政委道。

"错，应该是两人，甚至三个人合谋的。丁灿熟悉技术，但并不熟悉复杂的市井生存环境。"贺炯挑衅似的看老搭档问了句，"赌不赌？"

"不赌。"谭政委笑着摇头。

"怕输吧？"贺炯得意地道。

"不，我怕你耍赖。"谭政委道。

"看看，你判断得这么准，知道为什么吗？是因为你了解我。判断他们为什么不准？是因为你不了解人家。"贺炯得意道。

谭政委愣了下，好奇问道："难道，上次家访？"

肯定是基于那次的了解，贺炯笑道："我跟猛子他老娘套了套近乎。那当妈的根本不懂这辅警和警察的区别，一直认为她儿子是警察呢，跟我说她儿子可聪明了，天天看犯罪的书、犯罪的电影，要学着抓坏蛋呢。还有她儿子以前可厉害了，街上那小痞子、小混混敢欺负认识的人，猛子能追几街揍他们……"

贺炯绘声绘色地讲，谭政委听怔了，愕然问道："哦，明白了，老太太是法盲吧？这和本案有必然关联吗？"

"当然有了，你评判一位警察的优劣，着眼点是他的言行是否符合这支队伍的共性，而我不同，知道我的着眼点在哪儿吗？"贺炯问。

"哪儿？"谭政委问。

"血性！除暴安良的侠义精神和平安天下的职守，缺了血性的男人，在这支队伍里虽然不会出格，但永远别指望他出众。"贺炯道。

又是老派警察那套言论，谭政委正要强调纪律，那辆面包车已经飙着回来了，嘎吱刹停。武燕跳下车，后面那俩跟着下来了，丁灿背着电脑包，邢猛志却在徒手绑着一条弹弓皮子，两人像闲逛回来一样，似乎根本不知道他们挖出来的信息给支队造成了多大的震惊。

"能成熟点吗？多大了还一直玩弹弓？"武燕斥了句，很看不惯邢猛志的心不在焉。自从两人真心话大冒险之后，两人稍有改观的关系又落回了僵持阶段，不是谁也不搭理谁，就是相互呛几句。

邢猛志却是拉拉绑好的皮子道："射击是释放压力的一种方式，我建议你也玩玩，看你这么易怒，疑似内分泌失调啊！"

丁灿嗤声一笑，邢猛志加快步伐走到了支队长一侧，一下子站进安全区域了，噎得武燕干瞪眼发作不了。支队长顺手一揽邢猛志问道："可以啊，不声不响就把事办喽？说说，咋找到的？"

"大数据啊，丁灿现在有调用权限。"邢猛志道。

谭政委笑了，问丁灿道："这次比上次强点了啊，知道找到线索立即上报支队，干得不赖……哎，这工作没安排给你们啊？"

"这不看着案情卡在这儿，大家都作难，武姐、马哥、周队天天发脾气，我们就寻思搭把手。"丁灿谦虚道。

"好，今天给你个机会，再给我和支队长搭把手，成不？"谭政委问。

"没问题。"丁灿道。

"那就好，信息中心，大家都在等你，这么风骚的操作，可不能藏私啊！"政委道。

"啊？！"丁灿吓了一跳，紧张着道，"这个我真不行，我习惯在屏幕后干活，让我给大家讲……我我我，我真不行，我口吃……"

没承想会被这个吓住，贺炯回头瞪了眼道："说清楚就行了，这算什么？说不定还有英模报告呢……口吃不怕，多上几回。"

"别别，支队长，我真不行……你让他来，办法是他想的，我都觉得有点吹牛逼的成分，不敢跟大伙说，怕人家笑话，谁知道出去试了下，嘿，直接就找着了。"丁灿急中生智，把邢猛志指出来了。

贺炯看着政委得意一笑，政委却一点也没有猜错羞愧的自觉性，直接道："那猛志你来吧。"

"好。"邢猛志意外地一点也不怯场。

这倒把支队长和政委惊得"咦"了一下，连武燕都怔了下，这家伙可真不客气啊。邢猛志似乎揣摩到了众人的心态，笑着道："我不喜欢谦虚，事前的谦虚在我看来等同于胆怯和逃避，而事后的谦虚，无非是没有任何意义的客气和沾沾自喜。"

话说得有点狂妄，不过支队长拍着小伙的肩膀使劲给了个赞，领着他进去了。丁灿驻足瞅了眼愣住的武燕，笑着小声道："我就是被他这种不要脸的霸气折服的，你也快了。"

未等武燕领会话里的意思，丁灿嗤笑着走了，武燕嗤鼻不屑了一声，跟着进信息指挥中心了。

被电脑和大屏占据着绝大部分空间的指挥中心大厅里，支队长拍拍巴掌示意众人注意，一句话把邢猛志推向了前台："大家注意一下，让找到线索的小邢同志给大家说两句，你们加上外勤一共找了三天，他们三个人用了三个小时，效率上巨大的差别在哪儿，让小邢同志给大家点拨一下。"

支队长笑退到观众位置了，在座的二十几位操作着禁毒系统的信息传递以及天网的覆盖，支队长这话却是赤裸裸地指责大家效率低下了。二十几双眼睛焦点汇聚在邢猛志身上，像透视数据一样试图看穿这位年龄不大、根本不像技术宅的男子，甚至其中有些人还不知道他们的辅警身份，窃窃私语间，有的惊讶眼神已经变成了轻蔑和谐笑。

"我叫邢猛志，来自缉虎营特巡警大队。辅警。"邢猛志被几束眼光刺激了，表情悴然道。

开场不怎么样，支队长瞅着这些技侦，很不悦地瞪了几眼，不过没有引起别人注意。

"侦破是在寻找真相，真相和学历学识无关，这一点我在特巡警大队已经体会过很多次，派出所、刑警队经常从我们特巡警大队调人力、了解情况，原因在于，我们的工作每天不止八小时，都走在最一线的路上，没有人比我们更了解这座城市坑蒙拐骗偷、吃喝嫖赌抽的底层生活状态。在主流生活之外的边缘，很多时候，其实犯罪对他们也是一种生活方式。"邢猛志道。

笑场了，"吃喝嫖赌抽"把政委听得脸上发烧了，技侦里几人笑出声来了，不过气氛不压抑了，这番不该出自警察口中的言论成功地勾起了大家的兴趣。

"可能大家会把线索归结于运气的成分，我不辩驳，每年的追逃人员被基层派出所、被辅警扭送的不在少数，运气成分很大，我们可能也是凭的运气。这让我想起一个很经典的案例，国外的，我想你们作为专业人士应该很清楚，世界知名的一个地下暗网电商丝绸之路的创始人，网名叫恐怖海盗，他控制的暗网百分之七十的交易是毒品，地方警察、

FBI对此人追查数年无果。他最终落网，并不是警察找到的线索，是谁？你们中间有人知道吗？"邢猛志问。

"我记得我看过这个传奇，是个……"

"对对……抓到嫌疑人的是个普通的理工宅男。"

"我找找……"

"税务调查官。"

成功引起同事们的兴趣了，窃窃私语几句，有人把搜到的信息递给了政委看。

邢猛志讲话似的叙述着："没错，是个税务调查官。他用的最简单的搜索引擎——谷歌。他是从四千万条搜索关键词信息里，找到了时间最早的一个帖子，一个不相关的网名，然后顺着这个网名，又找到了这位叫Gary的男子在网上发布的视频。他是最早提到丝绸之路这个关键词的人，网络记录下他的痕迹，不过被后来的海量的冗余信息掩盖了，可能连这个人自己都忘记了曾经随手写过的帖子……这位税务调查官咬着线索一步一步跟进，就用最基础的搜索引擎找Gary的相关信息。所有人都没有把税务官的信息当回事，直到他找到位置信息，和FBI定位丝绸之路发布信息的地点吻合，一个咖啡馆，也是最终恐怖海盗落网的地方。"

"如果从结果看过程，其实谁都可以破这个惊天大案，我们找到连天平位置的线索并不难办，你们说，该怎么找？"邢猛志笑着问。

这跟哥伦布竖鸡蛋一样，不见鸡蛋竖上一回，谁也学不会啊！

见成功地勾起了在座的好奇心，邢猛志继续道："支队的方式是以天网为支撑，用面部识别软件扫描，重点是连天平出现过的位置，到他常去的酒店、洗浴中心、会所蹲守。这个方式理论上没有缺陷，但实践中就出问题了，如果他短期不出门，或者出门像葛二屁、孬九这样扣个头盔，这一下子把天网给屏蔽了，捎带把我们变成瞎子了。"

对，事实就是这样，大屏上还追踪着葛二屁的影像，那货骑着摩托车跑得正欢，现在不追面部的特征，追的是这辆车的特征，如果不是找到线索，在全市海量的骑手里，还真无法分辨混进去的一个嫌疑人。

"我们私下商量的想法和支队大致雷同，找人肯定从行为特征上找，无非是吃喝拉撒，如果站在嫌疑人的位置去考虑，实现反侦查需要这么几个要素：第一，衣食起居必须有保障；第二，不离开熟悉的地方，否则不易藏身，而且容易被发现；第三，不大出门，但方便出行，肯定不可能长时间窝着不见人，而且可能还要犯点事，犯罪对于他们就是一种生活方式，不可能改变。符合这种要求的地方在我们这座城市就可以划出片区来，城中村，人口密集、监控较少的地域；近远郊区，外来人口较多、组织复杂、警力薄弱的地区。这样划分的话，其实不多，近远郊火车站、龙康新区、南缉虎营、武林村等二十几个片区，这个区域还是有点大，而且和他们吃喝嫖赌的生活习性相悖，好像什么都不方便啊。"邢猛志道。

又把大伙逗乐了，现在没人反感了，听得津津有味。

"这个时候，有人提醒我了……就他，好吃懒做这位。"邢猛志指了指刚进门的任明星，继续道，"他的原话是，'这不是问题，想吃，外卖啊；想女人，援交啊；想住，情侣酒店啊，开房身份证都不要……'结合本案多次涉及网络技术的事实，那他们解决吃喝嫖赌生活问题的方式，我是不是可以大胆假设成这种最简单最普遍的方式呢？"

"我明白了，是筛选外卖联网数据，和你们划定的区域比对！"邱小妹灵光一现，脱口道。

"对，美×、饿了×、百×三家外卖配送，再加上饭店自送的，一共不下十家，每天的数据都是海量。我们从连天平手机里找到两家淮扬菜，每天送出去的外卖有六十份到一百份不等，遍布全市，他们只点过两次，你能猜出我们为什么选择大学城一带吗？"邢猛志问。

一下子把邱小妹问住了，她眨巴着眼，怔了。

"从大数据里找线索，类似于沙里淘金，你不一定知道哪儿能淘出金子来，可如果金子放在你眼前，你一定会认出来。"邢猛志指指屏幕。

此时，丁灿已经把搜索到的类比数据投射到了大屏上。数据放在眼前时，在座的技侦一下子黯然神伤，太简单了。

"那一带从来没有过这种高档酒店的送餐。"

"送餐费要高一倍。"

"三到四个人的量，还有一瓶花雕黄酒。"

"时间是连天平消失的第二天。"

"地点是东峰村第三个胡同口，电话联系……"

有人摇头，有人郁闷，任谁看到这些信息也会和隐藏的连天平联系起来，南方人、喜欢淮扬菜、黄酒、三到四个人的量，住址都语焉不详，真相就懒洋洋地躺在大数据里，只是被忽略了而已。

"东峰村在大学城一带，那儿有巨量的外来人口，围着大学城四周的村，几乎全部是出租房，住校外的学生，做生意的外地人，还有看学生的父母，各式各样的小公司，外来人口百分之八十左右。别说办居住证，就那地方连身份证都没有的，我估计都不在少数，这个很差的环境，和合生酒店一顿动辄上千的餐饭关联起来，我就是再粗心，也漏不掉啊……所以，今天早上我抱着试试看的心态去瞅了一眼，嘿，就发现这个葛洪在学校里那湖边练弹弓了，又转悠了几圈，就瞅见高久富那家伙换上外卖服出去啦……一看到他，我一下子明白为什么咱们的大数据一直捕捉不到他们的踪迹了，这家伙扣着头盔呢。"邢猛志道。

众人齐齐长嘘一声，有不甘，有懊丧，有难堪，恰如"我本将心向明月，奈何明月照沟渠"的那般失落。

"大家不用丧气，我没有质疑在座专业素质的意思。能更快找到这条线索，是一位老警察教我的。在来禁毒支队当辅警之前，我们值勤每天要走两个片区，十多平方公里的地方，连续走了十八个月。刚开始的时候我很惊讶我们大队长的本事，他叫王铁路，一个片区只要出了什么案子，他拍拍脑袋差不多就能想出是谁干的，在哪儿能找到线索，甚至能揣摩到这些浑球藏身到什么地方……在电子信息和网络等新技术的运用上，队伍里那些古板的老同志可能是落伍的，可要论适应环境、识人寻踪、去和各色各样的嫌疑人打交道，我们这一代是守着键盘长大的，是落伍的。我曾经也是如此，眼高于顶加上眼高手低，直到处处碰壁才开始从头学起，后来当我接触、熟悉这些地方和这些人之后，发现大队长能办到的事我也能办到，没有什么神秘的。熟悉后就有了规律，规律总结后就成了经验，当这些经验和大数据结合后，往往能达到事半功倍的效果。"邢猛志结束了这次亮相，旁听的丁灿和任明星，向他暗暗地竖了个大拇指。

这些话对禁毒警员们的触动足够深了，支队长和政委脸上漾着微笑，扫过信息中心那些受到打击的技侦，他们的骄傲在这位辅警面前已经土崩瓦解，更难能可贵的是，他并不是单纯地让这些天之骄子颜面扫地，而是告诉他们去如何重拾信心。

触动最深的要算武燕了，支队并不是铁板一块，年龄差别、内外勤工作性质差距、不同学历人员的素质差距，除了支队长拍桌子骂娘震慑，一般让那一拨人心服口服不容易，可今天有人做到了，他就在眼前。看到邢猛志踌躇满志和微笑，武燕下意识地"啪啪"鼓了两下掌，然后怔着的警员一个接一个，一声接一声，瞬间都鼓起了掌。

掌声，把一点都不谦虚的邢猛志淹没了……

囚徒两猜疑

再高明的追踪和盯梢，哪怕贴靠侦查也有缺陷，缺陷就在于，你知道其然，未必知道其所以然。

中午时分，观测点的马汉卫和周景万吃着盒饭，把外勤辛苦追踪的信息又梳理了一遍，信息可以一言以蔽之：今天的葛二屁车上多了一箱货，去见了一个人，又去打了一个人，然后这打人的和被打的，现在神奇地正坐在一家川味餐馆里吃饭。

"和咱们办过的所有涉毒案例都不一样啊，那些人能多低调就多低调，这俩货，实在是……"马汉卫无从形容了，涉毒的嫌疑人有个共性，那就是狡诈，一逮着就是重罪，环境和条件早把一个个贩毒分子训练得其狡如狐，等闲你根本摸不着他们的脉络。

"还真不好下定论，说他们愚蠢吧，反侦查手段玩得怪漂亮呢；说他们聪明吧，这满大街找着打人收拾人的，有一个打110非把他们拘起来啊！"周景万道，这明显不是涉毒嫌疑人的风格。

"所以咱们老跟在背后不行，最起码也得个贴靠侦查，尽量缩短距离，否则就看着也不知道人家究竟在干吗，出货可就一刹那，想抓到现行太难了。"马汉卫道。

单纯查毒好办，吸食人员就是现成的线索。可要往毒源方向查就难了，除非抓到重要嫌疑人，除非抓到大宗毒品，否则单凭点口供和目击，根本拿不下嫌疑人。

于是这几个冒头的，让禁毒支队反而投鼠忌器了，周景万吃了一嘴饭，倒吧唧了好几声，难得他都快消化不良了。

马汉卫若有所思道："周队，派个短期化装侦查我觉得有必要啊，咱们队里……"

化装侦查，传说中的卧底，这并不神秘，缉毒警里有一小半都出过这种短期任务，或是诱捕，或是诱线索。但这一例不一样，连天平招募过大量的吸毒人员，无形中把缉毒警可能贴靠的渠道给屏蔽掉了。他摇头道："要能用，估计支队长早下手了，我总觉得有一双看不见的手在操纵着这些，不只是那个黑客，我们的一举一动，似乎都在对方的预料中。"

"您觉得有内鬼？！"马汉卫愕然道，不敢相信这个说辞。

"有点怀疑，我说不清这种感觉，我们这行不能太过相信直觉，但也绝对不能忽视直觉，贸然用这一招万一被识破，那就更被动了。"周景万道。直觉的不确定让他不敢考虑使用贴靠拉近距离的侦查方式，毕竟那是一伙毒贩，稍有差池，那都是性命攸关的事。

"咦，这不有个现成的吗？"马汉卫道，脑子里冒出来个合适的人选。

"呵呵，等你想起来早误了，我让燕子试探过了，不行，他很反感。"周景万道。

"反感？！也是，当坏人为钱卖命，当警察为信仰拼命，这当临时警察的，不管拼命还是卖命，都给不了人家理由啊。"马汉卫道。

这像是触到了周景万的心事，他忧心忡忡地低头吃着，明显食不甘味，只顾着嚼饭，都没有吃菜……

找着了王八不愁见不着乌龟，谁也没料到那位"失踪"的波姐根本没离开本市，反而从郊区东城角村钻到了市区菜市场，她的行踪以及个人资料随着追踪外勤的汇报，摆到了会议室案情桌面上。

武燕送进来的，她和支队长说："已经确认，这个绰号波姐的女人叫董小花，组织赌博的就是她，连天平最后一个电话联系的也是她，有组织卖淫的案底，被判过一年半劳动教养，已经是十多年前的事了。"

"这……这女人得有多重啊？"贺炯瞅着监控照片，问了句不相干的问题。

"二百六十多斤，患过脑腺体疾病，激素治疗后就越来越胖，有关联的医疗档案……这儿可能有您感兴趣的东西。"武燕翻了几页。贺炯仔细看看，眼睛睁大了，愕然道了句："七月份查处的网络赌博案里，她也被牵连到了，疑似出分人员？"

出分是收取赌徒的赌资，兑换成虚拟电子货币用在网上赌博，相当于赌博"洗码"最低阶层的那一类人，是庄家和赌客之间联结的重要一环。

武燕解释着这种网络赌博犯罪，问到案情时，她却无奈道："办案的四分局对其进行了刑事传唤，不过这个女人肥胖加上严重哮喘，不符合羁押条件，所以分局没有采取强制措施。"

"哎呀，都是些什么事啊，肥胖都能成为逃避法律打击的理由？"贺炯郁闷地扔了资料问道，"查清他们干什么了吗？"

"就见了个面，外勤不敢靠太近，只发现了见面的董小花，这俩上蹿下跳的是干什么啊？办贩毒案我也不是一天两天，把我给整糊涂了。"武燕道。

支队长翻着白眼道："你问我，我问谁去？吃饭……燕子啊，今天对你应该有触动吧？论经验，他们肯定不如你；论技术，他们肯定不如信息中心的同志。但是，人家只是把经验和技术结合到一起，一下子就柳暗花明，你想想多简单啊，数据就搁在那儿呢，让我们傻找了好几天……嘿哟，这几个小家伙，给咱们好好上了一课啊，说你呢啊，别吊儿郎当不当回事，一名好警察震慑罪犯的不仅仅是枪口，思维里同样要有能洞穿罪犯的子弹。"

武燕不敢反驳，不过也明显听不进去，等沉浸在反省中的贺炯回过神来，武燕早溜了，比他快一步奔向食堂。支队长气得鼻子哼哼了两声，现在看自己麾下的警员，咋看都不顺眼了。

支队的食堂几乎是二十四小时开放的，午餐最丰盛，一份米饭能配七八样可选的菜。武燕端着满满几样荤菜的饭盘坐到邢猛志一桌对面时，把正吃着的丁灿、任明星给结结实实惊了下，燕子姐姐的饭盘里红烧肉、辣子炒肉，加上茄子肉末和排骨，比任明星的饭量只多不少。

"有点眼色没有？这么看美女啊？"武燕瞪眼挑眉，不客气地道。

周遭几位警员哧哧一笑，脸侧过一边了。丁灿赶紧低头道："哦，对不起，非礼勿视。"

"非礼勿听，一边吃去。"武燕道。

"哦，好嘞。"丁灿迫不及待，端上餐盘就跑。武燕一瞪任明星，任明星同情地看了眼邢猛志道："兄弟，我实在是看不出你是要脱单，还是要脱层皮，保重啊。"

"滚！"武燕笑骂了句，把任胖子也给唬跑了。

剩下邢猛志了，吃着、嚼着，无语地看了武燕一眼，默不作声地吃着，像是对她根本不屑一顾。

终究还是城府不深的武燕憋不住了，吃了几口启着话端问道："我就提了一句可能性，你不至于话都不跟我说了吧？"

"你知道为什么支队长不吭声，周景万也不亲自说，非要通过你说吗？"邢猛志幽幽地问。

"嗯？"这一句倒把始作俑者给问住了。她愣着问："为什么？"

"因为你是个傻大姐，说话不过脑，说错了也没人能跟你计较。"邢猛志道。

一句话又把武燕气得噎喉瞪眼了，硬生生地把怒气憋回去了。

"周景万根本当不了家，当家的支队长不会担这个责任，如果我听你们的蛊惑，真傻了吧唧和嫌疑人接触，那才是最大的无组织无纪律。"邢猛志道。

"啊？你怎么反过来教训我了？好像你一直有组织有纪律似的。"武燕哭笑不得了。

"其实从一开始我就知道，你们是黄鼠狼给鸡拜年，没安好心，哪怕你的初衷是好的。在基层，一些事真的很硌硬人，有时候辛辛苦苦抓到了嫌疑人，一扭送派出所，基本就成了他们的功劳；有时候没人扛的烂事、破事，总会被别有用心的人给扣到辅警脑袋上。唯一的原因就是，我们是警务辅助人员，临时工，好打发。"邢猛志道，表情看不出想法。

这话武燕就不入耳了，她愤愤道："我用我的人格保证，我没安这个坏心眼。周队不会，其他人也不会，你说的是极个别的情况。"

"对，你们一个个处分背得都快站不直腰了，我相信你是个好警察，周队、马哥，都是。"邢猛志道。

武燕无奈道："你的评价标准，不是能犯过错误的才是好警察吧？"

"嗯，脑子都不太好使的人，一般才会干好事，所以也更容易犯错误。"邢猛志道。

武燕愤愤地"呸"的一声把嘴里的肉皮吐了，瞪眼叱着："你是故意刺激姐姐我是吧？"

"不算故意吧，顶多成心。"邢猛志针锋相对，慢悠悠地瞪上了眼。

这一对是针尖对麦芒，横样对凶相。瞪了片刻武燕吃不住劲了，低下头，恶狠狠地吃着，吃得咯吱咯吱直响，那是霍霍磨牙呢。

"如果你静下心来，不把案子当成你唯一的一件事，不要把案子和你的个人荣辱联系得那么紧，我们就可讨论一下。"邢猛志道。

"案子本身就关联我们全队的荣辱，现在我心里全是案子，不像你们，根本不当回事。"武燕道。

邢猛志笑着反问："那为什么你们撞得昏头昏脑，而没当回事的却找到了线索呢？一次是巧合，两次还是巧合？如果还有线索呢？"

"嗯？"这个提醒把武燕给刺激到了，邢猛志且吃且道："我们刚才还在讨论，所谓'当局者迷，旁观者清'，一件事太纠结、太一根筋了，反而会蒙蔽你的眼睛。我当警察的时间没你长，受警队的教育不多，但反过来，经验没准儿会变成累赘，共性没准儿会变成通病，在特定的案件里，说不定就被困住了。警察只有一种性格，纪律和服从；而犯罪，有成千上万种。"

"你什么意思？"武燕愣了，没太听明白。

"意思是，从警察的角度，无法洞悉犯罪的全部，甚至连部分都有难度，贴靠侦查的思路是正确的，无论用哪种方式解决，都离不开准确的信息。我这两天查过禁毒支队抓获的涉毒嫌疑人，百分之九十左右都是顺藤摸瓜，通过吸食人员的交代抓到的毒贩。有几例抓到贩毒嫌疑人的，都是顺着线索追踪的老办法，线索的来源有两种，一种是线人，一种是化装侦查的自己人。"邢猛志道。

"哟嗬，你这是揣着明白装糊涂啊，还用你说啊，要能上我早就上了，不像有些人光会嘴上说。"武燕愤愤道。

邢猛志嘿嘿一笑，提醒道："大姐你想过没有，大部分涉毒案里，嫌疑人会把行为习惯退化到原始的模式，拒绝网络，深居简出，甚至连通信都沿用最原始的面对面方式。而毒王呢却很反常，除了危害性，其反侦查水平也有了质的飞跃，甚至连葛二屁这样的街头混混被他们一打造，瞬间提高作案水平了，您难道对此没想到点什么？"

"什么？"武燕眉头一皱，又被问住了。

"葛二屁傻，这是真的，但要说连天平也傻，就不应该了，这其中有两个问题：第一个，同伙或者间接的同伙——孔龙、秦寿生、黑标、毒强等几个关键人物落网，怎么可能都不咬他，或者都咬不出他来？不至于人格魅力大到让人死心塌地啊。第二个，这些同伙的涉案都是事实，尽管我们没有证据，但足够在我们这儿留下嫌疑，理论上应该猫到哪个犄角旮旯儿里才说得通，可这么上蹿下跳的，甚至昨晚的货都有可能是他们出的，这用意何在呢？不过几万块钱的生意，至于拿上小命换吗？"邢猛志道，眉头也皱起来了。

到用脑的时候，武燕果真觉得自己拍马难追了，她想了想，嗫嚅道："是啊，一般被抓着的嫌疑人，都恨不得把自己身上所有事都推出去，恨不得把自己同伙和老大咬到死得不能再死，这几个货好像真变性了，连秦寿生都挤牙膏了，明明个新手嘛，审得我们都头大了。"

"我想到了一种可能，你如果想试试，我告诉你。"邢猛志道。

"什么？"武燕兴趣来了。

"你看啊，黑标和毒强都是吸毒人员，可能在教唆这些人的时候，老大就预料到了今天的结果，这些人警察都没法处理，一身脏病再加上毒瘾，关几天还得放人。而下面像孔龙、秦寿生这号中间商，是被毒强、黑标这类人控制的，只要着了道上了贼船，就只能跟着他们走，对吧？"邢猛志问。

"对。"武燕点头，实际情况应该是这样。

"那问题就来了，秦寿生的涉案有证有据，已经成为事实，面临的肯定是贩毒罪名；黑标和毒强，本身是重度吸毒人员，就有点罪对他们也没治，可为什么这两类人，都不约而同地咬着不交代呢？特别是秦寿生，我们扮'毒贩'和他接头，他脱口就是平哥，后来倒不说平哥了，问题在哪儿？"邢猛志问。

"废话，你问我，我问谁去？"武燕怒道。

"问自己啊。"邢猛志敲敲自己的脑袋，提醒她道，"宁愿扛着罪名不吱声，那只有一种可能，是什么？"

"有更大的余罪隐藏着？"武燕脱口而出，邢猛志点点头，以示正确，武燕旋即反驳，"证据呢？没证据都是猜测，顶个屁用。"

"呵呵，所以我刚才告诉你了，一件事太纠结，反而会蒙蔽你的眼睛，我还真有证据你信不？"邢猛志问。

"哦，证据在天上吗？"武燕翻着白眼往头顶看。

"证据在案卷里，你们可能错过了，你不是老瞧不惯鲁队、田队吗？给你个羞辱他们的机会，我刚才看执法记录仪，他们问讯毒强的时候……你自己看。"邢猛志提醒着，武燕拿着警务通手机，连接着专案组文件目录，放着张强毒瘾上来了，正丑态百出地求着："给抽一口，你说我干啥我就干啥了，别说敲他了，弄死他的事我都认……大爷大爷，您就给一口吧……"

连放了两遍，武燕看迷糊了，愕然问："就这个？没什么稀罕的，毒瘾上来的人什么都能认，是不能作为证据的。"

"注意语气，别说敲他了，弄死他的事我都认……这是肯定句，在毒瘾犯了的急切情况之下，进出来的肯定句，有没有可信度？恰恰说的齐四，齐双成，马哥的线人，已经数月没有消息了，假如，秦寿生也参与过此事呢？"邢猛志道。

"不可能吧？"武燕苦脸了，这可是杀人灭口啊。

"可以借别人的手贩毒，为什么不能借别人的手杀人？没有比这个再好的投名状了，秦寿生黄牛出身，干这活轻车熟路，渠道做得比谁都好，对这类重要分销商的控制非常重要，没有比这个更好的手段了。"邢猛志道。

最好的手段就是让他背上杀头的罪名，换一个死心塌地。武燕却是不敢往这个方向想，人性得恶到什么程度才能办出这种事，但一想又觉得有无限可能，齐双成是线人，万一败露，十有八九得被人灭口，如果灭口的事真有几个人参与了，那这几个自然而然就成铁板一块了。

"第二个问题，明知道涉案还在上蹿下跳，又是这么个风口……"邢猛志道。

话还没说完，武燕腾地起身，二话不说奔着出去了，饭都不吃了。

邢猛志稍有郁闷地看了匆匆而去的武燕一眼，他第二个问题还没说呢……

低头是水泥床，抬头是钢筋网，平视是带窗铁门，仰头是二十四小时不熄的灯光。

封闭的环境久了，从最初的恐惧和紧张中脱出来之后，心也就淡定了，反正也没治，只能认命喽。

当听到铁门开启的时候，秦寿生迷迷糊糊正做着梦，梦里和女朋友在湖心船上卿卿我我，正商量着婚事宴请的细节。当听到喊声时，他惊出了一身冷汗，这才省得自己身处的环境，和第一次进来相比条件好多了。

单间，二十四小时有巡逻，连说话的都没有，他都有点怀念号子里十几个人聊天打屁的时光了。

出号子，戴上手铐，跟着管教垂头丧气走着。已经习惯狱中生活和偶尔被提审的他，心情已经没有波澜了，顶多对三年、五年，或者再久一点才能出去的事有所憧憬，只可惜太遥远，遥远得他都不去想了。

对，这在审讯学里叫心理周期性稳定，是指嫌疑人和警察的心理较量上，形成一种阶段性的平衡。警察不可能挖出一个人心里所有的阴暗，当然，嫌疑人也不可能闲着没事，告诉警察自己干的所有坏事，只要交代的足够让警察结束审讯，这其中微妙的平衡就达成了。

当秦寿生坐下时，周景万很确定这嫌疑人是这种情况，他瞄了眼做记录的武燕一眼，示意马汉卫开口，两人是得到武燕的信息匆匆赶来的。对秦寿生的审讯其实已经告一段落了，在没有补充侦查到新的犯罪事实前提下，秦寿生估计也不会再多交代什么了。

"姓名。"

"秦寿生。"

"年龄。"

"二十七岁。"

"里面生活怎么样？"

"还行。"

"看你心理现在挺稳定的，我们要告诉你个好消息啊，很快你女朋友刘淼淼就可以探视，你们就可以见面了。多好个姑娘啊，你说你咋这么不长进啊。"

"唉……"

"我们知道你有很大的被胁迫的成分，对你给予同情和理解，凭良心说，从犯事到现在我们没有亏待你吧，该送医院该家访都没耽搁，看你现在身体棒棒的，肯定是吃得好睡得好了……"

"唉……"

马汉卫跟秦寿生扯了足有十几分钟生活、理想、爱情，把秦寿生听得唉声叹气、悲喜交加，不过更多的是无可奈何，在他有气无力的懒样子出来时，马汉卫心里暗笑了。

那是一个人心理状态最松懈的时候，这个时机，周景万准确地把握到了，沉声问道："跟你核实点事，都这份儿上了，就别瞒了啊，没啥意思。"

"我真都交代了，几百颗，真没了。"秦寿生说道。

"不是贩毒的事，其他事。"周景万道。

秦寿生表情一愣。

周景万捕捉着这一刹那的变化，声音低沉、恶狠狠地问道："齐四齐双成是怎么死的？"

秦寿生表情不可掩饰地剧变，像陡然被人扔下地狱般的惊恐写到了脸上。

"毒强参与了吧，他一吸毒的，瘾上来可是什么都说啊，真以为能瞒得住啊。"马汉卫幽幽地道。这句猜测的话，被他用肯定句说得仿佛事实清楚、证据确凿。

足足几分钟的静默，周景万和马汉卫两眼如炬盯着，表情没有丝毫变化。而根本不吸毒的秦寿生却像毒瘾发作一样，先是额上的青筋乱跳，旋即是脸上的肌肉在抽，跟着全身在抖，豆大的汗珠以肉眼可见的速度从头上冒出来，两只手痉挛，抖得铐子叮当直响。

错不了，知情！

哪怕还没有开口，已经给出了答案，对于线人的失踪，支队判断有可能是被灭口，却怎么也没有想到会和这个貌似胆小如鼠的秦寿生有关联。武燕此时不仅仅惊讶于此，更惊讶的是，那位从只言片语捕捉到端倪的邢猛志，她越来越好奇，一个人究竟要经历什么，才会有如此的眼光，每一颗思维的子弹都能准确击中罪犯的标靶……

毒贩显余罪

时间：四个月前六月中旬某天。

地点：未知。

秦寿生蜷曲在车后备厢里，艰难地挪挪酸痛的腿，心里涌起的巨大恐惧让他被捆着的手不时地痉挛。他被人揍了半天，又在车后厢被塞了不知道多久，对于即将到来的未知他不敢去想，可却忍不住会瞬时想起江湖传说的只言片语，比如欠钱被关在笼子里饿到脱形，比如赖账的被人敲断脊骨或者剁指抽筋。他没有亲眼见过过程，可他目睹过结果，有个前一天还开着奥迪的哥们，再见时已经坐到了轮椅上，据说欠二十万被人敲脊了，一锤五万，二十万正好不死落个残疾。

而他，欠平哥连本带利足足四十万了。

这一刻他想起了很多，像一个弥留之际的人一样，后悔自己不该染赌，或者会反过来恨自己，为什么孤注一掷却押错了注，悔意和恨意间，偶尔还会有点狠意，他在恶狠狠地想着怎么翻盘、怎么逃出去。

那仅仅是一个瞬间，眼被蒙着，手脚被捆着，嘴被堵着，想翻身都难，别说翻盘了。

又一阵颠簸之后，车停下来了，他听到了关车门的声音，然后后备厢开了，一股子新鲜空气涌进来，让他萎靡的精神为之一振。他感觉到脚上的绳子被割了，然后有一只大手把他提出了后备厢，他使劲地挣扎着，嘴里"嗯嗯"要说话，不过挨了两脚，被人拖拽到了一个地方。

"噌……"头套被摘了，他激灵一下，吓得腿一软，一屁股坐地上了。面前一人手脚被捆着，满头满脸的血，斜斜地靠着墙呻吟，带他进来的两人一个认识，黑标，是平哥的打手，另一个满脸胡子，比黑标看上去还恶，似乎是平哥身边的一个。他"嗯嗯"急着要说话，那位大胡子示意了下。黑标笑吟吟蹲下身，摘了他嘴里的堵物。

"标哥，我还钱，你放了我，我马上还！"秦寿生急得哭出来了。

"催了你五次，早这么好的态度，不就没事了，你说你都骗我五回了，第六回能是真的？"黑标不屑道。

"标哥，我是猪油蒙心了，这次真还，马上还，我回头卖房子。"秦寿生哭着道。

"晚了，老板不缺你那俩钱，今天是要命，不要钱。"黑标道，起身顺势蹬了秦寿生一脚。秦寿生脸贴着地声泪俱下地哭着，是吓哭的，不但吓哭了，面前那个满脸是血的人眼睛还在动，这在恐怖片里才能见着的场景，早吓得他小便失禁了。

"兄弟，送你上路啊，有遗言没？"大胡子道。

秦寿生一听，吓得闭上眼要喊救命，可喊出来却都是"啊啊""嗯嗯"的颤音，片刻好像没冲他来。他睁眼看，却是应急灯下那大胡子在对着满脸是血的人说话，那人挪挪脑袋，有气无力地吐了一口，嘴角溢着浓稠的血。

"没遗言就对了，你活着受罪，我超度免费，黄泉路上别恨哥。"

大胡子回头一示意，黑标蹲下来，朝秦寿生脸上扇了一巴掌。还没开口，秦寿生急得哭道："我还钱，我真还钱！"

"闭嘴！"

"嗯，闭嘴。"

"两条路啊，墙角有个坑，你俩做个伴，这要命的事你都看见了，可能留你的命吗？"

"啊……呜……标哥你饶了我吧，我真还钱，我真能还上，我什么都没看见……"

"闭嘴！"

"嗯，闭嘴。"

"还有条路，想活命吗？"

"想，想……"

"欠条给你，钱不用还了，不过你得把命押上。"

黑标掏着刀，割了秦寿生绑手的带子，拎着他坐正，刀往他手里一塞，一指靠墙的血人划下道来了："去，结果了他，欠债一笔勾销。"

"啊？！"秦寿生吓得一激灵，刀掉地上了。

"啪"一个耳光，黑标龇牙瞪眼吼着"捡起来"。那大胡子掏出一把枪，在"嚓嚓"试着枪机，吓得秦寿生战战兢兢捡起了刀，在黑标的威逼下，一步一步走向那个血人。

"我……我……我不敢……杀人……"秦寿生哆嗦着，裤腿滴答着湿迹，又失禁了。

"四十万，买你两次的命都富余，上啊，朝他脖子上戳一刀。"大胡子诱导着，秦寿生刚一迟疑，又挨了一耳光。

这货实在是烂泥扶不上墙，黑标更狠的手段出来了，拿着手机放到了他眼前，这一下可刺激到穴位上了。秦寿生看到有人坐在他家里，和他女朋友坐在一块，是毒强，朝着摄像头阴森森笑了一笑，那笑惊得他后背一阵发麻。

啊……咬牙切齿，撕心裂肺的苦痛和恐惧让秦寿生举起了刀，可同样是恐惧让他持刀的手僵在身前，下不去手。

身后的大胡子看准了时机，抬腿一蹬。

"噗……"愣着的秦寿生胳膊肘一动，不由自主地戳出去了一刀，一声闷响，直刺进了血人的颈部。那人头一歪，秦寿生吓得一缩手，热乎乎的血喷溅了一脸一身。颓然坐地的秦寿生嘴张着，气喘着，手抖着，浑身抖如筛糠。眼见着那人痉挛着渐渐僵硬，他嘴里发着不可名状的声音，不像人类，而像野兽的嘶声……

此时，密闭的审讯房间，秦寿生脸色煞白，额上挂着豆大的汗珠，仿佛又经历一次一样，艰难地讲完经过，然后整个人像虚脱一样瘫软在审讯椅上。

谁也没想到，真相一直就在这位貌不起眼的小毒贩手里，那令人发指的罪恶听得审讯员都一时怔住了，失声了。失踪的线人确实是被灭口无疑，可没想到是被这样虐杀，而且还成了另一名罪犯的投名状。

马汉卫手里紧紧攥着笔，不小心"嘣"一声折断了，断笔一下子刺进了他的手心，见血了，他咬牙切齿地攥紧了拳头。周景万一只手轻轻握住了他的腕子，让他冷静，捋着思路提问道："埋尸地点还记得吗？"

"我是被蒙着眼带到那儿的，走时又被他们扣上套子带走的。那儿有个提前挖好的坑，他们逼我把齐四埋进去的。"秦寿生有气无力道。

"你知道是齐四齐双成？"周景万问。

"我不知道，是后来，他们老提醒我杀了齐四。"秦寿生道。

"就是从那时候开始贩毒的？"周景万问。

"嗯。"秦寿生应道，头不敢抬。

这是犯罪组织的驭人之道，血都沾了，还有什么不敢沾的？

可更大的问题是，从头至尾，主角连天平都没有出现在任何一个现场。周景万和马汉卫思忖到了这位大哥的厉害之处了，什么都是他指使，可偏偏没有任何证据、任何目击者，那些不管是被钱，还是被毒品驱动的手下，在心甘情愿为他做这些脏事……

审讯在继续着，又是一个难熬的黄昏，枯坐在支队会议室的贺炯、谭嗣亮政委浑身发僵地盯着远程侦讯的回传视频，几个小时都未动过。以他们的经验可以判断出秦寿生知情，却怎么也想不到，是这么一个犯罪情节。

"好家伙，这是一石数鸟啊，用齐四坑了咱们两员大将，再用他的死把秦寿生绑到贼船上。"谭政委心有余悸地道，哪怕打破脑袋也想不出这么恶毒的计谋。

"你们俩，这算是千里马失前蹄，还是马大哈啊？"贺炯沉声问。

被通知回来观摩的鲁江南、田湘川两位队长站起来，羞愧地低下了头。心里懊悔万分，一千个一万个没想到，在自己的眼皮子下面漏掉了重大线索。

　　"对不起，支队长，是我们疏忽。"鲁江南轻声道。田湘川补充道："我也是，疏忽了。"

　　"我没空收拾你俩啊，马上分头走，一头组织警力回溯犯罪经过，寻找藏尸地点；另一头掏掏黑标和张强，一定要尽快找到藏尸地点。今天就办这事，一定要办喽。"

　　贺炯黑着脸安排道，两人得令而去。谭政委起身关上了会议室的门，回头提醒道："如果找到，怕不怕惊动连天平？毕竟是命案。"

　　"不会，手不沾血就要人命，这是个职业犯罪的啊，就现在抓住他又能怎么样？人是秦寿生一刀结果的，顶多黑标和大胡子帮凶，有他什么事？那个大胡子，应该是老鬼吧？"贺炯瞪着眼，捋着中断数月的思路，现在因为齐双成的准确死讯接续到一起了。

　　他喃喃道："估计差不离，齐双成是最早提供蓝精灵线索的，换句话说，他'出卖'的是老鬼和麻子。九队最早介入追踪，没想到抓捕时给的是错误线索，这应该是齐四被发现，在胁迫下给的假消息。之后他被灭口，老鬼、麻子不知所终，蓝精灵由此坐大成了气候，大手笔啊。我相信省厅和部里对毒源可能在我市的判断应该是正确的，黑金、暴利和恶性犯罪是共生的啊。"

　　"唑，他们一直藏得很深，我们疏忽了几次，咦？谁想到这儿的？怎么突然大周去提审秦寿生了，我都以为差不多交代完了。"政委道。想起了这茬儿，是今天突然间就翻盘了，本来以为秦寿生交代得差不多了，谁承想和他隐瞒的罪行相比，所有的交代都是毛毛雨，现在才明白，这个货为什么宁愿坐牢也死活不敢在外面。

　　"武燕。"贺炯道了句。

　　"不可能。"政委立时反驳，那姑娘是靠拳头混的，不靠脑袋。

"还就是武燕，突然间一下子变聪明了，午饭后跑我这儿来说，可以借别人的手贩毒，为什么不能借别人的手杀人，没有比这个再好的投名状了。控制一个人最好的手段，没有比背上个杀头的罪名更让人死心塌地了……而且秦寿生表现得怪异，又是吞毒，又是装死，事一败露又是死活要坐牢，可真开始审讯，又遮遮掩掩不说清了。所以她判断，秦寿生的心结还在，都这份儿上了心结还打不开，那只能是个死结了。"贺炯道。

貌似简单，但要在纷乱繁复的信息里找到那种不是证据、不是线索的信息，谭政委可不觉得武燕能办到。他滞滞盯着贺炯，贺炯回问："看我干什么？"

"这是有高人点拨啊，支队长，不管你承认不承认，这位高人对犯罪那种天生的直觉，要远超你我啊。"谭嗣亮道。

"以我的经验，大凡天才命途都多舛，而且很不好打交道啊。"贺炯眼前浮现的是邢猛志在这间办公室里激扬讨论，每一次都让他惊艳的情景。

两人肯定判断得出，信息来源在邢猛志身上，连鲁江南和田湘川两位队长都忽略的信息，真不知道他是怎么想到的。这种奇曲诡异的嫌疑人关系，能像这样联结起来，那可不是警务里能学到的，包括经验也不能。经验一旦遭遇特例便会失效，就像根本不敢想象性格懦弱的秦寿生还背着命案一样。

"这小子是个心里做事的主儿，这几天一直待在这里。"政委惊醒道。其实邢猛志一直就在这间会议室里，站在支队长的视角统观着全局，想到此处，他好奇地看着贺炯，似乎觉得这是别有用意。

"是啊，他就一直待在这儿，同样的信息在不同人的眼里，认知肯定有高低之分。我们离开一线太久了，在认知具体的犯罪情节上，要远低于他的眼光和思维。"贺炯道。

话题，又纠结在这里了，又指向了同一人，而且又联想到了同一件事，其实都想绕开或者回避这种事的发生，可有时候就邪门了，你越想绕开，还越绕不开。

"那还等什么？支队长啊，在打击犯罪的角度，我觉得不是他们对自己的身份有意见，是您对辅警身份有偏见。"政委严肃道。

贺炯一撇嘴不屑道："这不扯淡吗？我要一碗水端不平，下面早造反了。"

"是吗？如果他们是正式警员的身份，那任务不早压上去了，还纠结什么？纠结的，还不就是辅警的身份？"政委驳斥道。

"这……"贺炯一仰头要辩，不过瞬间萎了，长叹一声道，"唉……危险会随着侦破的深入倍增，要让我这把老骨头顶着枪口刀尖那没二话，可要把这些刚刚涉世的娃娃送到危险里，而且不是他们的本分，我也给不了他们名分，你说这事，可让我怎么办？"

"呵呵，您其实是惜才的心在作祟，担子轻了不甘心，担子重了又怕人家撂挑子。"政委提醒道。

贺炯点点头："是啊，真撂了挑子，我可追不回来。"

"那就把担子压到最重，不是这块料，你用枪逼着他也出不了头；是这块料，您不觉得越重的担子越是给人家机会吗？危险之于普通人可能是恐惧，可之于有冒险精神的人，那是一种渴望。您要觉得这几位是普通人，干脆早扔到各大队，何必留着呢……唉……我都替你急。"政委刺激了几句，愤愤起身，烦躁地推门出去了。

这等于将了支队长一军，贺炯眜眜还在挤牙膏的秦寿生审讯视频，起身背着手来回踱步，烦闷到一会儿又出了大院，沿着院子一圈又一圈轧地皮。当得到准确的消息已经定位到大致藏尸的地点时，他这一刻终于下了决心了，只身驾着一辆警车离开了支队……

下午五点，奉成标在强大的审讯攻势下吐露了，不过语焉不详，而且一口咬定是秦寿生杀了齐四。

这一刻起，禁毒支队、刑侦重案大队、法医鉴证中心抽调出来的人员从几个方向往玉泉山一带汇集。

命案必破是铁律，没有谁敢懈怠，第一拨到达指定地域只用了十五分钟。这是位于绕城高速附近，毗邻玉泉山城郊森林公园，开发商建的一个别墅区，再准确地讲，是一片烂尾的别墅楼。墙面斑驳，日晒雨淋了不知道多少年已经风光不再，绕着三十余幢别墅的是齐腰深的杂草，其中不管哪一幢都是杀人埋尸的好地方。

现在技侦的水平也不可小觑，邢猛志、任明星、丁灿、邱小妹一组到场时，这里已经初步找到了方位，那些专业的警员用的是说不上名字的探测仪，探测地底数米深的影像，再加上外围痕迹的检验，寻找的目光集中在中段标着"9栋"的一间联排别墅里。

通过了外围警戒线，任明星忍不住小声嘀咕："小妹，干啥呢，把咱们也叫上？"

"不知道呀，政委通知的。"邱小妹也一头雾水，莫名地接到命令就来了。她看着屋里人影幢幢中有个熟悉的人，武燕在场，她招手喊了声，武燕闻听朝他们招手。

"不会这么快查到毒窝了吧？"丁灿一拍额头，满脸壮志未酬的神色道，"那样我们就白来了。"

"离开网络你就是白痴，查毒窝要法医来啊？"邢猛志道。

任明星追着邢猛志问道："猛哥，你觉得是啥？"

"不会是……线人被找到了吧？"邢猛志犹豫道，觉得似乎不应该这么快。

"这像有人住的地方吗？"任明星不信道。

"像，死人住的地方啊。"邢猛志道。

此时已到了门口，武燕给他们分着口罩、鞋套，众人迷糊地依言戴上。地上已经标注几个取证点，痰迹、烟头、风干的血迹而已，几位警员正用一台精致的机器在切割着水泥地面，那一块地面与其他地方明显不太一致，切割打孔同步进行，嵌入膨胀螺栓后，整块的水泥被简易的滑轮给吊离原地了。

"这是块后加的，和地基不是一个凝固层。"

"注意，慢点，起……"

"你、你……搭把手……"

"一起使劲啊，注意别踩到脚下的标志……起……"

随着整块的水泥块离开原位，一股浓重的腐臭冲出来让人几欲窒息，已经腐烂的尸体和泥土粘在一起，露出来的头部是半块森森颅骨。没见过这阵势的邱小妹紧张地"啊"一声喊出来了，抬步就往外跑。丁灿看了一眼，一下子没忍住，胃里翻江倒海就往外吐，他捂着嘴跟着往外跑。任明星反倒问题不大，他只是觉得有点反胃，手遮着眼睛不敢看而已。

"放下，倒过来放……现在开始现场检测发掘，录像跟上，其他人到外围警戒，现场勘查完毕直接运回重案大队……"

戴着口罩的法医面无表情地说着，角落里有人打开了记录仪，两位警察在法医的指挥下开始发掘坑里的埋尸，腐肉、白骨、血衣……这光景可不是一般人能承受得了的，勘查开始后，武燕也退出了这个案发现场。

此时天色已晚，依支队的命令，连打开灯光都不允许，勘查场地窗口都被围起来了。武燕出门寻的那几位，都已经躲到了警戒线外，循着干呕声才找到了车后的几人。丁灿还在呕，黑暗中瞧不清那几位，不过她想也好不到哪儿去。

"没事吧？"她关切地问邱小妹。

"没事，撑得住。"邱小妹声音干涩，肯定不是一点事没有。

"看来你不行啊。"武燕踢踢蹲在地上的丁灿。丁灿断续道："呃……太反人类了，武姐，我怎么觉得是故意整我们啊！"

"就是啊，非逼着我们阳光大男孩接受这些阴暗东西。"任明星牢骚道。

"那你们以为警察是什么？穿着一身制服作威作福，还是坐在空调办公室里逍遥自在？不是老说你们巡警多辛苦吗？说起我们倒没你们那么辛苦，像这种事嘛，每年总有个十桩八桩的。"武燕道。

"呃……"丁灿呕得更厉害了，任明星吓得不敢说话了。武燕看着一直未言的邢猛志，黑暗中不知道他是什么表情，不过并没有看到他过激的反应，这倒让武燕有点意外。头回见凶杀现场不起生理反应的，那都是百里寻一的奇葩。

"猛子，得谢谢你啊，不是你提醒，这条线索就漏了，真不敢想象居然是秦寿生下的手。"武燕道。

"那也别这么不客气，非让我们来看凶案现场啊！"邢猛志道。

"啊？居然是你？"任明星闻言大怒道，"我说你怎么不吭声。"

"我都说了，死人住的地方嘛，你还兴冲冲来玩。"邢猛志噎了任明星一句。起身的丁灿好奇问道："几个意思啊？我怎么觉得干得越来越别扭啊？这是我们干的事吗？"

"不是，不过得让你们知道自己在干什么事，干的事有多危险。我们对案情发掘得越深，离危险就会越近，所以从一开始就强调，不穿警服，不随意拍照，不暴露家庭和个人信息。所有警种里，保密性最高的就是禁毒。这是前辈们总结出来的教训，任何疏忽都有可能导致悲剧。"武燕道。

余众噤声了，身处这种境地，态度唯有——无语。

"小妹，害怕吗？"武燕揽着小姑娘的肩膀问。

"怕，有什么用？这身制服教会我的是服从，服从命令，服从上级，服从大局。"邱小妹嘈叹了一声。

"你们呢，害怕吗？"武燕问。

"不害怕这个牛，我可不敢吹了。"任明星道。丁灿"唉"了声，遭遇案情最阴暗最反人类的情节，没有恐惧是假的，谁可能想到那些被毒品控制、被暴利驱使的人性能恶到什么程度。

"你呢，猛子？"武燕问。

"什么意思？让我们表态吗？害怕就可以回家？"邢猛志呛了句。

"哟，猜对了，我下面正式向你们，不包括邱小妹，宣布一项特勤组的决定啊。"武燕道，"这是综合案情发展做出的一项决定，我们已经报政委和支队长了，决定让你们三人到三、六、七大队宣教科就职。"

"啊，宣教科是干什么的？"丁灿问。

"基本就是负责禁毒宣传的，组织编撰、刊印禁毒宣传资料，组织一下宣传进社区的活动。"邱小妹道。

"啥意思，撵我们走？"任明星不爽了。

"不是撵你们走，而是考虑到你们的身份，以及办案可能遇到的危险，出于安全考虑才做的这个决定。当然，你们执意要留下，组里也欢迎，不过接下来可能就是最严封队时期，不能回家，不能离队，甚至连电话也不能打。你们考虑下吧。"武燕道。

案情到了关键时期，肯定是越抓越紧，还没到那时期已经有凶杀案情了，这样子还真让丁灿和任明星犹豫了。任明星道："咋办呢？别说不一定拿到奖金，就是有奖金也硌硬啊！就这画面的冲击力，我估计吃几片安眠药今晚也睡不着。"

"我没事吧，我在幕后。"丁灿给自己找到了留下的借口，他看向邱小妹，邱小妹却没什么反应。这顿时让他也有点萌生退意，怎么觉得自己都像一片痴情喂了狗。

等了一会儿，大家都在不约而同地等邢猛志的回答。好久才听到他意外的一句："好吧，我回去睡觉了，明天不来上班了，这事我干不了。"

不但说了，而且做了，他没乘车，径直沿着未修缮的土路往大路上走，就那么潇潇洒洒地扬长而去了。更狠的是，这个态度直接影响到了任明星和丁灿，两人略一思索，便追着邢猛志的脚步跟上去了。留下武燕和邱小妹，一个怅然若失未开口挽留，一个咬牙切齿气不自胜……

贺炯得到武燕给的信息时，车已经泊停到了某小区口子上，他挂了电话，怔着思索了片刻，又踱步前行，似乎没受什么影响。

"年轻人嘛，火力猛、脾气旺，偶尔撂挑子很正常。"他如是安慰了武燕一句，其实他现在心里也揣摩不准那几位是怎么个心态，毕竟人心比案情要难猜很多。

视线里出现一个高壮的男人朝他走来时，他驻足了。这位风风火火的老男人赫然是青龙区特巡警大队长王铁路，是周景万的同期警校学员，时运看样不太如意，四十上下的年龄在警中，当处长都不稀罕了，而管辅警的特巡警大队，顶多副科待遇。

有时候水平并不都和级别挂钩，最起码贺炯就了解到王铁路的风评相当不错，在特巡警大队那个不好干的基层把工作干好，可不是件容易的事，就比如他现在纠结的人物，就曾出于此人麾下。

"贺队长吧，您好。"王铁路迎上来，一身便装，似乎刚放下碗，嘴里飘过来烟和蒜味。他顺手就递了支烟，贺炯接着点上，抽了一口像是闲聊似的指指："走走，边走边说。"

"好嘞，您的大名可如雷贯耳啊，电话来了我都吓了一跳。"王铁路道。

恭维开始，贺炯笑着道："我时间很紧，您呢，又是八小时以外，咱们不客气成不？"

"成，您说，啥事？"王铁路笑道，一副贱皮子的表象，估计是基层练就的。

贺炯吐了口烟，笑了笑问："没啥事，你见了我并不意外，没你说得这么夸张。"

"一家人嘛，意外什么？"王铁路道。

"如果不意外，应该猜到什么事了，别否认，如果不是管理有方，邢猛志不可能在你麾下待这么久。"贺炯道。

王铁路笑着道："容易猜嘛，这不就是了，猛子的事呗。"

"那我就直说了，想征求一下你的意见。"贺炯道。

"打住，就当我不知道，我也不想知情。"王铁路做了个停的手势。

"为什么？"贺炯停下来了，好奇地看着这位同行。

"往前二十年，我会挽着袖子亲自上。往前十年，没准儿我会命令他干什么，可现在，我老了，为人子，为人父母。心事太多了，就不想装其他的事，他做什么，那是他的选择，而我呢，不想在这些事上良心受到谴责。"王铁路道。

"没脱这身制服，良心都免不了被谴责，我就问你一句，他行吗？"贺炯直接问。

王铁路点点头，声音压低了道："是个坏种，不过很有种，流氓堆里扎堆长大的，路子野。您可想好了啊，学好三年，学坏三天，要换个环境让他本性毕露，到时候反噬一口，那可没谁能扛得住。"

"这么厉害？"贺炯不惊反喜。

"不是开玩笑，这孩子有个老娘拴着，要没这份牵绊野起来，还真保不齐能成什么样子。自己人咱们不说场面话啊，青龙区这片地痞流氓不怕派出所民警，他们就怕那帮辅警，有时候文明执法，对付不了这帮不文明的货，猛子是个中高手啊，一个一个给他整得服服帖帖。"王大队长隐晦地说道。

这些基层执法的猫腻上不得台面，贺炯一笑置之，直道："鸡鸣狗盗，宵小伎俩，有时候也能派上大用场啊，就比如站在我们警察的视角，有时候真无法理解那些门道啊。"

"不管干什么，我不好奇，也不打听。他的身世也挺凄惶的，老爷子上访十几年没啥结果，早早就去了，守着位老娘过，就这么一个儿子啊。贺支，今天我就当您没来过啊。"王铁路提醒道。

"其实你已经猜到了，我们从警久了也像混迹久了那句话，江湖越老，胆子越小，不是胆子小了，而是牵挂多了。王队长啊，我来找你就一件事，帮我个小忙，也给你去去心结。"贺炯道。

"您说。"王铁路道。

"邢猛志在你大队的表现，过线的、违纪甚至违法的事，你照直了说，应该不少吧？最起码我就知道又是去自然保护区打猎，又是在抓捕盗窃嫌疑人时不当使用工具。"贺炯说。

"哦，那是轻的，多了，不过贺支话不能这样讲啊，突发案情，对正在实施的犯罪采取有效的制止手段有什么不对？偷老乡几口猪城里人看不算什么大事，可在郊区乡下，那可是一家的财源啊，要命的事。"王铁路辩解道。

"不用解释，我理解，也赞同。但我说的是我们内部的程序，按程序给个处理结果吧，随便挑上点他的事。"贺炯道。

"您想要什么结果？"王铁路愣了，没想到是这种来意。

"开除怎么样？"贺炯道。

王铁路被重重噎了下，噎得他一股子气要发作，要是同级他早戳着鼻子骂娘了。不过他瞪眼看贺炯眼光深邃、波澜不惊的表情时，立时一个惊醒，想通了，然后全身一阵痉挛，一股子莫名的情感袭来，让他很不舒服。

这种不舒服的感觉被王大队长直接表达出来了，他喷着贺炯道："哦，您可够卑鄙的啊。"

"对于警察这个职业，卑鄙有时候能成为高尚的通行证，因为我们要对付的罪犯，手段更卑劣。你很介意？"贺炯道。

"我当然介意。"王铁路道。

"所以我就专程来说服你，做一个了结。如果可行，木马入城奇兵一支；如果不行，偃旗息鼓再作他想，对他也是个了结。您总不会认为，他是个能老老实实坐办公室的材料吧？就是，也不可能有机会啊……所以，这也是给他的一个机会。"贺炯道。

"好吧，除非自愿，否则你拿枪顶着我，这事我也干不了。"王铁路犹豫片刻，退了一步。

"当然，不是自愿，枪顶着这事也没戏，到时候需要您配合一下，通知的时间戳挂到九月三十日之前，以支队信息中心给你的文本为准。同时需要你在全队公开宣读一下，意思就是，这匹害群之马，被踢出公安队伍了……别的我就不多解释了，如果必要，禁毒局的保密处会和你谈，做好心理准备，说不定你也会被调离原职……留步，不用送我了。"贺炯安排道。

直到作别，王铁路都像发癔症一样傻站着，他根本没送，而且支队长都走出好远了他都没回过神来。

（第一部完）

《弹弓神警2：制毒工厂》即将出版，精彩预告

还未等贺炯将其踢出警队，邢猛志就先失踪了，天网也不能追寻到他的踪迹……当贺炯凭着对他的了解，找到邢猛志时，两人一拍即合展开"烛光行动"。

隐秘的制毒工厂，不要命的毒枭，黑吃黑的帮派之争，每一处都裹藏着致命的危机……

幕后的大佬到底是谁？如何能每一次都走在警方前面？邢猛志如何带领禁毒大队找到毒品来源？

敬请期待《弹弓神警2：制毒工厂》

激发个人成长

多年以来，千千万万有经验的读者，都会定期查看熊猫君家的最新书目，挑选满足自己成长需求的新书。

读客图书以"激发个人成长"为使命，在以下三个方面为您精选优质图书：

1. 精神成长

熊猫君家精彩绝伦的小说文库和人文类图书，帮助你成为永远充满梦想、勇气和爱的人！

2. 知识结构成长

熊猫君家的历史类、社科类图书，帮助你了解从宇宙诞生、文明演变直至今日世界之形成的方方面面。

3. 工作技能成长

熊猫君家的经管类、家教类图书，指引你更好地工作、更有效率地生活，减少人生中的烦恼。

每一本读客图书都轻松好读，精彩绝伦，充满无穷阅读乐趣！

认准读客熊猫

读客所有图书，在书脊、腰封、封底和前后勒口都有**"读客熊猫"**标志。

两步帮你快速找到读客图书

1. 找读客熊猫

2. 找黑白格子

马上扫二维码，关注**"熊猫君"**

和千万读者一起成长吧！

《大江大河四部曲》全国热卖中！

全景展现改革开放以来中国经济、社会、生活变迁
深度揭示历史转型新时期平凡人物命运

《大江大河》以罕见的恢弘格局，全面、细致、深入地展现了中国改革开放以来经济领域的改革、社会生活的变化以及人们精神面貌的改变等方方面面，被誉为"描写中国改革开放的奇书"。

从1977年恢复高考到1992年南方谈话，从乡镇企业萌芽到中国制造崛起，从房地产改革到2008年金融危机……小说通过讲述国企领导宋运辉、乡镇企业家雷东宝、个体户杨巡、海归知识分子柳钧等典型代表人物的不同经历，生动地刻画了改革开放时期的前沿代表人物，真实还原了一代人的创业生活、奋斗历程和命运沉浮。

本次再版完整收录了《大江东去》套装（1978-1998）和续作《艰难的制造》（1998-2008）全部内容，原貌呈现大江东去天翻地覆的变化，阅读收藏必备。

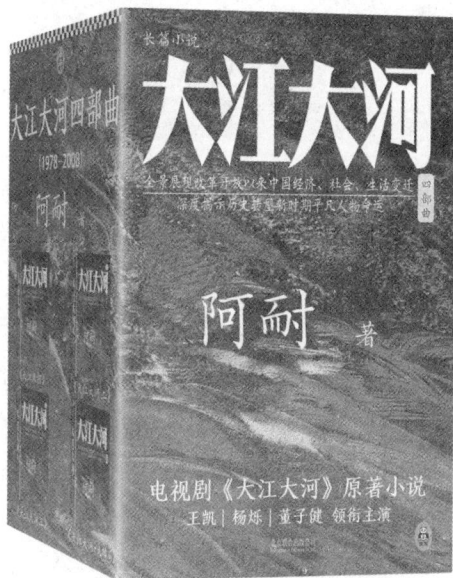

《暗黑者四部曲》全国热卖中！

中国高智商犯罪小说扛鼎之作
让所有自认为高智商的读者拍案叫绝

要战胜毫无破绽的高智商杀手，你只有比他更疯狂！

凡收到"死亡通知单"的人，都将按预告日期，被神秘杀手残忍杀害。即使受害人报警，警方以最大警力布下天罗地网，并对受害人进行贴身保护，神秘杀手照样能在重重埋伏之下，不费吹灰之力将对方手刃。

所有的杀戮都在警方的眼皮底下发生，警方的每一次抓捕行动都以失败告终。而神秘杀手的真实身份却无人知晓，警方的每一次布局都在他的算计之内，这是一场智商的终极较量。看似完美无缺的作案手法，是否存在破解的蛛丝马迹？

所有逃脱法律制裁的罪人，都将接受神秘杀手Eumenides的惩罚。

而这个背弃了法律的男人，他绝不会让自己再接受法律的审判……

《清明上河图密码》全国热卖中！

全图824个人物逐一复活
揭开隐藏在千古名画中的阴谋与杀局

《清明上河图》描绘人物824位，牲畜60多匹，木船20多只……5米多长的画卷，画尽了汴河上下十里繁华，乃至整个北宋近两百年的文明与富饶。

然而，这幅歌颂太平盛世的传世名画画完不久，金兵就大举入侵，杀人焚城，汴京城内大火三日不熄，北宋繁华一夕扫尽。

这是北宋帝国的盛世绝影，在小贩的叫卖声中，金、辽、西夏、高丽等国的间谍和刺客已经潜伏入画，死亡的气息弥漫在汴河的波光云影中：

画面正中央，舳舻相连的汴河上，一艘看似普通的客船正要穿过虹桥，而由于来不及降下桅杆，船似乎就要撞上虹桥，船上手忙脚乱，岸边大呼小叫，一片混乱之中，贼影闪过，一阵烟雾袭来，待到烟雾散去，客船上竟出现了二十四具尸体，所有人都目瞪口呆……

翻开本书，一幅旷世奇局徐徐展开，错综复杂，丝丝入扣，824个人物逐一复活，为你讲述《清明上河图》中埋藏的帝国秘密。

畅销巨著《藏地密码》系列全套

一部关于西藏的百科全书式小说
了解西藏，就读《藏地密码》

从来没有一本小说，能像《藏地密码》这样，奇迹般地赢得专家、学者、名人、书店、媒体、世界知名的出版机构以及成千上万普通读者的狂热追捧，《藏地密码》是当下中国数千万"西藏迷"了解西藏的入门读本，也是当下畅销的华语小说。

《藏地密码》被广大读者誉为"一部关于西藏的百科全书式小说"。

翻开《藏地密码》，犹如进入一幅从未展开过的西藏千年隐秘历史画卷……从横穿可可西里到深入喜马拉雅雪山深处，从藏獒"紫麒麟传说"到灵獒"海蓝兽传奇"，从宁玛古经秘闻到格萨尔王史诗，从公元838年西藏黑暗时期的"朗达玛禁佛"到1938年和1943年希特勒两次派人进藏之谜……跟随《藏地密码》的脚步，您将穿越西藏深不可测的千年历史迷雾，看尽西藏绵延万里的雪域高原风光，走遍西藏每一个传说中永不可抵达的神奇秘境。

从《藏地密码》中，您还可以了解到不可思议的古格地下倒悬空寺、西藏极乐之地香格里拉，以及西藏历史上突然消失的无尽佛教珍宝去向之谜……雪山、圣湖、墨脱、象雄、布达拉宫、密修苦僧、传唱艺人、帕巴拉神庙、古藏仪式、千年兽战、神秘戈巴族、死亡西风带……一切都如此神秘、神奇、神圣。通过《藏地密码》，您将与西藏这一千年来所有隐秘的故事和传说逐一相遇。

《山海经密码大全集》全国热卖中！

一部带您重返中国一切神话、传说与文明源头的奇妙小说

这是一个历史记载的真实故事：4000年前，一个叫莘不破的少年，独自游荡在如今已是繁华都市的大荒原上，他本是商王朝的王孙，王位的继承人，此时却是一个逃出王宫的叛逆少年。在他的身后，中国古老的两个王朝正在交替，夏王朝和商王朝之间，爆发了一场有史以来规模宏大的战争。

本书将带您重返那个远古战场，和那些古老的英雄（他们如今已是神话人物）一起，游历《山海经》中的蛮荒世界，您将遇到后羿的子孙、祝融的后代，看到女娲补天缺掉的那块巨石，您将经过怪兽横行的雷泽（今天的江苏太湖）、战火纷飞的巴国（今天的重庆），直至遭遇中华文明蒙昧时代原始、神秘的信仰。

本书依据中国古老的经典《山海经》写成，再现了上古时代的地理及人文风俗。我们今天能看到这些，全拜秦始皇所赐：《山海经》——秦始皇焚书时，看了唯独舍不得烧的书。

《魔术江湖》全国热卖中！

让一个百年戏法世家传人，带你见识魔术背后的文化传承和江湖内幕！
口吞宝剑、大变活人、通天索、缩骨功、三仙归洞、仙人栽豆、脱困术、扇戏……

　　魔术在中国古称幻术、戏法，迄今已有两千多年历史。西汉时，汉武帝刘彻用"鱼龙曼衍"招待西域来客；东汉左慈用"空竿钓鱼"戏弄曹操、孙权；宋代杜七圣凭戏法"杀人复活"名载史册；明、清两代，魔术表演已经深入街头巷尾。清朝末年，西方魔术传入中国，天津的"戏法罗"、北京的"快手卢"名噪一时，闻名中外。

　　1940年，广聚江湖艺人的京城单义堂惨遭灭门，融合古今智慧的传奇魔术"偷天换日"就此失传。五十多年后，13岁的戏法世家传人罗四两，在一个古怪老头儿的忽悠下踏入江湖，学技艺、闯湘西、战群雄、历生死，揭开了长达半个世纪的秘密……

　　翻开本书，带你见识魔术背后的文化传承和江湖内幕！

《邪恶催眠师三部曲》全国热卖中！

带您见识催眠师之间正与邪的斗法
了解这个隐秘而又无处不在的神秘世界

事实上，催眠术早被用于各行各业。心理医生用来治病救人，广告商用来贩卖商品，江湖术士用来坑蒙拐骗……意志薄弱的人、欲望强烈的人、过度防范的人，都极易被催眠术操控。

在街头实施的"瞬间催眠术"，可以让路人迷迷糊糊地把身上的钱悉数奉上；稍微深一些的催眠，更可以让人乖乖地去银行取出自己的全部存款；而如果碰到一个邪恶催眠师，被催眠者不仅任其驱使，就算搭上性命也浑然不觉。

催眠师找准了催眠对象的心理弱点，利用人的恐惧、贪念、防备，潜入对方的精神世界，进而操控他们。瞬间催眠、集体催眠、认知错乱、删除记忆……

一群平日深藏不露的催眠师，突然出现在街上、写字楼、医院、广场……在他们眼里，世人都是梦游者任其驱使，而他们之间的斗争，却将所有普通人的命运卷入其中。

《余罪：我的刑侦笔记》全国热卖中！

一个传奇警察和毒贩、悍匪、黑道大佬的交锋实录
带你窥探这个时代的黑暗角落，领略触目惊心的真实景象

本书为您揭开的是一张令人触目惊心的当下社会犯罪网络。从混迹人群中的扒手，到躲在深山老林里的悍匪，从横行街头的流氓，到逡巡在海岸线边缘的毒枭；他们似乎离我们很远，似乎又很近，看似悄无声息，却又如影随形；作者所描写的，正是这个光怪陆离而又真实存在的地下世界。

警校学员余罪，在通过一次意外的选拔之后，被丢进了一间住满凶神恶煞的罪犯的牢房，他迅速发现，要在这个凶险万状的环境中活下来，自己必须比毒贩更奸诈，比窃贼更狡猾，比匪徒更残忍。他不仅要用罪犯的思维去理解犯罪，还要用罪犯的手段去对抗犯罪，更要和罪犯一样突破种种底线。在日复一日命悬一线的斗争中，余罪一步步走到了法律的边缘，他也开始怀疑：自己到底是在制止犯罪，还是也在犯罪……

小说格局开阔，文笔生动，不仅向你打开了一个前所未闻的地下世界，其中近百个性格鲜明的警察和罪犯形象，更是栩栩如生，犹在眼前。

翻开本书，进入我们这个时代的灰色地带。